KB237198

위기와 희망

오생근 비평집
위기와 희망

펴 낸 날 2011년 11월 10일
지 은 이 오생근
펴 낸 이 홍정선
펴 낸 곳 ㈜문학과지성사
등록번호 제10-918호(1993. 12. 16)
주   소 121-840 서울 마포구 서교동 395-2
전   화 02)338-7224
팩   스 02)323-4180(편집) 02)338-7221(영업)
전자우편 moonji@moonji.com
홈페이지 www.moonji.com

ⓒ 오생근, 2011. Printed in Seoul, Korea

ISBN 978-89-320-2248-2

＊ 이 책의 판권은 지은이와 ㈜문학과지성사에 있습니다.
  양측의 서면 동의 없는 무단 전재 및 복제를 금합니다.

:: 오생근 비평집

위기와 희망

문학과지성사
2011

문학의 물량적인 풍요로움과는 달리, 문학의 위기는 계속 심화되어 가고 있다. 사람들에게 재미를 주는 문학은 있어도, 감동을 주는 문학은 잘 보이지 않는다. 문학이 어둠 속에서 길을 가르쳐주고, 구원의 빛처럼 인식되던 시절은 이제 완전히 사라져버린 것일까? 물론 지난날의 문학적 영광을 되찾기 위해서, 작가들이 문학을 멀리하는 대중들의 눈높이에 맞추어 글을 써야 한다고 주장하는 사람들이 있다는 것을 안다. 다시 말해서 문학의 대중화를 시도해야 한다는 것인데, 나는 문학의 대중화야말로 문학정신을 상실한 채, 문학의 죽음을 앞당기는 것일 뿐이라고 생각한다. 유종호 선생의 말처럼, "대중문화의 기고만장한 위세를 누르기 위해서는, 본격문학이 보다 압도적인 위엄을 보여주어야" 할 것이다. 그렇다면 어떻게 해야 문학의 위엄을 보여줄 수 있는 것일까?

지난번 『문학의 숲에서 느리게 걷기』(문학과지성사, 2003)라는 제목의 비평집을 펴낸 후, 8년 만에 느리게 비평집을 묶게 되었다. 그러나 이 느린 걸음에서 얻은 소득이 있다면, 문학의 위기를 위엄 있게 극복하는 방법이란 문학이 죽음의 조건을 외면하지 않으면서 결연하게 죽음을 준비해야 한다는 것이었다. 쉽게 살길을 찾기보다 냉정하게 죽음을 받아들이는 태도는 체념이나 절망이라고 말할 수 없다. 몸은 쇠약했어도 정신은 더욱 투명해진 문학이 꼿꼿한 자세로 자기의 설 자리와 갈 길을 의식하고 한 걸음, 한 걸음 나아가는 모습이야말로 우리에게는 오래된 희망이자 새로운 희망일 것이다. 이 비평집은 온갖 난관과 혼돈 속에서도 그 오래된 희망을 잃지 않으려는 작가들과 동행하려는 발걸음의 기록이다.

2011년 여름, 관악산 연구실을 떠나며

오생근

차례

1부

오늘의 한국 시와 타자의 언어

젊은 날에 읽었던 시에 관한 개론서(『시의 열쇠』[1])에서 아직도 인상 깊게 기억되는 것은, 인류의 역사에서 등장한 최초의 시인이란 정상인과 같은 육체활동을 수행할 수 없는 신체장애자였을 것으로 추정한 가설이다. 이 가설에 의하면 인간의 가장 강한 본능 중의 하나가 무언가를 만드는 일이다. 그런데, 사냥하다가 부상을 당했거나 태생적으로 '불구자의 신체'를 갖게 된 사람이라면, 남들처럼 활동하지 못하더라도 그들은 동굴이나 움막집에 머물면서 주변 사람들에게 도움이 되는 물건을 만들거나 아니면 이야기를 만들어냈을 터인데, 그런 일이 바로 시인의 역할과 같았다는 것이다. 시La Poésie의 어원이 그리스어로 '만드는 일' '창조하는 일'이라는 점에 착안해서 만든 듯한 이 가설을 토대로 한다면, 시인은 남의 도움으로 사는 사람이 아니라 다른 사람들을 위한 일을 하거나 자기의 언어로 창조적인 일을 수행

---

1) Yves Peres et Day Lewis, *Clefs pour la poésie*, Seghers, 1973.

하는 사람이다. 옛날에는 예측할 수 없는 자연의 재난을 피하거나 온 갖 위험을 방지하기 위한 제사를 주관하고 절대적 존재를 향해 주술 적인 언어로 자기의 동료들이 원하는 것을 기원하는 사람의 역할도 그런 일 중의 하나였을 것이다. 이러한 시인의 기원론을 통해서 우리 는 시인이란 동일자le même가 아니라 타자l'autre이며, 자기를 위해 서가 아니라 다른 사람들을 위해서, 동일자의 언어가 아니라 타자의 언어로 창조적인 일을 추구하는 사람이라는 주장을 펴볼 수 있다.

그렇다면 오늘날 문명 사회에서 시인의 역할은 무엇일까? 시인의 역할에 대해서는 수많은 정의가 가능하겠지만, 그중에서도 인간의 자 유를 지키거나 인간의 자유를 넓히기 위한 싸움을 전위적으로 수행하 는 것이 무엇보다 중요한 시인의 역할이라고 말하고 싶다. 과학문명 이 인간의 생활을 편리하게 만들고 삶의 모든 것을 빈틈없이 제도화 하면서 인간의 이성적 능력을 발전시켜왔다 하더라도 인간의 진정한 자유는 오히려 계속 축소되어왔다고 본다면, 이러한 세상에서 시인은 그것을 누구보다 위기로 인식하여 시를 쓰는 사람이라고 말할 수 있 다. 여기서 인간의 자유는 정치적인 의미에 한정된 말이 아니라, 본 질적이고 존재론적인 의미에서의 자유이다. 앙드레 브르통이 「초현실 주의 선언문」에서 강조한 바 있고, 푸코가 『광기의 역사』에서 논증한 것처럼, 인간의 이성적 언어를 중시해온 현대의 문명 사회에서 물질 적 가치와 자본의 지배력은 계속 강화되어온 반면, 꿈꾸는 존재로서 의 인간의 자유와 상상력의 힘은 계속 쇠퇴한 것이 사실이다. 이런 현실에서 인간의 자유를 지키거나 자유를 넓히는 일에 앞장서야 하는 시인은 당연히 인간을 지배하고 자유를 억압하는 모든 물질과 제도의 질서를 파괴하고, 인간의 정신을 길들이고 자유를 속박하는 모든 유형·무형의 체제와 권력에 대항해 자유의 언어를 창조한다.

들뢰즈와 가타리는『안티 오이디푸스』에서 문명화한 현대의 자본주의 사회가 과거의 봉건적 요소들을 "탈영토화la déterritorialisation" 하면서 해방시켜온 것을 자본과 권력으로 끊임없이 철저하게 "재영토화les re-territorialisaions"하는 것을 분석한 바 있는데, 시인의 상상력이야말로 현대 사회가 '재영토화'하는 것을 탈영토화시키는 작업이랄 수 있다. 들뢰즈가 카프카의 소설을 설명한 식으로 말한다면, 시의 언어는 다수적인 언어 안에서 만들어진 소수적 언어이지만 그것은 다수적인 언어의 고정된 구조에 충격을 가하고 그것의 체제를 불안정하게 만들 수 있는 것이다. 그것은 다수적인 언어의 궤도를 이탈하고 탈주선 위에서 새로운 삶을 창조하는 언어이기 때문이다. 시에서 만들어진 새로운 삶은 바로 인간의 자유가 그만큼의 넓이로 확대된 삶이라고 말할 수 있다. 시인은 동일자가 지배하는 세계에서 타자로 존재하고, 시인의 언어는 또한 타자의 언어로써 다수적인 언어를 탈영토화하는 모험과 창조의 정신을 반영한다. 시와 시인의 역할을 이렇게 정의하고 이해해보는 관점에서 출발하여 우리는 이제부터 오늘의 한국 시를 검토하려 한다.

황동규는 스무 살에 등단해 지금까지 많은 시를 써오면서 다양한 시적 변화를 추구해온 시인이다. 그가 늘 바람처럼 떠나고 여행하고 변화하기를 좋아하여 비평가들은 그를 바람의 시인이나 여행의 시인 혹은 변화의 시인으로 부르기도 한다. 그의 시는 넓은 의미에서 서정시로 분류될 수 있지만, 그것은 일반적으로 알려진 감성적 서정시가 아니라 감성적 흐름을 통제하는 이성적 사고가 더 강하게 보이는 서정시이다. 흔히 그의 대표작으로 잘못 알려진, 젊은 날의 시 「즐거운 편지」의 예를 들어보자. 이 시에서 화자는 "내 그대를 생각함은 항상 그대가 앉아 있는 배경에서 해가 지고 바람이 부는 일처럼 사소한 일"이라고 자신의 감정을 객관화하고 사랑의 감정을 과장하지 않는다. 또한 "내 사랑도 어디쯤에선가 반드시 그칠 것을 믿는다. 다만 그때 내 기다림의 자세를 생각하는 것뿐"에서 알 수 있듯이, 젊은 시인은 자신의 기다림을 이성적으로 돌아보고 사랑이 영원할 것이라는 낭만적 생각을 부정하는 것이다. 이러한 이성적 면모는 그의 많은 여행시에서뿐만 아니라 자신의 시적 주제를 변화시키고 확대하려는 의지가 뚜렷한 작품들에서도 변함없이 확인되는 점이다. 유난히 호기심이 많은 그의 성격을 반영하는 여행 시에는 새롭고 낯선 세계에 대한 감탄보다 다른 세계의 풍경을 통해서 자신의 삶에 대한 반성과 새로운 삶을 시작해보려는 긍정적 시각이 굳건한 바탕을 이룬다. 그의 주된 관심은 새로운 세계를 관광하고 구경하는 데 있지 않고, 새로운 풍경 속에서 자기를 발견하고 자기의 삶을 돌아보는 데 있다.

먼저 여행 시로 분류될 수 있는 그의 작품들 중에서 「오월동주(吳越同舟)」 「장가계(張家界)에서」 「어느 초밤 화성시(華城市) 궁평항(宮坪港)」을 예로 들어보자. 「오월동주」에서 화자는 버스로 여행하면서 "봄꽃들 사방에 꿈결처럼 피어" 있는 아름다운 풍경을 바라보고, 꿈과 현실의 경계를 넘어서는 충만된 삶을 꿈꾸며, 「장가계에서」의 화자는 "풍경 앞에서" "두 배로 감탄하며 살자"고 하다가 곧 "감탄을 다시 반으로 줄여 살기로 한다"고 진술함으로써 감탄에 빠지지 못하는 자신의 이성적 자의식을 표명한다. 이처럼 시인은 낯선 풍경 속에서 세속적 삶의 굴레로부터 벗어나는 자유로움을 즐기고 있는데, 시인의 도저한 자유의 시간은 「어느 초밤 화성시 궁평항」에서처럼 국내 여행에서 서해안의 항구의 풍경을 대상으로 해서도 마찬가지이다. 이 시에서 특히 주목되는 구절은 "혼자 있어서 홀가분한 이 외로움"과 "더 비울 게 없으면 시간이 휘는지"라는 것들이다. 그 이유는 시인에게 외로움은 슬픔이 아니라 자유로움이고, 이러한 자유 속에서 시간은 직선이 아니라 곡선으로 느껴진다는 점에서이다. 그 항구에서 "살아 있는 이 냄새"는 삶에 대한 행복감을 확인시켜주는 근거가 된다.

황동규는 여행 시 외에도 죽음을 주제로 많은 시를 쓴 시인이다. 그러나 죽음에 대한 그의 명상은 허무하고 우울한 목소리를 동반하지도 않고 초월적 존재를 염두에 둔, 내세에 대한 믿음과 회의에 기울어 있지도 않다. 그는 죽음을 핑계 삼아 삶을 돌아보거나 죽음이 존재하기 때문에 삶을 더욱 강하게 긍정하는 태도를 보인다. 단출한 초막에 시신을 안치하고 풀로 덮어 육탈될 때까지 놓아두는 장례 풍습을 뜻하는 「풍장(風葬)」 연작을 70편이나 쓴 것은 그가 죽음의 문제를 집중적으로 탐구함으로써 죽음의 공포를 이겨내기 위한 것으로도 볼 수 있지만, 죽음을 통해서 오히려 삶의 긍정과 기쁨을 노래하기 위한 것으로 해석된다. 이럴 때 죽음은 삶의 한계나 부정이 아니라 죽음의 터널을 통해 오히려 삶의 한복판으로 들어갈 수 있는 보람된 통과의례일 수 있다.

내 세상 뜰 때
우선 두 손과 두 발, 그리고 입을 가지고 가리.
어둑해진 눈도 소중히 거풀 덮어 지니고 가리.
허나 가을의 어깨를 부축하고

때늦게 오는 저 밤비 소리에

기울이고 있는 귀는 두고 가리.

소리만 듣고도 비 맞는 가을 나무의 이름을 알아맞히는

귀 그냥 두고 가리.   —황동규, 「풍장 27」 전문

이 시를 읽으면 어두운 죽음의 세계에 대한 두려운 의식보다 가을 날 밤 비 내리는 소리와 계절의 변화, 시간의 흐름과 삶의 존재성을 긍정하게 만드는 시적인 아름다움이 더 크게 보인다. 또한 가까운 친지의 죽음을 주제로 쓴 시 「참을 수 없을 만큼」에서도 시인은 삶과 죽음의 경계를 초월한 관점에서 죽음을 친숙하게 묘사하고 있는 것이다.

정현종의 시에서 사물이나 존재는 대체로 본래의 중력을 잃고 가볍게 날아오르는 듯이 경쾌한 형태로 서술된다. 가령 대지에 굳게 뿌리를 내린 나무를 대상으로 한 시에서도 시인은 그것을 땅에 고정되어 있는 것이 아니라, 하늘을 향해 날아갈 것처럼 상승과 탄력의 존재로 변모시킨다. 이런 점에서 그는 사물의 내부에 공기를 주입하는 시인이거나 모든 경직된 체제에도 자유의 숨결을 불어넣는 시인이라고 말할 수 있다. 그의 많은 시들 중에서 제일 유명한 시 한 편을 고르라면 누구나 「섬」을 떠올릴 것이다. 「섬」은 짧지만, 깊이 있고 함축적 의미가 많은 시이다.

사람들 사이에 섬이 있다

그 섬에 가고 싶다   ──정현종, 「섬」 전문

　흔히 인생을 고해에 비유하지만, 삶이 아무리 고통스러워도 그 바다에 희망의 섬이 있다는 믿음만 있다면 인생은 참으로 살 만한 가치가 있을 것이다. 시인은 '섬'이 무엇이냐고 묻는 많은 독자들의 질문에 "우리의 인생살이라는 것이 그리운 것의 연속이 아니겠는가"라고 모호하게 대답한 바 있는데, 그것을 근거로 추측해본다면 '섬'은 그리운 대상이거나 그리움을 불러일으키는 근원적인 정서의 공간일 것이다. 그것은 어머니일 수도 있고, 사랑하는 사람일 수도 있고, 마음의 고향일 수도 있다. 정현종의 시는 바로 그러한 근원적 그리움의 세계인 '섬'을 향해 가는 부단한 정신과 상상의 모험이라고 말할 수 있다.
　그의 초기 시집 제목이기도 한 「사물의 꿈」에서 사물이 형체가 있는 물건에서 형체가 없는 슬픔이나 기쁨 같은 감정을 포함하여 사물의 본성까지 아우른다면, 그 사물은 넓은 의미의 '섬'일 것이다. 「사물의 꿈」이 사물의 근원적인 세계로 가깝게 다가서려는 시인의 꿈인 것처럼, 섬을 꿈꾸고 상상하는 것은 세속적 현실을 초월하여 모든 근원적인 것, 즉 생명의 존재들과 교감하려는 시인의 욕망과 같다. 시인은 현실이 세속적이고 추악하게 보일수록 비상을 꿈꾸거나 「황금 취기(醉氣)」에서처럼 취기에 빠지려고 한다. 물론 도취와 비상은 현실도피적인 것이 아니라 현실을 의식하고 현실을 초월하는 시적 의지의 능동적인 표현이다. 이런 시인에게 도취가 황금처럼 귀중한 취기가 되는 것은 당연한 일이다.
　「황금 취기 1」은 시인의 연금술사적인 언어의 구사가 아주 돋보이는 시인데, 여기서 화자는 연금술의 방법으로 술을 끌어들인다. 술은

인간에게 무거운 현실의 시간을 가벼운 꿈의 시간으로 변화시키는 도구이다. 이러한 술의 변화 작용에서 '맥주 거품'은 어느새 '왕관'이 되고 '구름'이 되어, 술을 즐기는 사람은 제왕이나 신선이 부럽지 않은 경지에 이룰 수 있다.

정현종은 생태학적 환경에 각별한 관심을 기울이는 시인이다. 그는 산업문명의 발달로 환경이 파괴됨으로써 인간의 삶이 죽음의 환경으로 서서히 바뀌는 것을 누구보다도 심각한 위기로 받아들인다. 자연과 인간이 우주적인 공동 운명체로 연결되어 있다는 생각에서 비롯된 그의 위기의식은 「이슬」에서 '강물'은 인간의 '피'이고, '바람'은 '숨결'이며 '흙'이 '살'이 된다는 시적 논리로 이어진다. 또한 이 시에서 '구름'과 '나무'와 '새들'과 같은 자연의 존재들은 인간에게 '꿈꿀 권리'를 갖게 하고 인간을 물질적 현실에 함몰되지 않게 한다는 시인의 인식도 눈여겨봐야 할 점이다. 또한 시인은 이슬 한 방울에서 우주를 보듯이, '한 숟가락 흙'에서 과학자들이 증명하는 '1억 5천만 마리'의 미생물을 직감적으로 느낄 수 있는 사람이라는 것도 중요하게 해석해야 할 대목이다. 흙은 생명의 존재, 혹은 생명의 어머니와 같은 존재이기 때문에 흙의 말에 귀를 기울이고, 흙에게 말을 걸 줄 아는 시인은 「한 숟가락 흙 속에」에서처럼 '삼천대천세계'가 어느 먼 곳에 있는 것이 아니라 바로 한 숟가락의 흙 속에 있음을 우리에게 환기시키고 있는 점에서이다. 그리고 이 시의 2연에서 시인은 흙길을 밟으며 걸을 때마다 발바닥에서 느껴지던 '탄력'이 "수십억 마리 미생물이 밀어 올리는" 힘 때문이었음을 말하는데, 이런 식으로 시인은 사물과 같은 흙 속에서 생명체의 존재를 보고, 생명체의 율동을 감지하고 그것을 전달하는 데 탁월한 능력을 보인다. 아울러 「풀잎은」이란 시에서 시인은 아주 작은 풀잎 하나에서 우주적 현상의 의미를 이끌어내고, 인간이 자연으로부터 와서 자연 속에서 살다가 자연으로 돌아가는 존재라는 깨달음을 자연스럽게 촉발한다.

첫 시집『만월』(창작과비평, 1976)에서 최근작『우리의 죽은 자들을 위해』(창비, 2007)에 이르기까지 이시영의 시를 관류하는 변함없는 특징을 말한다면 그것은 대상에 대한 따뜻한 시각과 언어의 절제성이다. 흔히 대상을 따뜻한 정감의 시선으로 바라보는 시인은 이성적 절제력을 놓칠 수도 있고, 자기 연민에 사로잡혀 감상적인 언어를 노출할 수도 있다. 그러나 이시영의 시에서는 악에 대한 분노와 비판의 목소리를 드러낼 경우에도 한결같이 절제된 언어의 튼튼한 골격을 유지하고, 긴 산문시의 흐름에서도 언어의 과잉성에 휘말리지 않는다. 그만큼 그는 자제력과 절도의 정신으로 '자기와의 싸움'에서 이길 줄 아는 시인이라고 말할 수 있다. 그의 시는 대체로 형태적인 길이와 상관없이 일정한 시적 긴장과 압축된 언어의 밀도를 유지한다. 최근의 시집인『우리의 죽은 자들을 위해』에서 시 한 편을 예시해보자.

> 네가 만약 바람이라면
> 세상에서 가장 부드러운 미풍이 되어
> 저 아기다람쥐의 졸리운 낮잠을 깨우지 않으리
>
> ──이시영, 「평화」 전문

생명체에 대한 사랑의 눈길이 참으로 부드럽고 여유 있게 나타난 이 시에서 시인의 마음은 자연과 일체를 이루고, 동화되어 있다. 시인과 바람과 다람쥐가 자연스럽게 어우러지는 이런 시적 세계는 도시에서 성장했거나 도시 문화에 익숙한 사람의 상상력으로는 만들어내기가 쉽지 않았을 풍경으로 보인다. 그는 고향과 시골집의 기억을 토대로 「마음의 고향」 연작시를 쓸 만큼, 많은 시에서 고향에 대한 그리움을 시적 상상력의 원천으로 삼고 있다. 물론 고향과 시골집은 더 이상 현실에 존재하지 않기 때문에 그것들은 결국 '마음의 고향'이거나 '마음의 집'일 수밖에 없다. '나의 집'이라는 부제가 붙은 「마음의 고향 5」에서 시인은 "전라남도 구례군 마산면 사도리 396번지. 〔……〕 황토마당 가득 갓 깬 노란 병아리짱들이 늙은 어미 닭을 싸고 혹은 구구거리고 종종거리던 곳. 〔……〕 그러나 지금은 지상에 없는 집"이라고 말하면서 추억속에만 남아 있는 '마음의 집'을 묘사한다. 이러한 집을 마음속에 간직하는 시인은 도시문명에 익숙한 이해타산적 도시인들과는 다른 농촌 공동체적인 감성과 자연과의 친화성, 농경 사회적 상상력을 갖게 마련이다.

이시영의 서사적 산문시 「겨울밤의 서사」는 현실에서는 존재하지 않는 '마음의 집'처럼, 지금은 사라진 농촌의 풍속을 이야기하고 있다. 이 시에서 "겨울밤의 서사도 차가운 별빛과 함께 깊어갔다"는 마지막 문장은 과거의 결혼 풍속이 결국 별빛처럼 사라지게 되었다는 의미로 해석된다. 또한 「시월」은 행복했던 고향의 가을 풍경을 현재화시킨다. 재두루미, 콩꼬투리, 미꾸라지 들을 쉽게 볼 수 있었고, 논이나 밭 아니면 계곡에서 사람과 자연의 생명체들이 화해로운 공존을 할 수 있었던 그 시절을 그리워하면서도 시인은 그러한 감정을 전혀 노출하지 않은 채 자연 속의 생명체들을 인간화하고 있다. 그리고 「당숙모」는 시골집의 닭이 알을 낳고 아무 일도 없었다는 듯이 일어나 걷는 모습을 재미있게 보여준다. 「조국」은 아주 짧은 산문시이지만 의외로 시사하는 것이 많은 시이다. 이 시의 제목처럼 흔히 '조국'이란 주제는 민족, 애국심, 역사, 분단, 비극 등의 무거운 거대 서사의 주제들을 연상하게 하는데, 시인은 그런 언어들을 전혀 사용하지 않으면서 분단의 상황과 북한의 현실을 간곡하게 일깨운다. 이 시의 화자는 "겹으로 곱게 접은 마분지 휴지 다섯장"을 보고, 그것을 "밤 새도록 무릎 꿇고 접었을" 어떤 누이의 모습을 떠올리면서 "아, 가난한 나의 조국!"이란 탄식을 토로하는 것으로 끝내지만, 이 짧은 탄식 속에 감추어진 깊은 역사의식을 모르는 독자는 없을 것이다.

끝으로 「노 혁명가의 죽음」은 김학철 옹의 위엄 있는 삶과 죽음을 감동적인 어조로 서술한 시이다. 이것은 어떤 점에서 시라기보다 짧은 에세이를 연상시키기도 하지만 노 혁명가가 쓴 "밤소나기 퍼붓는 령마루에서/래일 솟을 태양을 우리는 본다"라는 시의 한 구절을 시인이 마지막 문장으로 처리한 것은 독자의 예상을 뒤엎는 매우 흥미 있는 시도로 평가된다. 인용된 이 시 한 구절 때문에 이 시의 전체적 골격은 갑자기 긴장된 흐름으로 전환하고 압축된 시적 의미를 확대시킨 것으로 보여지기 때문이다.

박라연은 쉘 실버스타인의 동화 『아낌없이 주는 나무』를 연상시키는 시인이다. 이 동화에 의하면, 나무는 소년을 위해 놀이터가 되어주거나 그늘을 만들어주고, 소년이 배가 고플 때는 열매를 먹게 해주었고, 세월이 지나 소년에게 집이 필요했을 때는 자신의 가지를 베어가도록 했다는 것이다. 또한 훗날 소년에게 멀리 떠날 수 있는 배 한 척이 필요했을 때는 밑둥만 남기고 온몸의 줄기를 베어가도록 하면서도 나무는 더 이상 줄 것이 없게 된 것을 안타까워하기만 한다는 것이다. 박라연을 볼 때 이러한 감동적인 나무의 이야기를 떠올릴 수 있다는 것은 그의 대표작 중의 하나인 「지리산 고로쇠나무」 때문이기도 하고, 대부분의 작품들에서 공통적으로 나타나는 희생과 헌신의 모성적 시각 때문이기도 하다. 「지리산 고로쇠나무」의 화자는 고로쇠나무를 예수에 비유하는데, 욕심 많은 추악한 인간들 때문에 수액의 피를 흘리면서도, 말없이 고통을 감내하는 나무는 예수와 같은 헌신적인 어머니의 숭고한 모습으로 보인다.

> 슬픈 눈빛으로 빛나던 수액들은 지금
> 흐르고 싶다 어머니의 자궁 속 같은
> 반야봉 낮은 기슭으로　　　　　—박라연, 「지리산 고로쇠나무」 부분

　여기서 '어머니의 자궁'이 모든 상처와 고통이 치유되는 모성적 고향을 의미한다면, 시인은 이러한 이미지를 통해서 상처받은 사람들이나 불행한 사람들을 새롭게 탄생시키고 싶은 희망과 의지를 표명한다고 말할 수 있다.
　박라연의 상상력은 이기적이거나 자기중심적인 차원을 벗어나 철저히 이타적이고 모성적이다. 이러한 특징이 잘 반영된 「서울에 사는 평강공주」에서 화자는 전혀 넉넉하지 못한 신혼살림에도 사랑만으로 풍족감을 표현하면서 가난의 상태를 "없는 것이 많아 더욱 따뜻한 아랫목"으로 표현하고 상대편의 잘못이나 허물을 탓하기는커녕 구멍 난 양말을 꿰매듯이 보살피는 마음을 드러낸다. 물질적인 욕심이나 세속적인 욕망과는 거리를 둔 시인의 마음은 「목계리」에서와 같은 적막한

풍경화를 만들어내고, 「내 작은 비애」에서처럼 소박한 식물들에 대한 연민의 감정을 나타내기도 한다. 삶에 대한 집착이나 욕망이 없는 화자는, 자기에게 알맞은 수명을 갖는 식물들이 모두 남들에게 혜택을 주는 죽음으로 완성되는데 비해 인간의 삶은 그렇지 못한 것을 안타까워할 뿐이다.

> 딱 한 철 푸른 잎으로 파릇파릇 살거나
> 빨강 보라 노랑 꽃잎으로 살거나
> 출렁 한 가지 열매로 열렸다가
> 지상의 치마 속으로 쏘옥 떨어져 안기는
> 한아름 기쁨일 수 없는지 그것이 가끔 아쉬웠다.
>
> ──박라연, 「내 작은 비애」 부분

화자는 인간의 죽음을 허망하게 생각하기는커녕, 꽃잎이나 열매처럼 죽음이 사람들에게 '한아름 기쁨'이 되지 못하는 것을 아쉬워한다. 「무화과나무의 꽃」도 이러한 이타적인 시인의 시각을 여실히 보여주는 시이다. 시인은 자신의 고통과 슬픔을 혼자서 감내하는 것으로 만족하지 않고, 그러한 아픔과 시련이 다른 사람들에게 위안이 되거나 새로운 생명의 창조를 도와줄 수 있는 계기가 되기를 꿈꾼다. 무화과나무의 꽃을 바라보면서 동일시의 감정을 느끼는 화자는 "꽃이면서 꽃이 되지 못한" 슬픔을 공감하는 가운데 "내가 나를 꺾어서"에서 보여지듯 헌신적인 태도를 결연히 드러낸다. 이러한 시인의 감정은 연약하거나 처연해 보이지 않고 서늘한 용기와 넉넉한 포용성을 동반하면서 부드럽고 단단한 시적 세계를 구축하고 있다.

조은의 첫번째 시집 『사랑의 위력으로』(민음사, 1991)에는 제목이 암시하고 있는 사랑의 힘과 그것에 대한 믿음의 어조보다는 사랑에 대한 회의와 부정의 목소리가 큰 울림으로 남아 있다. 이 시집에 실린 대부분의 시들은 어두운 풍경과 혼돈의 세계 아니면 절망과 죽음의 분위기를 연출한다. 여기에서 하늘은 푸른빛으로 그려지지 않고 어둡게 흘러내리는 액체성으로 묘사되고, 바다는 계속 마르고 있으며, 거리에는 흙바람이 불고 하천은 썩어간다. 이러한 공해의 현상들이 가득한 풍경 속에서 사람들은 희망을 잃고 갈 곳이 없어 방황하거나 자유를 잃은 고독한 수인의 모습을 보인다. 이 시집의 표제시인 「사랑의 위력으로」에는 '사랑한다'는 말의 허구성과 무의미를 비판하는 시각이 돋보이는데, 이것은 문명의 위기와 병행하는 인간관계의 단절과 비인간화의 현실을 언어의 문제로 부각시킨 것으로 해석된다. 이 시에서 화자는 "사랑한다고 말하는 당신들의 말마다 모래가 날고 있다"고 하면서 그 모래의 말들이 사랑을 전달하지도 못하고 "내가 있는 곳으로 올라오지 못하"여 힘없이 흩어져버리는 상태의 절망을 노래한다.

첫 시집에서 보여준 조은의 이러한 우울하고 절망적인 현실 인식은 등단 후 이십 년이 가까운 지금까지 크게 변화한 것 같지 않다. 「독서대」의 화자는 "이렇게 살다가 내 인생이 끝나겠구나" 하는 절망과 "이렇게 살면서도 내 인생이 끝나지 않겠구나" 하는 절망이 충돌하는 순간의 느낌부터 고백한다. 독자는 첫 구절의 내용이 절망이었으니까 그다음 구절에는 희망이 접속될 것으로 예상했다가 그 예상이 빗나가기 때문에 일단 당혹감을 갖게 된다. "허둥지둥/인터넷을 접속한다"

는 문장의 연결은 결국 사이버 공간에 몰입하는 사람들의 심리가 절망이나 고독감에 가깝다는 것을 보여주는 예가 된다. 사이버 공간에서 만나는 사람들의 관계가 허상이듯이 도시의 현실이나 물신화된 사회에서 사람들의 진정한 만남이나 소통의 관계는 단절되어간다는 것을 우리는 「독서대」의 중심적인 의미로 읽을 수 있다.

「흙의 고독」과 「지붕 위에는 흙」은 인간의 몸에 붙어 있는 흙과 집을 만드는 재료로서의 흙을 별개의 주제로 보여준다. 우선 「흙의 고독」은 병원의 보호자 대기실에서 보게 되는 사람의 "젖은 흙더미 몸" "손톱 밑에는 검은 흙" "두 눈에 질척하게 매달려 있는 흙" 등의 표현을 통해 죽음에 가까운 흙의 이미지들을 보여준다. "사람은 흙에서 태어나 흙으로 돌아간다"는 말이 있듯이, 흙은 인간의 고향이기도 하고 생명의 씨앗을 배태하는 것이기도 하면서 또한 죽음을 흡수하는 것이기도 하다. 그러나 시인이 흙을 생명과 연결된 것으로서보다 죽음에 더 가까운 것으로 편향되게 인식한 까닭은 결국 산업 문명의 발전이 흙의 생명력을 소멸시켜온 현상과 무관하지 않기 때문이다. 또한 「지붕 위에는 흙」에서 화자는 재개발로 헐리는 집의 남루한 모습에서 "머릿속에 들어 있는 뇌"의 형태를 연상한다. 더욱이 허물어지는 집 위로 비가 내릴 때 흙이 무너져 흘러내리는 비참한 풍경은 죽음의 상태나 다름없는 화자의 절망적인 내면을 암시해준다.

「골목 안」에서의 화자가 실종된 아들의 시신을 한강에서 찾아냈다는 슬픈 어머니를 바라보며 고통스런 삶을 숨 가쁘게 살아왔던 자신의 모습을 객관적으로 돌아보려 한다면, 「고통의 돌기」의 화자는 아픈 친구와 함께 식사한 후, 그를 배웅하고 돌아오면서 누구나 자신의 숙명적인 짐과 혼자서 감당해야 할 고통이 있기 마련이라는 주관적 상념에 젖는다. 조은은 이러한 고통과 슬픔을 과장하지 않고, 냉정한 의식과 견고한 의지로 절제하고 있다.

김기택은 대상의 보이는 면과 보이지 않는 면을 집요한 관찰과 투시적 상상력으로 그리는 데 뛰어난 솜씨를 보인다. 그의 이런 특성은 첫 시집 『태아의 잠』(문학과지성사, 1991)에서 최근의 『소』(문학과지성사, 2005)에 이르기까지 일관성 있게 발현되어 있다. 『태아의 잠』에서 시인은 쥐, 개, 닭, 소 등 현실에서 쉽게 볼 수 있는 동물들을 인간의 본성과 연결시킨 새로운 시각으로 보여준다. 또한 유리, 종유석, 전화, 먼지 등 사소한 사물들이거나, 꼽추와 노인, 태아와 연쇄살인 용의자 등 사회에 정상적으로 편입되지 않은 미약한 존재들을 독특한 시각으로 대상화한다. 그의 시적인 대상화 작업은 전통적인 서정시의 어조와는 다르게 중성적이거나 무감동적인 서술체로 진행된다. 이 시집에 실린 「꼽추」는 대도시의 지하도 근처에서 볼 수 있는 남루한 옷차림의 거지 노인을 묘사하면서 그가 앉아 있는 모습을 "등에 커다란 알을 하나 품고" "그 알 속으로 들어가/태아처럼 웅크리고"자는 형상으로 기술한다. 거지 노인이란 속도와 효율성, 기능과 생산성이 중시되는 도시 사회에서 비참하게 소외된 존재일 것이다. 이런 점에서 그는 용도가 폐기되어 아무도 돌보지 않고 버린 물건과 같은 존재인데, 시인은 바로 이런 점을 주목하는 것이다. 사람들이 거들떠보지도 않고 관심을 기울이지도 않는 대상 속에서 "껍질을 깨고 무엇이 나올 것" 같은 알의 창조적 형태를 발견하는 시인의 시각은 죽음처럼 사물화된 존재에서 생명체의 긍정적 의미를 추출해내는 창조적 시각과 다름없다.

「소」의 화자는 인내와 근면과 희생의 상징이라는 상투적인 시각으로 소를 묘사하지 않고, 소의 커다란 눈에 초점을 맞춘다.

> 수천만 년 말을 가두어 두고
> 그저 끔벅거리고만 있는
> 오, 저렇게도 순하고 동그란 감옥이여.　　　　—김기택, 「소」 부분

시인은 소의 눈을 "순하고 동그란 감옥"으로 표현함으로써 눈을 통해서 소의 말에 귀를 기울이고, 소의 대변자처럼 말하려 한다. 그리하여 소의 눈에서 비치는 분노의 언어와 자유의 절규가 자유롭게 표출되지 못하고, 갇혀 있음을 전언하고 싶어 한 것이다. 또한 「쥐」의 화자는 몸을 노출하지 않은 채 배고픈 쥐의 불안한 동작을 객관적으로 서술하면서, 배고픈 쥐가 "향기로운 쥐약이 붙어 있는 밥알들"을 먹으며 죽어가는 모습을 통해 인간의 절제 없는 욕망의 문제를 결합시키고 있다. 욕망에 눈이 먼 인간은 "황홀하고 불안한 식욕"에 사로잡힌 쥐와 다를 게 없기 때문이다.

또한 「얼굴」의 화자는 해골과 얼굴을 분리시켜서 해골이 사람의 참모습이고 얼굴은 다른 사람들과의 사회적 관계 속에서 만들어진 가면과 같은 것으로 인식한다. 현대의 조직 사회에서 사람들이 주체적인 자유를 포기하고 조직의 한 부품처럼 움직이다 보면 얼굴은 가면일 수밖에 없을 것이다. 「어떻게 기억해냈을까」의 화자는 회사의 여사무원이 짓는 가면의 얼굴을 보다가 그것과는 다른 표정과 발걸음을 보고 놀라움을 갖게 된 관점에서 그녀의 인간적인 모습을 경쾌하고 아름답게 그리고 있다. 인공적인 모습이 아니라 자연적인 모습으로서

그녀의 웃음은 "푸르면서도 발그레한" 사과 빛깔을 띠고, 그녀의 발걸음은 "튀어 오르는 공기"처럼 탄력이 있고 "공기에서 터져 나오는 햇빛"처럼 화사하게 빛나기도 한다. 이런 점에서 김기택은 도시적 삶의 비인간화 현상이나 물신화의 풍경을 비판적으로 바라보면서도 비관하거나 절망하지 않고 그것들을 새로운 시각으로 조명하고, 희망의 요소를 찾으려는 의지를 결코 포기하지 않는 시인이다.

문태준의 첫번째 시집 『수런거리는 뒤란』(창비, 2000)에 실린 「빈집 1」은 농촌의 황폐한 현실을 그린 것이라기보다, 사랑하는 사람과 헤어졌을 때의 쓸쓸한 마음을 공간화해 표현한 것처럼 보인다.

흙더버기 빗길 떠나간 당신의 자리 같았습니다 둘 데 없는 내 마음이 헌 신발들처럼 남아 바람도 들이고 비도 맞았습니다 다시 지필 수 없을까 아궁이 앞에 쪼그려 앉으면 방고래 무너져내려 피지 못하는 불씨들
　　　　　　　　　　　　　　　　　　　──문태준, 「빈집 1」 부분

문태준은 이렇게 내면의 상태를 외부의 풍경으로 형상화하는 데 뛰어난 솜씨를 보여주는 시인이다. 그는 우울하고 쓸쓸한 감정뿐 아니라 사소한 것처럼 보이는 사물의 존재도 연극적으로 만들고 그것을 서사적인 이야기로 확대하는 일에 능숙하다. 먼저 「맨발」과 「한 호흡」을 예로 들어보자. 「맨발」의 화자는 "어물전 개조개 한 마리"가 몸 바깥으로 내미는 맨발을 통해서 인간의 만남과 헤어짐, 기쁨과 슬픔, 방황과 정착, 여행과 귀향 등으로 압축될 수 있는 삶의 시간과 의미를 자유롭게 성찰하는데, 여기서 그의 상상력은 거침없이 역동적으

로 움직인다기보다 불교적인 사유의 흐름 속에서 진행되는 것처럼 보인다. 불교적인 인식은 「한 호흡」에서도 확인해볼 수 있는데, 그 이유는 이 시에서 "꽃이 피고 지는 그 사이"를 한 호흡의 시간으로 부르자는 제안부터 60세의 아버지가 보냈던 "홍역 같은 삶"을 한 호흡으로 인식할 수 있기까지의 과정이 불교적 상상력의 틀을 벗어나지 않기 때문이다. 또한 이것은 삶의 덧없음과 존재의 허무를 우주적 시간의 순환 속에서 파악한 성찰로도 해석된다.

「문병」과「가재미」는 화자가 병원에 입원한 환자를 문병 갔을 때 보고 겪은 체험을 근거로 한 시들이다. 이 시들에서 환자가 병석에 누워 있는 상태는 물의 이미지로 표현되어 있다. 우선「문병」에서의 환자가 누워 있는 상태는 "엎질러진 물처럼"으로 비유된다. '엎질러진 물'은 돌이킬 수 없는 상태를 뜻하면서 또한 더 이상 물이 아닌 물을 보여주는 말이기도 하다. 물이 아닌 물은 사람이 아닌 사람의 상태이거나 죽음처럼 살아 있는 존재를 암시하는 표현이기도 하다. 이 시에서 병원 밖의 계절은 보슬비가 내리고 초롱꽃이 피어 있는 봄이어서 죽음과 가까이 있는 환자의 상태와는 극명하게 대립된다. 이 시의 주제와 비슷한 의미로 쓰인「가재미」역시 늙고 병들고 죽어가는 인간의 슬픈 육체를 생각하게 한다. 여기서 암투병 중인 환자는 화자의 어머니일지 모른다. 화자는 환자를 문병 와서 그때까지 살아온 환자의 삶이 기쁨과 행복의 시간으로 가득한 삶이었다기보다 가난과 고통으로 점철된 "파랑 같은 날들"의 삶이었다는 기억을 떠올린다. 이 시에서 가장 감동적인 구절은 가재미로 비유되는 환자의 옆에 화자 역시 한 마리의 가재미가 되어 누웠을 때, 죽음을 앞둔 환자가 "산소 호흡기로 들이마신 물을 마른 내 몸 위에" 가만히 적셔주었다는 마지막 문장이다. 이것은 모성의 사랑과 애정의 최대치를 보여주는 매우 함축적인 표현이다.

이렇게 어둡고 무거운 주제의 시들과는 다르게 「한송이 꽃 곁에 온」의 화자는 꽃을 시각적으로 보지 않고 청각적으로 보면서 사랑하는 이와 함께 보냈던 행복한 시간과 그때의 이야기들을 떠올린다. 그러나 이렇게 추억에 잠겨 있는 마음의 상태가 행복하게 보이지 않는 것은 "내 몸에 수의를 입히듯" 눈을 감는다는 마지막 문장 때문일 것이다. 이것은 감정의 무늬가 단순하지 않다는 것을 시인이 매우 섬세한 언어로 표현한 결과이다.

김행숙의 시는 아름답기보다 낯설고 새롭다. 그의 시가 새로운 것의 일차적 원인은 대부분 시의 화자가 종래의 서정시적 주체의 화자가 아니기 때문이다. 본래 서정시의 화자는 시의 주제가 무엇이건 주관적 감정으로 대상을 노래했다. 그러다 보면 주체 중심의 관점에서 대상을 지배하고, 주체의 욕망 속에 대상을 종속시키는 시적 표현이 만들어지기 마련이다. 이러한 시는 감정적 변화나 시적 의미의 변용을 보여준다 하더라도 시의 전체적 구조 안에서는 나름대로 통일성의 궤도를 일탈하지 않는 의미의 완결을 지향하게 된다. 그러나 김행숙의 시는 이러한 서정시의 문법을 파괴한다. 우선 그의 시에는 일인칭보다 삼인칭의 인물들이 많이 등장하고 일인칭의 시로 만들어질 경우에도 그것은 주관적 감정의 표출과는 거리가 멀다는 것을 지적할 수 있다. 일인칭과 삼인칭의 사용법은 착종된 것처럼 보인다. 그러니까 「다정함의 세계」에서 주어는 '우리'이고, 「이별의 능력」의 주어는 '나'이지만 '나'와 '우리'의 감정이 무엇이고 어떤 상태인지는 전혀 알 수가 없다. '나'와 '우리' 중심의 주관적 감정이 표현되지 않기 때문이다. 또한 「오늘밤에도」의 주어는 소년들과 소녀들이고, 「소녀의 기도」의 등장인물들은 소녀와 아저씨와 동생인데 그들의 감정 상태도 모호하게 처리된 것은 마찬가지이다. 시의 주제나 의미도 이질적인 어휘들의 연결과 불연속적인 문장들의 결합으로 통일성을 갖추지 않아 명쾌하게 포착되지 않는다. 시의 형태는 산만해 보이고, 의미는 하나의 중심축에 집약되어 있지 않다. 관습적인 사물들의 경계도 무너져 있기 때문에, 시에 대한 독자의 해석은 그만큼 자유롭게 열려 있다고 볼 수 있다.

우선 「이별의 능력」의 2연과 4연을 읽어보자.

나는 2시간 이상씩 노래를 부르고
3시간 이상씩 빨래를 하고
2시간 이상씩 낮잠을 자고
3시간 이상씩 명상을 하고, 헛것들을 보지. 매우 아름다워.
2시간 이상씩 당신을 사랑해.

〔……〕

눈을 뜰 때가 있었어.
눈과 귀가 깨끗해지는데
이별의 능력이 최대치에 이르는데
털이 빠지는데, 나는 2분간 담배연기. 3분간 수증기. 2분간 냄새가
사라지는데

나는 옷을 벗지. 저 멀리 흩어지는 옷에 대해

이웃들에 대해

손을 흔들지.　　　　　　　　　　──김행숙, 「이별의 능력」 부분

　이 시는 제목이 암시하듯, 화자가 사랑하던 사람과 헤어질 때 슬퍼
하지 않고 명랑하게 이별할 수 있는 능력을, 아니면 그러한 능력을
갖도록 애쓰는 과정을 보여준다. 모든 이별은 친숙하게 느껴지는 존
재들과의 이별이기 때문에, 이별을 겪는 사람은 그것이 가져오는 아
픔과 충격으로부터 자유로울 수 없다. 이별의 능력은 선천적인 것이
아니다. 그러니까 사람들은 각자 최선을 다해서 그 능력을 키워야 하
는데 문제는 많이 연습하고 노력한 만큼 능력이 커지는 것은 아니라
는 데 있다. 여하간 이 시의 화자가 "2시간 이상씩"이건 "3시간 이상
씩"이건 노래하고, 빨래하고 낮잠을 자는 것은 이별의 아픔을 망각하
기 위해서이고, 망각의 능력을 갖추기 위해서이다. 4연에서 화자는
"눈과 귀가 깨끗해지"고 "이별의 능력이 최대치에" 이를 때쯤 옷을
벗고 이웃들에게 작별인사를 하는데, 이것은 이별의 능력을 갖추려는
내면의 싸움에서 승리했음을 선언하는 행위로 해석된다. 결국 이러한
이별의 능력은 모든 익숙하고 친숙한 것을 떠나서 낯설고 새로운 것
을 찾아나서는 모험의 정신으로 해석된다.

　「오늘밤에도」와 「미완성 교향악」 「소녀의 기도」에는 사춘기의 소년
과 소녀들이 위태롭게 행동하는 모습이 보인다. 사춘기가 위기의 나
이인 것처럼, 주변의 사물들은 무질서하고 비정상적으로 존재한다.
현실은 재현되지 않고 초현실의 세계처럼 전복된다. "성수대교를 흘
러가는 자동차들은 어디서, 어디서, 스르르 녹겠지"(「오늘밤에도」),

"계단이 공중에서 끊어지지/건물이 웃지"(「미완성 교향악」), "소녀와 비행기의 실루엣이 겹쳐져요. 소녀는 정말 비행기가 되고 싶었거든요. 몇 달 동안 천천히 부풀어오른 소녀의 배를 봤을 거예요"(「소녀의 기도」) 등에서처럼 사물의 기능은 전도되고, 화자들의 언어는 혼란스럽게 겹쳐진다. 김행숙의 시는 이처럼 모든 관습적 세계의 질서를 파괴하고 인간의 모든 고정관념을 깨뜨리는 모험의 작업을 감행한다. 그의 시는 타자의 언어로 자유의 경계를 넓히려는 실험의 '흔적'인 것이다.

안도현의 「너에게 묻는다」는 아마도 시인으로서 그의 이름을 가장 널리 알리게 한 시들 중의 하나일 것이다. 시의 제목과 시의 첫 행이 밀접한 의미로 연결되어 마치 제목이 시의 첫 행인 것처럼 해석될 수도 있는 이 시의 전문은 "연탄재 함부로 발로 차지 마라/너는/누구에게 단 한 번이라도 뜨거운 사람이었느냐"이다. 짧으면서도 깊은 함축성을 갖는, 질문형의 이 시는 안도현의 서정시적 분위기를 예상하는 독자에게 당혹스러움을 느끼게 한다. 가령 이 시가 "삶이란 나 아닌 그 누구에게 기꺼이 연탄 한 장 되는 것"이란 뜻의 평범한 시적 진술이었다면, 독자는 당황하지도 않았을 것이고, 어떤 충격의 느낌도 받지 않았을 것이다. 이 질문 앞에서, 타인을 위해 자신의 삶을 뜨겁게 불사르며 희생하는 삶을 살았노라고 혹은 그렇게 살겠노라고 자신 있게 대답할 사람은 아무도 없다. 그렇기 때문에 그 질문은 독자의 삶을 반성하게 할 수 있고, 예리한 통증의 기억을 각인시킬 수 있다.

안도현은 대부분의 서정시인들처럼 시적 메시지를 전달하기 위해서 자연을 배경으로 삼거나, 자연의 요소들을 적극적으로 활용하는 시인이다. 그가 시에서 자연을 등장시킬 경우, 그것은 안식처로서의 자연도 아니고, 삶과 유리된 비현실적 자연도 아니다. 자연은 언제나 시인의 치열한 삶의 의지와 관련되어서 나타난다. 한 예를 들어보자.

보고 싶어도
꾹 참기로 한다

저 얼음장 위에 던져놓은 돌이
강 밑바닥에 닿을 때까지는　　　——안도현, 「봄이 올 때까지는」 전문

　시인은 그리운 대상을 보고 싶어도 "얼음장 위에 던져 놓은 돌이/ 강 밑바닥에 닿을 때까지" 참기로 하자고 다짐한다. 이것은 '겨울에 두껍게 쌓인 얼음이 녹을 때까지'와 같은 표현이겠지만, 얼음 위에 돌을 개입시킴으로써 단단한 의지의 기다림을 명료하고 강렬하게 표상하고 있다.
　안도현은 자연을 통해서 강인한 삶의 의지를 반성하거나 다짐하는데, 「자작나무의 입장을 옹호하는 노래」 역시 자작나무처럼 올곧고 강하게 살고 싶은 희원을 담고 있다. 따뜻한 지역이 아니라 춥고 습한 곳에서 뿌리를 내리고 자란다는 자작나무는 하얀색과 큰 키의 수려한 귀족적 풍모를 보인다는 점에서, 그의 한 시집 제목처럼 '외롭고 높고 쓸쓸한' 시인의 삶을 연상케 한다. 이 시에서 "자작나무의 눈을 닮고/자작나무의 귀를 닮은/아이를 낳"고 싶다는 구절은 높고 넓은 시각에서 세상을 바라보고, 세상의 모든 말과 소리에 마음을 열고 귀를 기울이는 삶을 살고 싶다는 시인의 간절한 희망을 표현한다.

또한 「햇살의 분별력」에서 시인은 햇살의 의미를 생명의 근원이란 관점에서 예찬하지 않고 세계의 모든 존재들에 대한 따뜻한 동화력과 포용력의 형상으로 파악한다. 그는 햇살처럼 모든 대상들에 공평한 관심을 기울이면서 주관을 넓히고 시선을 갱신하는 자유로운 삶을 동경하는 것이다.

[2009]

서정시의 해체 혹은 새로운 서정의 탐구

1

앙드레 브르통의 「초현실주의 선언문」에서 가장 인상 깊게 기억되는 구절 중의 하나는 "인간에게 언어는 초현실적으로 사용할 수 있도록 제공되었다"는 것이다. 이 말은 초현실주의 시인들의 언어관을 극명히 보여주면서 동시에 사실주의 작가들의 관습적인 언어관에 대한 비판을 함축하고 있다. 이 문장을 처음 읽었을 때 떠오른 의문은 초현실적으로 언어를 사용하는 일이 왜 '시인에게'가 아니라 '인간에게' 주어졌을까 하는 점이었다. 초현실적인 자동기술의 시가 이해하기 어려운 난삽한 시로 보이던 시절, 인간은 누구나 자동기술의 방법을 익히면 그런 시를 쓸 수 있는 것이 아니라 특별한 재능의 시인만이 그렇게 쓸 수 있을 것이라는 생각에서 자유롭지 않았던 것이다. 그래서 품게 된 이런 의문은 초현실주의의 관심과 목표가 시와 문학에 한정된 것이 아니라 인간과 세계를 폭넓게 대상화하고 있으며, 삶을 변화시키고 세계를 변혁하기 위해서는 시인의 관점보다 인간의 관점에서 언어를 생각하는 것이 당연하다는 결론으로 해소될 수 있었다.

브르통의 언어관에 의하면, 인간은 본래 초현실주의적으로 언어를 사용할 수 있었는데, 의사소통이 중시되는 사회생활을 영위하다 보니 누구나 자기 생각을 정확히 잘 표현하는 언어의 효용성을 중요시하게 되었다는 것이다. 그의 관점에서는 언어의 효용적 가치란 언어의 기능 중에서 가장 저급한 것이기 때문에, 이것이 일반화됨으로써 본래의 초현실적 언어 사용 능력을 퇴화시키거나 소진시킬 경우 인간의 내면적 삶은 한없이 황폐하고 초라해진다. 다시 말해서 언어를 의사소통의 도구로만 사용할 때, 인간의 사고는 경직되고 상상력의 활동은 위축되며 인간과 세계의 관계는 현실적으로 고착될 수밖에 없다는 것이다. 그러므로 현실주의자들의 실용적이고 관습적인 언어를 공격하는 초현실주의자들의 언어관은 인간의 정신과 상상력을 자유롭고 개방적으로 만들면서, 근본적으로 삶을 변화시키기 위한 문화운동으로 표출된다.

『문학과사회』에서 2000년대 한국 시의 새로운 미학을 형성할 젊은 시인들로 선정한 세 시인과 그들의 시집은, 진은영의 『일곱 개의 단어로 된 사전』(문학과지성사, 2003), 김행숙의 『사춘기』(문학과지성사, 2003), 이장욱의 『내 잠 속의 모래산』(민음사, 2002)이다. 이 시집들을 읽고 첫번째로 떠오른 생각은 이들의 시가 자동기술의 방법에 의존하지는 않았다 하더라도 다분히 초현실주의적 언어 사용에 가깝다는 것이다. 특별한 기준에 의거하지 않고 눈에 띄는 대로 한 시인마다 한 편의 시를 골라서 예를 들어보면 다음과 같다.

1) 하늘에 모자들이 가득 떠다닌다
나무의 빛나는 눈을 덮는다

골목 담장에 따닥따닥 붙어 있는 검은 조개들
입을 벌리고 시간을 삼킨다
불면증 환자는 지금 커다란 장롱 속에서 도망 중이다
무한히 늘어나는 밤의 팔로부터

잠들어 있는 새들을
꿈의 얼룩고양이가 덮친다
늙은 세일즈맨은 잠옷차림에 서류를 들고
축축하고 거대한 버섯들 사이로 갈팡질팡 걸어다닌다

—진은영, 「새벽 세시」 부분

2) 신문을 덮고 자던 남자가 화다닥 일어났다……여대생이 강의실
을 나와 화장을 고쳤다……미아 보호소에서 한 아이가 구슬을 꺼내
보여주었다……집 나간 개 한 마리는 조금씩 더러워졌다……

후드득, 후드득, 비가 오고 있었을까…… 집 나간 개 한 마리가 귓
속으로 들어와 오줌을 갈길 때는 혼몽해서…… 나는 결근을 하고 누
웠는데
                              —김행숙, 「전화 받는 여자」 부분

3) 나는 언젠가 이곳에 와본 적이 있다 이름을 알 수 없는 교차로
먼저 흘러가는 오토바이 몇 대 너무 많은 헤드라이트들이 정거한다 신
호등 우회도로 그리고 젖은 보도블록에 눈을 두고 지나가는 긴 머리
여자 하나 내가 내내 꿈꾼 것은 어이없는 객사였다 그것만이 나를 완

성할 것이다 상점들 가로등 정류장 끝내 돌아가지 못할 곳은 없다 아

니 돌아갈 수 있는 곳은 없다　　　──이장욱, 「아주 오랜 여행」 부분

이 시들은 모두 꿈과 현실의 경계가 모호하여 논리적으로 설명할 수 없는 세계의 풍경을 보여준다. 우연한 현상이지만 이 시들에서는 모두 잠과 꿈이라는 어휘가 등장하는데, 그것은 1)에서는 "잠들어 있는 새들"과 "꿈의 얼룩 고양이." 2)에서는 "집 나간 개 한 마리가 귓속으로 들어와 오줌을 갈길 때는 혼몽해서", 그리고 3)에서는 "내가 내내 꿈꾼 것은 어이없는 객사였다"이다. 3)과 관련된 이장욱의 시집 제목이 '내 잠 속의 모래산'이란 것도 시인의 시적 자장이 잠과 꿈에 가까운 세계임을 증명하는 예이다.

이 시인들의 시에서 언급하는 꿈의 의미가 무엇이건, 그들의 시는 모두 꿈의 풍경처럼 익숙해 보이면서도 낯선 환각의 세계를 보여준다. 이러한 초현실주의적 언어사용법에 의존함으로써 그들은 관습적 세계의 허위를 부정하고, 기성의 낡은 질서를 무너뜨리려는 반항의 의지를 드러낸다. 그들의 시가 대상을 명료화하기보다 모호하게 만들고, 의미를 형성하고 완성시키기보다 의미를 해체하고 분산시키는 방향으로 집중해 있는 것에서도 그러한 반역과 전복의 의미를 읽을 수 있다. 여기서 초현실적 언어를 구사하는 시적 자아는 종래의 서정시에 나타나는 서정적 화자가 아니다. 그들의 시에서는 일인칭 화자가 많지 않고, 일인칭의 시일지라도 화자는 시인의 개인적 서정을 표현하지 않고 어떤 비이성적 무의식의 모습을 드러내려고 한다. 그들은 의식의 주체적 목소리를 통해서는 말해지지 않았던 부분, 즉 서정적이거나 객관적인 세계의 질서 속에서는 표현되지 않고 억눌려왔던 내

용을 새로운 시의 문법으로 제시하고 이야기하려 한다. 그들의 새로운 시적 표현 방식은 종래의 시적 자아 중심의 서정성이나 관념의 내용을 연속적으로 펼쳐 보이지 않고, 의미의 단절과 불연속성을 보인다. 꿈과 환상의 세계처럼 논리적 연결이 단절되고 의미의 통일성이 사라진 이러한 시적 풍경과 아름다움의 기준이 무너져버린 비(非)시적 풍경이 혼란스럽게 이어진다. 이런 시적 분위기의 일반적 특징을 확인하고 검토하면서 그들의 시적 개성이 구체적으로 어떻게 다른지 살펴보도록 하겠다.

2

진은영은 서정적 자아를 파괴하고 부정하려는 의지가 누구보다 강한 시인이다. 그는 자신의 과거와 현재를 돌아보는 시에서 자기도취나 자기연민에 사로잡히지 않고 자신의 감정을 철저히 객관화하거나 추상화한다. 가령 「첫사랑」 「청춘 1」 「대학 시절」 「서른 살」과 같은 시들은 시인의 과거 혹은 현재의 모습을 주제로 한 것처럼 보이는데, 여기서 시인의 개인적인 모습은 전혀 노출되지 않고, 과거의 기억과 관련된 것이건 현재의 삶과 연결된 것이건 간에 감정의 표현은 극도로 절제되고 객관화되어 있다.

소년이 내 목소매를 잡고 물고기를 넣었다
내 가슴이 두 마리 하얀 송어가 되었다   —진은영, 「첫사랑」 부분

사이만을 돌아다녔으므로
나는 젖지 않았다 서성거리며
언제나 가뭄이었다
물속에서 젖지 않고
불속에서도 타오르지 않는 자　　　　　　　——진은영, 「청춘 1」 부분

켜켜이 쏟아지는 햇빛 속을 단정한 몸짓으로 지나쳐
가는 아이들의 속도에 가끔 겁나기도 했지만
빈둥빈둥 노는 듯하던 빈센트 반 고흐를 생각하며
담담하게 담배만 피우던 시절　　　　　　　——진은영, 「대학 시절」 부분

단지 무언가의 절반만큼 네가 왔다는 것
돌아가든 나아가든 모든 것은 너의 결정에 달렸다는 듯
지금부터 저지른 악덕은
죽을 때까지 기억난다　　　　　　　　　　——진은영, 「서른 살」 부분

　이 시들에서 짐작해볼 수 있는 시인의 첫사랑과 대학 시절에 대한
회상, 서른 살이 되었을 때의 자기를 돌아보는 자화상의 공통점은 자
신의 감정에 대한 철저한 거리두기이다. 소년에 대해 싹튼 첫사랑의
여린 감정은 "소년이 내 목소매를 잡고 물고기를 넣"은 행위로 표현
되고, 주변의 사람들과 동화되지 못하고 외로움을 느끼며 방황하던
우울한 청춘의 모습은 "언제나 가뭄"이 되어 "물속에서도 젖지 않고/
불속에서도 타오르지 않는 자"로 그려진다. 이러한 청춘의 시간과 겹
쳐 있을 것으로 보이는 「대학 시절」의 자화상은 "빈센트 반 고흐를

생각하며/담담하게 담배만 피우던 시절"로 떠오른다. 물론 그 시절에 시인은 "담배만 피우"지 않고 담배 피우는 행위와 함께 연상되는 시 쓰는 일에 몰두했을 것이다. 이 시에서 "켜켜이 쏟아지는 햇빛 속을 단정한 몸짓으로 지나쳐/가는 아이들"은 규범의 틀 속에서 일탈을 모르는 모범생들을 가리키는 표현으로 보인다. 그런 시인이 서른 살이 되었을 때, 서른 살의 나이는 무엇보다 인생의 '절반'이라는 것으로 기억되어 시인은 자기 삶에 대한 강한 책임감과 두려움을 갖게 된다. "지금부터 저지른 악덕"이 "죽을 때까지 기억난다"는 것은 악덕을 행하지 말아야 한다는 다짐일 뿐 아니라 부득이 악덕을 저지르게 되더라도 그것을 책임질 수 있어야 한다는 의미로 해석된다. 「서른 살」에서 또한 주목되는 것은 화자의 모습을 이인칭으로 객관화하고 있다는 점이다. "무언가의 절반만큼 네가 왔다는 것" "모든 것은 너의 결정에 달렸다는 듯"에서 보이는 이인칭의 출현은 그만큼 시인이 자아를 객관화하는 모습을 입증한다. 또한 「푸른색 Reminiscence」에서 "추억은/커다란 뚜껑이 달린 푸른색 쓰레기통/열어보지 않으면, 산뜻하다/모든 것이 푹푹 썩어가도"라는 구절은 추억이 시인에게 소중한 것이기보다 버려야 할 것으로, 중요한 것은 현재의 삶이라는 것을 강조한 것으로 해석된다. 또한 추억은 버리지 않고 쌓아두면 둘수록, 부패하고 악취가 가득해진다는 느낌의 표현은 보들레르의 시를 연상시킨다.

시인은 이렇게 자신의 과거와 현재의 모습을 객관화하는 데 그치지 않고, 자신의 정체성을 부정하거나 파괴하고 변형시킨다. 고흐와 동일시하면서 "커다란 귀를 잘라/바람 소리 요란한 밀밭에 던져버렸다"는 「고흐」와, "아버지가 숨겨둔 약을 먹은" 바퀴벌레의 모습으로 정신없이 기어 다니는 환각을 보여준 「벌레가 되었습니다」는 주체와 주관적 서정을 부정하는 시들이다. 그러나 이런 시들보다 「가족」「유괴」「귀가」「달팽이」는 자아의 연장이라고 할 수 있는 가족의 의미를 부정하고 가부장적 질서와 아버지의 권위를 해체하려는 의지를 강렬히 표출한다. 이 가운데 「유괴」와 「귀가」는 상당히 특이하고 충격적이다.

아주 어렸을 적, 혼자서 별들의 놀이터에 있을 때였다
그는 어디로부턴가 와서 알 수 없는 곳으로
나를 끌고 갔다
내가 두려움에 떨며 처음 울음을 터뜨린 곳은
어느 낯선 집 차가운 요람 속이다
[……]

유괴범, 그에게는 덧셈의 가업을 이을 장자가 필요하다
유괴범, 그의 이름은 아버지다
유괴범, 그는 나를 좁은 철장에 가두었다   ──진은영, 「유괴」 부분

나는 드릴처럼 튼튼한 이를 가진 쥐였다
내 가족이 사는 집 콘크리트 벽에
구멍을 내고 숨어들고 싶었다   ──진은영, 「귀가」 부분

"별들의 놀이터"에 있던 '나'를 누군가 유괴하듯이 끌고 갔는데 그 "낯선 집 차가운 요람" 속에서 보니까 그 유괴범이 바로 '아버지'라거

나, '나'는 "내 가족이 사는 집 콘크리트 벽"을 긁어서 구멍을 내고 싶다는 것은 그만큼 '아버지'의 권위와 가정의 울타리를 파괴하려는 의지의 반영으로 보인다. '아버지'는 이성이고, 과학이고, 문명이다. 그러한 '아버지' 때문에 "좁은 철창"에 갇힌 '나'는 "별들의 놀이터"에서 놀던 시절과 '어머니'의 모습을 그리워한다. "내 가족이 사는 집"은 그러므로 '어머니'로 상징되는 따뜻하고 부드러운 모성성이 부재하는 곳이다. '나'는 가족의 한 구성원이지만, 행복한 가족적 분위기에서 소외되어 있다. '나'는 집을 부정하고, 집으로부터 떠나고 싶어 한다. 감옥이나 다름없는 그런 집으로부터 탈출할 수 없기 때문에 '나'는 "콘크리트 벽에" "구멍을 내고 숨어들고" 싶은 것인데, 여기서 '구멍'은 어머니의 자궁이거나 모성의 품을 연상할 수 있는 아늑한 시원의 공간으로 해석된다. 감옥과 같은 그런 집을 만든 '아버지'의 존재에 대해 시인은 「달팽이」에서 무의식적 살해의 욕망을 표출하기도 한다. 시인은 이렇게 아버지로 상징되는 차갑고 삭막한 현실세계를 파괴하는 한편, 평화롭고 모성적인 세계를 부활시키려 하거나 자신의 삶을 변화시키려는 혁명적 의지를 시에 담는다.

진은영은 시가 구원이라는 생각과 현실의 변화를 꿈꿀 수 있는 수단이 된다는 믿음을 갖고 있는 시인처럼 보인다. 「일곱 개의 단어로 된 사전」에서 '문학'은 "길을 잃고 흉가에서 잠들 때/멀리서 백열전구처럼 반짝이는 개구리 울음"으로 정의되고, '시'는 "일부러 뜯어본 주소 불명의 아름다운 편지"로 설명된다. 물론 "너는 그곳에 살지 않는다"는 구절이 덧붙여짐으로써 시는 만날 수 없는 것이라는 암시가 있지만, 만날 수 있건, 만날 수 없건 간에 어두운 밤 낯선 곳에서 멀리 보이는 불빛 혹은 정겨운 "개구리 울음" "주소 불명의 아름다운 편지"라는 표현에서 시에 대한 긍정적 의미는 쉽게 확인된다. 또한 「詩」에서 시는 "빙산의 가장 깊고 투명한 곳에서/터져나오는 열기"처럼 뜨겁고, "심장에 정확히 꽂힌 칼"처럼 날카롭고, "사막을 물들이는 저녁노을"처럼 아름다운 이미지로 표현된다. 그러나 시인이 꿈꾸고 지향하는 시는 "예쁜 여자, 통일성, 넓은 길이나 거짓말과 같은 것들"(「이전 詩들과 이번 詩 사이의 고요한 거리」)이 없는 시, 상식적이고 대중적으로 이해되는 허울과 거짓의 언어들이 부정되고 극복된 시일 것이다.

진은영의 시를 주제로 한 작품들 중에서 또한 주목해야 할 시는 「긴 손가락의 詩」이다. 이 시는, 제목에 나타나 있듯이, 시인과 시 사이의 거리, 시인의 마음속에 쓰고 싶은 시와 쓴 시 사이의 간극을 제거하려는 의지의 소산으로 보인다. 이 시에서 시인은 손가락으로 시를 쓰고, 시를 쓸 때, 손가락을 쓰는 일이 머리를 쓰는 일보다 중요하다고 말한다. 여기서 사람의 손가락을 나무의 가지에 비유하는 시인의 상상력은 탁월하다. 이런 상상력에 의해서 시인은 손가락이 나무의 가지처럼 몸통에서 가장 멀리 뻗어 있는 육체의 부분이기 때문에, 손가락으로 "고요한 밤의 숨결, 흘러가는 물소리를, 불타는 다른 나무의 뜨거움을" 감지할 수 있다고 쓴다. 후각적이거나 청각적인 것을 손가락으로 만져서 느낄 수 있는 대상으로 재치 있게 표현한 것이다. 그러나 "가장 멀리 있는 가지"가 가장 여리고 부러지기 쉽듯이, 손가락으로 시적 진실의 대상을 포착하기란 쉽고 안전한 일은 아니다. 어렵고 위험한 일을 의식하면서도 시인은 "손가락 끝에서 시간의 잎들이 피어"나는 창조적 순간을 기다린다. 진은영은 이렇게 시적 창조의 고통스럽지만 의미 있는 체험을 시로 형상화하면서 시의 존재론적 가치를 긍정하고 시적 진실을 촉구하는 치열한 의식을 보여준다.

3

김행숙의 시는 누구보다도 파격적이다. 서정시의 경우, 시인의 분신이라고 말할 수 있는 시적 자아가 자신의 삶과 세계에 대한 느낌 혹은 생각을 표현한 것이라면, 김행숙의 시에서는 대체로 그러한 시적 자아가 분명치 않고 혼란스럽다. 그의 시에서는 일인칭 화자가 많이 등장하지도 않고 등장하더라도 일인칭 화자의 목소리만으로 한 편의 시가 완성되는 경우는 아주 드물다. 또한 일인칭 화자가 누구를 향해서 말하는지도 불확실하다. 고유명사가 거의 등장하지 않는 점도 이러한 혼란이 가중되는 요인으로 보인다. 어떤 인물의 모습을 구체적으로 제시하지도 않은 채, 시의 화자는 '그' '그녀' '너' '당신' 등의 대명사를 거침없이 사용하고, 어법에서도 어떤 때는 '~하네' '~한다'와 같은 독백체의 화법을 취하다가, 또 어떤 때는 '~이어요' '~인가요?'처럼 존칭의 어미로 끝나는 대화체의 화법을 쓰기도 한다. 몇 편의 시를 예로 들어보자.

네겐 햇빛이 필요하단다. 여자는 나를 유모차에 태우고 공원을 산책했다. 햇빛은 어디 있지요? 난 뭔가 만지고 놀 게 필요해요. 나는 여자를 올려다보았다. 여자도 어딘가를 올려다보았다.

　　　　　　　　　　　　　　　　　　　──김행숙, 「삼십세」 부분

우는 애들을 달랠 순 없어요. 난 머릿속이 출렁거릴 때까지 울죠. 애들이 날 달래지 않으면 애들이 …… 애들이 …… 익사할지도 몰라요.

—김행숙, 「우는 아이」 부분

휴일은 과격하고 우울하고 아름답네. 휴일은 걸어 다녔네. 휴일은 모르는 사람을 따라가네.

주유소 소녀는 찡그리고 있네. 휴일은 키스를 해주러 오는 남자가 있어요. 하루는 너무 길고

—김행숙, 「8요일」 부분

인용된 시들은 각 시의 도입부에 해당하는 부분이다. 그러니까 "네겐 햇빛이 필요하단다" "우는 애들을 달랠 순 없어요" "휴일은 과격하고 우울하고 아름답네"는 각 시의 첫 문장들인데, 첫번째 문장은 '나'를 "유모차에 태우고 공원을 산책"하는 여자가 한 말로 짐작할 수 있지만, 문장의 화자가 우는 아이인지 시인인지는 모호하다. 또한 세번째 문장의 화자는 시인의 분신으로 추정되지만, 독자의 입장에서 의인화된 휴일이 "과격하고 우울하고 아름답"게 보이는 이유를 알 수는 없다. 만일 휴일은 우울하기도 하고 아름답기도 하다면 독자의 입장에서 우울한 휴일도 있고 아름다운 휴일도 있겠거니 생각하겠지만 '과격하고'라는 형용사 때문에 바로 의문이 생기는 것이다. 그러나 프랑시스 퐁주의 시에서처럼 모든 사물이 꿈꾸고 생각하고 숨을 쉬는 존재처럼 표현될 수 있다면, 휴일이 과격하고, 걸어 다니고, "키스를 해주러 오는 남자"를 만나고, 때때로 바느질을 한다고 해서 이상할 것은 없을지 모른다. 휴일이 보통날 기계처럼 일하는 사람의 숨통을

터줄 수 있는 참으로 소중한 시간으로 느껴진다면, 왜 생명을 지닌 존재의 차원에서 상상될 수 없을 것인가? 문제는 휴일이 이처럼 주인공으로 등장하는 「8요일」에서 "휴일은 내가 늙을 때까지 걸어 다녔네. 내가 쓰러졌을 때까지 가죽은 질기고"의 '내가'라는 일인칭이 무엇인가 하는 점이다.

이렇게 일인칭이 무엇인지 알 수 없을 만큼 인칭대명사가 불확실하고 혼란스럽게 사용되는 것은, 시인이 사람이건 사물이건 그것들이 현실의 논리에서 명명되고 구분되는 방식을 존중하지 않기 때문이다. 시인이 보여주는 것은 현실의 세계가 아니라 초현실의 세계이고, 의식의 세계가 아니라 무의식의 세계이다. 초현실과 무의식의 세계에서는 과거와 현재의 시간적 차이가 존재하지 않고, 존재자들 사이의 정체성도 사라져버린다. 그러니까 '나'와 '엄마'의 모습이 겹쳐서 떠오르고(「삼십세」), "코피를 흘리는 코끼리 속에는/펌프질을 하는 아기 코끼리"(「성스러운 피」)가 있고, "잠시 휘청했는데 구부러진 노파가 튕겨져" 나와 노파를 잡으러 가는 일(「이상한 동쪽」)도 가능하며, 내 입이 "벌레를 씹고" 있다가 어느새 "내가 씹힐 때"와 같은 도치의 상황(「즐거운 식사」)이 전개되기도 하는 것이다. 또한 "내 이름은 군대이니 우리가 많음이네. 그대와 내가 복수이니 우리네"(「귀신 이야기 3」)와 같은 이인칭과 일인칭의 무차별성, "당신은 거기에 있는가? 십년 전에, 혹은, 십 년 후에"(「위치」)와 같은 시간적 차이의 실종, 노파와 세 아이들의 동질화 혹은 동일화(「천국의 아이들 2」) 현상도 나타날 수 있다.

김행숙의 시가 환각적이고 초현실적인 동경을 보여주는 예는 너무도 많다. 「귀신 이야기」라는 제목의 시는 모두 8편이나 되는데, 시인은 의도적으로 「귀신 이야기」를 시집의 첫 부분(2편), 중간 부분(4편), 끝 부분(2편)에 골고루 배치하고 있다. 이것은 「사춘기」 연작을 3부에 집중적으로 연속해서 배열한 것과 다르다. 「귀신 이야기」의 이러한 배열은 시집의 전체 속에서 일정한 간격을 두고 계속적으로 출현한다는 반복의 비중을 반영할 뿐 아니라 그 사이에 끼어 있는 다른 시들과의 친숙한 관련성을 증명한다. 물론 「귀신 이야기」가 다른 이야기들 속에 삽입된 것인지, 다른 이야기들이 「귀신 이야기」들 속에 끼어 있는 것인지 알 수 없을 만큼, 그것들의 연관성은 밀접해 보인다. 실제로 「귀신 이야기」에 등장하는 귀신이나 귀신의 행위는 낯설고 두려운 존재로 그려지지 않고, 귀신이 들린 사람에게 선행을 하는 친숙한 모습으로 나타난다. 「귀신 이야기 1」에서의 귀신은 사람과 사이가 좋은 거울의 관계를 맺고, 「귀신 이야기 2」에서의 귀신은 사람 속으로 통과해 들어가는 재미를 놀이로 삼고 있다. 그밖에 "아가야, 무서워하지 마"라고 다정하게 말하는 귀신(「귀신 이야기 4」), 사람이 찾아올 때마다 "부드럽게 문을" 열어주는 귀신(「귀신 이야기 5」), 언제나 기다릴 줄 아는 충직한 귀신(「귀신 이야기 6」), "그애를 사랑했어"라고 사랑을 표현하는 귀신(「귀신 이야기 7」) 등, 대부분의 귀신은 사람을 괴롭히거나 공포를 주입하는 존재가 아니라 사랑하고 이해하는 친구와 같은 존재로 나타난다. 그러한 귀신들의 이야기는 결국 의식의 껍질 속에 갇힌 무의식의 목소리와 다름이 없다.

시인은 이렇게 무의식을 탐구하고 그것을 시적 주제로 형상화하며 그것의 과정 혹은 결과를 시의 전면에 부각시킨다. 이런 점에서 보자면 「기우는 사람」에서 "나는 그의 무의식을 의심한다"는 언술이 세 번이나 반복되는데, 이것은 무의식을 회의한다는 뜻이 아니라 무의식을 깊이 생각한다는 뜻으로 해석된다. "나는 당신의 지하를 구경할 수 있는 베란다를 욕망한 때가 있었다"(「지하 1F에 대해서」) 역시 무의식의 세계에 대한 시인의 깊은 관심을 반영하는 예이다.

「사춘기」에 등장하는 소년·소녀들 역시 화자의 무의식을 반영하는 존재들로 보인다. 사춘기는 화자에게 결코 아름다운 추억의 시간으로 기억되지 않는다. 그것은 대부분 현재형으로 나타나고, 과거형으로 서술되더라도, 과거의 사건은 현재의 시점과 관련되어 있다. 「사춘기」의 아이들은 대부분 고유명사로 명명되거나 기억되지 않는다. 노랑머리 소년, 칼을 갖고 다니는 소년, 어른들이 '후레자식'이라고 말하는 '바람의 아들', "상점에서 물건을 훔친 경험"이 있는 여자애들, 자살 미수로 "앰뷸런스에 실려 가는" '나' 등 「사춘기」의 등장인물들은 반항과 일탈의 행위로 어른들의 규범적 사회 속에 편입되기를 거부하는 모습이다. 김행숙의 시에는 「사춘기」의 아이들 외에도 소년들이나 소녀들이 여러 번 등장하는데, 그들은 빈 교실의 커튼 뒤에서 자위를 하는 사내애(「지하 1F에 대해서」), "머리채 잡힌 채 아버지에게 끌려간 숙자"(「가위 지나가다」), "털이 집중적으로 자라는 부위를 만지곤" 하는 소년(「가시」) 등 성적 호기심과 성문제로 방황하다가 고통을 겪는 모습이다. 시인은 이처럼 불안하고 위험한 사춘기의 아이들과, 욕망의 좌절로 괴로워하면서 '우는' 아이들의 모습을 객관화하거나 그들의 무의식과 내면의 갈등을 시적 분위기로 연출하면서 현실세계 혹은 규범적 세계의 허위와 비인간성을 공격한다.

다시 말해서 김행숙의 시는 현실에서 관습화된 삶의 방식이나 위선적 구조를 파괴하기 위해 기존의 시적 틀을 해체한 새로운 형태의 시 쓰기를 실천한다. 그 시에는 상투화된 도덕적 담론도 없고, 쉽게 쓰고 편안하게 해석될 수 있는 언어의 형상화도 없다. 절망적이면서도 도전적인 그의 시는 모험이자 위험으로 보이는데, 문제는 그러한 위험을 시인이 언제까지 감당할 수 있는가이다. 김행숙은 말의 진정한 의미에서 전위의 시인이다. 전위의 시인인 만큼 끊임없이 변화해야 한다는 자의식을 견디고, 자신의 새로운 시적 방향을 모색할 것이다.

4

이장욱의 시는 서정적인 분위기를 갖고 있으면서도 누구보다 비서정적이고, 친숙한 풍경을 보여주면서도 매우 낯설게 느껴진다. 그 이유는 그의 시가 서정성과 비서정성, 친숙함과 낯섦이 자연스럽게 혼합되지 않고 긴장관계 속에서 대립하는 형태로 만들어졌기 때문이다. 가령 그의 시의 첫 구절이나 시작하는 부분을 읽으면, "나는 언젠가 이곳에 와본 적이 있다"(「아주 오랜 여행」)는 시구처럼 독자는 막연히 친숙한 느낌을 갖게 되는데, 어느 순간부터 곧 당혹감에 빠지게 된다. 그 당혹감은 "언젠가 이곳에 와본 적이 있다"는 느낌이 착각이라는 독자의 깨달음과 일치하는 것이면서 독자의 예상과 어긋나는 데서 빚어진 감정이다.

또 다른 예를 들자면 「모딜리아니와 함께」라는 시의 첫 구절은 "바람이 불었어요 오늘은 낯선 여자를 만나고 싶었어요"인데, 이 구절에서 유하의 시집 제목을 연상하건 아니면 바람이 부는 날의 어떤 서정적 분위기를 떠올리건, 일반적인 독자라면 친숙한 서정성을 예상하고 시를 읽게 될 것이다. 그러나 "십구 세기 소설에 관한 지루한 독서/

등등은 취소되었구요 바람만 불었어요"라는 구절을 지나서 느닷없이 "6회 말의 프로야구와 모딜리아니의 신비에 대해/당신께 기나긴 편지를 쓰고 싶어요"와 같은 낯설고 불연속적인 이미지와 문장이 겹쳐지는 대목과 만나면서 독자는 서서히 불편함과 혼란스러움에 빠지게 된다. 그러다가 "저녁 산 너머 지구요 지구본 위에 그려진 해변에는/지친 파도가 천천히 멀어져 가겠지요/무성 영화 속으로 당신과 끝나지 않는 계단을 올라가면/그곳에 복음처럼 붉은 햇빛, 햇빛 내릴까요/얘기해 주세요 당신,"과 같은 끝부분에 이르러서는 극도의 황당한 느낌을 갖지 않을 수 없다. 시적 서술이 이렇게 진행되는 동안 독자는 '바람' '낯선 여자' '안개' '햇빛' '구름' '추억' '태양' '해변' '파도' '산'과 같은 서정적 시어를 만나면서 무의식적으로 안도감을 느꼈겠지만, 비논리적이고 이질적인 이미지가 증폭되면서 당황해하다가 "바람이 불었어요 오늘은 낯선 여자를"과 같은 마지막 구절에 이르면 걷잡을 수 없는 혼란에 빠진다.

흔히 시작하는 부분과 끝 부분이 같은 시를 원형적 구조 속에 순환의 흐름이 담긴 안정된 시라고 말한다. 그러나 「모딜리아니와 함께」의 경우, 시인은 시작하는 부분과 끝 부분을 같은 것처럼 보이게 하면서 차이를 만든다. 그 차이는 시작하는 구절이 완성된 문장이라면, "오늘은 낯선 여자를"로 끝나는 마지막 구절은 불완전한 문장이라는 근거에서 생긴다. 그의 시는 이렇게 얼핏 안정된 시 형식을 취하는 것 같다가 어느 순간부터 비논리적이고 불연속적인 흐름을 보이고 결국은 불완전하고, 불안정하게 끝을 맺는다. 몇 가지 예를 들어보자.

자주 울던 가수는 끝내 무서운 침묵 속에 최후를 맞았으나 어느 이

상한 날에 그를 지나 그녀를 지나 그대를 지나 문득 저 아득히 이상한
날에는 결국,   ─이장욱, 「결국,」 마지막 부분

나는 돌을 든 채, 어떤 생각이 나를 사로잡아,

                    ─이장욱, 「생각하는 사람」 마지막 부분

바람의 뼈마디가 탁탁, 온몸에 부딪는,

                    ─이장욱, 「대우 비디오점」 마지막 부분

전쟁도, 사랑도, 나는 무서워했으므로, 이제 와서, 구더기를, 무서
워하자고는……   ─이장욱, 「어떤 공포에 대한 나의 자세」 마지막 부분

저 눈 내리는 풍경 속에 아직도 우리는 더러운 삽화처럼

                ─이장욱, 「삽화처럼, 뿔 페테르부르크에서」 마지막 부분

그러니까 아무래도 의심의 여지가 없는, 저 꿈속의 눈 맞는 겨울 숲
이.   ─이장욱, 「의심의 여지가 없는 겨울 잎」 마지막 부분

바로크풍의 거리, 모든 윤곽들이 서서히 지워지고 있는.

                    ─이장욱, 「절정」 마지막 부분

그대는 바람 불고 그대는 비 내리는
어느 순간,
그대는 가볍게 웃으며,   ─이장욱, 「호명」 마지막 부분

이렇게 미완의 문장으로 끝나는 시들 외에도, 문장은 완결되어 있지만 주제의 의미가 허공에 떠 있듯이 불안정하게 종결되는 시들도 많다. 의미상으로나 문법적으로 불완전한 문장들로 시가 끝나는 것은 시의 의미를 닫아놓지 않고 열어두려는 시인의 의도 때문일 것이다. 시인은 진정한 시의 의미란 완성되거나 결정되는 것이 아니라고 믿는 듯하다. 그러니까 데리다의 철학이 의미의 중심주의를 타기하듯이, 이장욱의 시는 의미의 중심주의와 시적 주제의 건축 형태를 해체하려는 시도로 일관되어 있다.

가장 완벽한 것은, 가장 무의미한 것이다.
무의미함으로써만, 완벽한 세계. 의미 이전에, 행동하고 싶은 거야 이해해? 하지만 여자는 무표정하게 고개를 흔들었다.

— 이장욱, 「꽃 미아삼거리의 여름」 부분

시인은 "완벽한 것"은 무의미하기 때문에 "완벽한 것"을 거부하고, 무의미한 것, 또는 "의미 이전"의 것을 추구한다. 그가 "완벽한 것"을 무의미하다고 단정 짓는 까닭은 "완벽한 것"이 의미 있고 중요한 것처럼 간주되는 현실세계의 규범과 상식적 논리를 전복하기 위해서이다. "완벽한 것"은 어떤 것이든지 규범의 중심에 있기 때문에 상투적인 것이 되기 쉽다. 그런 점 때문에 시인은 "완벽한 것"뿐 아니라 정상적이고, 상투적인 모든 것을 공격하고 해체하려 한다. 「상투적」이란 시는 "상투적인"이란 형용사와 "상투성"이라는 명사를 16번쯤이나 반복하여 사용하면서 상투적인 것이 얼마나 지겹고 타기해야 할 것인지를 보여준다. 이장욱의 시에서는 이처럼 어휘의 반복이 많은데, 그것은 어휘의 중요성을 강조하기 위해서가 아니라 그 어휘의 의미를 반성적으로 혹은 뒤집어서 생각하기 위해서이다. 또한 같은 어휘가 반복되는 동안 그러한 반복과는 다르게 진행되고 변화하는 어휘나 문장들은 이야기를 구축하지 않고 의미의 조립을 무화시키면서 결국 이야기와 의미를 제자리걸음으로 돌아오게 한다.

「결국,」이란 시에서는 "이상한 날"이 모두 11번이나 반복적으로 사용된다. 화자는 어떤 이유 때문에 "이상한 날"이라고 설명하지 않는다. 특별한 사건도 발생하지 않았고 특이한 현상을 체험한 것도 아니다. "빈 공터와 당구장과 동대문 운동장을 지나 문득 흥겨운 술집의 죽은 친구의 화사한 여자들의 기나긴 과거를 걸어가는 어느 이상한 날" "그러므로 어느 이상한 날에 그를 지나 그녀를 지나 그대를 지나 까마득한 플라이 볼을 바라보며 아득해지는 써드베이스맨의 비애를 이해하는 이상한 날" "바람은 낯선 방향으로 불고 나는 은퇴한 복서처럼 하릴없이 걸어가는 이상한 날"은 특별히 이상할 것이 없는 날이다. 지극히 일상적이고 평범한 하루의 어느 순간이 별 이유 없이 낯설게 느껴짐으로써 시인은 그날은 "이상한 날"이라고 말하고, 그 시간과 그 하루의 의미를 객관화해보려 한 것일지 모른다. 다음과 같은 시도 그 "이상한 날"의 체험과 흡사한 느낌을 준다.

그때 야구장에는 비가 내리고 있었다.
아주 오랫동안

나는 내리는 비를,
내리는 비를,

내리는 비를,

혼자 바라보고 있었다.

이상한 삶이라고

생각했던 것 같다.　　　　　—이장욱, 「삼미 슈퍼스타즈 구장에서」 전문

　이 시에서 "이상한 삶이라고 생각"한 까닭은 무엇일까? 야구장에
서 내리는 비를 바라보다가 문득 삶의 부조리를 깨달았다는 것일까?
아니면 야구장에서 경기를 구경하지 않고 내리는 비를 바라보는 화자
자신의 모습이 "이상한 삶"처럼 느껴졌다는 것일까? 시에서 어떤 의
미를 찾으려는 독자의 관점에서 이 시는 의미가 불분명하거나 의미의
중심적 요소가 빠져 있는 것처럼 보일 것이 분명하다. 이 경우에 독
자는 시에서의 '이상한 삶'에 동의하기보다 이 시를 이상한 시라고 말
할지 모른다. 그러나 이 시뿐 아니라 이상하게 보이는 시들이 많은
것은 독자들이 시에 대해 갖는 고정관념을 깨뜨리고, 시를 낯설게 보
게 하려는 시인의 의도 때문이다. 이러한 시도는 인간이건 사물이건
대상과 그것의 상투화된 의미의 관계를 전도시키거나 전환시키려는
시인의 시적 작업으로 연결된다. "생각에 잠긴 나무"(「편집증에 대해
너무 오래 생각하는 나무」), "오늘 내 사소한 하루에 영구 입주한 그
대"(「로코코식 실내」), "액자처럼 걸려 있었"(「눈밭에 서 있는 남자」)던
'시간', 사라지면서 "오직 사라짐에 대하여 생각"하는 '꽃' 그러나
"단단한 화분과 난분분한 들판을 구분하지 않으며" "풍향계가 가리키
는 방향으로 끝없이 몰려가는 바람을/결코 바라보지 않는"(「사라지는
꽃」) '꽃' 등에서 알 수 있듯이, 꽃과 나무는 사유하는 존재로 전환되

고, 시간은 사물화되거나 공간화된다.

시인은 정상적이고 상투적인 것을 이상하고 특이한 것으로 변형시키듯이 사물을 인간화하거나 인간을 사물화하여 존재의 역할을 전도시킨다. 그리하여 현실적인 풍경은 환상적이고 초현실적인 분위기로 전환된다. 어떤 의미에서 그것은 현실적인 것이 초현실적인 것으로 변화되었다기보다는 현실 속에서 감춰진 존재의 부분, 혹은 무의식의 풍경이 현실의 표면적 논리와 상투성을 뚫고 어렵게 나타난 진실의 모습일 수 있다. 이장욱의 이런 시도가 많은 독자의 공감을 얻기는 어렵겠지만, 새로운 시적 진실을 모색하고 그것에 적합한 해체적 형식을 추구하는 그의 실험정신과 진지한 태도는 높이 평가될 만하다.

〔2005〕

문학은 무슨 소용이 있는가

'문학은 무슨 소용이 있는가'라는 질문은 '문학이란 무엇인가'라는 질문처럼 오랫동안 되풀이되어온 물음이다. 이것은 문학이 무엇을 할 수 있겠느냐는 자조적인 물음과 함께 문학의 의미를 반성하고 문학의 역할을 되짚어보는 방법이 될 수 있다. 물론 문학은 무슨 소용이 있는가 하고 물었을 때 문학에 종사하는 사람이건 아니건 문학이 소용 없는 것이라고 간단히 대답할 사람은 아무도 없을지 모른다. 그 이유는 어느 정도 교양을 갖춘 사람이라면 누구나, 본능적이고 물질적인 욕망으로만 살아갈 수 없는 존재로서 정신적이고 문화적인 것 혹은 예술과 문학의 필요성을 인정하는 최소한의 기본적인 양식을 갖고 있을 것이기 때문이다. 그러나 우리의 삶에서 아무리 문학의 존재와 역할의 의미가 당연시되더라도 오늘날 이 문제를 다시 생각해보는 것은 인문학의 위기나 문학의 위기가 비슷한 위상에서 논의되는 현실에서 언제라도 필요한 일처럼 보인다.

김현은 『한국 문학의 위상』(문학과지성사, 1977)에서 문학은 무엇을 할 수 있느냐는 질문을 "존재론적인 차원에서는 무지와의 싸움을, 의미론적인 차원에서는 인간의 꿈이 갖고 있는 불가능성과의 싸움"을 문학의 중요한 역할로 정의하는 것으로 풀어나갔다. "문학은 배고픈 거지를 구하지 못한다. 그러나 문학은 그 배고픈 거지가 있다는 것을 추문으로 만들고, 그래서 인간을 억누르는 억압의 정체를 뚜렷하게 보여준다. 그것은 인간의 자기기만을 날카롭게 고발한다." 김현은 이러한 주장을 이끌어내기 위해 문학은 써먹을 수 없는 것 또는 소용없는 것이라는 말에서 출발하여 소용없는 것이기 때문에 억압하지 않고, 억압하지 않는 문학은 억압하는 것의 정체를 보여준다는 식의 논리를 전개했다. 문학은 그렇다면 인간을 전혀 억압하지 않는 것일까? 문득 드는 생각이지만, 가령 말라르메의 시나 누보로망이 유희로서의 독서가 아니라 탐구로서의 독서 혹은 정밀한 분석 작업으로서의 독서를 요구할 때 그것은 또 다른 의미의 억압이 되는 것은 아닐까? 이 경우 아무리 문학이 억압적이라도 그것은 억압을 드러내는 억압이므로 김현의 억압하지 않는 문학의 논리는 여전히 타당성을 갖겠지만, 일단, 억압의 문제를 떠나서, 문학의 효용성이나 유익함의 문제를 근원적으로 생각해볼 필요는 있다.

19세기 프랑스의 보들레르와 플로베르는 시와 소설에서 각각 뛰어난 업적을 남긴 시인이며 작가이지만, 그들은 당대 사회가 필요로 하는 유익한 존재의 삶을 살려고 하지 않았을 뿐 아니라 동시대의 독자들에게 재미있거나 공감을 주는 글쓰기를 시도하지 않았고, 삶의 교훈을 주는 유익한 문학을 하려고 하지도 않았다. 그들은 어떤 글을 쓰는가에 따라 자신의 독자가 될 수도 있는 동시대의 부르주아들을 혐오하고 그들의 생활 방식이나 물질적 가치관을 거부했다. 그들은 남들에게 쓸모없는 존재임을 뼈저리게 의식하면서도 자신의 문학만이 가장 진실하고 가치 있는 것이라는 믿음 때문에 쓸모없는 존재로서의 삶을 견딜 수 있었고, 문학이 없었다면 아마도 그들은 죽음의 충동으로 삶을 포기했을지 모른다. 세속적인 영광과 행복을 거부함으로써, 다시 말하자면 자신들의 삶을 희생함으로써 그들은 문학을 성취했지만, 그들의 문학성은 동시대의 독자들에게 쉽게 수용되는 대중문학이나 모럴리스트적인 내용과는 거리가 먼 것이었다. 그러나 그들의 문학에 담긴 현대적 삶의 내면 풍경이나 진실에 대한 통찰은 그들의 시대를 넘어서 많은 독자들의 공감적 인식으로 확산되었다. 그들의 사회와 시대를 초월하여 보편적인 문학성에 공감하는 후대의 사람들은 자신들의 공허한 삶과 시대에 절망하면서도 희망을 가질 수 있었다. 문학이 아무리 쓸모없는 것이라도 그것이 세속적 삶을 경멸하고 진실한 삶을 깨닫는 데 도움을 준다면, 그것처럼 가치 있는 일도 없다고 생각한 것이다. 보들레르의 「창문들」이라는 산문시에서처럼 문학이 시인에게 "내가 살 수 있도록 도와주고 내가 존재하며 내가 어떤 사람인지를 깨닫게 도와주기만 한다면," 이러한 문학의 효용성은 그야말로 절대적이라고 말할 수 있을 정도이다. 어느 시대에나 문학의 필요성과 당위성이 언급될 수 있는 것은 바로 이러한 효용성 때문이라고 말할 수 있다. 그러나 지금의 이 시대, 즉 컴퓨터 문화가 일상생활의 일부를 이룰 만큼 보편화되고, 영상 매체가 인쇄 매체를 압도하여 문학의 인기가 퇴조하는 시대에 문학의 효용성을 다시 생각해 본다면 우리는 어떻게 대답할 수 있을까?

김병익은 아날로그에서 디지털로, 문자 중심에서 이미지 중심으로 변화하는 21세기를 전망하면서 "문학은 틀림없이 문화 산업의 한 종사자로 내려앉고 예술은 대중의 소비품으로 밀려나며 작가와 예술가는 인기와 소득으로 자신의 자리를 확인하고, 세계를 총체적으로 이해하고 그 진상을 밝힐 인문주의 정신은 자본-과학 복합체의 거대한 무게에 눌려 소수의 불평으로 처리될 것"[1]을 우려했다. 그는 21세기의 문학의 역할과 운명에 대해서 이렇게 회의적인 시각을 보이지만 동시에 "삶의 의미와 세계의 허위에 대한 각성"을 보여주는 문학의 진정성에 대한 희망을 덧붙이기도 한다. 그러나 그의 희망에도 불구하고 문학에 대한 그의 전망은 비관적인 방향에 기울어 있는 것처럼 보인다.

또한 유재천은 「영상 시대와 독서」[2]에서 오늘날 영상 시대의 젊은 이들이 책을 멀리하고 영상 매체에 몰입하게 됨으로써 "사유하는 능력은 떨어지고 감각적인 능력만 발달하는 현상"을 이렇게 진단하고 있다. "텔레비전이나 영화와 같은 영상 매체는 보는 동안 생각할 여유 없이 그냥 감각적으로 느끼고 받아들이게 만든다. 분석하고 범주화할 틈이 없다. 시각과 청각을 통해 받아들이면 그만이다. 따라서 영상 매체는 논리적으로 사고하는 습성과는 거리가 먼 자극에 반응하는 메커니즘에 사람들이 길들게 만든다." 이런 점에서 그는 인쇄 매체가 논리적으로 사고하는 능력을 계발해주어 사색적이고 관념적인 인간형을 만드는 반면, 영상 매체는 생각하기에 앞서 행동부터 하는 관능형의 인간을 만들게 되는 현상을 비판하고 있는 것이다.

정치학자 이정복은 「우리는 왜 책을 읽지 않는가?」[3]에서 우리 사회

1) 김병익, 『21세기를 받아들이기 위하여』, 문학과지성사, 2001, p. 84.
2) 유재천, 「영상 시대와 독서」, 『한국현대문학관 소식』 20호 2003년 3월.
3) 이정복, 「우리는 왜 책을 읽지 않는가?」, 『서평문화』 제51집 2003년 가을.

에 급속히 확산된 인터넷 문화의 부정적 현상에 주목하고, 청소년들이 컴퓨터 앞에서 마우스를 클릭하는 생활에 탐닉함으로써 책을 읽지 않는 세태가 얼마나 나쁜지를 이렇게 설명한다. "마우스 클릭은 흑백의 세계이기 때문이다. 컴퓨터 프로그램을 잘못 클릭하면 더 이상 진행되지 않고 맞게 클릭하면 곧바로 진행된다. 맞는 클릭은 하나밖에 없는 것이고 이에 대해서는 논쟁이 필요 없다. 이 세계에서 인간은 컴퓨터 프로그램의 명령에 따라 수동적으로 움직이는 인간으로 전락할 위험성이 있다." 이런 점 때문에 그는 감수성이 강한 젊은이들이 컴퓨터 프로그램에 익숙해짐으로써 현실과 세계의 문제를 복잡하게 이해하고 고민하기보다 단순화하여 받아들이고, 마우스 클릭을 통해 보고 싶은 내용만을 보려는 경향을 심각하게 진단한다.

그러나 나는 문학이 처한 이런 비관적 상황들이야말로 거꾸로 문학의 필요성과 효용성이 그 어느 때보다 절실하다는 것을 일깨우는 조건임을 강조하고 싶다. 다시 말해서 컴퓨터와 영상 매체가 젊은이들의 사고력을 퇴화시키고 문학을 소비적인 대중문화의 흐름으로 몰아가는 비관적 상황일수록 문학의 힘과 역할은 더욱더 소중하게 인식되고 강조되어야 한다는 것이다. 그 이유는 대략 세 가지 점으로 정리될 수 있다.

첫째, 문학은 인간에게 생각하는 힘을 길러준다.

문학의 이러한 역할은 한 편의 시나 소설이 단순히 논리적으로 사고하는 능력을 계발해준다는 차원을 넘어서 우리의 삶을 통찰하게 하고, 의미 있는 삶을 생각하게 만든다는 점에서 중요시된다. 무엇보다 문학은 기본적으로 반성적 사유를 촉발하는 형태이기 때문이다. 한 편의 시는 진부하고 관습적인 논리를 넘어서 초월적인 세계를 꿈꾸게

하고 불가능한 세계를 가시화함으로써 인간의 이성적 한계를 극복할
수 있게 한다. 교양 있는 사람들은 현실의 세계에서 이성적 논리가
실현되기를 바라고 그러한 원칙에서 살아가는 것이 올바른 삶이라고
생각하면서도, 현실의 한계 속에서 이성적 논리와 원칙이 경직된 것
처럼 느껴질 때 그 논리의 틀을 깨뜨리고 정신의 자유를 누리고 싶은
욕망을 가질 수도 있다. 시는 무엇보다, 이러한 이성적 사유의 한계
를 넘어서는 언어의 이미지로 우리의 생각을 자유롭게 만드는 계기가
될 수 있는 것이다. 또한 한 편의 소설은 삶과 현실의 이야기를 통해
서 독자로 하여금 '우리가 사는 시대는 어떤 시대인가?' '이 시대에
나는 어떻게 살아가야 할 것인가?' 하는 물음을 촉발하고 그 물음에
맞는 답을 찾게 한다. 작가는 이런 문제에 답을 가르쳐주는 사람이
아니라 삶의 이야기를 통해 독자가 그 답을 찾도록 도와주는 사람이
다. 결국 독자는 작품을 읽으면서 계속 생각해야 하기 때문에 컴퓨터
화면의 지시에 따르듯이 작가의 견해를 수동적으로 받아들일 수 없는
것이다.

둘째, 문학은 사람들 사이에서 타자와의 대화를 가능하게 한다.

컴퓨터가 일상화된 환경에서 자란 사람들은 대체로 외부와 단절되
고 고립된 방에서 기계를 상대로 많은 시간을 보내는 자족적 생활을
즐기다 보면, 현실에서 사람들과의 인간적인 소통방식과 거리가 멀어
질 수 있다. 그들은 TV와 비디오와 컴퓨터를 통해 세상과 소통하고,
그러한 삶의 방식이 현실적 삶의 방식이나 별다를 바 없다고 생각한
다. 그들은 타인과의 소통도 온라인의 사이버 접촉으로 해결하고 만
족할 것이다. 어떤 사람은 온라인의 사이버 접촉으로 개인 간의 소통
과 교류가 활발해지는 현상을 긍정적으로 이해하기도 하지만, 온라인

의 소통 방식이란 근본적으로 비슷한 사람들 사이에서 혹은 동호인들 사이에서 교환되는 소통 방식일 뿐 한 개인과 다른 타자의 만남을 가능하게 하는 방법은 아니다. 온라인의 소통 방식에 익숙해지면 사람들은 타자와의 어려운 만남을 오히려 회피하게 되는 것이 아닐까. 그러나 문학의 세계는 독자로 하여금 타자와의 만남을 자유롭게 하고 그러한 타자의 모습이 독자의 내면 속에 있다는 자기 인식을 일깨워주며 타자에 대한 열린 태도를 갖게 한다. 물론 타자의 모습은 우리에게 편안하고 친밀한 존재가 아니라 불편하고 이질적인 존재이다. 현대 소설은 바로 그러한 타자들의 다성적인 목소리가 풍부하고 다양하게 출현하는 장르라고 할 수 있다. 바흐친이 도스토예프스키의 소설에 대한 설명에서 밝힌 것처럼, 작가와 작중인물의 대화적 성격은 전자가 후자에 대해 전지전능한 권력을 행사하지 않는다는 것을 의미한다. 대화적 성격의 다성적 문화에서 작중인물은 작가로부터 독립된 자율적 존재이고, 작가는 작중인물에 대해 이야기를 하는 사람이 아니라 작중인물과 함께 이야기를 나누는 사람이라고 할 수 있다. 그러니까 우리는 다성적 소설에서 타자와 대화하기를 경험할 뿐 아니라 대화의 방식을 배우기도 한다. 작가와 작중인물의 대화적 관계는 바로 소설과 독자의 대화적 관계로 연결되고, 문학의 독자는 그런 작중인물을 통해서 '나'와 '나 아닌 존재', 자아와 타자 사이의 상호 관계를 이해하고, 양자 사이의 대화성과 통합성을 발견할 수 있는 것이다. 송기원의 「울보 유생이」라는 단편에 나오는 다음과 같은 구절은 이러한 논리의 적절한 예이다. "대저 문학을 한다는 것은 무엇인가. 내가 살아낸 삶의 고통과 쓰라림과 막막함을 바탕으로 하여 다른 사람의 고통과 쓰라림과 막막함으로까지 그 외연을 넓혀가는 일이 아닌

가. 그리하여 결론은 나와 다른 사람이 다 함께 동류의식을 갖는 일이 아닌가."[4)

셋째, 문학은 허구의 언어를 통해서 영상 매체의 허구적 이미지 속에 은폐되었거나 잊힐 수 있는 진실을 일깨워준다.

문학은 플라톤의 '동굴의 우화'에서 볼 수 있는 사물의 그림자나 바닥에 투영된 이미지를 보게 하지 않고 이미지의 실체를 보게 하기 때문이다. 문학의 목표는 이미지나 그림자를 실재처럼 착각하게 만드는 보이지 않는 존재의 정체성을 포착하는 것이다. 오늘날처럼 텔레비전이나 인터넷에서 밤낮으로 방출하는 시각적 이미지가 홍수를 이루는 사회에서 대중은 그러한 이미지들의 포로가 되어 있다. 그들은 이미지들의 진위를 주체적으로 파악하는 능력을 갖지 못하고 수동적으로 이미지들의 기호를 소비하게 마련이다. 사실 텔레비전의 뉴스조차 사건과 문제의 본질을 보여주기보다 본질을 감추고 왜곡하는 경우는 얼마나 많은가. 화면에 떠오르는 무수한 이미지들은 '진짜 현실'을 보여주지 않고 '가짜 현실'을 보여주고 때로는 그 '가짜 현실'을 '진짜 현실'처럼 착각하게 함으로써, 사람들로 하여금 '진짜 현실'과 '가짜 현실'을 혼동하게 만든다. 더구나 기호의 시대라고 부를 만큼 기호들이 넘쳐흐르는 현대 사회에서 사람들은 아무리 정신 차리고 기호를 해독하려 해도 기표와 기의가 일치하지 않는 것을 발견하거나 기호가 무엇을 가리키는지 알 수 없는 것이 오늘의 현실이다. 이렇게 기호의 혼란과 이미지의 가짜 현실이 지배하는 세계에서 인간의 의식이 함몰되지 않고 저항할 수 있는 유일한 방법은 끊임없이 이미지의 허구성을

---

4) 송기원, 「울보 유생이」, 『사람의 향기』, 창비, 2003, p. 49.

의식하고 이미지의 실체와 진실을 찾는 것이다. 문학이 바로 이러한 작업을 수행할 수 있는 첫째 자리의 예술 장르라고 말할 수 있는 것은 문학만이 그러한 역할을 수행할 수 있는 것처럼 생각되기 때문이다.

물론 영상 매체의 시대에서 문학과 영상 매체의 싸움은 다윗과 골리앗의 대립처럼, 맞설 수 없는 상대와의 싸움일 것이다. 그렇기에 "인간은 가장 나약한 갈대에 지나지 않을지 모르나 인간은 생각하는 갈대다"라는 파스칼의 말처럼, 문학은 무엇보다 생각하는 갈대의 힘에서 근본적인 존재의 의미를 찾아야 한다. 이런 기본적 야심을 포기한다면 문학은 그야말로 아무짝에도 소용없는 존재가 될 것이기 때문이다.

〔2003〕

시의 위기

군이 문학 잡지를 펼쳐보지 않더라도, 우리는 생활의 어느 공간에서나 쉽게 시를 만나는 시대에 살고 있다. 우리는 아침에 일어나서 습관적으로 들여다보는 조간신문에서도 시를 읽을 수 있고, 출근하기 위해 이용하는 아파트 엘리베이터나 사무실이 있는 빌딩의 엘리베이터 벽면에서도 시를 읽을 수 있다. 매연이 가득한 버스 정류장에도 시가 있고, 어두운 지하철역에도 시가 있다. 이렇게 어디서나 보이는 시를 읽고 잠시 시적인 감정에 젖어보는 행운을 누리면서도 우리의 마음이 편안하지 않은 까닭은 무엇일까? 무엇보다도 그 많은 시들 속에서 진정한 시적 정신의 반영을 볼 수 없기 때문이다.

대부분의 시들은 모험과 창조의 의지가 부족하여 새로운 삶을 꿈꾸게 하지도 않고, 세계와 대결하려는 치열한 긴장감도 보여주지 않는다. 물론 대중들의 취향에 맞는 시들만 골라서 공공의 장소에 전시된 까닭에 그럴 것이라고 추측도 해보지만, 대중적이 아닌 시 전문지나 문학 잡지에 수록되는 시들을 들여다봐도 치열한 긴장감이 보이지 않는 것은 마찬가지이다. 그 어느 때보다도 시가 양적인 호황을 누리고 책 속에서뿐 아니라 책 밖에서도 넘쳐나는 시대이지만, 진정한 시적 정신은 더욱더 실종되어가는 것처럼 보인다. 그렇다면 이 시대의 진정한 시적 정신은 어떻게 정의될 수 있을까?

들뢰즈는 가타리와 함께 쓴 『카프카』에 '소수적인 문학을 위하여'라는 부제를 붙인 바 있다. 그가 말하는 '소수적인 문학'이란 다수적인 것들이 지배하고 군림하는 세계 속에서 억압되거나 소외된 모습으로 존재하는 소수자들의 문학이다. 물론 여기서 소수자들은 다수자들의 가치관이나 주류문화를 모방하려고 하지 않고 자신들의 가치관이나 소수적인 민족문화를 지키려고 하는 사람들은 아니다.

가령 카프카의 예를 들어보자. 카프카는 체코의 프라하에서 독일어와 체코어의 혼합어인 언어를 사용하거나 유대어에서 제한적으로 영향을 받은 독일어화된 이디시어를 사용하면서 성장했다. 그렇기 때문에 그의 글쓰기는 지배적이고 체계화된 독일어의 글쓰기가 아니라 독일어권에 뿌리를 내리지 못해 유동적이고 비체계적인 언어의 글쓰기가 되었다는 것이다. 그러나 주목해야 할 것은 카프카의 언어가 다수자들의 독일어 속에서 만들어진 것이면서도 그 언어 구조를 파괴하고 변형시키는 힘을 갖는다는 점이다. 그의 언어 사용 방법이 언어 내부의 특징을 역동성이 있는 '강밀도'로 만들고 관습의 질서를 파괴하는 '탈영토화'에 기여하는 것이기 때문이다. 여기서 들뢰즈가 말하는 '강밀도'는 어떤 기계가 갖는 생성 능력을 최대한으로 발휘하게 만드는 중요한 요소로 해석될 수 있는 것이고, '탈영토화'라는 것은 삶의 표면을 구획 짓는 모든 경계들을 가로지르면서 하나의 영토에 안주하지 않고 끊임없이 새로운 영토를 모색하는 유목민적 존재 방식이라고 말할 수 있다.

나는 들뢰즈가 말하는 '소수적 문학'의 특징이 바로 시적 정신의 본질이라고 생각한다. 사르트르는 『문학이란 무엇인가』에서 산문이 도구처럼 사용되는 것이라면 시는 도구가 아니라 그 자체로서 존재하는 것이기 때문에 산문이 참여의 당위성을 갖는 반면, 시는 참여할 수 없는 것이라고 정의 내린 바 있다. 그러나 들뢰즈 식으로 시를 소수적 문학과 같은 것으로 보고 산문을 다수적 문학과 연결시켜본다면, 시는 언어의 새롭고 다양한 배치를 통해 새로운 삶을 꿈꾸게 하면서 다수자의 지배적인 산문의 체계를 진동시키고 불균형을 유도하는 힘을 갖는 문학 기계라고 새롭게 정의해볼 수 있다.

소수자의 언어 사용 방식이 모국어 안에서 외국인처럼 언어를 사용하는 방식인 것처럼, 시인은 '독특하고 고독한 글쓰기'를 통해서 낡고 관습적인 삶을 넘어서서 낯설고 새로운 삶의 방식을 창조하는 사람이다. 이렇게 본다면 시는 정치적 메시지를 담고 있지 않아도 삶을 변화시키는 정치적 행위가 될 수 있고, 시인은 참여하지 않는 사람이기는커녕, 오히려 적극적으로 참여하는 사람이 될 수 있다. 시가 그런 차원에 이르러서야만, 도시인의 시야를 잠시 즐겁게 하고 위안을 주는 단계를 넘어서, 도시인의 삶에 충격을 주고 정신을 뒤흔드는 차원 높은 혁명적 문학이 될 수 있는 것이다.

[2008]

문학의 위기와 과제

1. '문학의 위기'에 관한 논의는 무엇이었나

영상 시대 혹은 전자 매체 시대에 문학의 존재와 역할이 소멸하게 될 것을 우려하는 목소리들이 이제는 희미하게만 들려온다. 절박하게만 인식되었던 문학의 위기가 어느새 사라졌기 때문일까? 아니면 문학의 위기가 돌이킬 수 없을 만큼 당연시된 현실에 체념하면서 적응하게 되었기 때문일까? 최근 영상문화와 문자문화의 공존 가능성을 비판적으로 탐구한 비평가 김주연은 "20세기의 멀티미디어 즉 다매체 시대의 출현은 인간의 삶을 송두리째 뒤흔드는 세기의 사건이 되었고, 벌써 사람들은 그 놀라움을 뒤로한 채 재빨리 적응해 가고 있다"[1]고 말함으로써, 문학의 위기에 대한 요란한 논의도 결국 '놀라움'의 한 표출이었을 뿐, 사람들은 이미 변화에 익숙해졌음을 시사한

---

1) 김주연, 『문학, 영상을 만나다』, 돌베개, 2010, p. 13.

바 있다. 그렇다면 우리는 문학의 위기를 수용하면서 혹은 위기를 극복하면서 새롭게 변화한 현실에 과연 얼마나 잘 적응하게 된 것일까?

지금부터 15년 전, 한 잡지사가 '문학의 위기'라는 주제를 특집으로 다루면서 그 당시 문학 현장에서 활발한 비평 활동을 하던 비평가이자 출판사의 대표직을 맡고 있던 김병익에게 다음과 같은 질문을 던졌다.

원론적인 질문부터 드리겠습니다. 60년대부터 끊임없이 제기됐던 문학의 위기, 문학의 죽음이라는 말이 최근 다시 회자되고 있는데, 이에 대해 출판의 최일선에 계신 분으로서 선생님께서는 어떻게 느끼고 이해하고 계시는지요?[2)]

이 물음에 대해 김병익은 우선 문학의 위기나 죽음이라는 의식은 전통적인 문자문화에 익숙한 사람들의 고정된 문학관의 바탕에서 노정된 것으로 보인다는 점을 강조하고, 문학의 개념이 시대나 사회의 변화에 따라 달라질 수 있는 것이기 때문에 문학의 존재에 대한 과도한 위기의식은 불필요한 것이라고 대답함으로써, 문학의 위기에 대한 문제를 낙관적으로 보는 입장을 취했다.

객관적으로 볼 때 문학은 변화하는 것이지 타락이라든가 위기라든가로 자신 있게 단정하는 건 어렵습니다. 극단적인 경우에는 문자로 이루어진 문학 자체가 없어지고 가령 만화라든지 영화·비디오·게임 같

---

2) 계간 『버전업』 1996년 11월의 대담.

은 것에서 문학성을 찾을지 모르겠다는 생각도 듭니다.

이렇게 김병익은 문학이 없어지더라도 문학성을 갖는 매체가 있다면 기존의 문학이 사라지더라도 크게 우려할 일이 아니라는 견해를 보였다. 그의 이런 생각은 시대가 변화하고 과학기술이 발전하면, 문학에서도 패러다임의 전환이 따르는 것을 당연하게 받아들여야 한다는 논리에서였다. 그러나 이렇게 문학의 위기에 낙관적인 태도를 보였던 그가, 5년 후에는 이전의 반응과는 다르게 '문학의 위기'에 대해서 매우 민감하게 반응할 뿐 아니라, 위기의 현상을 암울하게 진단하고 전망하는 비관적인 발언을 한다.

인류의 문화유산 중 가장 풍요하고 영향력이 컸던 문학의 지위는 이제 영화나 게임에 그 자리를 물려주어야 할지도 모른다. [……] 작가 스스로도 시장의 인기에 맞추어 창작이 아니라 상품으로 제작하는 것이며 그렇게 생산된 문학작품은 다른 소비상품처럼 일회용 소모품으로 변질되어 한 번 읽히고는 버려질 것이다. [……] 이렇게 비관적인 전망으로 문학의 미래를 바라볼 때, 오늘날의 문학은 어떻게 될 것인가라는 문제에 대해서도 역시 암울한 진단을 피할 수 없을 것 같다.[3]

문학의 위기에 대한 그의 이러한 '암울한 진단'은 5년 전의 낙관적인 견해와는 완전히 다른 것이다. 그의 이러한 태도의 변화는 무엇때문일까? 그의 말처럼, 문학 작품이 고전적 가치로 존중되는 것이

---

3) 김병익, 『21세기를 받아들이기 위하여』, 문학과지성사, 2001, p. 106.

아니라 상품화되고 '일회용 소모품'이 되는 현상이 더욱 심화됨으로써 문학의 위상뿐 아니라 작가의 위신이 추락하게 되었다는 절박한 의식이 생긴 것이라면, 이것은 상황의 변화 때문일까? 아니며 관점의 전환 때문일까? 상황의 변화 때문이라면, 그것은 무엇일까? 우리는 그 당시, 즉 2000년을 전후하여 아날로그 문화에서 디지털 문화로의 변화라든가 문자문화의 쇠퇴와 영상문화의 발전이 그 어느 때보다 가속화되었음을 알고 있으므로, 사람들이 첨예한 위기의식을 느꼈으리라고 추론해볼 수 있다. 사실 세기적인 전환의 시점에서 많은 사람들이 전자문화 시대에 인쇄문화의 몰락과 기존 문학 형식의 종말은 필연적이라는 전망을 내놓기도 했으며, 문학의 죽음을 단정하기도 했다. 그렇다면 그 이후 10년이 지난 오늘날의 문학적 상황은 어떨까? 문학의 위기 상황이 더욱 심각해졌을 것이 분명한 현실에서 위기를 우려하는 목소리는 오히려 수면 아래로 가라앉은 듯 보이는 까닭은 무엇일까?

2. 문학의 위기는 어떻게 진행 중인가

실제로 오늘날 우리는 문학의 위기를 잊으며 살고 있다. 외형적으로 볼 때 현재의 문학적 상황은 그 어느 때보다 번창한 풍경을 보여준다. 노벨문학상을 받은 작가만 없을 뿐이지, 국내에서 유명한 작가들의 소설은 쉽게 베스트셀러가 되는 것처럼 보이고, 외국어로 번역되어 상당한 인세를 받는 작가들도 적지 않다. 서점에 가면 100개쯤 되는 각종 문예지들이 자리를 차지하지 못할 정도라는 것은 물론 수

많은 시집과 소설책들이 매일같이 쏟아져 나오듯 발간되는 것을 알 수 있다. 현재의 한국 문학을 대표하는 작가 중의 한 사람인 신경숙의 『엄마를 부탁해』가 100만 부 이상 판매되었다거나, 그 소설이 영어로 번역되어 미국에서 20위권 이내의 베스트셀러에 오르게 되었다는 최근의 뉴스도 있다. 한국처럼 문학상이 많은 나라도 없다고 할 만큼, 문학상의 종류도 많고, 상금의 규모도 엄청난 것이 사실이다. 또한 작가·시인 지망생들의 숫자는 감소되기는커녕 계속 증가한다는 통계도 있다. 문학과 관련된 책들을 중점적으로 출간하는 출판사들이 유명 작가이건 유망주로 꼽히는 작가이건, 그들을 끌어들이기 위해 경쟁적으로 선인세를 지불하거나, 세계 명작으로 알려진 소설들을 중복 출판하는 기획들이 경쟁적으로 쏟아지는 등 여러 가지 문학의 지표를 보면, 문학의 위기는 거의 실종된 것처럼 보인다. 전국에 문예창작과를 둔 4년제 대학이 서른 개가 넘고, 각 대학의 평생교육원과 각종 사회단체의 문학 학교, 문화센터에서도 문학을 가르치며, 많은 문학 지망생들을 배출하는 특이한 현상도, 문학의 인기(?)를 입증하는 증거로 보이기도 한다. 더욱이 시의 독자보다 시인의 수가 더 많다는 말이 있을 만큼 시인도 많지만, 우리는 지금 어디에서나 시를 읽을 수 있는 시대에 사는 행복을 누리고 있다. 조간신문에도 시가 있고, 엘리베이터의 벽에도 시가 있으며 버스 정류장에도, 지하철역의 유리 벽에도 시가 있는 풍요로운 시의 세상이 우리의 현실이다. 그렇다면 이렇게 시가 넘쳐흐르고, 서점에 늘 신간 문학책들이 계속 쏟아져 나온다고 해서 문학의 위기가 아니라 문학의 르네상스라고 말할 수 있는 것일까.

오래전에 "서적문학에서 전자문화로의 전환은 기존 문학 형식의 종말을 가져올 것"[4]이라고 주장한 앨빈 캐넌은 문학의 종말은 헉슬리의 『멋진 신세계』에서처럼 "셰익스피어 작품 단 한 권만 남고 다른 모든 책들이 사라지는 그런 식의 종말"이 아니라 "인쇄 문화의 최전성기가 시작되었을 때, 디드로가 예상했던 것처럼 책의 과잉으로"[5] 끝나는 종말일 것으로 예측했다. 다시 말해서 과잉 생산과 풍요의 사회에서 문학의 종말은 문학책의 빈곤화 방식으로 나타나는 것이 아니라 오히려 과잉 생산의 방식을 통해서라는 것이다. 이런 관점에서 볼 때 문학과 관련되는 것이건 아니건 간에 수많은 잡다한 책들이 출간되고 그것들이 서점이나 도서관에 빠른 속도로 쌓여가는 생산 과잉의 현상은 지극히 우려스럽게 보인다. 이 많은 책들 속에서, 중요하고 새롭고 독창적인 생각을 담고 있는 책들을 가려내는 일도 어려울 뿐 아니라 저장과 보관도 쉽지 않은 만큼, 읽지 않고 버림받는 책들이 얼마나 많을지 짐작하기는 어렵지 않다. 또한 책들이 흔하게 넘쳐날 때, 좋은 책과 나쁜 책의 경계는 무너지게 마련이다. 시의 경우도 마찬가지이다. 도시의 벽면에 시가 광고처럼 붙어 있게 되면, 좋은 시와 나쁜 시의 구별도 사라질 뿐 아니라 모든 시는 상투적인 유행가처럼 취급됨으로써 시의 힘과 아우라는 소멸해버릴 것이다. 끊임없이 새로 나오는 책들이 서점에서 보기 좋은 자리에 진열되면, 다른 책들은 과거의 책들이 되어 파묻혀버리듯이, 시집이나 소설도 마찬가지 운명을 겪기 마련이다. 또한 이 시대에는 누구나 시를 쓸 수 있고 누구나 시집을 펴낼 수 있고, 누구나 작가가 될 수 있다는 생각이 확산됨으로써 시인과 작가의 신비성은 소멸되고, 이제 "활자화된 것은 진

---

4) 앨빈 캐넌, 『문학의 죽음』, 문학동네, 1999, p. 197.
5) 같은 책, p. 191.

리이다"라는 책의 특권적인 위치도 사라지게 되었다면, 이러한 현상은 문학의 민주화라고 긍정적으로 볼 수는 없을 것이다. 왜냐하면 이것은 단순히 문학의 특권적인 위치의 소멸만이 아니라, 자신의 삶을 반성하고 복잡한 세계를 총체적으로 인식하며, 인간의 내면을 섬세하고 깊이 있는 세계로 변모시킬 수 있는 문학정신의 실종을 의미하기 때문이다. 그러니까 문학책들이 많이 출간되고 작가와 시인들의 숫자가 현저히 증가하는 양적인 풍요의 사회에서 오히려 문학정신 혹은 시의 정신은 실종되고, 그런 가운데 문학은 알게 모르게 죽음의 상태에 매몰되어간다고 말할 수 있다.

3. 무엇이 진정한 문학의 위기인가

우리는 흔히 영상문화의 특징이 오직 감각적이어서 '사유'와 '내면성'의 심화 혹은 인식하고 사고하는 능력의 배양에는 기여하지 못한다는 것을 우려한다. 이러한 판단이 단지 활자문화에 익숙한 사람들이 사유에 대해 갖는 독점적이고 배타적인 견해에 불과한 것일까? 김주연은 앞서 인용한 책에서 영상문화에도 그 나름의 사유 능력이 있겠지만, "보존과 기억의 특성인 문학과 달라서 사유의 힘은 비지속적, 간헐적일 수밖에 없을 것"[6]이라고 말하면서 영화의 한계를 지적한 바 있다. 이런 점에서 활자문화와 영상문화의 차이를 프루스트나 카프카의 소설과 그것을 영화화한 것과의 차이로 이해해볼 수도 있을

---

6) 김주연, 앞의 책, p. 240.

것이다. 가령 프루스트의『잃어버린 시간을 찾아서』를 어느 뛰어난 감독이 아무리 복잡하고 섬세한 이미지들로 구성된 영화로 만들더라도, 과연 정교하면서도 미로와 같은 긴 문장을 통해 사랑, 죽음, 예술 등 인간의 근원적이고 중요한 문제들을 정밀하게 분석한 프루스트의 글이 갖는 그 효과를 얻을 수가 있을까? 또한 영화의 작업을 비교하지 않더라도, 카프카의『성』과『소송』에서처럼, 인간의 욕망과 실존의 문제를 극단적인 언어의 실험으로 파헤치는 일이 이 시대에 가능할 수 있을까? 인쇄된 책에서 작가가 문장과 문단의 복잡한 구성을 통해 각각의 단어와 이미지들의 구조를 자신의 의도와 작품의 주제에 맞추어 서술한다면, 감독이나 연출가는 그러한 주제를 영화나 텔레비전에서 배우의 대사와 함께 불안정하고 끊임없이 움직이는 콜라주의 에피소드적이고 임시적이며 순간적인 이미지들로 구사할 수밖에 없을 것이다. 물론 바로 이런 점 때문에 현대인들은 읽기가 쉽지 않은 문학을 외면하고 감각적으로 쉽게 몰입할 수 있는 영상문화를 선호하는 것이라고 말할 수도 있다.

  문학의 위기는 빈곤의 외양으로 나타나지 않고, 풍요로운 양적 팽창 속에서 진행된다는 것이 분명하다. 그렇다면 이제 위기의 문학은 무엇을 해야 할 것인가? 츠베탕 토도로프는『위기의 문학』에서 문학은 "우리가 절망에 빠져 있을 때 구원의 손길을 건네줄 수 있으며, 우리를 이기주의에서 벗어나 우리와는 다른 사람들에게 열린 태도를 갖게 하고, 세계를 보다 잘 이해하게 만들고 참된 삶을 살게 해주는 것"[7]이라고 역설한 바 있다. 그는 문학이 인간의 내면을 변화시킬 수

---

7) T. Todorov, *La littérature en péril*, Flammarion, 2007, p. 72.

있는 것이며, 그것이 문학의 가장 중요한 역할이라고 주장했는데, 토도로프의 이 말은 2008년 노벨문학상을 수상한 르 클레지오의 문학관과 일치하는 것으로 보인다. 르 클레지오는 "노벨문학상 수상자로 선정된 다음 날 기자회견에서 당신은 오늘날 문학의 위기를 의식한 듯 '소설을 계속 읽어야 한다'는 메시지를 독자들에게 보냈는데, 그 이유는?"이라고 묻는 우리나라 기자의 질문에 이렇게 대답했다.

"나는 '문학을 통한 세계의 이해'라는 말을 좋아한다. 과학 서적을 통해 세계를 이해할 때와는 달리 우리는 문학 서적을 읽으면서 '타자'를 받아들이게 되고 '타자의 목소리'에 귀를 기울임으로써 인격personnalité에 변화를 일으킨다. 예를 들어 당신이 황석영의 소설을 읽을 때 당신은 그가 말하는 것에 무관심할 수 없고, 황석영의 정신 속으로 들어가야 한다. 나는 황석영의 소설을 읽으면서 한국을 더 깊이 이해하게 되었다."[8]

그는 문학이 인간의 자아를 반성하게 할 뿐 아니라 자기와는 다른 타자를 이해하게 만들고, 독자의 내면 혹은 인격의 변화를 일으키게 하는 중요한 수단임을 강조한 것이다.

문학이 위기에 처해 있는 시대에서 우리가 잊지 말아야 할 것은 문학이 과연 우리의 삶을 근원적으로 반성하게 만들고 새로운 삶을 꿈꾸게 하는가의 문제이다. 문학은 이런 문제 제기에서 결코 자유로울 수가 없다. 다시 말해서, 문학은 독자에게 삶에 대해 진지하게 질문하게 만드는 문제의식을 일깨우고, 삶의 허구와 허위를 발견하며, 다

---

8) 「노벨문학상 수상 르 클레지오 인터뷰」, 『조선일보』 2008년 12월 8일자.

른 세계를 꿈꾸게 하면서, 타자의 삶을 포용하게 하여 결국 우리의 삶에 진정한 삶의 변화를 가져오고 새로운 삶을 생성하는 역할을 위해 존재해야 하는 것이다.

앞에서 말한 것처럼 우리 사회에는 시인과 작가가 되고 싶어 하는 사람들이 많다. 그러나 그 많은 문학 지망생 중에 시인과 작가의 고통스러운 삶을 생각하는 사람들이 과연 얼마나 될 것인가? 모두들 베스트셀러의 주인공을 꿈꾸는 것은 아닐까? 결국 모든 문학적 풍요로움은 허상에 불과한 것이다. 아무리 문학 인구가 증가하고 문학적 생산이 풍요롭게 나타나더라도, 문학이 대중의 감상성과 속악한 취향에 영합한다거나, 나르시시즘의 한계를 극복하지 못한다면 문학은 이미 죽음의 상태에 놓인 것이라고 말할 수 있다. 문학의 외적인 풍요는 죽음의 실체를 가리는 허위의 포장일 뿐이기 때문이다.

〔2011〕

2부

날자, 행복한 영혼들이여
── 정현종 시선집 『섬』[1]

정현종 시인과 최승희 교수와 내가 일 년에 서너 번쯤 만나서 술자리를 같이하게 된 지가 벌써 20년 가까이 되는 것 같다. 정 시인과 나를 알고 최 교수를 모르는 사람이 이 이야기를 들으면 우선 이 모임의 조합부터 의아해할 것이다. 그렇게 생각하는 사람을 염두에 두고 말하자면, 최 교수는 서울대학교 국사학과의 명예교수이자, 한국 고문서 연구의 권위자로서 오랫동안 문화재청의 문화재위원으로 활동하는 분이다. 내가 최 교수와 가깝게 지낼 수 있었던 것은 정년퇴임하기 전 그의 연구실이 나의 연구실에서 멀지 않은 곳이었기 때문이기도 하지만, 그가 정현종 시인과 중·고등학교 시절부터 가장 절친하게 지내는 동창 친구였기 때문이다. 정 시인은 연세대학교에서 정년퇴임할 무렵, 제자들과 함께한 자리에서 중·고등학교 때 삼총사라고 불릴 만큼 가깝게 지낸 두 친구를 언급한 적이 있는데, 그중의

---

1) 정현종, 『섬』, 열림원, 2009.

한 친구가 바로 최 교수이다. 정 시인은 졸업 50주년 기념문집에서 고등학교 시절을 이렇게 회고한다.

나는 중학생 시절부터 문학소년이어서, 가령 그때 가까운 친구였던 최승희가 붓글씨 잘 쓰고 공부 잘하는 모범생이요 안창남이 성경책에 줄을 그어가며 읽었던데 비해 나는 바이런이나 하이네 같은 시인의 시집에 밑줄을 치고 있었다.[2]

정현종 시인이 이야기하는 두 친구 중에서 고등학교 졸업 후 지금까지 그가 계속 만나는 친구가 바로 최승희 교수인데, 내가 알고 있는 교수들 중에서 가장 선하고, 너그럽고, 한결같은 성품의 소유자라고 말해도 지나침이 없을 것이다. 그는 태도와 인품이 한결같을 뿐 아니라 변함없는 애주가로서 아무리 술을 마셔도 자세가 흐트러지는 법이 없고, 술 마신 다음 날에도 아침 8시 전에 연구실에 출근해 책을 보는 교수로도 유명하다. 물론 이것은 그가 정년퇴임하기 전의 모습이다. 그는 어디에서건 책 읽기를 좋아하고, 사람을 좋아하고, 술을 즐겨 마시지만, 자기가 좋아하는 사람들에게 밥 사주고 술 사주기를 더 좋아한다. 이쯤에 이르러서, 독자들은 정현종의 시와 삶을 주제로 한 이 글에서 내가 왜 시인의 친구 이야기부터 하는지 짐작할 수 있을 것이다. 옛날부터 내려오는 말 중에, 어떤 사람의 사람됨을 알기 위해서는 그의 친구가 누구인지를 알면 된다는 말이 있는데, 이런 점에서 정현종 시인의 인간적 면모를 이해하기 위해서는 우선 최

---

2) 『하늘 빛 아래 살며』, 대광고 11회 졸업 50주년 기념문집, 2009. p. 242.

교수의 인간성부터 언급해야 할 필요성이 있었기 때문이다.

우리의 모임 장소는 대체로 최 교수의 단골집인 사당동 참치집이지만, 가끔 내가 제안해 압구정동이나 서초동 쪽으로 장소를 옮길 경우도 있다. 그렇게 해서 가게 된 서초동의 어느 막국수집에서 우리는 점심식사를 하고 근처에 있는 '바오밥나무'라는 작은 커피숍에 가게 되었다. 잘 어울리는 모습의 노부부가 번갈아가며 정성스럽게 커피를 끓여주는 그 집은 신선한 커피뿐 아니라 괜찮은 음악을 들을 수도 있는 곳인데, 그날 커피를 마시던 중 들려온 음악 중에 「희랍인 조르바」가 있었다. 이 음악을 듣는 순간, 얼마 전 TV에서 본 카잔차키스의 묘비에 적힌 "나는 아무것도 원하지 않는다. 나는 두렵지 않다. 나는 자유다"라는 글귀가 떠올랐다. 자유인의 초상을 그린 이 말은 영화 속 조르바의 모습과 함께 우연히 연상된 것인데, 정현종 시인도 영화의 그 장면이 생각났는지 앉은 자리에서 잠시 두 팔을 들고 흥겹게 춤추는 동작을 취했다. 그 모습을 보면서 나는 정과리가 정현종 시인에 대해 쓴 글에서 그의 휘적휘적 걷는 모습을 '자유의 육체'[3]로 묘사한 대목이 떠올랐다. 사실 그는 '자유의 육체'라는 표현이 어울리게, 한마디로 자유의 삶을 추구하는 시인이라고 말할 수 있다. 이런 점에서 자유라는 말은 그의 시적 주제와 관련되어 자주 언급되는 바람의 이미지와 함께 정현종의 시와 삶을 특징적으로 보여주는 말일 것이다.

어떤 의미로 그의 모든 시가 자유의 정신을 내포하고 자유의 삶을 지향하는 것이라고 요약할 수도 있겠지만, 그의 시에서 특히 자유인

---

3) 정과리, 『영원한 시작』, 민음사, 2005, p. 9.

의 삶을 나타낸 대표적인 시를 꼽으라면「헤게모니」와「어디 우산 놓고 오듯」을 예로 들 수 있겠다. 우선「헤게모니」에서 헤게모니란 말은 지배적인 입장의 권력과 같은 것으로서, 자유라는 말과 당연히 상충되는 말이라고 할 수 있다. 그러니까 헤게모니를 잡으려는 욕망은 바로 자유로운 삶의 정신과 상충한다고 보면 될 것이다. 시인은「헤게모니」에서 세속적인 사람들이 소유하고 싶어 하는 헤게모니의 초라함을 야유하고, 헤게모니는 오히려 꽃, 바람, 햇빛, 흐르는 물, 숨결, 덧없음이 잡아야 하는 것이라고 능청스럽게 말하고 있다. 또한 그는 덧없는 것들이라는 표현 대신에 '덧없음'이라고 명사화해 씀으로써, 헤게모니라는 것이 덧없는 것이라고 일깨워줄 뿐 아니라 모든 덧없는 행위의 의미를 근원적으로 생각하게 만든다. 권력이건 재물이건 그것들을 덧없는 것이라고 보는 사람의 영혼은 모든 물질이나 세속적인 가치로부터 자유롭고자 하는 정신에 가깝다. 물론 사람인 이상 권력과 재물에 대한 욕망으로부터 완전히 자유로울 수는 없겠지만, 삶에서 자유를 추구하면서 꽃과 나무와 바람과 햇빛을 볼 수 있는 것으로 행복감을 느끼는 시인의 정신은 '소유의 삶'이 아닌 '존재의 삶'과 가까운 것이다. 그러한 시인에게 세속적인 가치로부터의 자유를 추구하는 존재라는 명칭을 부여한다고 해도 틀린 말은 아니다.「어디 우산 놓고 오듯」에서는 "어디 우산 놓고 오듯/어디 나를 놓고 오지도 못하고/이 고생이구나//나를 떠나면/두루 하늘이고/사랑이고 자유인 것을" 하고 자아의 의식으로부터 자유로운 삶을 얘기하면서 시인은 이기심과 나르시시즘으로부터 해방됨으로써 풍부한 사랑과 진정한 자유의 삶이 열릴 수 있음을 노래했다.

　몇 년 전 어느 해 봄날, 김현 선생의 묘소를 생전의 그의 친구들과 후배 문인들이 함께 찾은 적이 있었다. 물론 그 자리에 정현종 시인도 동행했다. 성묘를 하고 난 뒤 묘소 앞에서 캔맥주를 마시며 잡담을 하던 중에, 언제나 재기 넘치는 김주연 선생이 정현종 시인을 향해 "정 시인은 받침이 없는 두 글자로 된 것들을 좋아하지"라고 말했다. 내가 그게 무엇이냐고 묻자, "나무라든가 두부라든가 그런 거지"라고 말해서 모두들 웃은 적이 있었다. 내가 두 가지 예로는 부족하니까 한 가지 더 생각해보라고 한 말이 발단이 되어, 모두들 받침 없이 두 글자로 된 단어를 가지고 말장난을 하기 시작했다. 그 말장난 중에서 누구의 말이었는지 모르지만 정현종의 시와 관련된, 비교적 알맹이가 있는 단어들로 기억되는 것은 취기, 거지, 자유 같은 말이었다. 이 단어들의 공통점은 물질적 욕망이 지배하는 현실에 구속되지 않으려는 시인의 의지와 시적 경향을 가리키는 것이었기에 나는 그 자리가 의미 있는 시간으로 기억되었다.

정현종 시인은 종종 "시는 앉은 자리가 꽃자리다"라는 것을 자신의 시론처럼 말한다. 이것은, 아무리 남루한 현실이나 불행한 상황이라도 그 안에서 희망을 발견하는 것이 시의 역할이라는 말일 수도 있고, 시는 진정한 자유의 정신에서 만들어지는 것이란 말일 수도 있다. 이러한 시론적 입장을 가장 잘 보여주는 것이 「모든 순간이 꽃봉오리인 것을」이란 시이다.

나는 가끔 후회한다
그때 그 일이
노다지였을지도 모르는데……
〔……〕

모든 순간이 다아
꽃봉오리인 것을,
내 열심에 따라 피어날
꽃봉오리인 것을!

──정현종, 「모든 순간이 꽃봉오리인 것을」 부분

시인은 이렇게 인생의 "모든 순간"이 "내 열심에 따라 피어날/꽃봉
오리"처럼 소중하고 아름다운 순간이라는 것을 뒤늦게 깨달은 듯이
노래한다. 여기서 '순간'은 단순히 시간의 한 부분을 가리키는 것이
아니라 「행복」이란 시에서처럼 "시간의 궁핍을 치유하는 것"이기도
하면서, "잡다한 욕망이 낳은 괴로움들을" 완화해주는 시간이기도 하
다. 또한 그것은 시간 속에 있으면서도 시간을 초월하는 순수한 본질
적 행복감의 상태이다. 그러니까 "꽃봉오리"와 같은 행복감의 시간을
후회 없이 보내기 위해서 언제나 열심히 살고 그 시간이 다시는 돌아
오지 않는 것임을 강조하기 위해 이 시의 화자는 "가끔 후회한다"고
진술하지만, 사실 후회나 회한이라는 말은 정현종의 시에 어울리는
어사가 아니다. 그의 시에서는 시간의 법칙에 따라 변화하고 소멸되
는 인간사에 연연하는 모습도 잘 보이지 않고, 과거를 그리워하거나
추억에 잠기는 회한의 목소리도 잘 보이지 않기 때문이다. 시간의 흐
름 속에서 그는 자신과 관련된 인간사의 변화를 고통스럽고 슬프게
받아들이지만, 동시에 모든 고통과 슬픔을 남에게 드러내거나 과장하
는 법이 없다. 그는 고통이 깊을수록 그것을 노출하지 않고, 오히려
강인한 의지로 감내하는 자세를 보일 뿐이다.

갈수록, 일월(日月)이여,
내 마음 더 여리어져
가는 8월을 견딜 수 없네.
9월도 시월도
견딜 수 없네.
흘러가는 것들을
견딜 수 없네.
사람의 일들
변화와 아픔들을
견딜 수 없네.
있다가 없는 것
보이다 안 보이는 것
견딜 수 없네.
시간을 견딜 수 없네.
시간의 모든 흔적들
그림자들
견딜 수 없네.
모든 흔적은 상흔(傷痕)이니
흐르고 변하는 것들이여
아프고 아픈 것들이여.　　　　　　——정현종, 「견딜 수 없네」 전문

　시인은 세월의 흐름과 함께 "흘러가는 것들"을 견딜 수 없어하고, "사람의 일들" "변화와 아픔들" "있다가 없는 것" "보이다 안 보이는 것"을 고통스러워한다. 이 중에서 '있다가 없는 것'과 '보이다 안 보이

는 것'은 인간사의 변화와 인간의 상실감을 함축적으로 표현한다. 그는 이러한 구체적인 것들에 대한 상실감과 그리움을 암시하는 시구들을 나열한 다음에, "시간"과 "시간의 모든 흔적들" "그림자들"과 같은 추상적인 존재들을 견딜 수 없다고 표현한다. 시의 뒷부분에 보이는 "모든 흔적은 상흔(傷痕)"이라는 구절은 결국 지나간 시간의 흔적이 마음속에 상처를 남긴다는 것인데, 여기서 주목되는 것은 감당하기 어려운 고통과 불행에도 불구하고 시인이 그것을 아픈 '흔적' 정도로 표현할 뿐, 결코 사적인 사연을 노출하지 않는 점이다.

정현종은 어느 자리에선가 가족이나 친지와 관련된 자신의 개인적 고통을 한 번도 시의 모티프로 삼은 적이 없다는 것을 인정하면서, 그 이유를 자신의 출가자(出家者)적인 성격 때문일 것이라고 대수롭지 않은 듯이 말한 적이 있다. 시에서 개인적 사연을 배제하는 그의 이러한 면모는 많은 한국의 시인들이 개인적 일화나 사적인 감정을 자기중심주의나 자기연민에 사로잡혀 시에 담을 뿐 아니라 그것을 과장되게 표현하는 것과 구별되는 점이다. 사실 그의 시적 자아가 개인성을 넘어서서 보편성을 갖는 근거에는 자기 자신의 감정 속에 함몰되지 않고, 감정과 거리를 두고 자기를 객관화해보려는 이성적 의지가 있다. 그의 이런 시적 개성은 일체의 감상적 요소가 깃들 수 있는 여지를 전혀 남기지 않기 때문에, 그만큼 독자들이 꿈꾸고, 생각하고, 상상할 수 있는 여유를 넓혀놓는 원동력으로 작용한다. 가령 "사람들 사이에 섬이 있다/그 섬에 가고 싶다"(「섬」)처럼 두 줄로 짧게 쓴 그의 유명한 시가 많은 독자들의 사랑을 받는 이유는 개인적인 '나'보다 늘 보편적인 '우리'에 관심을 갖는 시인의 원숙한 생각과 상상력 때문이다. 물론 이 시에서는 '나'도 없고 '우리'도 없다. 그러나

'나'와 '우리'는 보이지 않는 존재 속에 녹아들어서 "그 섬에 가고 싶다"는 근원적 희망과 그리움의 주체로 추상화되어 있는 것이다.

나는 한국 시에서 정현종이 새롭게 개척한 길이, 센티멘털리즘을 극복함으로써 개인적이고 감상적인 서정시와는 다른 이성적 상상 세계를 독창적으로 펼쳐 보인 점이라고 생각한다. 또한 이런 시적 개성을 형성하게 만든 근거는 그가 대학에서 철학을 전공했기 때문일 것으로 추측해보기도 한다. 흥미로운 것은 그가 고등학교 때부터, 시를 쓰고 외국 시인들의 시를 열심히 읽는 문학청년이었으면서도 문학과를 지망하지 않고 철학과를 지망했다는 사실이다. 그는 철학과를 지망한 이유를 분명히 밝히지는 않았지만, 김준섭 선생이 쓴 『실존철학』 같은 책을 탐독했던 일과 관련되었음을 이렇게 말한다.

실존철학은 유럽의 양차대전 뒤에 나온 것으로 한국의 전후 분위기에도 잘 맞았던 듯한데, 특히 그들이 얘기하는 부조리, 불안, 고독, 기분 같은 말들에 매혹됐었던 것 같다.[3]

여하간 그가 대학에서 철학도였기 때문에 철학의 이성적 사유에 익숙해졌다는 것, 그리고 서양 철학의 흐름을 바꿔놓은 창작자이면서 시와 철학이 만나는 지점이라고 명명할 수 있는 니체의 영향을 많이 받았다는 것은 모두 그의 시를 이해하는 데 매우 중요한 요소들이다. 그의 초기 시가 실존주의적 주제라고 할 수 있는 불안, 의식, 고독, 고통, 죽음과 같은 문제들을 보여주고, 니체의 차라투스트라가 권유

---

3) 『하늘 빛 아래 살며』, p. 242.

하는 상승과 비상의 의지를 구현하려 했음은 많은 평자들이 지적한 점이기도 하다. 그는 「날자, 우울한 영혼이여」란 산문에서 대부분의 사람들이 삶의 어려움과 무거운 고통에 짓눌려 아래로 몰락하는 것을 안타까워하면서, 인간이라면 자기를 짓누르는 모든 무거움을 떨쳐버리고 가벼운 에테르처럼 날아오르려는 의지를 가져야 한다고 말한다. 상승적 의지의 삶을 포기하는 것은 무엇보다 인간이 자신에게 잘못하는, 용서할 수 없는 행위가 될 것임을 시인은 단호한 어조로 경고하듯이 이렇게 말한다.

니체가 얘기하고 있듯이 "나는 네가 나에게 잘못을 저지르는 것을 용서할 수 있지만, 네가 너 자신에게 잘못하는 것을 용서할 수 없는" 것이다. 나는 나를 밀어올린 그 땅을 내려다보았다. 땅은 인간들을 밑으로 끌어내리고 무덤을 파게 하는 인력의 법칙만을 갖고 있는 게 아니라 흙이나 풀이나 혹은 별 등 '자연의 음악적인 사고'를 듣고 기쁨 속에 화창(和唱)할 수 있을 때 어떤 영혼을 튕겨 올리는 탄력도 갖고 있다.[4]

그는 이렇게 땅에서 인간을 몰락하게 만드는 부정적 인력의 법칙을 보지 않고 나무와 같은 식물에서 느껴지는, 영혼을 경쾌하게 만드는 탄력의 기운을 본다. 이것은 바슐라르가 『공기와 꿈』에서 무용의 기원을 식물의 성장과 대지와의 관계로 설명한 대목을 연상시킨다.

---

4) 정현종, 『날아라 버스야』, 백년글사랑, 2003, pp. 36~37.

어머니인 이 대지는 밟아서 다져지고, 한편 그 땅을 밟고 되솟구친 (무용수의) 도약의 높이가 점점 높아지는 만큼 식물은 자라 솟아오르게 될 것이다. 이것은 봄의 상징들과 풍요의 제식들에 관계된다. 「봄의 제전」은 바로 이와 같은, 땅을 밟으며 발을 구르는 제식적인 행위들로 채워질 것인데 그럼으로써 그러한 밟기와 도약에 어쩌면 최초의 것이 될 한 의미를 부여할 것이다.[5]

이것은 땅으로부터 솟구쳐 오르는 비약의 의지가 인간의 원초적 욕망임을 설명해주면서 동시에 대지를 밟을 만큼 그 반동의 탄력으로 육체가 솟아오를 수 있는 것임을 가르쳐준다. 땅을 밟는 행위와 땅의 탄력, 즉 반동력은 하강과 상승의 동시적 움직임이며, 땅의 반동력은 식물의 성장력과 일치하는 것이기도 하다. 이런 탄력의 논리를 비상의 의지와 경쾌하게 연결 지으면서 시인은 "나는 아래로 아래로 날아오른다"(「고통의 축제 2」)는 시구를 통해 고통의 시련 속에서 비상하는 자유의 의지를 표현한다. 앞에서 언급한 정현종 시인의 자유 혹은 자유인의 삶이 결국 고통스러운 하강의 시련을 뼈저리게 느낀 영혼의 상승과 비상의 행위로 이해되는 것은 당연한 논리이다.

그래 살아봐야지
너도 나도 공이 되어
떨어져도 튀는 공이 되어

---

5) 가스통 바슐라르, 『공기와 꿈』, 정영란 옮김, 이학사, 2000, pp. 128~29.

살아봐야지
쓰러지는 법이 없는 둥근
공처럼, 탄력의 나라의
왕자처럼   ──정현종, 「떨어져도 튀는 공처럼」 부분

이 시의 제목인 '떨어져도 튀는 공처럼'은 인간을 몰락하게 만드는
고통의 무게가 클수록 오히려 인간의 날아오르려는 상승의 의지가 커
질 수 있음을 보여준다. 발레리가 「해변의 묘지」의 끝에서 "바람이
분다! 살려고 애써야 한다"고 말했듯이, 정현종 시인은 "떨어져도 튀
는 공"의 의지를 갖고 "그래 살아봐야지"라고 다짐한다. 이러한 삶의
의지가 「고통의 축제 2」에서 "무슨 힘이 우리를 살게 하냐구요?/마음
의 잡동사니의 힘!"으로 표현되는 것은 근원적으로 삶의 의지와 연결
된 마음의 힘에 대한 믿음이 있기 때문이다. 이렇게 비상의 의지와
같은 마음의 힘을 갖게 되면 삶은 한껏 행복할 수 있고, 모든 사랑이
아름답게 보일 수 있다. "겨드랑이와 제 허리에서 떠오르며 킬킬대는
만월"(「꽃피는 애인들을 위한 노래」)처럼, 기쁨으로 충만된 사랑도 아
름답고, "사람이 풍경으로 피어날 때"(「사람이 풍경으로 피어나」)처럼
사람은 화사한 모습으로 새롭게 보일 수 있다. 그런 시각에서 사랑의
풍경을 나무와 햇빛의 관계로 비유하기 시작한 다음의 시는 무척 아
름다울 뿐 아니라 시적 의미를 풍부하게 내장하고 있는 시로 보인다.

그 잎 위에 흘러내리는 햇빛과 입맞추며
나무는 그의 힘을 꿈꾸고
그 위에 내리는 비와 뺨 비비며 나무는

소리 내어 그의 피를 꿈꾸고
가지에 부는 바람의 푸른 힘으로 나무는
자기의 생이 흔들리는 소리를 듣는다.

　　　　　　　—정현종, 「사물의 꿈 1－나무의 꿈」 전문

　이 시는 나무의 관점에서 나무가 만나는 대상들, 즉 햇빛과 비와 바람 들과의 교감과 일체감을 역동적으로 보여준다. 이 시에서 가장 빛나는 부분은 마지막 두 행, "가지에 부는 바람의 푸른 힘으로 나무는/자기의 생이 흔들리는 소리를 듣는다"일 것이다. 이 부분에서, 우리는 모든 존재하는 것들이 자기와는 다른 타자와의 대화를 통해서 자기를 돌아보고 자기의 실존적 자화상을 확인할 때 비로소 진정한 삶이 된다는 의미를 읽을 수 있다. 나무는 정현종 시인이 가장 사랑하는 자연의 한 대상이다. 그의 대표작 중의 하나로 꼽을 수 있는 「세상의 나무들」에서 시인은 나무를 "허구한 날 봐도" 싫증이 나기는커녕, "나날이 좋아/가슴이 고만 푸르게 푸르게 두근거리는" 사랑에 빠져 있는 연인에 비유하는데, 시인에게 나무가 가장 좋은 것은, 바라보기만 해도 "몸에 온몸에 수액 오르게 하고/하늘로 높은 데로 오르게" 하는 상승적 의지를 부추기기 때문이다. 또한 시인에게 나무는 탄력과 상승의 이미지를 일깨워주는 존재이다. 이런 점에서 나무는 애인이기도 하고, 친구이기도 하고, 선생이기도 하다.
　정현종 시인은 여러 산문을 통해서 나무로부터 느끼고 배우는 것이 그 어떤 종교나 철학에서 배우는 것보다 크다는 것을 말하며 나무를 두루 예찬한 바 있는데, 우리는 영국 시인 블레이크의 글을 통해서 정현종의 상상력의 특징을 말해볼 수 있을 것이다.

어떤 사람에게는 기쁨의 눈물을 흘리도록 감동을 주는 한 그루의 나무가 다른 사람의 눈에는 공연히 쓸데없이 갈 길을 방해하는 하나의 푸른 물건에 지나지 않습니다. 〔……〕 그러나 상상력이 있는 인간에게 자연은 상상력 그 자체입니다.[6]

정현종에게 나무는 "기쁨의 눈물을 흘리도록 감동을 주는" 존재일 뿐 아니라 상상력 그 자체이다. 물론 나무가 시인에게 감동을 줄 뿐 아니라 비상의 의지를 일깨우고 상승적 이미지를 제공하는 것처럼, 꽃도 사람에게 날아오르게 하는 꿈의 동기를 부여하는 존재임을 잊지는 말아야 할 것이다. 나무도 중요하지만, 꽃도 중요하다는 말을 하기 위해서, 우리는 그의 시에서 꽃의 이미지와 함께 떠오르는 대표적인 시로 앞에서 인용한 「모든 순간이 꽃봉오리인 것을」과 함께 「날아라 버스야」를 예로 들어볼 수 있다. 사실 정현종의 산문 「날자, 우울한 영혼이여」가 실린 산문집 제목도 『날아라 버스야』인데, 이것은 시인이 버스 안에서 두 사람이 꽃다발을 들고 있는 모습에서 영감을 얻어 쓴 시의 제목이기도 하다. 이 시에서 꽃은 자연의 한 요소가 아니라, 삶의 한복판에서 삶을 행복과 축제의 분위기로 승화시키는 존재로 부각된다.

내가 타고 다니는 버스에
꽃다발을 든 사람이 무려 두 사람이나 있다!

6) 윌리엄 블레이크, 「블레이크의 편지」, 『천국과 지옥의 결혼』, 김종철 옮김, 민음사, 1996, p. 100.

하나는 장미-여자
하나는 국화-남자.
버스야 아무데로나 가거라
꽃다발 든 사람이 둘이나 된다.
그러니 아무데로나 가거라.
옳지 이륙을 하는구나!
날아라 버스야.
이륙을 하여 고도를 높여가는
차체의 이 가벼움을 보아라.
날아라 버스야!　　　　　　　　　　―정현종, 「날아라 버스야」 전문

　무거운 버스가 승객이 든 꽃다발의 동력으로 비행기처럼 이륙할 수 있다고 상상하는 시인의 상상력은 매우 신선하면서도 유쾌하다. 이 시는 앞에서 언급한 "시는 앉은 자리가 꽃자리"라는 시인의 시론과 「모든 순간이 꽃봉오리인 것을」의 시적 주제와 연결되어 있다. 시인은 이러한 발상을 혼자서 즐기지 않고 많은 사람들이 상상력의 유희로 공유할 수 있게 하려는 듯, 일상 대화에서 쓸 법한 어휘를 동원하여 재미있는 말장난의 표현법을 사용하고 있다.
　그는 삶의 무게에 짓눌려 사는 사람들에게, 행복해질 수 있는 방법이란 물질적인 재산의 증식이 아니라 정신적인 상승의 의지이고, 그것은 마음가짐과 상상의 훈련을 통해 가능하다는 믿음을 전하려는 행복의 전도사처럼 보인다. 이런 점에서 행복의 시학이라고 말할 수 있는 그의 시는 비상과 상승의 이미지뿐 아니라 빛의 이미지를 많이 보여준다는 것도 지적할 수 있는 점이다. 햇빛, 별빛, 밝음, 환함, 광

휘, 광채 등 빛과 관련된 어사들은 어둠이나 세속에서 긍정의 빛을 발견하려는 시인의 행복의 상상력과 관련되어 있다. 이러한 상상력에 의해 「환합니다」에서처럼, 가을날 감나무에 감이 무르익은 모양은 "바알간 불꽃"으로 보이기도 하고, 감나무로 달려가는 시인의 마음도 "환하게 환하게" 열리기도 하는 것이다.

「사람이 풍경으로 피어나」에서 "사람이 풍경으로 피어날 때가 있다"거나 "사람이 풍경일 때처럼 행복한 때는 없다"와 같은 구절에서는 빛의 이미지가 뚜렷이 보이지는 않지만, 이 시적 풍경이 빛의 풍경일 것임은 너무나 분명하다. 또한 「벌레들의 눈동자와도 같은」 시에서 "둥근 기쁨 하나"와 "둥근 슬픔 하나"가 모두 마음의 광채로 표현되는데, 이것은 기쁨과 슬픔을 승화시키는 마음의 작용에서 광채를 발견하는 시인의 상상력과 무관하지 않다. 이런 점에서 「갈대꽃」의 환한 풍경도 마찬가지이다.

산 아래 시골길을 걸었지
논물을 대는 개울을 따라.
이 가을빛을 견디느라고
한숨이 나와도 허파는 팽팽한데
저기 갈대꽃이 너무 환해서
끌려가 들여다본다, 하!
광섬유로구나. 만일 그 물건이
세상에서 제일 환하고 투명하고
마음들이 잘 비치는 것이라면…… —정현종, 「갈대꽃」 부분 시인은 시골길을 걷다가 길가의 갈대꽃 풍경이 너무 환해서 가까이 다가가 보지만, 그의 관심은 단순히 갈대꽃의 환한 풍경이 아니라, 그 것이 무엇보다 "마음들이 잘 비치는 것"이 되기를 바라는 마음을 반영 한다는 점에 있다. 여기서 갈대꽃은 "비인간적으로 반짝"이기도 하고, "미친 빛"으로 보이기도 하는데, 시인에게 중요한 것은 갈대꽃의 빛이 아니라 그것이 사람의 마음을 밝게 비추고, 사람들의 세상을 밝고 투 명하게 만드는 일이다. 결국 삶의 고통을 깊이 체험한 사람만이 빛의 소중함을 깨달을 수 있고, 대지의 무거움을 혹독하게 견뎌낸 사람만 이 비상의 의지를 크게 갖는다는 삶의 진실을 다시 확인하게 된다.

아픈 사람의 외로움을
남몰래 이쪽 눈물로 적실 때
그 스며드는 것이 혹시 시일까.
(외로움과 눈물의 광휘여)

그동안의 발자국들의 그림자가
고스란히 스며 있는 이 땅속
거기 어디 시는 가슴을 묻을 수 있을까.
(그림자와 가슴의 광휘!)

그동안의 숨결들
고스란히 퍼지고 바람 부는 하늘가
거기 어디서 시는 숨 쉴 수 있을까.
(숨결과 바람의 광휘여)　　　　　 —정현종, 「광휘의 속삭임」 부분

이 시에서 광휘를 수식하는 시구들은 '외로움과 눈물' '그림자와 가슴' '숨결과 바람'인데, 이것들이 모두 시인이 생각하는 시의 동의어처럼 쓰인다는 점에서 주목된다. 이와 함께 시는 아픈 사람의 마음을 위로하고, 그에게 공감의 눈물을 적셔주며, 외로운 영혼의 그림자를 따뜻하게 품어주는 역할을 해야 한다는 메시지를 우리는 읽을 수 있다.

결론적으로 말하자면, 정현종의 시는 개인적인 고통과 시련을 대지의 탄력으로 딛고 난 다음부터 줄곧 아프고 외로운 사람의 영혼 속에 따뜻하게 스며드는 위안의 시 쓰기를 지향해왔다고 말할 수 있다. 그는 젊은 날 「고통의 축제 1 ─ 편지」 안에서 "나는 감금된 말로 편지를 쓰고 싶어 하는 사람이 아닙니다." "나는 감금될 수 없는 말로 편지를 쓰고 싶습니다"고 고백한 바 있다. 여기서 "감금될 수 없는 말"이란 그야말로 그 어떤 강제적 수단으로도 포획되지 않는 모든 자유로운 언어를 가리키는 것이지만, 동시에 고통의 축제를 통해서 "우리는 행복하다"고 말할 수 있는 연금술의 언어를 가리키는 것이기도 하다. 시인은 개인적인 고통을 넘어서서 비상의 의지를 지속적으로 꿈꾸다가 어느새 모든 "아픈 사람의 외로움을" 위로하고, 아픈 영혼에서 혹은 남루하고 비참한 현실에서 '광휘'를 발견하는 시를 쓰게 된 것이다. 우리는 그의 시를 읽으면서 위안의 힘을 발견하고, 자유의 숨결을 호흡하고, 그 영감을 받아 날아오를 수 있는 비상의 의지를 느끼게 된다. 아니 그의 시는 우리를 날아오르게 한다. 날아오르려는 우리의 등 뒤에서 시인의 목소리가 들리는 듯하다.

모두 날자, 행복한 영혼들이여, 라고.

[2009]

절제와 여백의 시학
─최동호 시집 「얼음 얼굴」

1

최동호의 여섯번째 시집 『얼음 얼굴』(서정시학, 2011)은 어느 고즈 넉한 산사(山寺) 한 귀퉁이에 있는 소박하고 정갈한 방을 연상시킨 다. 불필요한 가구가 하나도 없고, 쓸데없는 장식물도 보이지 않는 그 방의 툇마루 구석 자리에는 "버캐 서린 흰 그늘"과 "흔적 없이 여 위는 겨울 햇빛"(「겨울 햇빛」)이 놓여 있을 것이다. 『얼음 얼굴』이 이 처럼 한적한 '빈 방'의 풍경을 떠올리게 한 것은, 지금까지 그가 펴낸 시집들에서와는 달리, 장시가 아닌 단시들 중심으로 구성되어 있고, 여백이 많은 공간 속에서 의미들이 압축되거나 암시적으로 처리되어 있기 때문이다.

첫 시집 『황사 바람』(문학동네, 1997) 이후 다섯번째 시집 『불꽃 비단벌레』(서정시학, 2009)에 이르기까지, 그의 시집은 대체로 호흡 이 길고 서술이 많은 시가 주류를 이루었다. 물론 지난번 시집 『불꽃 비단벌레』에는 「사람의 바다」「번개 눈썹」 등의 짧은 시들도 여럿 보 이지만, 그것들은 다른 장시들 속에 파묻혀서 짧은 시의 날카롭고 긴장된 개성이 뚜렷하게 발휘된 느낌을 주지는 못했다. 그의 세번째 시집 『딱따구리는 어디에 숨어 있는가』(민음사, 1995)의 해설을 쓴 유종호는 최동호의 시적 자아가 격동과 위기의 순간을 다루면서도 격앙하는 법 없이 늘 "관조적이고 명상적"인 평정을 유지하는 것의 장점을 말하면서도 "긴 시편들이 시적 긴장의 해이를 수반"하는 것의 위험을 지적한 바 있다. 물론 시인이 긴 시보다 짧은 시를 선호하게 되었다고 해서 시적 긴장의 문제가 모두 해결되는 것은 아니다. 그러나 짧은 시의 형식에는 우선 장황한 요설이나 서술이 자리 잡을 여지가 없는 것이 사실이다. 최동호는 이번 시집의 「시인의 말」에서 "난삽, 혼종, 환상, 장황이 번창하는 것은 서정시 본연의 길과 무관하다"고 말함으로써, 난삽하고 장황한 언어가 아닌 쉽고 간결한 소통의 언어로 올바른 서정시의 길을 지향하겠다는 의지를 표출하고 있다. 물론 이러한 의지에서 만들어진 『얼음 얼굴』이 짧은 시들로만 채워져 있는 것은 아니다. 「치욕」「산이 된 소년」「나무의 기다림은 지상에 서 있다」「반구대 향유고래를 기다리는 노래」 등 긴 시들도 여기저기 보이지만, 그 긴 시들이 짧은 시들의 대세를 가로막는 요소로 작용하고 있는 것 같지는 않다.

『얼음 얼굴』의 많은 짧은 시들이 '빈 방'의 이미지를 떠올리게 한다는 것과 함께 언급해야 할 것은 시인이 대체로 시적 자아의 노출을 극도로 절제하고 있는 점이다. 그는 서정시의 본래적 특징이라고 할 수 있는 주관적 감정이나 내면의 목소리를 전면에 드러내지 않으며, 자아의 흔적을 남기려고 하기보다 오히려 남기려는 욕망을 억제하거나 지우려 한다. 그런데 특기할 점은 그러한 욕망의 절제에서 엄격한 자기수련의 의지가 느껴진다기보다, 부끄러움이 많은 순진한 소년의 마음이 보인다는 것이다. 다시 말해서 시적 자아의 표출을 숨기려는 시인의 의지는 소년의 마음처럼 자연스럽게 표현되어 있다. 이러한 특징을 대표적으로 보여주는 작품 네 편을 골라보았다.

거품 향기, 찬 면도날
출근길 얼굴
저미고 가는 바람

실핏줄 얼어, 푸른 턱
이파리 다 떨군
나뭇가지

낙하지점, 찾지 못해
투명한
허공 깊이 박혀

눈 거품 얇게
쓴
홍시 얼굴 하나   ─최동호, 「얼음 얼굴」 전문

이 시의 화자는 겨울날 아침 출근길에 잎이 다 떨어진 나무 밑에서 "눈 거품"을 쓰고 눈 속에 박혀 있는 홍시를 보면서 자신의 존재를 포함한 현대인의 모습을 연상한 것 같다. 일반적으로 시인은 이러한 개인적 연상을 현대인의 보편적인 정서와 공감의 차원으로 확신시키기

위해, 자신의 입장과 경험을 은유적이거나 암시적으로 표현하는 것이 관례일 텐데, 이 시는 의미 전달이 불충분해 보이는 미완의 구성 속에서 시적 자아의 내면을 전혀 노출하지 않은 채 "눈 거품 얇게/쓴/홍시 얼굴 하나"로 끝맺음하고 있다.

두번째는 시적 자아의 부끄러움과 순진성이 단순하면서도 자연스럽게 보이는 시이다.

눈길 피하기 위해
고개 숙여
단추를 만져 본다

정말 단추보다
더 작아지고 싶은 얼굴
따가운 순간이 있다

단추 속으로 숨고 싶어
손끝으로
만지작거리던 단추가

금빛 얼굴을 감출 수 없다고
실밥 풀린
얼굴로 멋쩍게 웃는다   ─최동호, 「단추」 전문

이 시는 잘못한 일 때문에 어른에게 야단 맞는 소년의 어투를 빌려

서, 잘못한 일을 인정한다는 의미에서의 주관적 부끄러움과 그런 감정을 의식하고 자기 자신을 연민의 눈길로 바라보는 객관적 시각이 공존해 있는 작품이다. 부끄러움의 순간은 "단추보다/더 작아지고 싶은 얼굴/따가운 순간"으로, 부끄러움을 객관화시키는 계기는 "단추가//금빛 얼굴을 감출 수 없다고/실밥 풀린/얼굴로 멋쩍게 웃는" 역전의 발상이 돋보이는 형태로 만들어진다. 인간은 누구나 과오와 잘못을 범할 수 있는 법인데, 중요한 것은 과오와 잘못을 뉘우치고 부끄러워하는 마음의 존재 여부일 것이다. 이런 점에서 인간에 대한 따뜻한 이해와 관용의 시각이 전면에 골고루 스며들어 있는 것 같다.

세번째는 화자의 어린 시절을 회상하는 주제의 시이다.

　　방과 후 책가방

　　도시락 통 속에서 달그락거리던 숟가락 소리,

　　강아지 꼬랑지 달린

　　논둑길, 봄물 끌어들이던, 밭고랑 흙냄새

　　　　　　　　　　　　　　　　—최동호, 「남창 초등학교」 전문

　화자는 어린 시절 시골에서 초등학교 다닐 때의 기억을 소리와 냄새의 형태로 떠올린다. 즉, 봄날 논둑길을 걸어 다니거나 뛰어다니면서 놀던 시절은 빈 "도시락 통 속에서 달그락거리던 숟가락 소리"와 "밭고랑 흙냄새"로 기억되고 있는 것이다. 그 시절 이후 수십 년이

지나 시인이 이순의 나이에 이르러 쓴 이 시에서 예순이 넘은 어른의 시점은 전혀 보이지 않고, 과거를 돌아보고 회상에 젖는 감상적 어조도 없이 그야말로 초등학교 아이의 언어로 채워져 동시처럼 보인다는 것이 놀랍다. 이것은 개인적 추억의 범위를 넘어서서 어린 시절의 경험을 현재화하여 누구나 공감할 수 있는 보편적 차원의 감정 효과를 유발한 시적 구성으로 해석된다.

네번째는 시인이 말하고 싶은 것을 말하지 않는 표현 방식으로 자신의 내면적 고백을 절제한 시이다.

모기들도 소리치는 가을입니다

물 냄새 따라 고향 찾아가는 여울목 연어들이 꽉 찬 가을을 알려 줍니다

자갈돌 사이 물이끼에 숨어사는

저는

가는 물소리조차 남에게 알리고 싶지는 않습니다

들리지 않아도 좋을

소리 없는 편지를 여울목 마른 자갈돌에 담아 꽉 찬 가을을 그대에게 전합니다.
　　　　　　　　　　　　　　　　　　　　　—최동호, 「여울목 편지」 전문

어느 시인은 가을이 되면 누구에게라도 편지를 쓰고 싶어진다고 노래한 바 있지만, 이 시의 화자는 편지를 쓰고 싶긴 한데, 다만 "고향 찾아가는 여울목 연어들"과의 동일시를 통해 "꽉 찬 가을"을 "소리 없는 편지"에 담아 "그대에게" 보내고 싶은 감정을 말함으로써 종이 위에 쓰는 편지를 대신한다. 그는 과일과 곡식이 영글어가고, 하늘은 맑고 높은 그 계절에 "가는 물소리조차 남에게 알리고 싶지는 않"은 자신만의 고독한 심정을 이렇게 피력한다. 가을이 되면 감정이 메마른 사람이라도 주체할 수 없는 추억과 상념을 편지에 담고 싶어 하겠지만, 이 시의 화자는 그러한 감정 노출을 절제하고 자신만의 사연을 "남에게 알리고 싶지는 않"다거나 "들리지 않아도 좋을//소리 없는 편지"에 만족하려는 것이다. 이러한 반어적 표현을 통해서 독자는 '꽉 찬 가을'이 바로 텅 빈 가을임을 알게 된다.

2

『얼음 얼굴』의 시적 화자는 방에 앉아서 명상이나 참선을 하는 자세를 취하지 않고, 방을 나와서 부지런히 걸어 다니기를 좋아한다. 그 길이 등산로건 시장 골목이건, 그는 길에서 마주치고 발견하는 것을 시적 영감으로 삼아 공부하려는 듯하다. 물론 그의 공부가 시의 힘을 빌려 세상을 돌아다니면서 수행하는 본격적인 '시적 만행(卍行)'이라고 할 수는 없겠지만, 길에서 인간의 진실을 발견하고, 그것을 깨달음의 계기로 삼으려는 과정임은 분명하다.

「거지 아버지」의 화자는 40여 년 전에 목포 지원 언덕길에서 본

"거지 아버지가 어린 아들을 앞에 놓고 공부 가르치고 있는 모습"과 나중에 히말라야 산행에서 "아버지가 아이들에게 공부를 가르치고" 있는 움막집 풍경을 동일한 주제의 기억으로 연결시킨 산문시이다. 이 시가 산문시의 긴 호흡으로 만들어진 것인 반면에, 히말라야 산행에서 화자가 깨달음을 얻은 다음의 시는 훨씬 간명하고 압축적이다.

히말라야 산정으로 향하는 길목, 열대우림 산길에서

작은 점 하나 바람 타고 휘익 빗방울처럼 떨어졌다

허공을 가르고 날아온 거머리, 남에게 눈물 한번도

흘려보지 않은 인간들에게 사랑의 봉헌이 무엇인가

전해주는 신성한 설산의 붉은 피, 찬 물방울이었다

—최동호, 「신성한 산」 전문

화자는 히말라야 설산의 고행을 통해서 "사랑의 봉헌이 무엇인가"를 깨닫게 된 사연을 이야기하는데, 이것은 최동호가 예전에 쓴 산문 「시적 신성성과 매혹」에서 "설산에 오르기 위해서는 거머리가 물방울처럼 나뭇잎에서 툭툭 떨어져 내리는 열대 정글 지대를 통과하는 고행을 겪어야" 한다는 구절과, "만년설과 열대우림의 양극에서 석가모니가 깨달은 마음의 비밀이 있는 것"이라는 구절의 의미와 일치한다. 화자는 석가모니의 깨달음에 공감할 수 있게 되었을 만큼 힘든 산행

길에서 빗방울처럼 떨어진 냉혈 거머리를 보고 '사랑의 봉헌'을 알게 만든 "설산의 붉은 피, 찬 물방울"과 동일시한 것이다. 이러한 깨달음의 순간은 화자가 돌아가서 살아야 할 세속적 삶을 지배하는 소유와 집착의 덧없음을 반성하는 계기가 된다. 또한 「들꽃에 숨겨진 설산」에서 화자는 히말라야 산행 길에서 찍은 사진을 십여 년 지난 후에 우연히 꺼내 보았을 때, 그 사진 속에서 "가장 작은 바람을 살랑거리고" 있는 "아름다운 산의 미소"를 발견한 기쁨을 묘사하는데, 이러한 기쁨은 과거의 깨달음이 잊혀졌다가 일상의 현실 속에서 되살아났을 때의 희열과 같다.

시인은 산행이 아닌 일상생활에서 혹은 산책 길에서 마주친 건강하고 아름답게 열심히 사는 사람들의 다채로운 모습을 다양한 방식으로 그린다. 「파 할머니의 성경책」에선 돈암동 시장 골목길에서 본 할머니의 모습을 "하늘의 품에 안겨, 기도하다 잠든 아기처럼"이라고 묘사하고, 「볼우물」에선 잘 팔리지 않는 퉁퉁 불은 고등어 몇 마리를 좌판에 늘어놓고 서 있는 아주머니의 "깊게 팬 볼우물 햇살이" 어두운 모양으로 표현되어 화자의 따뜻한 공감을 담고 있다. 또한 새벽부터 저녁까지의 산책 길에서 마주친 여성과 아이들의 아름다운 모습을 그린 「정릉 산보」에서 화자는 삶의 행복과 살아 있는 기쁨을 유쾌한 서정으로 노래한다.

신구식물원 연못을 지나다가 연못가에서 미동도 하지 않고 앉아 있는 개구리 한 마리를 보고 영감을 얻어서 쓴 「이상한 개구리」는, 일상에서건 여행길에서건 모든 존재와 사물이 시인의 사유와 명상을 촉발시키는 계기일 수 있다는 것을 보여준다.

수초들 사이 실잠자리 날개
반짝이는 실바람 못물 향기 물큰한데
황금빛 정적의 왕관을
쓰고, 눈도 한번 껌벅거리지
않고 있는 개구리,

인기척 사라진 오솔길
성긴 햇빛,
망사 그물 미풍에 일렁이는
보물지도, 왕국의 돌처럼
요요한 빛의 향기를 사유하고 있었다

—최동호, 「이상한 개구리」 부분

　이 구절에서 개구리가 "황금빛 정적의 왕관을 쓰고" 있다거나 "왕
국의 돌처럼/요요한 빛의 향기를 사유하고 있었다"는 표현은 예사롭
게 보이지 않는다. 이것은 시인의 사유와 상상력이 정밀하면서도 유
현하게 확장되고 있는 것의 한 증거로 보이기 때문이다. 그의 이러한
사유와 상상력의 특징을 보여주는 또 다른 시는 「세상 구경」과 「봉황
의 울음」이다.

　호랑나비 등에 작은 낚시 의자 하나 얹어 놓고

　난만하게 피어 있는 꽃밭 사잇길 건들건들 날아다니며

낚시 대롱 길게 내려 꽃잎 속 부끄러운 속살 이리저리 뒤지다가

꽃가루 묻은 얼굴로

세상 나들이, 햇빛 낚시 다 마치면

미련 없이 시든 꽃잎 속에 들어가 까만 씨가 되고 싶다

———최동호, 「세상 구경」 전문

『얼음 얼굴』에서 가장 아름다운 시들 중의 하나로 꼽을 수 있는 이 시에서 화자는 호랑나비와 동일시한 상태에서 꽃잎의 속살을 뒤지다가 "꽃가루 묻은 얼굴"을 하고, "세상 나들이, 햇빛 낚시" 모두 끝내고 나면 "꽃잎 속에 들어가 까만 씨가 되고 싶다"고 말함으로써 사물에 대한 명상적 관찰이 바로 시인의 욕망 없는 삶에 대한 깨달음의 의식과 이어져 있음을 암시한다. 또한 세속주의를 거부하고 정신주의의 가치를 주장한 바 있는 시인은 자기를 비운 무욕의 경지를 이렇게 아름답게 표현하고 있다.

그가 떠나자 한순간도 점화되지 않는 불면의 낮과 밤이

태풍 직전 병든 구름처럼 멈추어 있었다. 먹구름 뒤에서

황금 채찍을 말아 올려 지축을 울게 하던 혀의 불꽃들, 선

홍빛 닭벼슬 딛고 서서 봉황의 울음 터트린 눈물 한방울

──최동호, 「봉황의 울음」 전문

이 시는 시인의 상상력이 섬세하고 정밀하게 전개될 뿐 아니라 자유롭고 역동적으로 펼쳐지는 것을 보여주는 예이다. 여기서 "불면의 낮과 밤이 태풍 직전 병든 구름처럼" 정지된 상태에서 "황금 채찍을 말아 올려 지축을 울게 하던 긴 혀의 불꽃"으로 확산되는 사유의 자재로움은 시인의 시적 상상력이 섬세한 정밀함뿐 아니라 남성적인 역동성의 힘과 폭을 겸비했음을 입증해준다.

끝으로 최동호가 「시적 신성성과 매혹」이란 산문에서 쓴 다음과 같은 인상 깊은 글을 통해, 그의 시와 삶의 관계를 돌아보자.

웅장한 산들의 신비에 매혹되는 것도 인간이고, 또 자신의 삶에 수많은 의문을 갖는 것도 인간이다. 방황하고 길을 잃은 것도 인간이다. 삶에 대한 매혹을 갖지 않는다면 인간에 대한 매혹도 없을 것이요, 시에 대한 매혹도 없을 것이다. 매혹은 정열이요 또한 의문이다.

그에게는 이렇게 삶과 인간과 시가 동일한 가치를 가질 뿐 아니라, 분리되어 있지 않다. '매혹'이 '정열'이고 '의문'인 것처럼, 그는 삶과 인간과 시에 대한 멈추지 않는 정열을 갖고, 매혹되면서 동시에 매혹의 대상에 대한 의문을 포기하지 않는 삶을 추구한다. 그의 이러한 삶의 의지와 인간에 대한 끊임없는 의문은 바로 시에 대한 정열이 언제나 시들지 않고 살아 있음을 의미하는 것이기도 하다.

어떤 의미에서 최동호에게 시는 『얼음 얼굴』의 서시인 「명검」과 같

다고 말할 수 있다. 그 이유는 시를 추구하는 마음이 명검의 길을 가려는 검객의 정신과 같은 것으로 보이기 때문이다.

검을 앞에 놓고 부드러운 덕을 닦으며 세상을 살아야 하는 것은 함부로 검을 뽑지 않기 위함이다.　　　　　—최동호, 「명검」 부분

여기서 "검을 앞에 놓고 부드러운 덕을 닦으며 세상을 살아야 하는 것"은, 앞에서 인용한 것처럼, 시와 인간과 삶이 동일한 것이라는 「시적 신성성과 매혹」에서의 발언과 일치한다. 시는 "부드러운 덕을 닦으며 세상을 살아야 하는" 이치와 별개의 것이 아니기 때문이다. 이런 점에서 최동호의 시가 절제된 단순성과 여백을 축적하는 방향으로 전환된 것은 바로 욕망의 절제와 '부드러운 덕'의 가치 있는 삶에 대한 지향과 깨달음에서 비롯되었다고 말할 수 있다.

〔2011〕

철학적 시의 새로운 지평
── 박이문 시선집 「공백의 그림자」[1]

박이문의 시를 읽으면 무엇보다 시인의 순진성 혹은 순정성이 먼저 떠오른다. 그의 시적 언어는 복잡하기보다 단순하고, 난해하기보다 명징하다. 이것은 그가 언어의 의식적인 기교보다 순수한 마음과 담백한 서정의 표현에 더 비중을 둔 시인이기 때문일 것이다. 그리하여 그는 삶과 죽음에 대한 성찰이나 존재론적 사유를 주제로 한 시에서도 어려운 추상언어를 동원하지 않고, 추론이 불가능한 이미지를 중첩시키지도 않는다. 시인보다 철학자로 유명한 그의 작품 세계에서 이와 같은 현상은 의외인 것처럼 보인다. 더욱이 그가 프랑스 시인들 중에서 시의 해석이 가장 어려운 시인으로 손꼽히는 말라르메의 시로 박사논문을 쓴 불문학자임을 염두에 두면 그 의외의 느낌은 놀라움에 가까워진다. 물론 그의 시에서 이렇게 선명히 비쳐지는 특징들은 깊은 철학적 사색을 동반한 것일 수도 있다. 이런 점을 인정하더라도

---

1) 박이문, 「공백의 그림자」, 문학동네, 2006.

이 글은, 그의 시와 철학의 관계를 밝히기보다 불문학자이자 철학자인 그로 하여금 시를 쓰게 한 근원적 힘은 무엇인지를 탐색하는 방향에서 출발하고자 한다.

박이문은, 젊은 날에 관한 글 「나의 길, 나의 삶」에서 시를 "세상에서 가장 귀중한 보석처럼" 생각하여 보들레르나 말라르메 같은 시인이 되고 싶어 했지만, 시인의 길을 가지 않은 것은 정서적 표현에 대한 욕망보다 세상의 모든 것을 투명하게 알려는 지적 갈증이 앞섰기 때문이라고 말한 바 있다. 그런 욕망의 부름에 따라 그는 철학자의 길을 선택했지만, 시인에 대한 꿈은 사라지지 않았던 것으로 보인다. 그것은 마치 순수했던 첫사랑을 잊지 못하는 사람의 마음과 같다고 말할 수 있다. 사실 플라톤 이래로 철학의 언어와 시의 언어를 대립적으로 보는 오랜 철학적 전통에서 보자면, 철학자의 길을 가는 사람이 철학적 담론을 잠시라도 제쳐두고 시인의 꿈을 실현하기란 쉽지 않았을 것이다. 그러나 프로이트의 논리를 빌지 않더라도 진정한 욕망의 꿈은 억압과 장애가 따를수록 더 강화되는 것이 아닐까?

그에게 첫사랑과 같은 시는 그리움 속에 떠오르는 고향에 비유할 수 있을 것이다. 그리운 고향은 누구에게나 어린 시절의 기억 속에서 어머니의 모습처럼 이상화되기 마련이다. 그러니까 현실에서의 고향이 도시화의 물결 속에서 아무리 원형을 잃고 낯선 도시의 풍경으로 변화했을지라도, 추억 속에 떠오르는 고향은 언제나 한결같은 모습이다. 시인의 정신적 고향이라고 말할 수 있는 시의 경우도 마찬가지이다. 그가 철학의 길을 선택하기 전에 말라르메와 같은 상징주의 시인이 되고 싶어 했다거나, 상징주의 시학에서 중요한 이미지들 중 하나인 '보석' 같은 언어로 시를 쓰고 싶어 했던 것은, 아무리 시를 떠나 철학의 길을 가게 되었다 하더라도 그에게는 잊혀질 수 없는 욕망의 원형으로 남는다. 그것은 시의 고향을 떠올릴 때마다 재현되는 무의지적 기억과 같다. 그에게 시는 세속적인 물질의 세계에 대항할 수 있는 순수한 언어와 순결한 영혼의 표현이고, 타락한 세계의 가치관을 부정하는 이상주의자의 꿈을 반영하는 대상이기도 하다. 그것은 당연히 전위적인 반시(反詩)와 대립되는 어떤 전통적인 서정시에 가까운 시일 것이다. 그런데 그의 첫번째 시집 『눈에 덮인 찰스 강변』 (1979)에는 유일하게 반시적 분위기의 「반시」가 있는데, 이것은 아주 특이하게 보일 정도로 다른 시들과 어울리지 않는다. 이 시에서 "휴지통 속 코카콜라 깡통" "찢어진 눈물" "명상하는 변기" 등, 반시적인 낯설고 파격적인 표현들이 등장하긴 하지만, 이것은 본격적인 '반시'의 시도라기보다는 우연적인 '반시'의 한 결과로 해석된다. 대체로 그의 시는 '반시'에 일치하는 해체와 전복의 글쓰기가 아니라, 절제된 표현과 언어의 함축성, 간결하면서도 여백의 의미를 살린 전통적 시의 품격을 유지하고 있는 것이다.

『눈에 덮인 찰스 강변』은 시의 고향을 찾아 떠난 시인의 상상적 여행의 첫번째 기록인 셈인데, 이 시집의 서시인 「눈에 파묻힌 성당」의 이미지는 퍽 의미심장해 보인다. 이 시의 마지막 행에 보이는 "성스러운 어머니의 얼굴" 같은 성당의 풍경은 보들레르의 시 「상응」의 첫 행에 나오는 "자연은 하나의 사원Temple"이라는 시구를 연상시킨다. 상징의 언어를 읽을 수 있는 보들레르의 '사원'은 "성스러운 어머니의 얼굴" 같은 삶의 근원과 종교성을 환기시키는 '성당'의 이미지와 닮아 있기 때문이다. 시인은 눈 덮인 성당을 바라보며 한 해의 끝과 새로운 해의 시작을 생각하고 순수하고 순결한 모성의 세계를 떠올린다.

겨울날의 눈 덮인 풍경은 바라보는 사람에게 눈이 내리던 지난날의 행복하고 아름다웠던 시절에 대한 그리움뿐 아니라 눈에 덮인 길 위로 발자국을 남기고 걷고 싶은 욕망을 갖게 한다. 그런데 시인에게 발자국을 남기고 싶은 욕망은 백지 위에 시를 쓰고 싶은 욕망과 겹쳐질 수 있다.

> 눈이 닿는 곳마다
> 눈에 파묻혔다
>
> 크나큰
> 시가 씌어지길 기다리는
> 한 장의 흰 원고지
>
> 무슨 시를 쓰랴
> 바람과 해와
> 바다와 별과
>
> 시를 쓰리
> 언어 아닌 구름으로   ——박이문, 「눈에 덮인 들」 전문

"눈에 덮인 들"은 시인에게 "크나큰/시가 씌어지길 기다리는/한 장의 흰 원고지"로 변형된다. 시인이 시를 쓰는 사람이기 때문에, 눈에 덮인 세계가 시를 쓰고 싶은 욕망을 불러일으켰다 하더라도 동시에 그 세계가 절대의 순수한 세계처럼 보여 그것을 온전히 담을 언어를

찾지 못했다면 그러한 욕망은 좌절감 속에서의 머뭇거림을 수반하게 된다. 시인은 절대의 세계란 언어로 포착될 수 없다는 것을 깨달으면서 "언어 아닌 구름으로" 시를 쓰겠다고 한 것 같은데, 이것은 자연의 절대적인 아름다움 앞에서 언어의 절망을 경험하지 않기 위해서라거나 '구름' 같은 몽상에 빠지는 것으로 만족하겠다는 잠정적인 타협의 소산으로 해석될 수 있다. 또한 이것은 절대의 세계에 대한 언어탐구에 끊임없이 절망하면서도 다시 꿈꾸는 작업을 그칠 수 없었던 상징주의 시인 말라르메의 숙명을 생각하게 한다.

「눈에 덮인 들」이 이상의 세계와 시인의 시 쓰기 욕망 혹은 언어와의 관계를 보여준 것이라면, 「함박눈 나리는 길에서」는 화자가 눈길을 걸으면서 빠져들 수 있는 몽상의 세계를 보여준다. 이 시의 첫번째 절에서는 함박눈이 이틀째 내려 행인의 무릎까지 파묻힐 정도였다는 정황이 묘사되는 가운데, "다시 저물어가는 낯선 겨울"이라는 아름다운 표현이 우리의 눈길을 끄는데, 여기서 '낯선 겨울'은 고향을 멀리 떠나 외국에서 이방인으로 사는 화자의 외로움과 두려움을 잘 나타내준다. 시인은 이렇게 눈길의 풍경 속에서 여러 가지 상념에 젖는다.

걸음마다 눈앞에 아물대는 옛 얼굴들
꼬리를 물고 오는 어려운 질문들
지나가는 대답들은 눈처럼 녹고

흰 저녁 하얀 눈길에서
불꽃처럼 타는 나의 가슴

윤곽이 없는 하얀 지혜 —박이문, 「함박눈 나리는 길에서」 부분

 눈길을 걷는 화자의 생각은 가까운 사람들의 추억에서부터 철학적 주제에 이르기까지, 일상적 삶의 문제에서 시를 쓰는 현재의 관심사까지 포함하여 다양하게 펼쳐지는 것으로 암시된다. 여기서 시인의 가슴은 겨울의 차가운 공기와는 다르게 "불꽃처럼" 뜨거운 열정으로 가득 차 있다. 물론 뜨거운 열정은 막연한 것이 아니라, 지식과 지적인 깨달음에 관한 것이다. 그러나 시인은 끊임없는 지적 욕망의 결실이 만족스럽지 않은 듯, "윤곽이 없는 하얀 지혜"의 상태를 말하면서 겸손함을 드러낸다. 물론 "윤곽이 없는 하얀 지혜"는 미완성이나 미흡한 상태의 지식이 아니라 사물에 대한 편견이 없는 순수하고 담백한 정신의 상태를 의미하는 것일 수도 있다.

뻗친 길을 달리는 마음
달려도 뛰어도 떨어지지 않는
발길 쓰러지는 마음
낯선 유리창 안의 낯선
나의 그림자
그리고 또 낯선 나의 그림자

찾아올 사람도 없는 밤
아무도 없는 외국 공항 대합실
바람을 기다리는가
죽음을 기다리는가

아무리 허우적대도 깨어나지 않는
나는 나비의 꿈   —박이문, 「나비의 꿈」 부분

눈을 잠깐 뜨면
나는 그림자가 되어 있고
눈을 또 감으면
보이는 것은
보이지 않는 것뿐이다   —박이문, 「좌선」 부분

「나비의 꿈」은 장자의 유명한 나비의 꿈 이야기를 환기시킨다. 이 이야기는, 관점에 따라 장자의 나비꿈이거나 나비의 사람꿈으로 해석할 수도 있는데, 중요한 것은 이 시에서의 화자가 "아무리 허우적대도 깨어나지 않는" 자신의 삶을 "나비의 꿈"처럼 이야기한다는 점이다. 여기서 화자가 동일시하는 '나비의 꿈'은 덧없는 삶을 의미하기보다 삶에 대한 끊임없는 의문과 기다림의 연속에서 벗어나지 못한 자신의 모습을 드러낸 것으로 보인다. 이처럼 삶의 반성적 의미를 이끌어낼 수 있는 이 시에서 "낯선 나의 그림자"가 두 번이나 반복되는 것은, 시인에게 그만큼 삶의 실체보다 삶의 허상이 더 크게 느껴졌기 때문일 것이다. 또한 「좌선」에서의 화자 역시 눈을 뜬, 깨어 있는 의식의 상태에서 자신이 "그림자가 되어 있"는 상태를 확인한다. 그러나 "눈을 또 감으면" "보이는 것은" "보이지 않는 것뿐"이란 표현은 무엇을 의미하는 것일까? 이것은 우선 상징주의 시학의 이데아 개념과 같은 의미로 쓰여졌음을 말할 수 있다. 상징주의 시학에 의하면, 현실의 세계는 보이지 않는 실재의 그림자와 같다. 시인은 현실을 넘

어서서 상징의 언어를 통해 보이지 않는 실재의 이상을 추구하는 사람이기 때문이다. 그러나 시인이 아무리 이상의 세계를 추구하더라도 시적 모험의 길에서 보이지 않는 것이 쉽게 보이는 것으로 될 수는 없다. 보이지 않는 실재의 대상을 추구하는 시인은 온갖 좌절과 시련의 과정 속에서 그것을 끊임없는 탐구와 천착의 대상으로 삼는다.

보이지 않는 것은
역시 보이지 않는다

밤은 깊다
살아도 알아도
서투른 곳

이 밤의 마지막 등불
끄고 침대로 간다
잠을 자려고
잠이 들면
보일까
보이지 않는 것은   ─박이문, 「보이지 않는 것」 전문

이 시는 보이지 않는 실재의 세계와의 조우가 얼마나 힘든 탐구의 과정을 거쳐야 하고 그것과 언어와의 상응correspondance이 시인에게 얼마나 절실한 욕망인지를 보여준다. 시인에게 그러한 탐구의 시간은 대체로 낮이 아니라 밤이다. 어두운 밤의 시간은 시인의 영혼에

위안을 주거나 친숙함을 갖게 할 수 있다. 그러나 "보이지 않는 것"이 계속 "보이지 않는다"면, 밤의 시간은 친근하고 익숙하게 느껴지는 시간이 아니라 "살아도 알아도/서투른 곳"처럼 낯선 공간의 시간이 된다. 결국 시인은 체념하고 잠을 이루려고 하지만, 의식이 잠드는 잠과 꿈의 상태에서도 "보이지 않는 것"을 보려는 열정과 의지는 변함이 없다.

보이지 않는 실재의 세계를 "크나큰 존재" 혹은 "크나큰 실체"(「메아리」)라고 부른다면 현실의 세계는 그것의 그림자이거나 메아리와 같은 실체 없는 반향의 세계일 것이다. 두번째 시집『나비의 꿈』(1981)에서는「그림자」「메아리」「거울에 비친 그림자」등 허상의 삶을 의미하는 제목의 시들이 많다. 또한「악몽」「깨어진 조각들」「뿌리 없이」등 존재의 절망과 고통을 내재화한 시들은 제목에서부터 그러한 의미의 시적 이미지를 암시하고 있다. 다른 작품들의 표제어들도 대체로 자유의 구속, 소통의 단절, 견디기 힘든 권태 등 어두운 내면의 모습을 나타내고 있는데, 이러한 내면의 풍경은 시들의 내용에서도 동일하게 발견된다. 그러한 부정적 의미의 제목이 아닌 것이「탈출」인데, 이 시는 이러한 제목을 갖고 있으면서도 탈출의 성공을 의미하기보다 감옥의 문은 열려 있으나 그 문을 나서지 못했다는 화자의 탄식을 담는다.

그림자가 그림자를
잡고 싸우다가
메아리가 메아리에
울려 부산하다가

형체도 없는
보이지 않는 그리고
아무도 모르는
어느 크나큰 원리에 갇혀   —박이문, 「메아리」 부분

그림자들이 서로 싸우고, 메아리들이 시끄러운 소음으로 들리는 시장의 분위기는 혼잡한 세속적 현실의 세계와 닮아 있다. 시인은 이 세계를 지배하는 "어느 크나큰 원리"가 존재하며, 현실의 세계는 그 원리에 종속되어 있다고 생각한다. 그러한 존재의 원리 속에서 바라볼 때, 인간의 삶은 얼마나 보잘것없고 허망한 것일까? 그러나 박이문의 아름다운 사랑 노래라고 명명할 수 있는 「사랑 3곡」에는 허망함을 극복하는 방법이 사랑이라는 듯, "우리들의 몸은 먼지니까" 사랑의 상처에 아파하지 않을 수 있고, "우리들의 숨결은 바람이니까" 슬퍼하지 않을 수 있고, "우리들의 마음은 환상이니까" 울지 않을 수 있다는 사랑의 역설적 진리가 표현된다. 사랑에 대한 감성적 이해와 철학적 성찰이 결합되어 아름답고 조화롭게 보이는 이 시는 단순하고 평이한 언어로 씌어졌으면서도 깊이가 보이고 단단한 느낌을 준다. 이 시에서 알 수 있듯이 사랑과 인생이 아무리 그림자처럼 덧없고 허망한 것이라도, 시인에게 중요한 것은 그것을 승화시켜 보석처럼 빛나는 언어의 시로 만드는 일이다. 그럴 때 사랑과 인생은 연금술의 변화처럼 귀중하고 아름다운 것이 될 수 있다.

언어의 문제가 많은 시인들의 주된 관심사겠지만, 박이문 시인의 경우 이러한 주제는 그의 시 속에서 무엇보다 큰 자리를 차지하고 있

다. 그가 노장사상을 철학적으로 해석하면서 언어와 존재의 불일치를 중요한 화두로 삼았듯이, 그에게 의미 있는 삶의 세계는 언어로 표상된 세계이고, 언어 밖의 세계는 "무한한 밤"(「언어들 사이에서」)으로 은유되는 어둠과 무의미 혹은 영원의 세계이다. 그에게 언어는 어떤 때는 "밤에 흩어져 있는/별들"(「흩어진 하늘」)의 존재처럼 보이고, 또 어떤 때는 하늘에서 내리는 흰 눈처럼(「낱말들의 눈송이가 내리고」) 보이기도 한다. 그것이 별이건 눈이건, 그것들은 아름다운 존재이긴 하지만 사라진다는 공통점을 갖는다. 시인의 언어로 존재의 실체를 포착하려고 할 때 언어는 눈처럼 "손 안에 녹아 없어지는/존재의 뜻"(「낱말들의 눈송이가 내리고」)으로 표현된다. 물론 언어와 존재의 관계는 일치되는 경우보다 불일치의 경우가 많고, 그것들이 일치되는 것은 언제나 한순간에 불과하다. 그러나 그 한순간의 일치가 사실은 얼마나 아름답고 소중한 것일까? 그렇기 때문에 밤하늘에 빛나는 별들의 언어로 시를 쓰고 싶은 시인의 욕망은 끈질기게 생성된다.

박이문의 세번째 시집 『보이지 않는 것의 그림자』(민음사, 1987)와 네번째 시집 『울림의 공백』(민음사, 1989)에는 삶과 죽음의 주제와 함께 의미와 무의미의 문제가 시집들의 중심축을 이루는 것처럼 보인다. 물론 삶과 죽음의 문제는 앞의 시집에 실린 「무의미의 의미」에서도 비중 있게 다뤄진 것이긴 하지만 『울림의 공백』에서 더 큰 울림으로 변주된다. 어떤 점에서 삶과 죽음에 대한 성찰은 존재의 본질에 대한 사유로 연결될 수 있다. 가령 세번째 시집의 서시 「무명묘(無名墓)」에서 "나의 무덤은 흙이 되고/나의 무덤은 무가 되고"라거나, 시 「비석(碑石)」에서 "뼈가 흙이 되면/비석도 모래가 되어/없어지는 것과 남은 것"이 동일하다는 인식은 삶의 의미와 죽음의 무의미라는 이

원론적 개념을 넘어선 어떤 초월적 성찰의 한 반영으로 나타난다. 그
것은 눈에 보이는 사물들의 허상과 그것으로 연속된 무의미한 삶을
"언어 이전에/살아 있는/순수하고/풍요한"(「크나큰 하나」) 이상의
세계를 꿈꾸는 시인의 사색과 상상의 끝에서 가능한 시적 인식일 것
이다.

> 우리들의 앎은
> 껍데기
> 우리들의 삶은
> 헛것
>
> 죽음 다음
> 또하나의 삶이
> 또하나의 삶 다음
> 또하나의 죽음이
>
> 말이 없어 의미가 깊고
> 소리없이 깊은
> 살아 있는 모든 것
> 모든 것은 살아 있어
> 크나큰
> 하나
> 있음과 없음도
> 함께
>   —박이문, 「크나큰 하나」 부분

인간에게 삶과 죽음은 영원의 시간에서 볼 때 끊임없이 연속되는 긴 시간의 한 순간일 뿐이다. 이러한 관점에서 볼 때 우리들의 유한한 삶이란 얼마나 보잘것없고, 덧없는 것인가. 물론 우리가 한정된 삶과 사물의 존재에 부여하는 의미 그리고 언어 이전의 자연세계나 절대의 세계에 내장된 의미는 같은 것이 아니다. 가령 앞의 시에서 "말이 없어 의미가 깊고"라고 했을 때, 깊은 의미의 세계는 언어 이전의 세계 혹은 언어로 표상될 수 없는 세계를 가리킨다. 그 세계는 일회적인 삶과 죽음을 넘어서 긍정적으로 해석될 수 있는 "있음과 없음"의 경계를 초월하여 끊임없는 삶과 죽음의 연속적 계기로 인식되는 그야말로 '크나큰 하나'의 세계이다. 시인은 그러한 세계를 꿈꾸면서 덧없는 삶의 고통을 잊으려 하고, 죽음의 두려움을 극복하려 한다. 이러한 의지는 유한한 삶의 무의미성을 넘어서는 적극적인 삶의 태도이다. 죽음의 상념과 삶의 성찰은 「마운트 오번 공동묘지」「공동묘지 순례」「미국 케임브리지 공동묘지」「비석들」등 공동묘지 앞에서 떠오른 생각을 표현한 시들에서 일관성 있게 표명된다. 시인은 공동묘지뿐 아니라 어머님의 무덤 앞에서 갖게 된 애절한 생각을 이렇게 적는다.

어머니
당신을 찾아 왔습니다
어느덧 저녁 노을이 또 집니다
당신의 무덤에
무신론자 당신의 아들이
당신의 영혼을 찾아 왔습니다.

어머님 산소에 잡초 한 포기
꽃이 폈다
풀꽃이
그 꽃의 언어
그 의미를 따진다   —박이문, 「무덤과 꽃」 전문

「어머님의 무덤 앞에서」에서의 화자는 자신이 무신론자임을 의식적으로 강조하면서도, 마치 죽은 이의 '영혼'이 살아 있듯이 대화를 나눈다. 또한 「무덤과 꽃」에서의 화자는 어머니 산소에 핀 풀꽃의 언어와 의미를 생각하는 시인의 모습을 의도적으로 부각시킨다. 무신론자 시인은 삶의 의미와 행복을 내세에서도 찾지 않고 초월적 존재의 뜻에 맡기려고도 하지 않는데, 그것은 겸손함이 부족해서가 아니라 인간적인 삶과 고통을 감내하기 위해서이며, 삶의 종말이 죽음이라는 생각 때문이 아니라 삶과 죽음을 통한 모든 생명의 순환성에 대한 믿음 때문이다. 물론 삶의 슬픔과 허망함을 견디면서도 시인이 좌절과 절망에 빠지지 않을 수 있는 것은 삶과 죽음에 대한 이성적 인식의 의지와 함께 절대의 세계에 대한 강렬한 시적 탐구의 의지가 있기 때문이다. 그러한 의지의 시인에게 갈 길은 언제나 멀고, 갈 곳은 아득하다.

언제 가까이 갈 수 있을까

너무 멀다

아니면

무한한 공백이다   —박이문, 「갈 곳」 전문

　그 길이 아무리 멀지라도 '갈 곳'이 있기 때문에 시인은 행복할 수
있다. '갈 곳'이 너무 멀게 느껴져 주저앉고 싶거나, '무한한 공백'의
두려움이 엄습하더라도 그 두려움은 오히려 의지를 새롭게 추스를 수
있는 계기일 수 있다. '갈 곳'이 시인의 근원적인 고향이라면, 살아
있는 동안 끊임없는 귀향 연습으로서의 시 쓰기를 포기하지 말아야
하는 것은 시인에게 너무도 당연한 일이다.

〔2006〕

눈물의 힘과 모성적 상상력
─ 박라연 시집 『빛의 사서함』

13년 전, 박라연의 세번째 시집 『너에게 세들어 사는 동안』(문학과
지성사, 1996)을 해설하는 자리에서, 나는 그녀의 시적 원류에는 눈
물과 슬픔의 풍부한 자원이 있지만, 그것은 비극적이거나 처연한 것
이기는커녕 건강하고 아름다운 생명력을 잉태할 수 있는 근거가 된다
는 것을, 시인에 대한 이해의 출발점으로 삼은 적이 있다. 그 시집 이
후, 『공중 속의 내 정원』(문학과지성사, 2000), 『우주 돌아가셨다』(랜
덤하우스코리아, 2006)를 펴내면서, 박라연은 실존적 슬픔을 서서히
극복하고 대체로 삶에 대한 전면적 긍정과 희망의 시각을 보여주었다.

『우주 돌아가셨다』 이후, 3년도 채 되기 전에 펴내는, 그 어느 때
보다 풍부하고 활달한 상상력의 경지를 보여주는 여섯번째 시집 『빛
의 사서함』(문학과지성사, 2009)에서 특히 주목되는 시들 중의 하나
라고 할 수 있는 「낡아빠진 농사」는 눈물을 주제로 한 새로운 해석을
내보인다. 이 시를 읽으면서, 나는 그녀의 초기 시들에 빈번히 나타
난 눈물의 존재와 의미를 다시 떠올리게 되었고, 젊은 날 그녀가 자

주 겪었던 눈물과 상처의 원인이 무엇이었을지 생각해보게 되었다. 이것은 그야말로 거칠고 주관적인 추측에 불과한 것이겠지만, 그녀의 많은 눈물은 어떤 외부적 사건 때문이 아니라 사람과 세상에 대한 그녀의 과도한 사랑 때문이거나 서툰 사랑의 방식 때문이었을 것이라는 생각이다. 다시 말해서 그녀의 슬픔은 사랑의 감정이 많은 사람이 그것을 표현하는 '사랑의 문법'을 몰랐기 때문에 겪는 슬픔이었을 것으로 짐작된다는 것이다. 그러니까 모든 존재에 대한 넘치는 사랑의 감정이 시인에게 실망감을 갖게 했고 눈물을 흘리게 한 것이라면, 문제는 바로 사랑이다. 결국 그녀로서는 자연스러운 사랑의 방식이 세상의 상식적인 사랑의 방식과 충돌하거나 어긋남으로 인해 시인의 기억 속에 상처와 눈물을 생겨나게 했을 것이다. 이런 식으로 본다면, 그러한 눈물은 당연히 나약한 감성의 증거도 아니고, 무의미한 감상의 표출도 아니다. 그것은 풍부한 감성의 원천으로서 당연히 시인의 성숙한 정신 속에서 삶에 대한 의지의 지층을 단단하고 두껍게 쌓아올리는 자산이 된다. 「낡아빠진 농사」는 이제 사랑의 문법에도 익숙해진 시인의 깊이 있고 원숙한 시각을 명증히 반영한다.

눈물도 식량인데 헐값의 눈물들을 쌓아둘 곳간 궁리할 수밖에

다운증후군을 껴입고도 배우가 된 청년 강민휘, 배우로 사는 일이
행복해서 흘리던

절체절명의 갈비뼈에서만 순 트는 육체가 행복한 눈물이라면

가장 추운 산에서만 길들여진 바위와 한솥밥 먹을 수밖에

얼다가 녹고 녹다가 얼면서 내 눈물 자라 옹달샘만큼 저를 넓혀 용
암처럼 끓다가

방울방울 무사히 흘러나와 빵을 굽고 차를 끓이고 추운 가슴 골고루
덥힐 수 있다면   ──박라연, 「낡아빠진 농사」 전문

시인은 이렇게 눈물을 식량이라고 말하면서 그것이 양심과 자산의
토대가 될 수 있음을 암시한다. 이 시에 담겨 있는 시구를 빌려서 말
하자면, 그 눈물은 "절체절명의 갈비뼈에서만 순 트는 육체"처럼 생
명의 요소가 되고, 매서운 추위를 견디며 더욱 단단한 바위처럼 절박
하고 절실한 체험 속에서 더욱 강인해지며, 새로운 생명처럼 탄생한
희망의 표상이 된다. 또한 그것은 인생의 온갖 고난과 시련을 통해
"얼다가 녹고 녹다가 얼면서 자라"고 튼튼해질 뿐 아니라, '옹달샘'만
한 넓이로 커져서 사람들의 행복한 일상에 필요한 양식이 되거나 외
로운 사람들의 마음을 따뜻하게 덥힐 수 있는 물이 되기도 한다. 물
론 이 시에서 그 눈물이 바로 양식이라는 단정적인 어사는 없지만,
눈물이 그렇게 되기를 바라는 시적 메시지는 어떤 산문적 주장보다도
강렬하다. 그것은 수많은 눈물과 슬픔의 체험을 통해 정신적으로 훨
씬 강하고 성숙해진 사람만이 보일 수 있는 믿음의 반영으로 생각된
다. 다운증후군의 청년이 "배우로 사는 일이 행복해서 흘리던" 눈물
이라는 표현에서 알 수 있듯이, 그것은 온갖 고통과 절망을 극복하고
성장한 사람의 아름답고 행복한 눈물이다. 이렇게 슬픔의 눈물이 행

복의 눈물로 변화하게 되는 것은, 박라연 시 세계의 변모 과정을 상징적으로 보여준다고 말할 수 있다.

「낡아빠진 농사」라는 제목에서도 알 수 있듯이, 박라연의 시는 대체로 시인의 감정과 생각을 과장하지 않고, 소박하고 자연스럽게 표현하고 있다는 느낌을 준다. 이러한 시인의 겸손한 모습은 삶에 대한 감사와 모든 존재와 생명에 대한 근원적인 사랑에서 비롯된 것으로 볼 수 있다. 그녀는 남과 다른 사랑의 방식을 갖고 있어서 슬픔과 고통을 많이 견디며 성장해온 시인이지만, 시를 통해서 발견되는 삶의 의지와 자신감은 무엇보다 적극적이고 강렬해 보인다. 그녀의 고통이 반드시 희망으로 이어지고 절망으로 귀결되지 않는 것은, 고통이 있는 어느 자리에서나 그녀가 새로운 사랑과 희망을 찾기 때문이다.

땅바닥이 파일 듯 천장이 뚫릴 듯 쩡쩡, 아픈 시간들을 뱉어낼 때마다 화관을 찢으며 흘러나오던 죄와 상처, 보물찾기의 절정이었을까

사는 일이 캄캄해 부싯돌인 양 제 몸을 치며 견딜 때 거짓말처럼 환한 길을
펼쳐주신 X, 그를 안 본 이들에게 어떻게 전할까

—박라연, 「X 파일」 부분

여기서, 시인은 죄와 상처로 얼룩진 '아픈 시간' 속에서 "사는 일이 캄캄해 부싯돌인 양 제 몸을 치며" 괴로움을 견디던 중, X를 통해서 구원의 빛을 발견하게 되었음을 말한다. 물론 그 X는 하나님처럼 신성(神聖)한 존재일 수도 있고, 인생의 갈림길에서 큰 도움을 준 어떤

은인 같은 사람일 수도 있다. 이 시집에 실린 다른 시들에서도 확인되는 것이지만, 시인은 신성한 존재에 대한 믿음을 갖고 있으면서도 대체로 그러한 존재와 믿음을 단정적으로 표현하지 않고 있다. 그렇기 때문에 X를 간단히 초월적 존재로 환원시키는 해석은 적절하지 않다. 마찬가지로 마지막 구절인 "그를 안 본 이들에게 어떻게 전할까"는 신앙의 전도를 나타낸 말이라기보다 자기구원의 길에서 빛의 역할을 해준 사람에게 갖는 극진한 고마움을 완곡히 표현한 것으로 해석된다.

신성한 존재가 암시적으로 표현되는 예는 「그 사람」이란 시에서도 확인할 수 있다. 이 시의 화자는 "고소공포증에도 목숨 걸고" '그 사람'을 만나려고 높은 곳에 올라갔더니 '그 사람'은 없고, 그 사람 비슷하게 연기하는 수많은 얼굴과 목소리를 접할 수 있었을 뿐이며, "고도에 존재하는 것들은/모두 그 사람"이라고 진술하는데, 이런 점에서 본다면 '고도'는 마음속에서 추구해야 할 어떤 내면의 상태이거나 깊은 믿음의 깨달음 속에서 나타나는 신성한 영적 존재를 의미하는 것일 수 있다. 물론 시인에게 중요한 것은 신앙의 강조도 아니고, 초월적 존재 앞에서의 원죄의식도 아니다. 어쩌면 이런 태도가 더 깊은 신앙심의 표현일지 모르겠지만, 시인은 신성한 존재에 대한 막연하면서도 소박한 믿음의 바탕 위에서 삶과 세상을 긍정적으로 수용한다. 인간의 선과 생명의 존재를 신뢰하는 시인은 자신의 손가락에 앉은 고추잠자리를 바라보며 신의 축복이라고 생각하고(「손가락 의자」), 탱자꽃 향기가 흘러넘치는 마을의 풍경을 바라보며 행복감을 느끼거나(「크나큰 수레」), 호랑나비가 채송화 위에 앉아 있는 모습을 사랑의 몸짓으로 이해하고 황홀해하기도 한다(「Love」). 더 나아가서 그는 세상의 모든 상처와 죽음에 생명을 부여하는 적극적 모성의 의지와 상상력을 활달하게 발휘한다. 다음의 시는 그것의 적절한 예증이다.

피를 빛으로 바꾼 듯

선 자리마다 검게 빛났다

아는 얼굴도 있다

산 채로 벼락을 몇 번쯤 맞으면

피를 빛으로 바꾸는지

온갖 새 울음 흘러넘치게 하는지

궁금한데 입이 안 열렸다

온갖 풍화를 받아들여 돌처럼

단단해진 몸을 손톱으로 파본다

빛이 뭉클, 만져졌다

산 자의 밥상에는 없는 기운으로

바꿔치기 된 듯

힘이 세져서 하산했다   ——박라연, 「고사목 마을」전문

  시인은 검은 빛으로 죽어 있는 듯이 보이는 고사목에서 생명의 빛
을 발견하고, 그 빛의 기운을 받아 삶의 활력을 얻어서 생활의 세계
로 하산하게 된 사연을 이야기한다. 얼핏 평범한 듯이 보이는 이러한
시적 얼개는 사실 비범한 관찰력과 상상력의 표현들이 점층적으로 연
결되어 빈틈없는 완성을 보인다. 우선 벼락을 맞아 죽은 듯한 검은색
의 나무껍질에서 "피를 빛으로 바꾼 듯"한 생명의 빛을 발견한 시인
의 시선도 놀랍지만, 단단한 나무의 껍질 속을 손톱으로 파보다 "빛
이 뭉클, 만져졌다"는 촉감의 표현은 더욱 놀랍다. 또한 "벼락을 몇
번쯤 맞으면/피를 빛으로 바꾸는지"와 같은 시구를 통해서 독자는 자
연스럽게 고통과 시련을 통해서 인간이 성장하고 새롭게 탄생한다는
교훈을 떠올릴 수 있다. 시련 없이 성숙할 수 있는 사람이 없듯이, 죽
음의 고통 없는 생명의 탄생도 불가능할 것이다. 이런 점에서 죽음이
삶 속에 있다는 깨달음보다 더 중요한 것이 바로 죽음의 시련을 극복
해서 새로운 삶의 의지로 사는 일이라고 말할 수 있다.
  박라연은 삶에서 죽음을 찾기보다 죽음에서 생명을 발견하는 일을
더 자연스럽게 생각하는 시인이다. 『빛의 사서함』이란 제목이 암시하
듯이 삶에 어떤 고통과 시련이 오더라도 그것에 절망하기보다 빛의
희망을 찾는 일은 그녀의 모든 시를 특징 짓는 요소이다. 이런 맥락
에서 시인이 불면의 밤을 고통스러워하기보다 불면을 "독 속의 쌀을

싹싹 긁어 굶주린 허공에게//밥을 지어 먹이자는,""누군가의 손짓"
(「불면」)으로 해석하는 경우와, "끼니 걱정/집 걱정하는 이웃을 위
해""새나 곤충/식물들의 운과 명이 번져/끼니도 집도 허공에게서/
노지에게서 하사받을 수 있는" 허공을 "분양해주는""占집 같은 간판
들"(「만개한 용기」)을 내걸고 싶다는 희망을 표현하는 경우는 모두 의
미의 일치를 보이는 것들이다. 그녀의 희망은 "오래된 나의 어둠을
밀어내고/달마저 붉게 물들여져서/세상 한 귀퉁이라도 비춰낼 무렵"
그 달에 내리는 두레박(「달에 내리는 두레박처럼」)으로 표현되기도 한
다. 그 희망이 어떤 것이든지 간에, 시인에게서 희망은 전혀 개인적
이거나 이기적인 것이 아니다. 또한 그것은 "끼니 걱정/집 걱정하는
이웃"처럼 물질적인 고난을 겪거나, "茶처럼 비애를 마시며 사는/사
람들"(「문자 배우」)처럼 슬픔과 우울의 시간을 벗어나지 못하는 사람
들을 대상으로 한다는 것도 주목해야 할 점이다.

　시인은 "남 걱정하느라 참 부산스럽다"(「박 정 웅」)고 진술할 만큼,
다른 사람들에 대한 관심과 염려를 보이는 일에 늘 분주하다. 그의
선량하고 인간적인 모습에서 표출된 관심의 대상은 사람이나 동물에
한정되지 않는다. 그가 아파트 쓰레기통에 버려진 벤자민을 바라보며
쓴 다음의 시는 식물에 대한 관심을 넘어서서 식물을 인간적 차원에
올려놓고 대화하는 모습을 보여준다.

　사람 고픈 냄새가
　낭자해서 코를 쑥 뺐더니

　벤자민 씨 오래전에 아파트

쓰레기통에 버려졌다는 것

손톱도 안 들어갈 만큼 목마른,

흙을 뚫으며 미쳐 못 산 시간을

찾아 나선 뿌리들,

무려 이 미터의 몸을 먹여 살리려고

공중의 수분을 핥으려고

시골 장독만 한 화분 외벽을

칭칭 동여매며 버틴 것

화분의 배수구 그 작은

통로를 통해 여윈

목마른, 헤진 여생을

혀로

삯바느질한 이야기

쏙 넣어주네   —박라연, 「벤자민 씨가 쓴 소설」 전문

시인은 메마른 벤자민을 보고 느낀 생각을 "벤자민 씨가 쓴 소설"
이라고 표현한다. 박라연의 독창성이 보이는 이 시에서, 목마른 식물
의 뿌리가 흙 위로 사방에 퍼져 있는 모양은 "흙을 뚫으며 미쳐 못 산
시간을/찾아 나선" 적극적인 의지와 "무려 이 미터의 몸을 먹여 살리
려고/공중의 수분을 핥"는 치열한 행위로 표현된다. 그러나 무엇보다
독창적이라고 생각되는 점은 화분 밑에 물이 빠질 수 있도록 만든 구
멍을 통해 "여윈/목마른, 헤진 여생을/혀로/삯바느질한 이야기"를
담았다는 대목이다. 이것은 사물에 대한 시인의 섬세한 관찰 능력을

드러내는 것이면서, 사물을 인간적인 사랑의 시선으로 바라보는 일에 익숙한 시인의 일상 속에서 자연스럽게 빚어진 결과이다. 사람의 삶 속에 편입되거나 삶과 관련된 모든 존재들은 인간적인 대우를 받아야 한다고 시인은 생각하는 듯하다. 그렇기 때문에 생활의 일부를 구성하는 모든 사물들이 인간적으로 표현되는 것이다.

> 이삿짐을 풀자
> 시신 썩은 냄새가 났다
> 상처도 목숨이었으니
> 따뜻한 묘지를 만들어줘야 할 텐데
> 삽과 괭이는 책? 가슴?　　　　　　　—박라연, 「이사 치료」 부분

이삿짐 속의 부분적으로 훼손되거나 망가진 가구에서 시인은 "시신 썩은 냄새"를 맡는다. 그는 '시신'과 같은 가구에게 묘지를 만들어줘야 한다는 생각을 하다가 묘지를 파는 일에 소용되는 삽과 괭이의 역할을 하는 것이 책일까? 가슴일까? 라고 시인다운 상상의 날개를 펼친다. 사람의 손때가 묻어 있는 가구를 이렇게 인간화해 바라보듯이, 한 가족의 생활과 역사를 담은 집에 대한 생각은 보다 각별히 표현된다.

> 거주 만료된 몸을 나와
> 저세상으로
> 가던 길목에서 문득 희로애락을 끊고
> 평생 수고해준

제 몸을
한 번 더 보고 싶어진 영혼처럼
그녀

차를 돌려 살던 집의 비밀번호를 눌렀다

숟가락 소리 웃음소리 서류와 옷
가구와 상처와 추억이
집을
빠져나가니 싸늘히 식어버렸구나!

무릎을 꿇고 함께 견딘 시간들을 주물렀다

인공호흡까지 시켰다 입을 달싹거리며
알은체하자 그녀

노잣돈 건네듯 움트는 동녘 햇살을 혀끝으로
떼어 덮어주었다
설익은 밥

높고 외롭고 쓸쓸한 정신을
흉내만 낸
나의 밥을
오랜 세월 맛있게 먹어준

집에게

큰절하며 돌아섰다   ──박라연, 「동병상련의,」 전문

　집은 우리의 삶을 구성하고 결정하는 구체적 공간이라 할 수 있다.
"집은 인간적 삶의 출발점이자 도착점이며, 세계이고 우주"로서, "우
리의 생활뿐 아니라 상상세계 혹은 정신적 삶에서 모성적인 따뜻함이
나 안락한 은신처로 떠오르는 한편, 우리의 생각과 추억과 꿈을 통합
하고, 변형되는 어떤 살아 있는 유기적 존재로 인식되기도 한다."[1]
앞의 시에서 보듯, 박라연은 자신이 살던 집을 '살아 있는 유기적 존
재'로 인식하는 연장선에서, 살다가 이사한 텅 빈 집을 생명의 숨결이
정지된 '몸'으로 표현한다. 첫째 연에서 나타난 비유에 따르자면, 사
람과 집의 관계는 영혼과 육체의 관계와 다름없는 것이 된다. 「대청
소」라는 시에서 "거실은/대장"으로, "부엌은 머리"로 "변기는 욕망이
거하는/뇌"로 은유하는 것도 집을 인간과 동일시하는 시인의 생각을
분명히 반영해주는 예이다. 「동병상련의,」에서 시인은 이삿짐의 내용
을 물질적인 것이 아니라 "숟가락 소리 웃음소리 서류와 옷/가구와
상처와 추억"으로 추상화시켜 요약한다. 그러한 이삿짐이 빠져나간
집이 시신처럼 느껴졌기 때문에 그는 "무릎을 꿇고 함께 견딘 시간들
을 주무"르는 인공호흡의 동작을 취하거나, 영안실에서 고인의 영정
앞에 절을 하듯, "집에게/큰절하"기도 한다. 집 덕분에 살아왔다는
감사의 마음은 "높고 외롭고 쓸쓸한 정신을/흉내만 낸/나의 밥을/오
랜 세월 맛있게 먹어준" 것으로 표현된다. 그 집에서 시를 쓰고, 가

---

1) 졸고, 「집과 시적 상상력」, 『그리움으로 짓는 문학의 집』, 문학과지성사, 2000.

족과 행복한 시간을 가질 수 있었다는 감사의 생각이, 집에게 '밥'을 만들어준다거나 집이 그 '밥'을 맛있게 먹어주었다는 생각으로 전이 되는 것이다. 여기서 집에게 '밥'을 만들어준다는 표현은 아주 독창적이고 의미심장한 것이다.

박라연은 배고픈 사람에게 밥을 먹이고, 아픈 사람의 마음을 다독여주고, "세속의 계산을 뛰어넘는"(「선물들의 희망 사항」) 생각과 행동을 천연스럽게 하는 시인이다. 대부분 한국의 많은 훌륭한 어머니들이 자식 사랑에서 그렇게 헌신적인 모습을 보여주었지만, 가족의 범위를 넘어서서는 이기적인 모습을 보이기도 했다. 그러나 박라연은 가족의 테두리 밖에 있는 모든 존재에 대한 연민과 사랑의 상상력을 자유롭게 발현시켰다. 시인이기 때문에 그렇게 표현할 수 있다고 하겠지만, 모든 시인이 그런 상상력의 경지를 보이는 것은 아니다. 여기서 박라연의 시적 상상력을 특징 짓는 중요한 어휘가 '밥'이라는 것을 말할 필요가 있다. 앞에서 인용한 「동병상련의,」나 「불면」에서뿐 아니라 「복제라면 착한 밥을」이란 제목에서와 같이 '밥'에 대한 은유가 많이 등장하는 것도 그처럼 계산 없는 열린 마음의 모성적 상상력을 나타내는 증거이기 때문이다. 밥과 같은 맥락에서 쓰이는 '밥상'도 마찬가지이다. "식물들이 밤새워 지은 밥상"(「만개한 용기」)과 같은 표현과 「그림자 밥상」이나 「허화(虛花)들의 밥상」이란 제목을 통해서 알 수 있듯이 박라연의 시에서는 '밥상'이란 어휘도 많이 발견된다. 이것은 타자들에 대한 배려를 많이 하는 시인이 남을 위해 '밥'을 만들어주거나 '밥상'을 차려주는 일에 익숙해 있기 때문일 것으로 이해할 수도 있지만, 시인이 자신을 낮추고 우주만물에 대한 공동체적 인식의 입장을 선호하기 때문으로 해석할 수도 있다.

김지하에 의하면 "밥이란 생산활동과 또한 그 결과를 수렴하는 활동 전체의 기본 특징"으로서 "밥은 어떠한 경우에 있어서도 혼자서 생산할 수 없"고, "협동적으로 생산하며 공동체적으로 생산하게 되어 있"는 것처럼, "밥상이라 하는 것은 여럿이서 둘러앉아 먹는 공동체 생활"[2]을 의미한다. '밥'과 '밥상'의 이러한 공동체적 성격이 암시하듯이, '밥'과 '밥상'을 애호하는 시인은 삶의 한복판에서 무수한 구체적 체험을 통해 키워진 상상력으로, 자기보다 남을 위해서 영양가가 높고 풍부한 '밥상'을 차리는 일에 적극적이다. 어떤 의미에서 시인은 세계를 구성하는 공동체의 일원으로서 만물의 자료를 독창적으로 요리하여 아름다운 언어의 밥상을 만드는 사람일 것이다. 이러한 시인의 모습은 자기중심적인 페미니스트의 공격적인 태도와는 너무나 거리가 멀다. 남을 위한 일에 모든 손해를 감수하고 발벗고 나서듯이, 그녀는 공격적이거나 싸우는 일보다 모든 갈등을 혼자서 감내하고, 이기는 일보다 지는 일을 더 편하게 여긴다.

뻔히 알면서도 모른 척
져줄 때의 형상이 가장
맛, 좋았다   ──박라연, 「상황 그릇」 부분

누구를 쓰러뜨리는 쾌감보다

물 위에 서서 싸우려고 저를 단련시키는 동안

---

2) 김지하, 「나는 밥이다」, 『밥』, 분도출판사, 1985.

앞의 시들에서 볼 수 있듯이 시인은 현실에서 싸우고 경쟁하여 이기는 것보다, "져줄 때"를 좋아하고, "저를 단련시키는" 일의 의미를 더욱 중요시한다. 패배의 아름다움을 예찬하기 위해서가 아니라 '지는 자가 이기는 자'의 논리를 알기 때문이다. 진정한 모성은 자신의 상처와 고통을 노출하지 않으면서 모든 타자적인 것들의 아픔과 고난을 이해하고 수용하면서 자기의 한계를 넘어서고 자아를 넓히는 정신이다. 그런 의미에서 박라연은 넓은 마음과 강인한 모성적 상상력의 시인이라고 말할 수 있다. 이러한 상상력의 힘으로 그는 젊은 날의 눈물을 어느새 밥으로 만들었고, 슬픔을 밥상으로 변모시킨 것이다.

〔2009〕

『그늘의 발달』과 뒤란의 서정

── 문태준 시집 『그늘의 발달』[1]

1. 한국 서정시의 현주소

발터 벤야민이 보들레르의 『악의 꽃』을 유럽 문학 전체에 큰 영향을 미친 마지막 서정시로 평가하면서, 자본주의 사회에서 서정시가 쇠퇴할 수밖에 없는 사정을 비관적으로 진단한 것과는 다르게, 오늘의 한국 문학에서 서정시는 몰락하기는커녕 계속 번창하고 있는 것처럼 보인다. 물론 서정시는 일반적으로 자본주의 사회에서 상품성을 확보할 수 있는 장르가 아니고 문화시장에서도 경쟁력이 있는 품목이라고 말하기는 어렵다. 그러나 대중문화의 시대에 대중들에게 인기 있는 문화자본이 될 수 없음에도 불구하고, 오늘날 우리 주변에서는 시가 유행처럼 넘쳐나고 있다. 이런 점과 관련하여 최근의 어떤 시 전문지의 「책머리에」에서 "이제는 시, 시인, 시집, 시전문지 등이 잉

---

1) 문태준, 『그늘의 발달』, 문학과지성사, 2008.

여의 대명사가 되어 독자는 물론이고 같은 시인으로부터도 외면을 받고"있으며, 패스트푸드 같은 시는 많아지는 반면, "오랜 산고를 겪은 시, 슬로우 푸드 같은 시는 없다"[2]는 비판이 나올 정도에 이르렀다. 이처럼 질적인 빈곤의 가속화가 분명히 느껴지는 우리의 문학계에서 시가 범람하는 듯이, 호황을 누리는 것처럼 보이는 현상을 어떻게 설명할 수 있을까?

그 이유가 어디에 있건 간에, 한국 문학에서 서정시의 지층은 매우 두텁고, 스펙트럼이 넓은 것은 사실이다. 전통적 서정시를 계승하는 흐름 속에 놓일 수 있는 '신-서정'의 시들로부터 그 흐름을 의도적으로 거부하는 '반-서정' 혹은 '탈-서정'의 실험시들을 포함한 다양한 서정시들은 젊은 시인들 사이에서 계속 증가하는 추세로 발표되고 있다. 물론 도시화의 물결 속에서 여전히 농촌과 자연의 풍경을 그리워하는 서정적 주체의 시들도 있고, 자연과 토속적 정서를 배제하고 서정적 주체의 모습을 드러내기를 거부하는 시들도 있다. 절제되고 함축성 있는 언어로 만들어진 시들도 많고, 거침없는 언어의 사용으로 서정시의 문법을 전복시키는 시들도 많다. 옛것과 새것이 혼란스럽게 뒤섞여 있는 우리의 현실처럼, 품위 있고 친숙해 보이는 시들과 생경하고 이해할 수 없게 만들어진 시들이 혼재되어 있는 것이다.

---

2) 「책머리에」, 『낯선시』 2008년 여름호.

2. 문태준의 '눈물 사용법'

문태준은 그 많은 서정시인들 중에서 전통적인 서정시의 문법을 존중하면서도 새로운 시작을 끊임없이 모색하는 젊은 시인 중의 한 사람이다. 김주연의 표현을 빌리면, "고만고만한 난해성의 서브 포에트들로 인하여 시의 사회적 설득력이 갈수록 약화되어가는 현실에서, 문태준은 문득 솟아오르는 물줄기가 되어" "전통을 쇄신해 가는 정통"의 힘을 발휘하고 있어 평단의 주목을 받고 있는 시인인 것이다 (『그늘의 발달』 해설). 그가 이렇게 평가하는 배경에는 젊은 시인들이 먼저 전통적인 서정시의 문법에 대한 이해의 능력을 갖추고 나중에 문법을 파괴하려는 시도를 해야 할 텐데, 이해의 능력이 결여되어 있는 상태에서 무조건 기존의 시 형식을 파괴하려고 함으로써 우리의 시가 불필요하게 난해해졌다고 보는 판단이 전제되어 있다.

문태준은 『수런거리는 뒤란』(창비, 2000)에서부터, 『맨발』(창비, 2004), 『가재미』(문학과지성사, 2006), 그리고 『그늘의 발달』 등, 모두 4권의 시집을 통해서 전통적인 서정시의 형식과 문법을 존중하고 거기에 새로운 시각과 방법을 접목시킴으로써 같은 연배의 여느 시인들보다 앞서서 그의 문학적 입지를 굳혀왔다. 그의 시들은 기복이 없고, 늘 일정한 수준의 시적 역량이 뒷받침되어 있어 독자들에게 안정감과 신뢰감을 주고 있다. 친숙하면서도 낯설고, 낯설면서도 친숙하다고 말할 수 있는 그의 시는 대체로 삶의 괴로움과 덧없음, 시간의 흐름과 존재의 변화, 자연과 농촌, 혹은 진정성의 세계에 대한 그리움 등 전통적인 서정시의 주제들을 담고 있다.

최근에 나온 그의 시집 『그늘의 발달』을 살펴보면 그가 애용하는 시적 어휘들은 갈대숲, 감나무, 늦가을, 가을밤, 겨울 강, 봄볕 등, 계절의 변화와 관련된 자연의 요소들이 많고, 시간의 흐름과 삶의 변화 속에서 화자가 느끼는 서정적 감정을 노래한 시가 많다는 것을 알 수 있다. 가령 「아무 까닭도 없이」라는 시는 귀뚜라미의 울음소리가 들리는 가을밤에 까닭 없이 눈물이 흐르는 것을 노래하면서 화자의 쓸쓸한 내면을 표현한 것으로서, 특별히 새롭다는 느낌을 주지는 않는다. 그의 시가 담고 있는 새로운 점은 얼핏 보아서 쉽게 포착되지는 않는다. 그러나 그의 시는 분명히 새롭다. 전통적인 형식과 주제를 보여주는 특징 때문에 가려진 그의 새로운 점을 포착하기 위해서 우리는 우선 전통적인 서정시에 많이 등장하는 눈물과 울음 혹은 슬픔의 주제와 관련된 시 두 편을 분석해보려고 한다. 그 두 편의 시는 「그늘의 발달」과 「눈물에 대하여」이다.

아버지여, 감나무를 베지 마오
감나무가 너무 웃자라
감나무 그늘이 지붕을 덮는다고
감나무를 베는 아버지여
그늘이 지붕이 되면 어떤가요
눈물을 감출 수는 없어요
우리 집 지붕에는 폐렴 같은 구름
우리 집 식탁에는 매끼 묵은 밥
우리는 그늘을 잃고 먹는
한 몸의 그늘

그늘의 발달
아버지여, 감나무를 베지 마오
눈물은 웃음을 젖게 하고
그늘은 또 펼쳐 보이고
나는 엎드린 그늘이 되어
밤을 다 감고
나의 슬픈 시간을 기록해요
나의 일기(日記)에는 잠시 꿔온 빛   ──문태준, 「그늘의 발달」 전문

　　우선 이 시의 제목부터 낯설게 보인다는 점을 지적해야겠다. 어떤 독자라도 '그늘이 발달한다'는 표현에 의아심을 가질 수 있기 때문이다. 이 시의 화자는 감나무 그늘이 지붕을 덮는다는 이유로 감나무를 베는 아버지에게 "그늘이 지붕이 되면 어떤가요"라고 말하면서 감나무를 베지 않도록 설득하는데, 여기서 그가 "그늘이 지붕을 덮으면 어떤가요"라고 말하지 않고 "그늘이 지붕이 되면 어떤가요"라고 말하는 대목에 주목해보자. 화자는 어떤 의미에서 그늘을 말하는 것일까? 이 의문에 대해서 우리는 화자의 설득 다음에 느닷없이 "눈물을 감출 수는 없어요"라는 말이 이어진다는 점에서 그늘은 눈물, 슬픔, 고통, 아픔, 가난, 불행 등과 같은 의미들을 함축한 어사로 짐작할 수 있다. 이미 시인은 두번째 시집 『맨발』에 실린 「산수유나무의 농사」에서 노란 꽃을 터트리고 있는 산수유나무의 그늘을 묘사하는 대목에 바로 이어 "마음의 그늘이 옥말려든다고 불평하는 사람들은 보아라/나무는 그늘을 그냥 드리우는 게 아니다/그늘 또한 나무의 한해 농사"라고 진술한 바 있다. 우리는 나무의 꽃이나 잎을 쳐다보고 나무의 그

늘에서 휴식을 취하지만, 나무의 그늘이 "나무의 한해 농사"라고 생각하지는 않는다. 꽃이나 잎이 나무의 외형적인 모양이라면, 그늘은 내면적인 모습이라고 볼 수 있기 때문에 시인은 사람들의 눈에 잘 보이는 화사한 외면보다 잘 보이지 않는 내면의 가치가 중요한 것임을 부각시키려 한다. 내면이 넉넉한 사람은 그늘이 풍부한 나무와 같다고 말할 수 있다.

문태준의 시에서 그늘과 비슷한 의미를 갖는 것이 뒤란이다. 『맨발』에 실린 「화령 고모」의 화자는 집들의 뒤란과 사람의 낯빛을 연결 지으면서, 남의 담배 농사를 지으면서 온갖 육체적 고생과 고통을 경험하면서도 뒤란이 넓은 집처럼 넉넉한 사랑과 인정을 베풀던 고모의 모습을 따뜻하고 쓸쓸하게 그리고 있다. 이 두 편의 시에서 알 수 있듯이, 그늘과 뒤란의 의미는 「그늘의 발달」을 이해하는 데 중요한 단서로 보인다. 화자는 "폐렴 같은 구름"의 고난이나 "매끼 묵은 밥"의 가난을 부끄러워하거나 거부하지 않고 당당히 감내하려는 모습을 보이면서 '그늘의 발달'이란 표현으로 그늘의 긍정적 의미를 일깨우려고 하는데, 이것은 설사 눈물이 "웃음을 젖게" 하는 불행한 일이 앞으로 닥쳐와도 그늘은 웃음을 다시 펼쳐 보일 수 있다는 강인한 믿음과 동궤에 놓여 있는 것으로 보인다. 화자의 이러한 생각과 믿음은 아버지 세대와는 다르게 주체적 관점에서 불행과 맞서겠다는 젊은이의 건강한 삶의 의지를 반영한다. 그러므로 화자가 시의 끝부분에서 "엎드린 그늘"이 되겠다고 했을 때, 그것은 '일어선 빛'의 반어적 표현으로 해석될 수 있을 것이다. 또한 "나는 엎드린 그늘이 되어/밤을 다 감고/나의 슬픈 시간을 기록해요"라고 진술하는 부분에서 우리는 슬픔의 고난을 회피하거나 망각하지 않고 그것을 감당해야 할 운명의 몫으로 받아들이려는 강력한 의지를 읽을 수 있다. 이렇듯 문태준의 시에서 눈물은 나약한 감정이나 감상의 표현이 아니라 이성적 의지와 냉정한 현실인식의 계기이자 출발점이 된다. 시인은 그늘이 넓어질수록 타자를 수용하고 이해할 수 있는 내면의 공간이 넉넉해지고 빛이 솟아오를 수 있는 여지도 그만큼 많아진다는 것을 믿고 있는 것이다.

「그늘의 발달」에서 또한 주목해야 할 것은 아버지의 존재이다. 문태준의 시에서는 고유명사는 거의 등장하지 않는 반면, 직접적으로 언급되건 암시적으로 그려지건 간에 자주 나타나는 사람들은 아버지, 어머니, 아이들 정도이다. 이들 중 아버지는 긍정이 아닌 부정의 이미지로 표현되는 경우가 많은데, 이 시에서 감나무를 베어내는 아버지는 정신분석적 의미에서가 아니더라도 '거세하는' 역할의 억압적이고 비이성적인 존재로 표현된다. 이 아버지는 「나와 아버지의 폐원(廢園)」에서의 아버지와 닮았다. 이 시에서 아버지는 납득할 수 없는 이유로 미래의 과일들을 버리고, 자두나무를 베어, 아들에게 폐원을 상속하는 존재로 묘사된다. 아버지가 자두나무를 베어낸 밭은 "백이십 근의 나무 그늘이" "노름판에 건 문서처럼" 사라진 황량한 돌밭의 풍경으로 제시된다. 이 시에서 "눈먼 아버지는 나의 폐원"이란 대목이 특히 눈길을 끈다. 그 이유는 비이성적 행동의 아버지를 화자가 '눈먼 아버지'로 명명하고 아버지의 폐원을 나의 폐원으로 받아들이면서, 아버지를 폐원과 동일시한다는 점에서이다. 이것은 상징적 존재로서의 아버지를 냉정하게 인식하고 아버지의 한계를 극복하려는 화자의 이성적 결단을 반영한 결과로 해석될 수 있다.

「그늘의 발달」에서 눈물이 두 번이나 언급되는 것과는 달리, 「눈물에 대하여」에는 눈물이 전혀 등장하지 않는다. 독자가 차례에서 이 시의 제목만 보고 눈물을 시적으로 설명한 것으로 짐작했다면, 시를 읽은 후에 당혹스런 느낌에서 벗어나기 어려웠을 것이다. 눈물이란 어사가 발견되지 않아서가 아니라 눈물의 의미를 어떻게 이해할 수 있는지의 문제가 더욱 모호해지기 때문이다. 화자는 눈물의 서정성에 대한 독자의 선입견을 불식시키려는 듯, 눈물을 타자의 형태로 의인화하고 있다.

어디서 고부라져 있던 몸인지 모르겠다
골목을 돌아나오다 덜컥 누군가를 만난 것 같이
목하 내 얼굴을 턱 아래까지 쓸어내리는 이 큰 손바닥
나는 나에게 너는 너에게
서로서로 차마 무슨 일을 했던가
시절 없이
점점 물렁물렁해져
오늘은 더 두서가 없다
더 좋은 내일이 있다는 말은 못하겠다

—문태준, 「눈물에 대하여」 전문

눈물은 '나'의 몸에서 흘러나온 것이지만, 「아무 까닭도 없이」라는 시에서 아무 까닭도 없이 "눈물이 뚝뚝 떨어"지듯이, 그것은 나의 의지나 이성과는 상관없이 돌출되어 나왔다는 점에서 낯선 사물이나 타자처럼 인식된다. 화자가 이렇게 눈물을 이인칭으로 대상화하면서 객관화시키는 것은 절제의 의지 때문이라기보다 이성적으로 설명하기 어려운 슬픔과 절망이 그만큼 깊기 때문으로 보인다. 그러나 그는 슬픈 마음을 '물렁물렁'한 사물처럼 표현하거나 '두서가 없'는 상태에 비유함으로써 눈물에 따르는 슬픈 감정을 이성적으로 통제한다. "더 좋은 내일이 있다는 말은 못하겠다"는 것은 그러한 절망이 한없이 계속될 것처럼 끝이 보이지 않았기 때문이다. 또한 눈물은 낯선 사람의 '큰 손바닥'처럼 표현되고 눈물의 원천이 되는 마음은 '물렁물렁'한 사물에 비유된다. 전통적인 서정시에서 자주 볼 수 있는 눈물과 슬픔의 감정들은 문태준의 시에서는 이렇게 사물화되거나 객관화되어 있을 뿐 아니라 그 원인과 관련된 개인적인 사연도 절대로 노출되지 않는다는 점을 부연해볼 수 있다.

3. 마음의 풍경과 기다림의 시간

시가 마음의 풍경을 압축된 언어로 그린 것이라면, 마음의 풍경과 언어 사이의 거리는 가까운 것이면서 동시에 먼 것이라고 말할 수 있다. 어떤 의미에서, 시인은 내면의 풍경과 언어를 일치시키려는 사람이라고 할 수 있지만, 시인에게 이러한 일치의 만족감을 느끼는 순간이란 별로 많지가 않을 것이다. 「당신에게 미루어놓은 말이 있어」는 화자가 사랑하는 사람에게 말하고 싶은 것이 있는데, 말하지 못한 말을 그대로 간직해두기 어려운 안타까운 마음을 노래한 것이지만, 나는 이 말을 시인이 포착하고 싶은 언어와 영감의 기다림이라고 해석하고 싶다.

그대여, 나의 못다 한 말은

이 외곽의 둥지처럼 천둥과 바람과 눈보라를 홀로 맞고 있으리

둥지에는 두어 개 부드럽고 말갛고 따뜻한 새알이 있으리

나의 가슴을 열어젖히면

당신에게 미루어놓은 나의 말은

막 껍질을 깨치고 나올 듯

작디작은 심장으로 뛰고 있으리

　　　　　　　—문태준, 「당신에게 미루어놓은 말이 있어」 부분

　"나의 못다 한 말"은 "천둥과 바람과 눈보라"가 몰아치는 혹독한 계절의 시간 속에서 "따뜻한 새알"과 같은 것으로 비유된다. 시인의 언어야말로 겨울의 추위를 견디면서 생명의 창조를 이룰 수 있는 시인의 지난한 싸움의 소산일 것이다. 그것은 오랜 시간과 인내의 과정 속에서 만들어진 '슬로우 푸드'이거나 발효의 음식과 같은 것이다. 그렇기 때문에 시인의 언어가 생성되는 마음의 조건은 편안한 공간 속에서 자연발생적으로 나타나는 것이 아니라, 능동적인 기다림 속에서 획득되는 것이다.
　문태준의 시에서 마음은 가을이나 겨울의 시간, 비어 있는 공간의 이미지들과 관련되어 나타나는 경우가 많다. 그것은 마음속에서 욕심

을 비우려는 노력과 주체 중심의 생각과 주관적 감정을 객관화하려는 시인의 겸허한 태도가 반영된 것으로 짐작해볼 수 있다. 이런 점에서 「살얼음 아래 같은 데 1」에서의 마음이 "흰 매화 핀 살얼음 아래 같은" 춥고 외로운 곳에서 "야위고 맑은 얼굴" 모양으로 표현되어 있는 것도 화자의 모습을 빈약하게 축소하려는 의도로 해석된다. 마찬가지로 「아무 까닭도 없이」에서 보이듯이, 귀뚜라미가 우는 가을날 "빈방에 가만히 있었다"는 구절 속에는 화자의 욕망이나 마음을 비운, 혹은 비우려고 하면서 주체의 시각을 지워버리려는 의지가 숨어 있는 것이다. 이러한 '비움'의 의미는 『수런거리는 뒤란』의 「빈집 1」「빈집 2」「빈집 3」과 『가재미』에서의 「빈집의 약속」과 연결될 수 있다.

「빈집 1」에서의 화자는 사랑하는 사람이 떠난 후에 자신의 마음을 황량한 풍경으로 형상화하다가 "하지만 오랜 후에 당신이 돌아와서 나란히 앉아 있는 장독들을 보신다면, 그 안에 고여 곰팡이 슨 내 기다림을 보신다면"이란 시구를 통해 자신의 기다림이 오랜 인내의 시간으로 발효된 음식처럼 섬세한 깊이를 간직하고 있는 것임을 감동적으로 서술한다. 이 시는 떠나간 사랑을 절실하게 기다리는 사람의 마음을 그린 것으로 이해되지만, 「당신에게 미루어놓은 말이 있어」의 경우와 마찬가지로, "습한 곳에 바쳐질 조촐한 나의 목숨/나의 서정(抒情)"(「두꺼비에 빗댐－詩」)과 같은 시의 서정 혹은 언어를 만들려는 시인의 진정성으로 해석될 수도 있다. 또한 「빈집의 약속」은 "마음은 빈집 같아서 어떤 때는 독사가 살고 어떤 때는 청보리밭 너른 들이" 사는 모양으로 비유하다가 마음의 밝은 빛을 "개심사 심검당 볕 내리는 고운 마루"로, 마음의 춥고 어두운 상태를 눈보라가 몰아치는 겨울의 풍경으로 묘사한다. 화자는 이렇게 마음의 집 속에 "봄

가을 없이 풍경들이 들어와" 사는 장면을 생생하게 그린다.

> 그러나 하릴없이 전나무 숲이 들어와 머무르는 때가 나에게는 행복
> 하였다
> 수십 년 혹은 백 년 전부터 살아온 나무들, 천둥처럼 하늘로 솟아오
> 른 나무들
> 뭉긋이 앉은 그 나무들의 울울창창한 고요를 나는 미륵들의 미소라
> 불렀다
> 한 걸음의 말도 내놓지 않고 오롯하게 큰 침묵인 그 미륵들이 잔혹
> 한 말들의 세월을 견디게 하였다   ——문태준, 「빈집의 약속」부분

화자는 마음의 집에 울창한 전나무 숲이 들어와 앉은 상태의 느낌
을 "행복하였다"고 표현하고, 그 나무들의 고요를 "미륵들의 미소"라
고 부르는데, 여기서 "오롯하게 큰 침묵인 그 미륵들이 잔혹한 말들
의 세월을 견디게 하였다"는 시구는 화자에게 중요한 관심이 결국 말
과 언어의 문제라는 것을 일깨워주는 의미로 이해되기도 한다. 사람
들의 거칠고 세속적인 언어에 대항할 수 있는 것이 바로 미륵의 미소
와 침묵이 암시할 수 있는 시적 언어의 세계가 아닐까?

우리는 이렇게 마음의 풍경을 객관화하려는 문태준의 시작 태도에
서, 서정시의 주체적 시각을 견지하되 자기중심적인 관점을 버리고,
불필요한 감정의 더께를 제거하려는 의지를 읽을 수 있다. 그는 끊임
없이 마음을 비우려 하고, 중심에 있기보다 주변에 있으려고 하고,
사물이나 사람의 앞면보다 '뒤란'의 그윽한 깊이를 이해하려는 시인
이다. 그는, 앞에서 보았듯이, '빈방'과 '빈집'을 좋아할 뿐 아니라

'빈 들판'을 좋아한다. 그의 이런 개성적 특징을 잘 보여주는 것이 다음의 시이다.

아무도 없는 빈 들판에 나는 이르렀네

귀 떨어진 밥그릇 하나 들고

빛을 걸식하였네

풀치를 말리듯 내 옷을 말렸네

알몸으로 누워 있으면

매미 허물 같은 한나절이 열 달 같았네

배 속의 아가처럼 귀도 눈도 새로이 열렸네

함께 오마 하는 당신에겐 저 들판을 빌려주리

—문태준, 「극빈 3 – 저 들판에」 전문

이렇게 화자는 빈 들판처럼 마음을 비우고, 헐벗은 몸의 상태를 지향한다. 물론 그것은 새롭게 태어나는 삶을 위해서이다. 새로운 삶은 귀와 눈이 새롭게 열리는 삶이고, 이런 삶을 꿈꾸는 화자는 바로 시인의 시적 자아일 것이다. 시인은 사람들이 듣지 못하는 존재의 소리를 듣고, 사람들이 보지 못하는 깊은 세계를 보는 견자(見者)이다. 견자의 시인이 끊임없이 귀와 눈이 열리는 새로운 삶을 추구하듯이, 문태준은 겸허하면서도 완강한 의지를 갖고 바로 그러한 삶을 향해 거북이의 느린 걸음으로 다가서려고 한다. 그는 주체의 서정을 잡다 하고 현란한 이미지로 채우려 하지 않고, 극빈의 마음과 같은 비움의 미학으로 서늘하고 담백하게 그린다. 이 시의 마지막 행에서 보이듯 이, 화자는 자신이 지향하는 그 길을 혼자 가려 하지 않고 독자에게, 친구에게, 타자에게 함께 동행하자고 한다. 동행을 권유하는 그의 마음은 겸손하고, 사물과 인간을 보는 그의 시선은 따뜻하다. 이렇게 그가 자신을 한없이 낮추는 겸손함을 보이는 것은, 「손수레인 나를」에서처럼 화자가 자신을 손수레에 비유하는 대목에서거나, 「흔들리다」에서처럼 "나는 주변/코스모스는 중심"으로 묘사하는 구절에서도 쉽게 확인될 수 있다. 자신을 보이지 않는 자리에 놓으려는 그의 겸손한 인간적 미덕이 전통과 현대를 아우르는 그의 시를 친근하면서도 새로운 형태로 만들게 하는 근원적 요인으로 보인다.

[2008]

따뜻한 아침과 삶의 경이로움

—— 강문숙 시집 『따뜻한 종이컵』[1]

강문숙의 세번째 시집 『따뜻한 종이컵』에 나타난 두드러진 특징은 사물과 세상을 바라보는 시인의 따뜻한 시각과 삶에 대한 긍정 혹은 살아 있음의 기쁨을 노래하고 있는 것이다. 그의 따뜻한 시각은 절제되고 긴장된 균형감각을 가지고 있으며, 삶의 기쁨 역시 가볍거나 감상적으로 표현되지 않았다. 이처럼 삶에 대한 조화롭고 긍정적인 시각의 요소들은 '따뜻한' '뜨거운' '둥근'이란 형용사와 '햇빛' '아침' 등의 명사들, 「따뜻한 종이컵」 「뜨거운 길을 걷다」 「따뜻한 것」 「성 쫄·아침」 「4월 아침」 등의 시 제목들이 환기시키는 부드럽고 따뜻한 이미지들로 형성된다. 사물에 대한 시인의 날카롭고 차가운 반응보다, 대상을 부드럽고 넉넉한 시각으로 감싸 안는 듯한 이런 표현들 중에서 무엇보다 삶의 일상을 평화롭게 바라보고 아침과 함께 살아 있음을 확인하는 시인의 마음이 엿보인다. 이것은 시인의 본래적인

---

1) 강문숙, 『따뜻한 종이컵』, 문학세계사, 2009.

개성일까, 아니면 오랜 연륜과 시련을 거쳐서 새롭게 만들어진 특징일까?

5년쯤 전에 발간된, 강문숙의 두번째 시집 『탁자 위의 사막』(문학세계사, 2004)과 이번 시집이 다른 것은, 전자의 시집에서는 '따뜻한'과 '뜨거운'이란 형용사가 거의 보이지 않고 어둡고 무거운 분위기와 함께 「혼자 가는 길」의 외로움과 「사월, 느티나무」에서의 "죽음도 그리워지는 사월, 오후"의 죽음의 이미지, 그리고 오후의 시간이 빈번히 나타나고 있는 점이다. "더운 여름날 오후"(「여름 홍시」), "여름 오후"(「붕붕 뛰어오르다」), "가벼운 걸음걸이를 흉내내 보는, 오후"(「외출」), "죽음도 그리워지는 사월, 오후"(「사월, 느티나무」), "잠시비, 그친 오후"(「가시」), "오후 3시, 병원 테니스 코트"(「휴식」), "석양"(「여름 일몰(日沒)」), "그림자조차 드러눕지 못하는 가파른 오후"(「분지」), "겨울 저녁의 스산함"(「결단교」) 등, 오후와 저녁의 시간은 대체로 시의 시간적 배경을 이루면서 그 시간에 어울리는 어두운 시적 상상력을 작동시키고 있다.

이 시집을 읽으면서 오후와 저녁의 시간적 의미가 무엇일까를 생각하다가 마주친 대목이 바로 죽음과의 암울한 투병의 기록을 담은 부분이다. 가령 "나의 병은 깊고 깊어, 치유 불가능/어떤 진료 과목에도 없는 희귀병이다"(「노래하는 여자」), "사막에서도 잘 살아 남는다고/끈질기게 살아 있으라고,/수술 끝난 어느 날 한 식구 된 선인장"(「선인장」), 등의 구절에서 확인되는 치유 불가능한 병을 앓고 있으면서도 시인은 "아직도 병이/지배하지 않은 부분이 많다는 게/눈물겹도록 기쁘다"(「나는 리모컨을 잘 쓰지 않는다」)는 긍정적인 생각을 표명하기도 한다. 또한 "나는 지금 병(瓶)과 놀고 있는 것일까, 병(病)

과 놀고 있는 것일까"(「병과 놀다」)와 같은 표현을 통해서 병을 치유하기 위해 먹어야 할 무수한 알약의 약병들을 견딜 수 없어 하기보다 함께 놀 수 있는 친구처럼 바라보기도 한다. 그러니까 『탁자 위의 사막』에서 느껴지는 외롭고 암담한 일상과 무미건조한 오후의 시간을 힘겹게 통과하면서, 혹은 투병과 절망의 시간을 극복하면서 시인은 비로소 삶에 대한 깊은 이해와 살아 있는 것에 대한 감동을 느끼고, 사물에 대한 깊고 따뜻한 시각을 갖게 된 것으로 보인다.

『따뜻한 종이컵』에서 제일 먼저 주목되는 시는 「우울한, 꼭 그렇지만도 않은」이다. 이 시는, 수술을 마치고 이십여 일 식이요법 끝에 화자가 처음으로 밥상 앞에서 숟가락을 들다가 떨어뜨렸을 때 듣게 된 아버지의 말씀을 아주 인상적으로 적어놓고 있다.

> 숟가락은 생의 바다를 저어 가는 놋대인 거라
> 놓쳤더라도 겸손하게 다시 잡아야 되는 거라
>
> 사는 게 가장 진실한 것임을 목메이게 하는 아침.
> 누가 이런 날 있을 줄 알았을까
> 우울한, 그러나 꼭 그렇지만도 않은.
>
> ─강문숙, 「우울한, 꼭 그렇지만도 않은」 끝부분

삶의 의미와 깨달음을 함축한 이 구절들은 삶과 죽음의 경계선 위에 서보지 않은 사람, 삶의 기적을 경험하지 못한 사람에게는 떠오르기 어려운 시적 표현으로 생각된다. "사는 게 가장 진실한 것임을 목메이게 하는 아침" 이상으로 삶에 대한 절실한 느낌을 표현할 수 있는 것은 없다. 그다음으로 주목되는 시들은 저녁 시간이 둥근 형태와 따뜻한 빛으로 묘사되는 「둥근 날의 기억」과 「안부」이다.

둥근 저녁이 왔다.
길이 지워지고, 앙상한 겨울나무들
잔가지 활짝 펼치고 시린 하늘 버팅기다가
스며드는 어둠 온몸으로 껴안는다.

[……]

나무들마저 지워진 유리창 밖
허공에 동그란 불빛 걸릴 때,
안 보이는 눈빛 하나, 따스하게
내 안에 떠 있다.　　　　　　　　—강문숙, 「둥근 날의 기억」 부분

겨울 짧은 해 성급하기도 하여라
산새 꽁지 따라온 노을은 따스하여라　　　—강문숙, 「안부」 부분

「둥근 날의 기억」에서 시인은 어둠이 내리는 어느 겨울날 "앙상한 겨울나무들"을 바라보다가 나무들이 어두운 허공 속에서 지워지는 모습이 아니라 능동적으로 "어둠"을 "온몸으로 껴안는" 느낌의 풍경화를 그린다. 또한 어두운 유리창 밖의 "동그란 불빛"을 바라보면서는 마음속에서 따뜻한 사랑의 눈빛을 떠올리고, 그 여운을 길게 이끌어 간다. 겨울날의 노을빛을 따뜻하게 표현하는 「안부」에서도 시인의 시

각은 크게 다르지 않다.

이렇게 겨울날 저녁의 차갑고 쓸쓸한 풍경을 둥글고 따뜻한 풍경으로 노래하는 시인의 마음에서는 깊은 체험이 축적된 연륜의 힘이 느껴진다. 이러한 풍경의 표현이 앞의 시집과 다르게 보이는 것은 결국 죽음의 위기를 극복하고 삶과 사랑의 의미를 새롭게 깨달은 사람만이 그런 표현을 할 수 있는 것으로 생각되기 때문이다. 아침의 풍경도 그런 점에서는 마찬가지이다. 아침은 성(聖)스러운 깨달음을 갖게 하거나, 생명의 경이로움을 발견하게 하고, 생활의 소음과 분주함이 정겹게 느껴지게 하는 시간으로 표현된다.

> 오늘 아침, 한없이 작아지는 나는 두렵다.
> 어느 날 문득 하느님이
> 우주의 책장을 덮으실 때, 그리하여
> 무심코 책장을 다시 펼치시던 하느님
> 나를 후우, 불어 흔적 없이 날려버리신다면?!
>
> ──강문숙, 「성聖·아침」부분

> 숨쉬는 모든 것들은 움직입니다
> 그 여린 것들이 빈터를 채웁니다
> 안 보이게 조금씩, 우주를 끌고 갑니다　──강문숙, 「4월 아침」부분

> 난장판인 아침을 수습하고
> 차 한 잔 마실 무렵, 뻐꾹
> 학가산 등 너머보다 더 좋은 목청으로 뻐꾹

야채 트럭 주위로 몰려드는 아낙네들
고향 뒷산에나 온 듯 울창해진다.　　　　——강문숙, 「뻐꾸기」부분

「성聖 · 아침」에서 시인은 신(神) 앞에서 미미한 존재인 인간을 겸
손하게 돌아보고, 덧없는 삶을 의미 있는 삶으로 만들어야 한다는 다
짐을 우회적으로 표현한다. 이 시뿐 아니라 다른 시에서도 공통적으
로 확인되는 시인의 장점은 도덕적이거나 교훈적인 메시지를 담아야
할 것 같은 대목에서 전혀 그것을 직접적으로 표현하지 않고, 보이지
않을 정도로 절제된 언어 속에 압축시키고 있다는 점이다. 또한 「4월
아침」에서 인용된 부분 중의 "숨쉬는 모든 것들"은 "새끼 풍뎅이"
"명아주 잎들" "쥐며느리" "공기의 입자들"인데, 시인은 이렇게 작은
곤충이나 식물의 한 부분에서도 생명의 존재를 감지할 뿐 아니라 무
생물인 '공기의 입자들'에서 움직이는 생명의 기미를 포착하는 것이
다. 생활의 활기 속에 즐겁게 참여하고 인공적인 뻐꾸기 소리도 정겨
운 느낌으로 듣는 시인은 「뻐꾸기」라는 시에서도 아침의 분주함을 단
조로운 일상의 반복으로 받아들이지 않고 어제와는 다른 경이롭고 새
로운 하루의 시작으로 표현한다.
　죽음의 예감을 견디고 극복함으로써 일상으로 복귀한 시인은 이제
삶의 기쁨을 과장되게 노래하기보다 낮은 목소리의 절제를 보이면서,
"너무 쉽게 죽음을 노래하는" 사람을 비판적으로 바라보기도 한다.

　너무 쉽게 죽음을 노래하는 이여,
　죽음이 따뜻하다, 관념의 젓가락으로
　뒤적이는 일은 삼가해주시기를.

둥근 무덤이 아무리 따뜻해 보인다고 한들
그 속으로 쉬이 들어가 눕고 싶은 이, 어디 있으리.

이 세상에 따뜻한 죽음이란 그리 흔치 않다.
뜨거운 길을 걸어온 맨발에게는
부풀어오른 물집처럼 성가신 기억.
진실로 따뜻함이란,
너와 내가 살 비비며 살아가는 일이다.

                          —강문숙, 「따뜻한 것」 끝부분

  이 시의 인용되지 않은 앞부분에서 시인은 "죽음이 따뜻하고 풍요
로워질 수 있다는 감동을 읽는다"는 어느 시집의 해설 한 구절이 얼
마나 허위에 가까운 것인지를 말한다. 사실 우리 주위에서는 죽음의
절실한 체험이 없으면서도 죽음을 멋진 수사적 표현 속에 과장되게
말하는 시인도 많고, 그런 시인의 시를 무책임하게 옹호하는 글을 쓴
비평가도 많다. 그러나 '너무 쉽게 죽음을 노래하는' 것은 체험의 진
실성이 결여된 관념적 사고의 결과이거나 감상의 과잉일 수도 있다.
이런 관점에서 시인은 "둥근 무덤이 아무리 따뜻해 보인다고" 해도,
그것이 '따뜻한 죽음'을 의미할 수는 없는 것이며, 진실로 따뜻한 것
은 "너와 내가 살 비비며 살아가는 일"임을 강조한다. 이 부분에서
분명히 알 수 있는 것은, 삶의 따뜻함이란 결국 '나'와 '너'의 나눔과
부딪침의 관계 속에서 만들어지는 인간적인 따뜻함을 의미하는 점이
다. 이 따뜻함으로 삶은 얼마나 빛날 수 있는 것인가. "완두콩과 벌
레와 자루가 서로 껴안고 구를 때/삶은 굴렁쇠처럼 반짝이고"(「자루

속에서」) 있듯이, 서로 다른 존재들이 뒤섞여 구르는 형태 속에서 삶
의 빛과 온기를 발견하고 그것을 부드러운 언어로 노래하는 시인의
상상력은 원숙하고 넉넉해 보인다. 이것은 삶과 세상을 새롭게 바라
보고 꿈꾸는 시인의 상상력이 자신의 세계 속에 갇혀 있거나 현실의
논리를 단순히 초월하는 단계를 넘어서서 삶의 본질을 꿰뚫어보는 방
향으로 깊이 있게 전개되었기 때문으로 추측된다. 이것은 다음의 두
편의 시에서 더욱 확연히 느껴지는 점이다.

늦은 추수 끝나고,
농부들도 돌아간 빈 들판.

홀로 서서 먼 곳을 바라보는
저 수도승.

상한 부리를 제 날갯죽지에 파묻고
왜가리는 외다리로 서 있다.

세상 바라보는 일
한쪽을 포기하지 않으면
전부가 무너지는 것.

그 엄격함으로, 새는
투명한 정신의 깃을 세운다.　──강문숙, 「왜가리, 외다리로 서다」 전문

마음의 평정과 비움과 적막감이 느껴지는 이 시에서 가장 인상적인 대목은 "세상 바라보는 일/한쪽을 포기하지 않으면/전부가 무너지는 것"이란 구절이다. '한쪽'을 포기하지 않고 모든 것을 취하려고 할 때, 결국 '전부가 무너지는 것'이란 깨달음은 쉬운 것 같으면서도 전혀 쉽지 않은 삶의 인식으로 보인다. "한쪽"을 포기하는 마음으로 세상을 바라보고, 그렇게 세상을 살아야 한다는 삶의 태도는 자신에 대한 "엄격함" 혹은 정신의 '엄격함'에서 단련된 결과일 것이다. 그러나 시인은 그것을 "외다리로 서 있"는 왜가리의 균형을 유지하는 모습에서 깨닫게 된 것처럼 소박하게 진술한다.

〔……〕
잎 틔우고 꽃 피었다가 조롱조롱
솔방울도 달았건만, 진실로 내가
목마르게 그리워하는 건
맨살 위에 떨어지는 햇살이다.
백자와 상아도 있어 번드르르한
거실이 아니라 이름 없는 야산이다.
〔……〕
한 백 리 밖까지 향기가 번지는
진짜 송이 하나 키우는 일이다.
종내 촉촉하고 향긋한 톱밥 한 입 물고
뜨거운 목수 손에 거두어지는 일이다.　　　——강문숙, 「분재」 부분

'나무의 꿈'이라고 해석해도 좋을 이 시에서 화자는 '분재'의 시각

으로 자신의 꿈을 노래한다. 그가 꿈꾸고 그리워하는 것은 이름 없는 야산에서 자라고 햇살을 온몸에 받을 수 있는 곳, 근처에는 "쇠똥 무더기" 위에 피어오르는 민들레가 있고, 개똥지빠귀가 날아와 앉고 청설모가 자유롭게 지나다니는 곳이다. 그곳에서 살다가 향기로운 "송이" 하나 키우고, "목수 손에 거두어"져서 목재가 될 수 있기를 바라는 '나무의 꿈'을 통해서 시인은 자신의 간절한 희망을 노래한다. 그 어느 때보다도 깊이 있고 균형 잡힌 시각으로 세상을 바라보고 꿈꾸는 시인의 언어는 헐벗은 겨울나무처럼 소박하면서도 아름다운 모습을 보인다. 많은 상처와 고통을 치열한 의지와 따뜻한 희망으로 극복한 시인의 내면적 토양에서는 이제 품위 있고 건강한 언어의 나무들이 무성하게 자라고 있는 것이다.

[2009]

사랑의 꿈을 담은 서정의 세계
─홍승우 시집 『식빵 위에 내리는 눈보라』

홍승우의 첫 시집 『식빵 위에 내리는 눈보라』(나남출판, 2007)는, 전통적인 서정시가 사라지거나 그 기능이 무력해지는 이 시대에, 보기 드물게 따뜻하고 힘 있는 서정시의 실체를 보여준다. 물론 이 시대에도 전통적인 서정시를 쓰거나 '신서정'으로 불릴 수 있는 새로운 감각으로 서정시의 본래적 정신을 이어가는 시인들이 적지 않다. 그러한 시인들과 홍승우가 어떻게 비교될 수 있을지는 모르겠지만, 그의 서정시를 처음 읽었을 때의 느낌은 마치 예전에 소중하게 간직하고 있었던 어떤 물건을 오랫동안 잊고 지내다가 어느 날 문득 다시 발견하게 되었을 때의 은밀한 기쁨과 반가움 같은 것이었다. 그것은 세속적이고 물질적인 현실의 흐름 속에서 덧없이 파묻혀 있다가 우연한 기회에 모습을 드러낸, 참으로 소중한 것들의 깊은 존재감에서 연유하는 것이라고 말할 수도 있다. 가령 다음과 같은 시를 예로 들어보자.

겨울 숲 가, 작은 새의 날개는 깃털을 잠재우고
눈 내리는 마을에 들어가
도처에 눈뜨고 있는 잠을 감싸고 있다.
한 점의 불씨 사랑을 녹이지 못하고
낮은 지붕 위로 서성이는 바람 한 줄기,
연기 한 줌 날려 보낸다. 눈밭에서
젖는 노래 부르는 자여, 마른 가슴에 눈꽃 맞으며
맨 몸을 털며 몸살 앓는 눈.
누운 자리 뒤켠에 와 머무는 웃음소리
천근의 무게로 누르면
언덕 아래로 꿈은 부서져 내리고 있다.

오후 한때, 식솔 데리고
젖은 꿈 한 삽 퍼 말리면
공허한 가슴 가장자리에 떨어져 쌓이는 선율
눈 내리는 마을에 뿌리를 묻는다.　　──홍승우, 「눈 내리는 마을」 전문

　눈 내리는 마을의 풍경을 배경으로 한 이 시는 우리의 현실에서는 볼 수 없는, 그러나 늘 꿈꾸고 생각했던 행복한 세계를 떠오르게 한다. 눈〔眼〕과 눈〔雪〕이 재치 있게 혼용되는 시적 전개에서 "작은 새의 날개"가 "도처에 눈뜨고 있는 잠을 감싸고 있다"는 표현은 의미망이 중첩되는 언어의 아름다움을 느끼게 한다. "마른 가슴에 눈꽃 맞으며/맨 몸을 털며 몸살 앓는 눈"과 같은 구절에서 "몸살 앓는 눈"은 그다음 행의 "웃음소리"와 함께 눈 내리는 풍경을 바라보며 고독과

열정을 함께 담은 눈빛을 표현한 것으로 해석된다. 그리고 "언덕 아래로 꿈은 부서져 내리고 있다"에서의 꿈과 "식솔 데리고/젖은 꿈 한 삽 퍼 말리면"에서의 꿈은 모두 남루한 현실의 세계를 넘어서려는 시인의 의지를 반영한 것으로 보인다. 특히 "식솔 데리고/젖은 꿈 한 삽 퍼 말리면"에서의 '식솔'이란 어사는 이 시의 정황을 이해하는 데 매우 중요한 요소로 간주된다. 만일 이 어휘가 빠져 있었다면 '눈 내리는 마을'의 세계는 화자의 어린 시절과 관련된 행복한 추억의 장면을 환기시키는 풍경으로 한정되었을지 모른다. 그러나 '식솔'이란 말을 통해 이 시의 화자는 한 가정을 책임지는 어른이며, 그의 꿈은 감상적인 과거의 반추가 아니라 자기 몫의 삶의 무게를 감당하는 성숙한 시선의 꿈이라는 것이 분명해진다. 이 시를 통해서 확인할 수 있는 것은 홍승우의 서정시가 시대의 흐름에 역행하는 낡고 나약한 정서의 표현이 아니라, 현대인이 상실했거나 잊고 지내던 어떤 근원적인 서정의 세계를 아름답게 그리고 있다는 점이다. 그의 시가 이렇게 독자적인 서정의 세계를 구축하게 되는 것은, 단어 하나라도 결코 가볍게 다루지 않는 시인의 정직한 마음과, 상투화된 표현에 기대지 않으려는 결벽증에 가까운 순정한 정신이 빚어낸 결과일 것이다. 다음의 시는 이러한 추측이 틀린 것이 아님을 분명히 보여준다.

안녕? 양심을 떨어뜨리며 쓱싹쓱싹, 칼을 갈지.
거짓, 가난, 죄악, 병. 한 겹 한 겹 벗겨내는 소리
[……]
열정을 갈으세요 갈으세요.
코를 풀고 땀을 훔치며

우리들이 긋고 있는 선을 잘라버릴 때까지,

[……]   ─홍승우, 「숫돌 1」 부분

안녕? 칼을 갈지
깊고 깊은 정을 떨어뜨리며
두텁게 쌓여 있는 사랑의 녹
한 겹 한 겹 벗겨내는 소리
우리들은 영원을 위해 칼을 갈지
[……]
진실된 이름을 가지도록 쓱싹쓱싹 칼을 갈지.

                                          ─홍승우, 「숫돌 2」 부분

이 시들에서 표현된 것처럼 시인은 '숫돌' 위에 놓고 갈아야 할 대
상의 범위 안에 거짓이나 죄악 같은 부정적 요소들뿐 아니라 열정과
사랑 등 긍정적 어휘들을 포함시킨다. 시인은 인간의 열정과 사랑이
아무리 진실하고 강렬한 것이라 하더라도 끊임없이 '칼을 가는' 의지
가 동반되지 않는다면 그것들은 너무나 쉽게 덧없고 허망한 것이 될
수 있다고 믿는 것이다. 그런 뜻에서 화자는 열정과 사랑을 지속적으
로 유지하고 발전시키기 위해서는 "우리들이 긋고 있는 선을 잘라버
릴 때까지" 칼을 갈듯이 계속 갈아야 한다고 말하는데, 여기서 "우리
들이 긋고 있는 선"은 도덕적이거나 물질적인 한계의 '선'일 수도 있
고, 이해관계에 따라 구획 짓는 관습적인 '선'일 수도 있을 것이다.
그것이 어떤 '선'이건 시인의 상상력 안에서 넘지 못할 '선'이란 없다.
다시 말해서 상상력에 한계선이 존재하지 않듯이, 열정의 힘 앞에서

는 관습적인 경계나 제한을 의미하는 어떤 선도 무시될 수밖에 없다는 것이다. 시인은 이러한 열정과 마찬가지로 사랑도 끊임없이 칼처럼 갈지 않으면 '녹'이 슬기 때문에 "깊고 깊은 정"의 힘으로 그것을 벗겨내야 한다는 예지를 발휘한다. 다시 말해서 인간은 사랑의 '녹'이 슬지 않도록 끊임없이 정을 쌓도록 노력해야 한다는 것이다. 이것은 시간의 힘 앞에서 사랑의 힘은 약해지고 그것의 농도는 엷어질 수 있는 반면, 정은 시간이 갈수록 더욱 깊어지거나 두터워질 수 있다는 것을 아는 사람만이 발견할 수 있는 지혜의 경구처럼 생각된다. 열정과 사랑의 칼을 이렇게 갈아야 한다고 말하는 시인이라면 그는 어떤 시어나 시적 표현이라도 영감이 떠오르는 대로 그것을 옮기려 하지 않고 상징주의 시인들처럼 언어를 정성스럽게 깎고 다듬을 것이 분명하다.

가는 걸까 저기 저 강물 따라 불빛 따라
우리 마음 한데 모으고
눈물나는 모국어 찾으러 숨죽여
세월 따라 가는 걸까. 가다가
바람은 멍석을 펴고 꿈을 말린다.

가는 길 멀지만 흙을 털며 터벅터벅
가야 한다. 목화밭 앞까지, 어둠의 저 끝까지
불을 밝히면 아직은 쓸쓸한 낙도여,
그대 꿈 반짝여오는 햇살이 따사롭다.

가야 한다. 저 산 너머 바다 건너

구름 위 하늘까지 사랑은

구름을 타고 선반 위를 갈무리하느니

〔……〕

슬픔의 찌꺼기를 찾으러 가야 한다.

가위로 허전함을 잘라내고 　　　　　　　──홍승우, 「길」 부분

이 시집의 서시인 「길」의 화자는 먼 길을 떠날 생각을 하면서도 자신이 없는 듯 망설이다가 어느 순간 "가야 한다"는 말 속에 단호한 의지와 결심을 담는다. 그 길은 어떤 길이며, 어디로 가는 길일까? 화자는 첫째 연에서는 "눈물 나는 모국어 찾으러" 가는 길이라는 것을 암시하고 넷째 연에서는 "슬픔의 찌꺼기를 찾으러 가야 한다"고 하면서 그러한 목적으로 가는 길임을 강조한다. "눈물나는 모국어"가 시를 뜻한다면, "슬픔의 찌꺼기"는 감상적 요소를 의미한다. 그렇다면 "눈물나는 모국어"는 시인이 추구해야 하는 대상이고 "슬픔의 찌꺼기"는 시인이 경계해야 할 대상이다. 결국 "슬픔의 찌꺼기"는 찾아서 소유하기 위한 것이 아니라 오물처럼 찾아서 버려야 하는 것이다. 그런데 "눈물나는 모국어"와 같은 시를 찾으러 가는 길에서 "바람은 멍석을 펴고 꿈을 말린다"는 것과 "그대 꿈 반짝여오는 햇살이 따사롭다"는 것, 그리고 "사랑은 구름을 타고 선반 위를 갈무리"한다는 것은 무엇일까? 이 구절들은 무엇보다 주의력을 집중해서 읽어야 할 부분들이다. 왜냐하면 이 구절들에서 중요한 어휘는 꿈과 사랑인데, 이것들은 결국 시인이 추구하는 이상적인 시의 목표와 같은 의미로 쓰여진 것으로 해석되기 때문이다. 꿈과 사랑은 이 시에서뿐 아니라 홍승

우의 시집 전체에서 중요하게 나타나는 주제들이기 때문에, 우리는 이 두 가지 주제를 중심으로 그의 시를 자세히 읽어볼 필요를 느낀다. 먼저 꿈을 주제로 변주되는 시들을 예로 들어보자.

1) 꿈의 부대를 풀어 약탕관에 믿음, 사랑, 소망을 넣어 끓일 때
〔……〕
곱게 잠들지 못한 젖은 성냥개비
어둠 속에서 꿈의 불을 지피고 있다.

— 홍승우, 「꿈꾸는 성냥개비」 부분

2) 세월은 술잔 속에 머무는데
꿈꾸리라, 풀잎 위로 미끄러져 떨어지는 물방울
도시는 가방을 메고 서성이며
주워 담는다, 질투와 시기
내 젖은 깃털은 체온을 유지하며
단춧구멍을 통해 달빛이 강물에 흘러가도
젖은 꿈을 흔들어 볼펜을 입에 물고

— 홍승우, 「도시는 가방을 메고」 부분

3) 가슴 속에는 분노가 끓고 폭풍이 인다.
가슴 속에는 눈보라가 치고 폭설이 내린다.
가슴 속에는 폭염이 일고 이글이글 불탄다
그
러

나
가슴 속에는 꿈꾸는 바보도 자란다.　　 ─홍승우, 「가슴 속에는」 전문

4) 그대 잠 속으로 미끄러져 들어가
그대 꿈을 파헤쳐
구름과 바람에
이슬을 맞으며 자라난 혹을 찾아
칼질을 하여
사랑이라도 캘까.
고인 슬픔을 찾아낼까.　　　　 ─홍승우, 「그대」 부분

이 시들에서 꿈은 각각 명사, 형용사, 동사로 쓰여진다. 우선 1)에
서의 꿈은 "믿음, 사랑, 소망"을 담은 "부대"로 표현됨으로써, 그것
은 믿음과 사랑과 소망을 담은 꿈으로 볼 수 있다. 꿈의 불을 지피는
것은 "젖은 성냥개비"로 은유되는데, 이것은 시행착오를 거치면서도
포기하지 않고 새롭게 꿈꾸기를 시작하려는 시인의 결연한 마음가짐
을 표상한 것으로 해석된다. 또한 2)에서 "꿈꾸리라, 풀잎 위로 미끄
러져 떨어지는 물방울"과 "젖은 꿈을 흔들어 볼펜을 입에 물고"는 모
두 시를 쓰는 행위와 꿈꾸는 행위가 동일한 것임을 보여준다. 시 쓰
는 일은 시인에게 "풀잎 위로 미끄러져 떨어지는 물방울"처럼 일상사
에서는 보이지 않는 미세한 대상을 바라보면서 그것의 의미를 삶과
세계와 관련시켜 생각해보는 일일 것이다. 또한 "젖은 꿈을 흔들어
볼펜을 입에 물고"는 꿈꾸는 일과 시 쓰는 일의 동시성을 나타낸다.
시인은 꿈꾸는 사람이라면, 3)에서의 "꿈꾸는 바보"는 시인의 다른

이름일 것이다. 꿈꾸는 시인의 가슴에는 편안한 몽상이 펼쳐지는 것이 아니라 오히려 분노와 열정과 사랑이 폭풍이나, 폭설 혹은 폭염처럼 뜨겁고 강렬히 몰아친다. 그렇다면 "그러나"는 '그렇기 때문에'로 바꾸어 읽어도 상관없을 것이다. 또한 사랑하는 사람의 꿈속까지 찾아가고 싶어 하는 4)에서의 화자는 사랑하는 이의 "꿈을 파헤쳐" 그 사람의 어딘가에 숨어 있는 "사랑"을 캐거나 "고인 슬픔"을 찾아내려는 깊은 희원을 드러낸다. 이처럼 꿈의 사랑과 사랑의 꿈은 모두 사랑하는 이의 꿈속에 깃들어 있을지도 모르는 슬픔을 찾아 그것을 사라지게 하거나 나누어 가지려는 화자의 애틋한 사랑의 표현으로 해석된다. 종합적으로 본다면, 홍승우의 시에서 꿈과 사랑은 이렇게 밀접한 관계 속에서 만들어진 경우가 많다는 것이다. 이제 우리는 사랑의 주제를 중심에 놓고 그의 시를 읽어봐야겠다.

　　5) 눈더미 속에 감추어 둔 비밀을 쪼고 있는
　　새의 상처입은 깃털에는
　　따스한 체온이 목숨의 뜨거움을 빗고 있다.
　　잃어버린 사랑을 찾으며
　　비린내나는 첫눈을 쪼고 있는 새여,　　　　—홍승우,「새」부분

　　6) 친구여, 상처는 풀잎에서 새어나와
　　어둠 속을 행진하며 휘파람을 긋고, 아비의 아들 되어
　　머리칼 새로 빠지는 사랑의 말들을 낳는다.　—홍승우,「서신」부분

　　7) 숲은 이유 없이 흔들리고

빗물이 뜨락을 축축이 적실 때

그대 문 앞에 다다르면

사랑은 어느새 문을 닫고 숨어버려요.

　　　　　　　　—홍승우, 「사랑에 눈 뜰 나이에」 부분

8) 이른 새벽에

　　뿌리 속에서 자란 상처는 사랑을 키운다.　　—홍승우, 「꽃 3」 부분

　앞에 인용된 시들에서의 사랑은 대부분 행복한 시간과 만남의 사랑이 아니라 아픔과 상처의 경험을 동반하는 사랑이다. 7)의 경우가 좀 다르게 보이지만, 이것 역시 화자가 사랑하는 이의 문 앞에 이르렀을 때 "사랑은 어느새 문을 닫고 숨어버려요"에서 짐작할 수 있듯이 화자에게 아픔과 상처를 주는 사랑인 것이다. 그러한 사랑은 실패한 사랑이거나 잃어버린 사랑에 가깝다. 그러나 시인은 그것이 어떤 사랑이건 포기하지 않고 5)에서처럼 "잃어버린 사랑을 찾으며" 날아오르는 새가 되기를 꿈꾸거나 6)에서처럼 사랑의 상처를 "사랑의 말들"로 승화시키기를 바란다. 또한 8)에서 화자는 사랑을 성장시키고, 사랑의 마음을 강하게 만드는 것이 상처라고 분명히 말한다. 마치 실패 없는 인생이 성공한 인생이라고 할 수 없듯이, 시인은 상처와 좌절이 없는 사랑을 아름답고 완전한 사랑으로 볼 수 없다고 생각한다. 문제는 사랑의 상처를 어떻게 극복하며 어떻게 그러한 사랑을 보다 성숙한 사랑으로 만드는가일 것이다. 이런 점에서 「그대」라는 시의 앞부분과 뒷부분에서 표현된 절실한 사랑의 마음은 의미 있는 것으로 기억될 필요가 있다. 그것은 "그대 꿈을 파헤쳐/구름과 바람에/이슬을

맞으며 자라난 혹을 찾아/칼질을" 하려는 행위에서 보이는 것처럼 세심한 배려의 사랑이고 "어둠의 저 끝에서/은은하게 울려 나오는 깊고 아득한 소리./기다림을 병으로 앓고 난 뒤/우리의 만남은 얼마나 아름다운가"에서 느껴지는 것처럼 오랜 고통과 시련 끝에 누리게 되는 감동적인 사랑이기도 하다.

시인이 꿈꾸는 사랑의 세계가 평화롭고 아름답고 행복하게 그려진 작품은 이 시집의 표제작인 「식빵 위에 내리는 눈보라」이다.

우리들 사랑의 나라
식빵 위에 내리는 축복의 눈보라
가난한 언어는 빛나고
식빵 위에 사랑의 버터를 바른다.

어둠이 마을로 내려올 때
우리는 양식을 걱정하며 물러앉는다.
마음을 태우는 햇볕은
바람을 불러낸다.

길 잃은 숲으로 강으로
겨울을 떠메고 떠나는 아들아
숲은 고요를 감추고 강은 잠잠하니
무너진 흙벽 더미에서
마른 입술 부비며 피어라 꽃아,

　　　　　　　　　—홍승우, 「식빵 위에 내리는 눈보라」 부분

홍승우의 시에서 겨울과 눈의 이미지는 대부분 긍정적 의미로 사용된다. 겨울은 생명을 얼어붙게 하는 죽음의 계절이 아니라, 생명과 사랑을 잉태하기 위한 기다림의 계절이기 때문이다. 그러한 계절의 의미와 함께 겨울을 상징하는 눈 역시 대체로 순결과 축복의 의미로 사용된다. 그 겨울의 눈보라가 사랑의 빛으로 따뜻한 집의 식탁 위에서 풍성하게 휘날린다면 그것이야말로 참으로 행복한 풍경일 것이다. 이처럼 물질적으로 가난하면서도 정신적으로 풍부한 삶을 형상화하고 있는 것이 「식빵 위에 내리는 눈보라」의 세계이다. 이런 시적 공간은 시인이 지향하는 꿈꾸는 집이라고 부를 수 있다. 여기서 "가난한 언어는 빛나고/식빵 위에 사랑의 버터를 바른다"의 분위기가 환기시키듯 꿈과 사랑이 일상화되는 삶에서 시인이 빛나는 언어를 길어 올릴 수만 있다면, 그러한 삶은 더 이상 부러울 것이 없는 삶이다. 간혹 그 집의 '아들'이 "길 잃은 숲으로 강으로/겨울을 떠메고 떠나"듯이 방황하면서 성장의 아픔을 감당할지라도 시인인 아버지는 아들의 모습을 말없이 바라볼 뿐이다. 겨울이 지나면 봄이 오듯이, "무너진 흙벽 더미에서" 어느 순간 꽃이 피어오를 것을 믿고 있기 때문이다. 그 꽃은 모든 아픔과 간절한 기다림, 혹은 그리움의 세월을 견디고 살아온 사람만이 그의 내면에서 빚어낼 수 있는 생명의 꽃이기도 하다.

홍승우의 시는 이렇게 겨울과 눈, 숲과 꽃, 새와 바람 등 서정시의 특징적인 이미지를 통해 꿈과 사랑의 주제를 대단히 맑고 순정한 목소리로 노래한다. 어떤 감상적인 충동에도 흔들림 없이 담담하면서도 절제된 목소리로 부르는 시인의 노래는 아름다운 서정의 풍경화를 떠올리게 한다. 이러한 시적 풍경화는 결국 시인이 오랜 세월에 걸쳐 자신의 내면적 고통을 감내하고 삶의 아픔을 껴안으면서 개인적인 감정의 흔적을 지우고 그것을 근원적인 감정의 보편성으로 승화시킨 노력의 결과일 것이다.

〔2007〕

3부

이청준의 마지막 소설들과 신화

1. 신화와 소설

이청준이 말년에 쓴 중요한 작품들은 두 편의 장편소설〔『신화를 삼킨 섬』(열림원, 2003), 『신화의 시대』(물레, 2008)〕과 단편집『그곳을 다시 잊어야 했다』(열림원, 2007)이다. 이 세 작품집의 공통점은 무엇보다 작가가 신화를 주제로 삼았다는 것이다. 이미 제목에 '신화'를 집어넣고 있는 두 장편소설이 신화를 주제로 한 소설임은 분명하고, 『그곳을 다시 잊어야 했다』에 실린 「천년의 돛배」 「태평양 항로의 문주란 설화」 「이상한 선물」 등 세 개의 단편 혹은 중편들도 신화와 설화, 아니면 전설을 이야기의 주제로 삼고 있다.

이청준이 이처럼 생애 말년의 글쓰기 작업 속에 신화의 문제를 끌어들여 그것의 의미와 탄생 과정을 문학적으로 탐구한 이유는 무엇일까? 이 물음에 대한 해답을 우리는 우선 그의 「나는 왜, 어떻게 소설을 써왔나」라는 글에서 찾아볼 수 있다. 그는 여기서 "내 소설이 여

태껏 긴 세월 어둠 속 길을 헤매온 것은 우리가 누구인지 본모습을 결정짓는 첫번 요소라 할 우리 신화와 신화성에 소홀한 탓"[1]이라고 말하면서 '신화'와 '신화성'에 관심을 기울이게 되어, 그의 소설적 방황과 혼돈으로부터 벗어날 수 있었음을 고백한 것이다. 그의 이러한 발언은 지난 날에 쓴 모든 소설이 글자 그대로 소설적 방황과 혼돈의 경험이었노라고 고백한 것이라기보다 단지 신화의 발견을 강조하기 위한 작가의 수사적 표현에 그치는 말이었다 하더라도, 신화를 통해서 그가 자신의 소설 작업의 의미에 대해 확신을 갖게 되었다는 사실은 분명하다.

물론 그가 이전에 쓴 작품에서 신화의 주제가 발견되지 않는 것은 아니다. 『이어도』『해변 아리랑』『선학동 나그네』 등의 소설들은 신화를 정면에서 다룬 것은 아니라 하더라도, 객관적이고 이성적으로 설명되지 않는 신화나 설화에서 영감을 받아 씌어진 작품이거나 신화적 상상력의 토대 위에서 만들어진 작품들이라고 할 수 있다. 그러나 이 소설들에서 엿보이는 신화와 설화의 주제를 작가의 본격적인 관심사로 해석하기는 어렵고, 또한 이러한 주제가 작가의 글쓰기 혹은 소설 작업의 본질적 문제와 직접 연결된 것이라고 단정 지을 수도 없다. 오히려 젊은 날의 이청준은 진실이 아닌 신화의 허구성에 대해 비판적이었다고 할 만큼 그러한 주제로부터 거리를 두었다고 볼 수 있다. 물론, 신화나 소설이나 모두 허구이다. 그러나 이청준은 문학이 신화와 구별되는 중요한 요인은 신의 차원과는 다른 인간적 허구를 통해서 진실을 추구하는 것이라고 생각했다. "문학이란 어떤 뜻에서는 신

---

1) 이청준, 「나는 왜, 어떻게 소설을 써왔나」, 『신화의 시대』, 물레, 2008, p. 314.

과의 등 돌림에서 시작하여 인간 자신의 능력과 책임 안에서 삶과 죽음의 모든 문제를 풀어가고 감당해 나가려는 인식과 실천의 방법"[2] 이라는, 『비화밀교』에서의 발언은 작가의 문학관을 그대로 반영한다. 이런 점에서 그에게 문학은 비현실적 신화와는 달리 인간적이면서 이성적인 작업에 가까운 것이라고 할 수 있다. 특히 권력의 중심부에 있는 인물을 신화화하거나 우상화하여 독재권력 체제를 공고히 하는 데 동원되는 이데올로기의 허위성을 끈질기게 비판하는 그의 문학은 진실에 대한 치열한 탐구와 문제의식에서 비롯된 것이다.

그렇다면 이청준은 왜 말년에 신화와 소설의 다른 점이 아닌 공통점에 주목하고, 신화를 중요시하면서 신화의 생성과 그것이 우리 삶에서 갖는 의미를 깊이 있게 천착하게 된 것일까? 그 이유를 본격적으로 논의하기에 앞서서 우리는 『신화를 삼킨 섬』의 「작가의 말」에서처럼 "소설을 준비하면서 이 땅에 삶을 점지 받고 태어난 보통 사람들의 진정한 소망과 그를 지켜나가기 위한 끈질긴 지혜의 힘을 그리고"[3] 싶었다는 작가의 의도를 통해서 일단 추론의 실마리를 찾아볼 수 있다. 가령 어린 시절 고향에서 자주 들었던 초인적인 기인들의 이야기가 헛된 소문이 아니라 보통 사람들의 소망과 지혜의 소산이라는 것을 나이 들어 뒤늦게 깨닫게 되었다거나, "우리의 옛이야기들은 바로 우리 조상들의 삶의 지혜의 모음이며 그 꿈의 뿌리가 되고 있"[4]음을 알게 되었다고 그는 말한다. 말년의 이청준에게 신화는 비합리적이고 허구적인 것이기는커녕 우리들 삶의 원형적 의미와 구조를 갖

2) 이청준, 『비화밀교』, 나남, 1985. p. 62.
3) 이청준, 『신화를 삼킨 섬』(1권), 열림원, 2003. p. 6.
4) 이청준, 「살아 있는 동화책」, 『사라진 밀실을 찾아서』, 월간 에세이, 1994. p. 199.

는 보편적 가치의 표상으로 인식된 것이다.

2. 『신화를 삼킨 섬』과 씻김의 의미

『신화를 삼킨 섬』은 1980년대 초 제주도를 배경으로 하고 있다. 이 소설이 제주도를 무대로 삼은 것은 이 지역이 고려 삼별초의 난부터 4·3 사태에 이르기까지 온갖 비극적 사건들로 점철된 곳이고, "억눌림과 쫓김의 제주 섬 역사"야말로 "바다 건너 전라도의 역사나 이 나라 전체의 역사와 같은 맥을 이루고 있기"[5] 때문이다. '큰 당집'이 중심이 되어 국가 주도의 '역사 씻기기' 사업의 일환으로 육지부 무당 유정남이 제주도로 건너오는 장면에서부터 시작하는 이 소설은 "사자의 죽음과 저승행의 재연을 통해 사자의 원망을 위무하고 생자의 슬픔을 해소"[6]하는 씻김굿과 아기장수설화의 현실적 의미를 천착하는 내용으로 만들어진다. 형태적 구성의 측면에서 말하자면, 아기장수 이야기의 전설이 프롤로그와 에필로그에 제시되어 있고, 본문에서는 역사 씻기기 사업과 관련된 여러 가지 이야기, 가령 좌우 양쪽의 이념을 대표하는 청죽회와 한얼회라는 두 단체 간의 갈등, 정은선이 변심방의 딸인 연금옥과 맺는 애정 서사, 4·3 사태의 희생자였다가 일본으로 귀화한 아버지를 둔 민속학자 고종민의 추리와 문제의식 등이 서술되는 것이다. 그러니까 한편에서는 비이성적 존재로서의 무당 요선네 같은 사람들이 한라산에서 발견된 유골들을 씻길 굿판을 찾는

---

5) 이청준, 『신화를 삼킨 섬』(1권), p. 178.
6) 이청준, 「나는 왜, 어떻게 소설을 써왔나」, 앞의 책, p. 314.

과정과 그들 사이에서 벌어지는 일들이 전개되고, 다른 한편에서는 고종민의 관점에서 국가의 역사와 이데올로기의 관계, 제주도민의 애환과 숙명, 씻김굿의 전통 등의 다양한 문제들을 지식인의 관점에서 조사하고 추론하는 일이 이야기된다.

고종민은 이 과정에서 역사 씻기기 사업에 제주도민들이 무관심해하는 것을 보고 의아심을 품지만, 곧 그들의 무관심이 국가가 내세우는 모든 허울 좋은 명분과 이데올로기에 대응하는 방식임을 깨닫는다. 그들은 4·3 사건을 이해하는 방식에서도 표면상으로는 청죽회와 한얼회 같은 단체의 좌우 입장으로 나누어져 대립과 갈등을 보이는 것 같지만, 사실은 그 희생자들을 이념적으로 구분하기보다 모두 희생된 넋 그 자체로 씻어주기를 바라는 것이다. 그러니까 그들의 무관심한 반응은 역사의 진실과 희생자들의 비극에 관심이 없어서가 아니라, 그 어떤 희망도 불가능할 만큼 좌절과 절망의 시간 속에서 살아왔기 때문에 형성된 표정인 것이다. 여기에 덧붙여서 이 소설 속에 또 다른 지식인의 모습으로 등장하는 송일 씨는 섬사람들의 반응을 이렇게 설명한다.

"한 국가나 역사의 이념은, 실은 그 권력과 이념의 상술은 항상 내일에의 꿈을 내세워 오늘의 땀과 희생을 요구하고 그 꿈과 희생의 노래 목록 속에 오늘 자신의 성취를 이뤄가지만, 오늘의 자리가 없는 인민의 꿈은 언제까지나 그 성취가 내일로 내일로 다시 연기되어가는 불가항력 같은 마술을 느끼지 못할 수 없지요. 국가의 본질이 그렇고 이 섬의 운명이 그럴진대 어느 누가 친체제 반체제 혹은 친정권 반정권 어느 쪽에 서느냐는 결국 별 뜻이 없는 거겠지요."[7]

송일 씨의 말에 의하면 인민의 꿈은 허망하게 끝나지 않고 끊임없이 "내일로 다시 연기"되는 것인데, 인민의 꿈이 그렇게 연기되는 것은 권력의 마술 때문이다. 여기서 중요한 것은 "불가항력 같은 마술을 느끼지 못할 수 없"다는 말처럼, 민중들은 권력의 마술에 속기는커녕 그것을 잘 알고 있다는 것이며, 그렇기 때문에 그러한 권력의 놀이에 좌우되어, "친체제 반체제 혹은 친정권 반정권" 그 어느 편에도 가담하지 않을 수 있다는 것이다.

제주도 민중의 무관심에 대한 이러한 통찰력 있는 발언은, 신화를 만들어내는 민중의 지혜에 대한 작가의 인식과 일치된다. 누구나 알고 있듯이 "항상 내일에의 꿈을 내세"우는 국가의 이데올로기란 민중들이 자생적으로 만들어내는 아기장수 설화에 나타난 꿈과 희망을 억압하기 마련이다. 물론 설화에서도 확인되듯이, 민중들은 아기장수의 꿈을 꾸면서, 동시에 그 꿈이 실현될 수 없다는 것을 알고 있다. 누구에게나 꿈이란 실현 가능성이 있어서 갖는 것이 아니라 오직 희망을 갖고, 절망하지 않기 위해서 갖는 것이기도 하다. 이런 논리에서 본다면 이청준이 제주도 아기장수 설화에 관심을 갖는 이유는 앞에서 말한 것처럼, 역사적 비극의 고통이 심화된 지역의 사람들일수록 신화를 통해 삶의 간절한 희망을 표현한다고 생각했기 때문이다. "김통정 장군의 무훈담과 불행한 좌절은 바로 긴 세월 쫓기고 억눌리며 살아온 제주도 사람들 자신의 소망과 비원의 표현"[8]이라는 말에서 알 수 있듯이, 작가는 무훈담과 같은 설화의 사실 여부의 문제보다, 그 이야기 속에 담긴 민중의 소망과 기원을 읽으려 한다.

---

7) 이청준, 『신화를 삼킨 섬』(2권), p. 78.
8) 이청준, 『신화를 삼킨 섬』(1권), p. 194.

개인의 삶보다 보통 사람들의 삶과 운명에 더 큰 관심을 기울인 것이 이청준의 후기 소설들의 특징이라고 말할 수 있다면, 이것은 그가 개별적이고 구체적인 개인의 삶에 대한 관심을 잃었다는 것이 아니라, 개인의 삶을 그리면서도 신화를 통해 한 시대와 사회에 나타난 보편적 삶의 징후를 통찰하는 데 비중을 두고 소설을 썼다는 말이다. 물론 아기장수 설화의 제주도는 1947, 48년 제주도이기도 하고 1980년의 광주이기도 하다. 또한 그것은 한국인의 역사에서 수없이 되풀이된 권력과 민중의 보편적인 관계를 보여주는 비극의 상징이라고 말할 수 있다.

3. 『신화의 시대』와 현실 인식

이청준의 『신화의 시대』는 1910년대에서 1930년대에 이르는 역사의 시간을 배경으로 삼아 '태산'이라는 신화적 인물을 주인공으로 등장시켜 전개한 소설이다. 작가가 대하 역사소설을 구상하면서 만든 이 작품이 주인공의 출생과 성장 과정까지만 서술된 첫 권에서 멈춘 것은 못내 아쉬운 일이지만, 그렇다고 해서 이 소설의 독립성이 완전히 부정되는 것은 아니다.

주인공 '태산'은, '자두리'라는 정체불명의 떠돌이 행려객인 여자가 천관산에 돌탑 쌓는 산행길에 마을 사람들과 동행한 뒤에 임신이 되어 태어난 아들인데, 산행길에 오른 여섯 남자 중에서 그녀와 관계를 맺은 남자는 누구이며, 그가 한 남자인지 아니면 여섯 남자 모두인지는 분명히 밝혀져 있지 않다. 소설의 화자는 이렇게 출생의 근거가 불분명한 주인공의 이름을 태산이라고 명명함으로써, 그가 마을 사람들이 큰 산이라고 부르는 천관산 그 자체의 아들임을 암시한다. 이렇게 태어난 태산은 인간의 아들이 아닌, 천관산의 아들이라고 말할 수 있는 신화적 존재로서 어린 시절부터 보통 아이들과는 다른 비범한 능력을 보이는 모습으로 그려진다.

태산의 양아버지 장굴 씨는 어느 날 태산에게 천관산 산꼭대기에 있는 바위 덩어리를 가리키면서, 그곳에서 "저 산을 지키던 아홉 마리 용이 하늘로 올라갔다는"[9] 전설을 이야기하고, 태산이 그 용처럼 하늘로 승천할 수 있는 큰 사람이 되기를 바란다는 뜻을 넌지시 표현한다. 태산 역시 천관산의 아들임을 인식한 듯, 산의 "아득한 정봉이 하늘을 괴어올린 듯 드높은 웅자"를 바라보면서 "그것이 지금까지 그의 마음속에서 그 괴물 같은 아비의 모습과 함께 자라온 크고 무거운 덩어리"[10]임을 깨닫는다. 이것은 그에게 천관산이 두려움의 대상이면서 동시에 본받아야 하는 아버지의 역할을 하는 존재로 인식되었음을 의미한다. 그러나 태산은, 아기장수 설화의 주인공이 비범한 능력을 갖고 태어났으면서도 결국 설화나 신화의 세계 속에 머물고 있는 허구적 인물인데 반해서, 인간적인 삶의 차원에서 성장하고 변모하는 모습을 보인다.

태산의 비범한 능력과 영웅적인 면모는 다양하게 표출된다. 그는 "동네 아이들의 이튿날 숙제를 돌봐주거나 아예 자신이 대신해주기까지 하"[11]고, "같은 학년 아이들의 자랑스런 모범"으로서 "그의 말과

---

9) 이청준, 『신화의 시대』, p. 261.
10) 위의 책, p. 260.
11) 위의 책, p. 265.

행동을 누구나 뒤따라야 하는 확고한 길잡이가 되어간 것"[12]이다. 때로는 "남의 물건을 함부로 좌지우지하는"[13] 독선적인 태도를 보이기도 하고, 어른들의 두레모임을 본떠서 "등하교 길의 질서를 바로 세우고 학교 공부의 효율을 높이자는" 취지로 모임을 만들고 규칙을 정한 후, 회원들이 규칙을 어길 때 "곤장쇠 담당에게 가차 없는 매질을 명령"[14]하면서 어린아이답지 않은 엄격한 지도자로 행동하기도 한다. 화자는 이렇게 주인공의 어른스런 태도와 비범한 면모를 생동감 있게 그리면서 신화적 서술의 과장법을 취하지 않고, 인간적이고 실존적인 고민의 내면을 사실적으로 서술한다. 이러한 서술의 특징이 가장 두드러지게 보이는 장면은 그의 권위와 통솔력이 뜻하지 않은 일로 일거에 무너진 후 그가 취한 태도의 변화를 그린 대목이다. "한마디로 태산은 이때부터 다른 일에 관심 두지 않고 오직 자신의 공부에만 몰입하기 시작한 것이었다. [……] 등하교 길에서 그렇듯 말이 없는 것은 실은 머릿속 암기 공부 때문이었다."[15] 태산은 잃어버린 권위와 통솔력을 찾는 일보다 상급학교 진학을 목표로 공부하는 일에 몰두하기로 결심하고, 담임선생에게서 빌려온 학과 참고서들을 보면서 밤을 새우는 집중력을 발휘한다. 결국 그는 초인적인 학습열과 집중력으로 광주의 신설 사범학교에 합격하는데, 여기서 놀라운 것은 단순히 그의 뛰어난 학습능력과 그 성과가 아니라, 그가 입학금 마련을 위해 자신의 태생과 관련이 있는, 천관산 산행길에 올랐던 여섯 사람의 명단

---

12) 앞의 책, p. 281.
13) 앞의 책, p. 267.
14) 앞의 책, p. 288.
15) 앞의 책, p. 296.

을 확보해 그들을 한 사람 한 사람 찾아다니면서 도움을 청한 일이다.

"전, 윗 학교 공부를 떠나야겠어요. 그래서 제 이름값을 할 수 있는 사람으로 돌아오겠어요. 하지만 아시는 대로 저의 집에선 당장 입학금 마련도 어려운 형편이에요. 그러니 이번 한번만 어른께서 저 큰 산에 부끄럽지 않은 아비 노릇으로 제 상급학교 길을 떠나게 해주셔요."
〔……〕 광주 쪽 조선학교 중등과정 학생들이 일본인 중학생들에 대항해 나선 것을 시작으로 온 나라 학생들이 의기를 떨쳐 일어선 소위 '학생사건' 몇 해 뒤인 1932년 봄, 태산은 그렇듯 괴이한 경로를 거쳐 제 미지의 운명의 문을 열고 그 광주 사범학교 대처로 유학의 길을 떠나간 것이다.[16]

이 인용문은 『신화의 시대』의 마지막 구절이다. 어떤 소설에서보다 유장한 이야기꾼으로서의 긴 호흡이 느껴지는 이 소설의 마지막 구절은 신화적 인물 태산이 어떻게 '미지의 운명의 문'을 열고 살아갈 것인지에 대한 독자의 의문과 궁금증을 증폭시킨다. 또한 태산이 유학을 떠난 시기를 작가가 "온 나라 학생들이 의기를 떨쳐 일어선 소위 '학생사건' 몇 해 뒤인 1932년 봄"으로 설정한 것은 주인공의 신화적 성격이 민족의 비극적 역사와 고난의 삶에서 비롯된 것임을 부각시키기 위해서라고 해석된다. 다시 말해서 작가는 태산의 타고난 비범한 능력이나 초역사적인 국면에 초점을 맞춰 서술하기보다 역사적인 상황이나 사회적인 조건과의 갈등과 시련을 통해 어떻게 인간적으로 성

---

16) 앞의 책, pp. 301~02.

숙하고 변모하게 되었는지에 초점을 맞추고 있는 것이다. 정확히 말하자면 태산은 신화적 인물로 태어나 인간적인 갈등을 통해서 변모하고 성숙해지는 것이다.

이 책의 발문을 쓴 작가 현길언은 "이 땅에서 어렵게 살아가는 사람들이 만들어가는 신화를 쓰려고 했던" 작가의 의도를 말하면서, 이청준에게 "이 땅의 역사는 인간이 몸으로 만들어내는 신화의 축적"이었을 것으로 추측한 바 있다. 나는 현길언의 이러한 견해에 동의하면서도, 또한 이청준이 영화 「큰 듼」을 보고 난 후 「인간 신의 힘」이라는 글에서 쓴 것처럼, 인간 신에 대한 그리움이 『신화의 시대』를 쓴 동기가 아니었을까 하는 생각을 해본다.

영화 「큰 듼」의 '달라이라마'는 티베트 민족에게 석가모니의 불법을 널리 펴나가는 최고의 사제이자 절대 믿음의 대상으로서 신의 반열로 숭앙받는 반인반신의 존재이다. 그러나 티베트의 달라이라마(구세주)는 처음부터 그런 절대자로 태어나 군림하지 않는다. 얼마간의 비범성을 지녔으되, 다른 사람들처럼 평범한 부모의 자식으로 태어나 라마교 사제들의 '발견'과 '모심'을 받는 과정을 치른다. 그리하여 신앙과 정치 모든 면에서 진성한 티베트 민족 최고 지도자 '달라이라마' 등극을 위한 오랜 공부와 수련을 거친다. 그 공부와 수련의 마당이 다름 아닌 라마교(불교)의 자비와 평등, 평화 정신이며, 티베트 민족의 역사와 삶의 현실이다.[17]

---

17) 이청준, 「인간 신의 힘」, 『야윈 젖가슴』, 마음산책, 2001, p. 155.

이 말에서처럼 이청준에게 깊은 감명을 준 것은 '달라이라마'가 되려는 사람에게는 타고난 비범성보다 '오랜 공부와 수련'이 필요하고, 그 공부와 수련은 개인적인 차원이 아니라 철저히 티베트 민족의 역사와 삶의 현실에 직접적으로 관련되어 있는 점이다. 그가 '달라이라마' 등극 과정에 관심을 기울인 것처럼, 『신화의 시대』에서도 태산이 한 인간의 모습에서 살아 있는 신의 지위에 오를 만큼 훌륭하게 변모하고, 보다 완전한 인간이 되는 과정을 보여주려고 한 것이 아닐까? 물론 '달라이라마'는 성인의 반열에서 존경받는 사람이고, 태산은 아무리 큰 인간이 된다 하더라도 의적과 같은 사람일 뿐이라면, 두 사람을 동일한 차원에서 비교할 수는 없을 것이다. 그러나 어떤 사람이 혼자만의 능력으로 초인적이고 신화적인 인물이 되는 것이 아니라, 그의 신화가 시대와의 관계에서 그리고 그 시대 사람들의 집단적이고 무의식적인 기운의 힘으로 형성되는 것이라면, 그들의 표면적인 차이는 바탕의 근원적 동질성을 반영하는 것으로 볼 수 있지 않을까?

4. 『그곳을 다시 잊어야 했다』의 신화 혹은 설화의 구조

앞서 말했듯이, 『그곳을 다시 잊어야 했다』에는 신화 혹은 설화의 성격과 주제를 다룬 것으로 보이는 세 편의 작품이 수록되어 있다. 이 작품집의 첫번째 작품인 「천년의 돛배」는 매우 아름답고 슬픈 사연의 신화적 소설이다. 이 소설의 핵심적 내용은 육지에서 아주 멀리 떨어진 외딴 섬에 모녀가 살았는데, 딸이 육지 총각과 결혼해 섬을 떠난 후, 헤어진 모녀는 서로를 그리워하지만, 영원히 다시 만날 수 없게 되었다는 것이다. 딸이 첫아이 출산 후 산후통으로 세상을 떠났기 때문이다. 그러나 모녀간 만남의 염원이 간절해 어느 날 바다 한복판에 바윗돌로 된 큰 배 한 척과 같은 섬의 형상이 만들어졌다는 것이다. 이러한 전설적 이야기는 "사람들 사이에 섬이 있다/그 섬에 가고 싶다"는 정현종의 유명한 시 「섬」을 떠올리게 한다. 여기서 "사람들 사이에 섬"은 사랑하는 사람들 사이에서의 간절한 만남의 욕망 혹은 절실한 그리움의 표상과 같은 것으로 해석될 수 있기 때문이다. 정현종의 시에서처럼, 소설에서의 화자는 "바다 한가운데 외롭게 반쯤 솟아 있는 한 갯바위 섬의 모습"이 "두 모녀의 가슴 아픈 이별과 이루지 못한 재회에의 그리움"으로 만들어진 것임을 말한다. 사랑하는 사람들이 서로 만나고 싶어도 만날 수 없는 사연이야말로 인간의 부조리하고 불가항력적인 비극의 원형이라 할 수 있다.

또한 「태평양 항로의 문주란 설화」는 태평양 건너 멕시코 농장에 노동자로 이민 간 조부가 현지의 생활에 동화하지 못하고 늘 망향의 서러움과 고향에 대한 그리움으로 문주란이 군락하는 곳에 묻히기를 바랐다는 이야기가 손자의 입을 통해서 서술된 소설이다. 이 소설의 제목이 '문주란 설화'인 것은 그의 영혼이 "멀고 먼 태평양 풍경을 헤쳐 가는 한 송이 하얀 문주란 꽃"[18]으로 피어나기를 바랄 만큼, 고향에 대한 그리움을 허구적이고 보편적인 설화의 형태로 만들려는 작가의 의도를 반영한다.

끝으로 신화의 문제를 다루는 데 있어서 가장 중요한 작품인 「이상한 선물」은 두 가지 점에서 주목해야 할 소설로 보인다. 하나는 이

---

18) 이청준, 「태평양 항로의 문주란 설화」, 『그곳을 다시 잊어야 했다』, 열림원, 2007. p. 229.

소설에 『신화의 시대』에 등장하는 중요한 인물들인 '자두리'와 '그림 자 도둑'이라고 불리는 천태산이 언급되었다는 점에서이고, 다른 하 나는 이 소설이 어떤 이유와 필요성에 의해서 신화가 만들어지는지를 소설적으로 형상화하고 있어서이다. 물론 이 두 가지 요소는, 별개의 것이 아니라 상호적으로 연결된 것이다. '그림자 도둑'이라는 천태산 이 신화적인 인물이 되는 과정은, 황기태란 평범한 사람이 그의 뜻과 는 상관없이 마을 사람들에 의해 불세출의 천재로 우상화되는 과정과 다름없다. 이 소설의 주인공인 황기태는 마을 사람들이 자신을 우상 화하는 것에 대해 부담감을 갖는 소심하고 정직한 사람인데, 그를 찾 는 서당 선생의 아들이 과거에 존재했던 기인들의 일화를 예로 들면 서, 우상화가 "마을과 마을 사람들의 모듬살이에 그렇듯 필요한 일"[19] 이기 때문에 황기태가 '우상의 역할'에 동의해야 한다고 역설함으로 써 어쩔 수 없이 그 역할을 떠맡기로 한다. 그를 설득시킨 서당 선생 아들의 설명에 의하면, 과거에 천태산이라는 '그림자 도둑'이 부잣집 곳간을 털어 끼니를 굶고 지내는 가난한 집에 곡식을 나누어주었다는 것은 사실이 아니며, 실제로 그렇게 선량한 도둑은 존재하지 않는데 도 마을 사람들이 그런 소문을 만들어냈을 뿐이라는 것이다. 이런 논 리에서 본다면, 전설이나 신화는 그것의 진실성 여부보다, 그것을 어 떻게 받아들이느냐는 해석의 문제가 중요한 것이 된다. 신화는 결국 사람들의 삶에 필요한 것이기 때문에 만들어지는 허구적인 이야기이 다. 이 소설의 끝에서 언급된 고려 봉화와 관련된 설화도 그런 관점 에서 이해될 수 있을 것이다. 이 설화에서도 암시되어 있듯이, 중요

---

19) 앞의 책, p. 173.

한 것은 진실 자체가 아니라 진실을 수용하려는 사람의 마음이기 때문이다.

5. 결론을 대신하여

보들레르의 산문시집 『파리의 우울』에는 「창문들」이라는 시가 있다. "열린 창문을 통해 밖에서 바라보는 사람은 닫힌 창문을 바라보는 사람이 발견하는 풍부한 사실들을 결코 발견할 수 없다"로 시작하는 이 시에는, '닫힌 창문'이거나, '어둡고 신비로운' 창문 안쪽에서 살고 있는 늙고 가난한 '여인의 역사' 아니면 '여인의 전설'을 엮는 화자의 상념이 산문시의 흐름 속에서 기술된다. 화자는 창문 안쪽의 사람이 여인이 아니라 늙고 가난한 남자였다 하더라도 똑같이 쉽게 그에 대한 전설을 엮을 수 있었을 것이라고 말하고, 그런 전설을 만들면서 "나 자신이 아닌 타자들 속에서 살았고 괴로워했다는 사실에 자부심"을 갖게 되었음을 솔직한 어조로 진술한다. 그리고 누군가 그에게 그러한 전설은 사실이 아닌데, 어떻게 사실처럼 확신할 수 있느냐고 물을 때, 그것이 사실이건 아니건 "내가 살 수 있도록 나를 도와주고 내가 존재하며 내가 누구인가를 의식하게끔 도와준다면" 상관없는 문제라고 대답할 것이라는 확신의 어투로 이 시는 끝난다.[20]

나는 전설에 대한 보들레르의 이러한 해석이 이청준의 신화관 혹은 소설관과 일치한다고 생각한다. 이청준은 그의 소설 작업의 의미를

---

20) C. Baudelaire, *Petits Poems en prose*(*Le spleen de Paris*), Gaumier Fréres, 1980. pp. 173~74.

끝없이 질문하고 반성하는 어떤 글에서, 그의 고향 사람들은 어두운 밤 산길을 가는 사람에게 누군가 "방금 전에 당신 앞서 이 길을 지나간 사람이 있었소. 빨리 쫓아가면 만나서 함께 갈 수 있으리라"라는 말을 해준다면 그 말이 사실이건 아니건, 후행자는 선행자의 존재를 믿는 만큼 위안과 안도감을 가질 수 있었다는 일화를 예로 들면서 작가의 글쓰기도 이와 같은 것임을 말한 바 있다.[21]

　　밤길의 선행자 이야기는 본질적으로 허구이다. 그리고 그것은 소설의 허구와도 매우 밀접하게 맞닿고 있음을 보게 된다. 소설도 일테면 그 밤길의 선행자처럼 현실부재의 삶을 이야기하고, 거기에서 실제의 삶에 대한 지혜와 위로와 용기를 구하고자 노력한다. 따라서 독자 또한 그 허구를 얼마나 진실되게 믿고 받아들일 수 있느냐 없느냐에 따라 그로부터 자기 삶의 위로와 지혜를 얻어 누릴 수 있는 정도가 결정된다 할 것이다. 그것이 소설적 허구 혹은 문학적 허구의 한 본질적 조건이다.[22]

　　여기서 그가 비유하는 어두운 밤 산길은 우리들의 막막한 삶의 행로와 같은 것으로 볼 수 있다. 그 이유는 비인간적인 현대 사회에서 외로움과 두려움을 갖고 살아가는 사람들에게 오락이 아닌 진정한 위안과 용기를 줄 수 있는 것, 그것이 바로 소설의 존재이유와 다름없는 것이기 때문이다. 이청준은 이렇게 자신의 소설이 밤길의 선행자 이야기와 같다고 말한다. 사실, 모든 정보의 진실성이 순식간에 밝혀

21) 이청준, 「깨어진 영혼들의 대화」, 『야윈 젖가슴』, p. 120.
22) 위의 책, p. 121.

지고, 이제 전설이나 신화가 들어설 자리가 없어지게 된 오늘날과 같은 대량 정보 사회에서는 옛날이야기나 설화가 갖는 긍정적 역할을 할 수 있는 것은 소설밖에 없다고 해도 과언이 아닐 것이다. 또한 아무리 문학의 위기가 심화되는 경박한 대중문화의 사회라 하더라도 사람들에게 꿈을 꾸게 하고, 삶의 지혜를 깨닫게 하는 문학의 역할이 소멸되는 것은 아니다. "삶을 베끼는 소설은 그 삶이 지속되는 한 그 헤맴의 삶이라도 베껴야 할" 것이고, 삶에 대한 문학의 몫은 "헤맴과 두려움과 절망"을 그리는 일뿐 아니라 지치고 불안한 이웃들에게 큰 위로와 용기를 주는 일이기 때문이다.[23]

〔2011〕

---

23) 이청준, 「나는 왜, 어떻게 소설을 써 왔나」, 앞의 책, p. 312.

삶의 진실과 사랑의 탐구

─ 현길언의 『열정시대』[1]와 『나의 집을 떠나며』[2]

1

국문학 교수이면서 작가인 현길언이 정년퇴임 후 5년이 채 되기도 전에 장편소설 『열정시대』에 이어서 중·단편을 모은 소설집 『나의 집을 떠나며』를 펴냈다. 『열정시대』는 1980년대에 대학을 다니면서 민주화의 열정을 가졌던 젊은이들이 90년대 혹은 2000년대를 거쳐 기성세대로 편입해가는 다양한 삶의 모습을 이야기하고, 『나의 집을 떠나며』는 가족들 사이에서 벌어지는 사랑과 갈등을 다각적으로 보여준다.

『열정시대』가 시대와 삶의 문제를 거시적으로 그린 것이라면, 『나의 집을 떠나며』는 가족 간의 사랑과 이해의 문제를 미시적으로 주제화한 것이다. 그는 리얼리스트 작가답게 사실적인 배경 속에서 다양

---

1) 현길언, 『열정시대』, 랜덤하우스코리아, 2008. 이하 인용은 본문에서 『열정』, 쪽수로 밝힘.
2) 현길언, 『나의 집을 떠나며』, 문학과지성사, 2009. 이하 인용은 본문에서 『떠나며』, 쪽수로 밝힘.

한 인물들의 삶과 내면세계를 꼼꼼하고 충실하게 기술하고 있다. 이런 점에서 그의 소설을 읽는 독자들은 어떻게 이런 사건이 가능할 수 있을까 하는 놀라움에 끌리기보다 사실에 근거한 사건을 중심축으로 삼아 우리의 현실에서 있을 법한 이야기를 소설화한 데 대한 신뢰에 이끌리게 된다. 다시 말해 작가는 소설에서 허구적 이야기를 기대하는 독자의 흥미를 염두에 두기보다, 우리가 알고 있는 현실의 삶을 돌아보고 확인하고 반성하는 의식을 일깨워주는 효과에 주력한 느낌을 준다. 대부분의 교수들이 정년퇴임 후 정신의 휴식을 취하는 생활을 하는 반면, 그는 『본질과 현상』이라는 종합 학술문화 계간지를 발간하면서 문화적 대화를 추구하는 지식인의 활동을 새롭게 시작하며 작가로서의 글쓰기 활동도 변함없이 지속하고 있는 것이다. 그의 이러한 지식인적 태도와 문학적 열정은 어디에서 오는 것일까?

현길언은 「소설과 인문학」이라는 제목의 정년퇴임 고별강연에서 어린 시절부터 작가가 되려는 꿈을 가졌고, "척박한 불모의 땅" 제주에서 태어나 고전소설의 변형된 형태인 무속신화, 전설, 민담, 노동요, 신화 등 풍부한 이야기 환경 속에서 성장한 것이 작가가 된 배경이었음을 이렇게 밝힌다.

제 증조할아버지께서 시간만 나면 저를 옆에 앉히시고 이야기를 들려주셨습니다. 〔……〕 저는 고등학교 2학년 때까지 여름방학이면 집에 돌아와 밭김을 매었습니다. 제주에서는 여름 밭 김매는 일이 큰 노역이었기에 대개 품앗이로 하게 됩니다. 저는 어머니 옆에서 김을 매고, 동네 아주머니들이 한 줄로 늘어서서 그 뙤약볕 아래서 이미 지열로 뜨거워진 돌짝밭을 헤집으면서 조밭 김을 매었는데 이랑에 앉아서 김매기를 시작하면서 어머니와 여인네들은 이야기를 시작합니다. 그리고 하루해가 다 갈 때까지 이야기를 계속하면서 밭김을 맵니다. [……] 또한 제사집이나 초상집 대소상 집에 모이면 사람들은 이야기를 합니다. 그런데 그 이야기가 대부분 슬프고 억울하고 모질고 거친 삶을 담아낸 내용이지만, 이야기하는 사람이나 듣는 사람들은 흥분하거나 슬퍼하거나 분노하지 않으며 그러한 내색조차 없습니다.[3]

이 글은 현길언이 왜 문학을 하게 되고 작가가 되었는지를 이해하려 할 때 중요한 자료가 될 뿐 아니라, 그가 노년에 접어들어서도 문학에 대한 열정을 유지하게 만든 이유를 설명해주는 것이기도 하다. 그는 인생에서 이야기가 얼마나 중요하고, 삶과 이야기가 어떤 관련성이 있는지, 그리고 삶의 어느 자리에서나 이야기꾼들이 바로 정직한 작가와 같다는 것을 자기가 어떻게 깨달았는지를 이렇게 꾸밈없이 진술한다. 또한 제주도 사람으로서 주변인 혹은 변경인의 소외된 의식을 표현할 수 있는 가장 적합한 방법이 문학이라는 것을 확신하게 되었음을 말하기도 한다. 그는 이 강연에서 "소설은 우리의 고정관념을 흔들어서 자신의 이데올로기나 가치나 욕망에 의해서 살아온 삶을 성찰하게"(『현길언』, 24) 해주고, "문학이 추구하는 진실은 동시대의 지배이데올로기나 인간이 추구하는 일상적인 가치와는 다른, 인간의 본성에 해당"(『현길언』, 29)한다는 점에서 무엇보다 중요한 것이기 때문에, "인간의 존재를 파악하기 위해서는 육체와 정신, 그리고 종교적인 범위에서 영혼 문제까지 포함시켜야"(『현길언』, 31) 한다고

3) 김진량·이재복 엮음, 『현길언, 주변인의 삶과 문학』, 한양대학교출판부, 2005, p. 18. 이하 인용은 본문에서 『현길언』, 쪽수로 밝힘.

주장한다. 문학이야말로 인간의 복잡하고 다층적인 존재를 탐구하는 데 가장 유력한 길을 제공해주는 수단이라는 믿음이 그가 문학을 선택한 이유이자, 그의 종교적인 신념과 함께 문학적 작업을 평생 지속할 수 있는 동력이기도 하는 것이다.

그의 이와 같은 문학관 중에서 눈여겨봐야 할 대목은, "종교적인 범위에서 영혼 문제까지 포함시켜야" 한다는 논리이다. 일반적인 작가들의 문학관처럼, 인간의 육체와 정신의 복잡하고 다층적인 측면을 그리는 것이 문학이라고 이해하는 단계를 넘어서서 그는 굳이 종교적인 범위에서 영혼 문제까지 다뤄야 할 것을 부연적으로 강조한 것이다. 더 나아가서 그는 어린 시절에 문학에 대한 열정 못지않게 기독교와의 만남이 자신의 성장 과정에 중요한 영향을 끼쳤음을 말하고, 기독교인으로 살아간다는 것은 "단순한 믿음의 경지를 넘어서 삶이 신앙 가운데 자리 잡아야 한다는 의미"(『현길언』, 16)로 받아들일 수 있다는 독실한 신앙인의 입장을 피력한다. 이런 점에서 그가 문학은 인간을 구원할 수 있다고 말할 때, 이것은 "성경이 인간을 구원할 수 있는 책"(『현길언』, 20)이라고 확신하는 것과 등가적으로 해석될 수 있고, "문학의 본질은 사랑과 화해를 추구함에 있다"(『현길언』, 42)고 말할 때, 그가 강조하고 있는 '사랑'과 '화해'의 의미는 기독교적 세계관과의 관련 속에서 이해되는 것임을 알 수 있다.

이 세상의 삶은 내가 믿는 절대자의 섭리와 관계를 맺고 그 섭리를 실현하는 데 의미를 가져야 한다고 생각했습니다. 이것은 제 문학에서 해결하기 어려운 과제로 남게 되었습니다. 호교(護敎)적인 작품을 쓰고 소위 기독교 문학을 연구하는 것이 그 일이 될 수 있는가? 만족스

러운 대답이 아니었습니다. (『현길언』, 16)

그는 기독교인의 삶과 기독교적인 작가의 갈등을 이렇게 표명하면 서도 결국 "문학이 지향하는 질서와 조화의 미학은 인간과 사회와 역 사를 구원할 수 있는 가치가 될 수 있기에"(『현길언』, 41) 그러한 갈 등은 자연스럽게 해결될 수 있다고 생각한 것이다. 그의 이런 생각은 "문학작품 중에서 파격과 부조화와 반질서를 추구하는 작품"이 있더 라도, "그것은 질서를 향한 또 다른 몸부림이고, 새로운 질서와 조화 로 빚어지는 미를 창조해 가는 과정"(『현길언』, 41)이라는 해석으로 이어진다. 이런 논리에서 그의 문학을 이해할 때, 『열정시대』와 『나 의 집을 떠나며』에 등장하는 모든 인물들이 자신의 가치관과 실제 삶 의 부조화 때문에 고민하는 것은 상당 부분 평화롭고 올바른 삶의 회 복을 염원하는 작가의 문학관과 신앙심에서 만들어진 것임을 짐작하 게 된다. 그렇다면 작가의 이러한 문학관은 작품 속에서 어떻게 작용 하고 있는 것일까?

2

화자인 강경원 교수가 2002년 겨울, "조간신문에서 노무현 대통령 당선자 정권인수위원단에 8·3 구락부 멤버가 셋이나 참여하게 된 것 을 확인"하고, "바야흐로 우리 시대가 찾아왔구나." "이게 꿈인가?" (『열정』, 9) 하면서 흥분과 놀라움을 표명하는 것으로 시작하는 『열정 시대』는 장편소설의 형식을 갖추고 있지만, 이 소설 안에는 작품이 씌어지고 발표된 시기가 각기 다른 열 편의 중·단편이 수록되어 있다. 물론 발표된 시기가 다르더라도, 각 소설을 쓰면서 일관된 소설의 줄거리와 빈틈없는 구성을 염두에 둔 작가의 의도에 따라 작중인물들의 인적 사항과 정체성 혹은 시간적 흐름에 따른 그들의 사회적 신분의 변화는 장편소설의 논리를 그대로 따르고 있다.

'2002년 겨울'이라는 부제가 붙은 「프롤로그」와 '2006년 9월'의 「에필로그」 사이에서 서사가 전개되는 현실과 관련된 시간은 1993년 가을에서 "8·3 구락부" 모임이 해체되는 2006년 9월까지, 모두 14년 간이다. 이 기간은 김영삼 대통령 정권 말기부터 김대중 대통령 시대를 거쳐 노무현 대통령이 당선되기까지의 시간이다. 이 소설의 작중 인물들 중에서는 YS의 측근으로서 본격적인 정치활동을 하는 사람도 있고, 「프롤로그」에서 밝혀진 것처럼 노무현 대통령 당선자 정권인수위원단에 들어가 앞으로의 정치활동을 기대하게 만드는 사람들도 있다. 이들은 정신병원에 입원했다가 나오면서 시류에 영합하지 않고, 냉소적이면서 직설적인 어투로 친구들을 당혹스럽게 만드는 '제갈궁'을 제외하고는, 모두 직업에 따라 능력을 인정받고 출세하게 된 사람들이다. 「프롤로그」의 화자인 문학비평가이자 대학교수인 강경원이 말했듯이, 그들은 자신들의 분야에서 "권력화되어가고 있는"(『열정』, 12) 입장에 놓이게 된다.

이런 점에서 이 소설은 민주주의에 대한 열정으로 가득 찼던 대학 시절 시위 도중 같은 공간에 함께 피신하게 된 계기로 모인 '레스토랑 8·3 구락부'의 83학번 남학생들이 30대와 40대를 거치면서 어떻게 "권력화되어가고 있는지"를 다각적인 관점에서 조명한 소설이라고 말할 수 있다. 이러한 소설적 관점은 몇몇 장에서 서술자를 바꾸어

인물과 사건을 서술하는 형식을 취함으로써, 한 사람의 서술자 입장에서 단조롭게 이야기하는 흐름의 한계를 넘어서는 효과를 보여준다. 또한 화자가 사건을 서술하는 방법도 직선적이고 연대기적인 흐름을 따르지 않고, 때로는 시간적 진행의 흐름 속에 있으면서 때로는 역으로 거슬러 올라가기도 하여 삶에 대한 등장인물들의 다양한 태도를 독자로 하여금 객관적으로 생각해보게 한다.

『열정시대』에 등장하는 인물들의 직업은 교수, 기자, 검사, 국회의원, 학원원장, 은행원, 회사원 등 다양하다. 그러나 이들이 같은 대학 출신이기 때문인지는 몰라도, 이들의 가치관이나 삶의 태도는 크게 다르지 않다. 물론 정신병원에 입원하거나 기도원에 들어가거나 함으로써 사회 진출이 늦을 수밖에 없었던 제갈궁이 현실에 적응하지 못하게 됨으로써 "정치적 허무주의자"(『열정』, 151)로 관습에 어긋나는 행동을 하거나 직설적인 발언을 서슴지 않는 모습을 보이는 것은 예외적이다. 작가는 이 예외적인 인물을 배려하여 '제갈궁의 습작소설'이라는 부제가 붙은 장에서 80쪽 가까운 분량의 그의 소설 「모든 강물은 바다로 흐른다」를 이야기 속 이야기 형식으로 수록함으로써 그 주인공인 남궁필의 내면적 방황을 통해 간접적으로 제갈궁이 그렇게 된 원인과 과정을 암시적으로 기술한다. 그 과정 끝에 남궁필-함혜련-계성준 사이에 벌어진 삼각관계의 비극적 결말, 즉 계성준의 배반과 함혜련의 자살, 남궁필의 정신분열증과 그의 입원 등의 이야기로 이어진다. 그렇다면 「모든 강물은 바다로 흐른다」의 주인공인 남궁필은 8·3 구락부에서 가장 특이한 인물인 제갈궁이라고 짐작할 수 있는데, 제갈궁이 쓴 소설의 문체나 이야기가 『열정시대』에 수록된 다른 소설들과 과연 얼마나 차별성을 갖는지는 확신하기 어렵다.

또한 제갈궁이 왜 정신병원에 들어갔는지에 대한 의문은 그가 쓴 소설 속에서 남궁필이 겪는 고민과 방황으로도 명쾌하게 해소되지 않는다.

『열정시대』에서 「프롤로그」와 「에필로그」를 제외한 8편의 소설 중에서 필자에게 가장 흥미로웠던 소설은 「모든 강물은 바다로 흐른다」보다 「주변인을 위하여」이다. 이 소설은 대통령 선거 전 화자가 대통령 만들기 모임에서 만나게 된 어린 시절 친구이자 유명한 작가인 선우명과의 이야기가 중심축이다. 화자인 김원필은 교수이면서도 정치적 야심을 갖고 있는 사람이기 때문에 그가 학문의 길에서 정치의 길로 방향전환을 하려는 의도에는 큰 갈등이나 고민이 따를 것으로 보이지는 않는다. 이런 점에서 그는 독자의 호기심이나 궁금증을 크게 유발시킬 만한 복합적인 성격의 소유자는 아닐 것이다. 그러니까 독자의 관심은 당연히 그의 어린 시절 친구인 작가 선우명 쪽으로 기울게 되는데, 이 소설에서 가장 흥미로운 대목은 두 사람의 대화와 화자의 어린 시절에 대한 회상을 통해 선우명의 과거가 새롭게 밝혀지고, 단순한 사람처럼 보였던 화자의 내면에 감춰진 우월감과 열등감이 점층적으로 서술되는 부분이다.

언제나 세상의 중심부에서 모범생으로 살아온 나는 항상 체제에 순응할 수밖에 없는 것이 숙명적인 체질이었다. 그런데 영국 생활 7년 동안 나는 동양의 작은 나라 사람이라는 변두리인으로서의 감정을 비로소 체험하게 되었고, 그때마다 서울을 그리워하게 되었다. 그것은 아마 은밀히 내 속에서 정치적인 욕망으로 나타나기 시작했던 것이다. 그것만이 중심부 진입의 유일한 길이었을까? 새삼스럽게 나는 선우명

을 통해 나를 점검하게 된 심정이 묘했다. (『열정』, 202)

김원필은 이렇게 중심부를 향한 자신의 욕망이 정치적 욕망으로 나타난 것임을 자기반성적으로 돌아보는 태도를 취한다. 그의 이러한 반성이 일시적인 것이지 근본적인 것으로 보이지 않는 것은 그가 어떤 반성을 하건 정치적 진출에 대한 야망은 변함이 없기 때문이다. 체제순응적인 그는 학생운동을 하더라도 마치 "과정을 거치듯이"(『열정』, 217) 할 뿐, 이어서 책임 있는 지식인의 고민에서라기보다 지극히 개인적인 동기에서, 즉 자신이 계획한 삶의 한 수단으로서 운동을 한 것이다. 그에 반해서 선우명이 대학입시에 실패하고 김원필에 대한 열등감을 가지면서, 소설가의 길을 선택함으로써 소설가의 입장에서 자유로운 지식인의 고민을 표현할 수 있는 것은 자연스럽다. 그가 '대통령 만들기' 모임에 가담한 것도, 선우명처럼 계산된 정치적 의도에 따른 행동이 아니었다. 그는 "자신의 천재적 자존심과 변두리 열등의식이 복합된 묘한 정서 속에 살아"(『열정』, 198)온 사람이 가질 법한 굴절된 정치적 야망도 없고, 작은 이해관계에 얽매여 있는 소시민의 나약한 모습도 보이지 않으면서 거침없이 자유로운 지식인처럼 처신한다. 그렇다고 해서 그가 지식인 작가로서 현실비판적인 발언을 냉정하고 분명하게 토로했던 것은 아니다. 그가 대통령 후보를 지지하는 기고문을 신문에 실은 것이 지성인의 자발적인 지지인지 대가를 바라고 한 행위인지는 모호하게 서술되어 있다. 그러나 그러한 공헌에도 불구하고 그가 지지하던 후보가 당선된 후 "용도 폐기된 존재"(『열정』, 223)가 되어 사라져버린 것은 독자의 입장에서 아쉬움과 의문이 남는 부분이다. 이 소설에서 또한 납득하기 어려운 것은 두 사람이 모두 지지한 대통령 후보가 당선되었는데, 화자인 김원필이 자기가 그를 도운 것은 정치적인 야망을 실현하기 위해서가 아니라 어디까지나 "약자를 돕는다는 심정으로 참여"한 것이고, 자기는 "원래 집권세력을 위하여 일할 체질이 아니다"(『열정』, 222)라고 언급한 대목이다. 이것은 앞부분에서 자신이 체제순응적인 모범생이고, 사회의 중심부를 지향하는 정치적 욕망이 많았다고 진술한 부분과 분명히 모순되기 때문이다. 또한 인기 있는 작가가 정치권으로부터 뚜렷한 이유도 없이 하루아침에 "용도 폐기된 존재"로 전락해버리는 일이 과연 우리의 현실에서 쉽게 가능한 일인지도 의아심이 남는 부분이다.

3

『나의 집을 떠나며』에는 '관계'라는 부제가 붙은 다섯 편의 중·단편이 실려 있다. 이 다섯 편의 작품들은 대부분 혈연관계로 맺어진 '집' 혹은 '가족'의 문제를 다루고 있다. 혈연관계로 맺어진 가족의 이야기가 아닌 「벽」과 같은 소설도 있지만, 이 소설도 가족의 문제가 주제라는 점에서는 변함이 없다. 그 외에 「나의 집을 떠나며」가 어머니가 일찍 타계한 후에 새롭게 형성된 가족관계의 의미를 돌아보는 이야기라면, 「우리 빗물이 되어 바다에서 만난다면」은 "종갓집 독자로 태어났으면서 집안일을 외면하고 혁명을 생각했던 아버지"(『떠나며』, 97)의 부재로 아버지의 역할을 어머니가 대신하는 가정에서 자란 아들과 어머니의 관계에 대한 것이고, 「안과 밖」은 화해와 불화, 사랑과 갈등, 미움과 용서로 점철된 숙명적인 부부관계가 소설의 주제로 다루어진다. 그리고 이 작품집의 맨 끝에 수록된 「숲 이야기」는 인간의 역사와 숲의 역사, 가족의 역사와 나무의 역사를 연결 지으면서 나무와 숲이 번영하는 것처럼 한 집안의 전통이 깊어지고, 나무들이 평화롭게 숲을 이루듯이 가족들이 모여서 평화로운 세상을 이루기를 바라는 화자의 희망이 특별한 허구적 장치 없이 서술된다.

이 다섯 편의 작품들은 이렇게 모두 가족관계의 이야기를 다양하게 보여주지만, 공통된 것은 어느 경우에나 사랑의 문제를 주제로 삼고 있는 점이다. 우선 「나의 집을 떠나며」에서 화자의 '큰누나'와 아버지와의 관계로 집약될 수 있는 사랑의 갈등은, 어머니의 죽음 이후 '큰누나'가 어머니의 역할을 대신하면서 아버지를 위해서거나 가족을 위해서 자신의 삶을 희생하면서, 그녀가 아버지의 여성들에 대해 질투심을 가질 뿐 아니라 아버지의 재혼 문제를 긍정적으로 받아들이려 하지 않는 데서 비롯된다. 결국 아버지에 대한 과도한 애정이 그녀의 삶을 불행하게 만들었을 뿐 아니라 아버지의 삶도 자유롭지 못하게 한 것이다. 이 작품은 가족관계에서건, 일반적인 남녀관계에서건, 과도한 사랑으로 상대에 대한 소유욕이 생기게 되면, 사랑은 비극적인 종말을 맞이하게 된다는 교훈적 메시지를 전달해준다.

「벽」은 불의의 사고로 죽은 아들의 자리를 대체할 만한 대상을 찾다가 그 아들을 죽인 가해자를 양아들로 삼고 이러한 자신의 선택을 주님의 뜻으로 받아들인 목사의 이야기이다. 말하자면 원수를 사랑하는 마음으로 가해자를 양아들로 키웠지만, 목사는 그를 완전히 용서하지 못하는 마음 때문에 끊임없이 고통을 겪게 되어 결국 주님에게 이렇게 용서를 구하는 기도를 한다.

"주님, 제 죄를 용서해주시옵소서. 저는 지금까지도 진정으로 경천이를 사랑하지 못하고 있습니다. 그를 제 품에 껴안고 있지 못하고 있습니다. 주님께서 제게 주신 그 귀한 말씀에 의지해서 제 혈육을 살해한 그를 제 아들로 삼고 살아왔습니다만 아직은 저는 그를 아들로 사랑하지 못하고 있습니다. 주 성령님이시여, 이렇게 사악하고 사랑 없는 저를 용서해주시고, 제 굳어진 마음을 깨뜨려주시옵소서."(『떠나며』, 80)

독실한 기독교인인 작가의 입장에서는 자연스럽고 절실한 어조로 서술되는 이러한 기도문의 내용은 신자가 아닌 평범한 독자에게는 매우 당혹스럽고 낯설어 보인다. 그 이유는 함 목사의 기도가 설득력이 없어서가 아니라, 사랑하는 아들을 죽인 살해범을 어떻게 양아들로 삼을 수 있는 것일까 하는 근본적인 의문이 풀리지 않기 때문이다. 아무리 함 목사가 주님의 경지에 이르려는 종교인의 욕망으로 그를 양아들로 삼는 초인적 결정을 내렸더라도, 20년 가까이 한 집안에서 지내다가 "아직도 저는 그를 아들로 사랑하지 못하고 있"다는 식의 보통 사람 같은 고민을 한다면, 처음부터 그러한 결정을 하지 말아야 했을 것이나. 물론 작가는 현실에서 있을 법하지 않은 이야기를 통해서라도 기독교적인 사랑의 실천은 어디까지 가능하고, 어디까지 불가능한 것인지를 소설적으로 형상화해보려 했을 것이다. 그러나 기독교인이 아닌 일반 독자들의 입장에서는 함 목사의 고민뿐 아니라 그의 죽음을 자신의 책임으로 돌리는 양아들의 양심적 고통에 대해서도 절실한 공감을 갖기가 어렵다.

「우리 빗물이 되어 바다에서 만난다면」은 화자와 어머니 사이에서 빚어지는 사랑과 갈등의 이야기를 담고 있는데, 이 작품에서 어머니는, 아버지의 부재로 아버지의 역할까지 대신하면서 많은 인고의 세월을 견뎌온 강인한 모성의 존재로 표현되고 있는 점에서 우리나라의 모든 어머니의 전형으로 생각된다. 그 어머니는 "종갓집 며느리로서는 어머니 정보다는 집안의 대를 잇는 일이 중요했"(『떠나며』, 109)기 때문에 아들에게 따뜻한 모성이나 주체적인 삶의 태도를 표현하기보다 자신의 삶을 희생하고 가부장제의 관습을 굳건히 지키는 역할을 감당한다. 이러한 어머니와 아들의 관계는 가까운 것이면서 동시에 먼 것으로 보인다. 어머니와 아들의 갈등은 종교적인 문제에서 표출되는데, 목사인 아들로부터 기독교인이 되라는 권고를 받고 어머니는 혼자서 천국에 갈 수 없으며 "네 아버지와 할아버지와 할머님들이 가서 계신 곳에 나도 가서 함께 살"(『떠나며』, 121)겠다고 고집하면서 그 권고를 뿌리치는 것이다. 이러한 모자간의 갈등과 사랑의 표현방식은 그 어느 소설보다 강한 리얼리티를 보여준다.

또한 「안과 밖」은 "자신의 과오를 짊어지기 위해 스스로 정신병원으로 들어"(『떠나며』, 167)간 노교수의 가정사를 통해서 그의 이혼과 재혼의 과정 및 재혼 후의 행복과 내면의 평화가 일치되지 않는 사연을 이야기한다. 그가 내면적 고통의 원인이라고 생각하는 것은 아무 잘못이 없는 전처와 이혼한 일이고, 이혼 후에 곧 재혼을 하여 행복한 가정을 이루고, 사회적 지위가 높아졌지만 이혼한 아내에 대한 '자신의 과오'는 잊혀지기는커녕 더욱더 뚜렷이 기억된다는 사실이다. 결국 그가 스스로 정신병원에 들어간 중요한 이유는 정신과 의사에게 "자기 과거를 이야기할 수"(『떠나며』, 167) 있기 때문이라는 것이다. 실제로 그는 정신과 의사에게 자신의 "학문과 인격이라는 것,

눈에 보이는 행복, 세상으로부터 받는 찬사와 명예, 그것이 내 모습과는 너무 다르다는 사실을 알았을 때"(『떠나며』, 161)의 괴로움을 이야기한 것이다. 이렇게 과오를 고백하는 말의 중요성을 의식하는 작가는 초점화자의 시각을 노교수에 한정시키지 않고, 그의 재혼한 부인과 아들의 시각에서도 서술하는 다양한 관점을 취한다. 이런 방법에 의해서 작가는 노교수의 모습을 부인의 입장과 아들의 입장에서 어느 정도 객관적으로 부각시키려 한다.

이 소설에서도 이해타산적인 보통 사람의 세속적인 모습과는 다르게 천사처럼 보이는 인물이 등장하는데, 그는 노교수와 이혼한 전처이다. 그녀는 큰 잘못도 없이 남편에게 이혼 당하게 된 처지이면서도 전남편이 대학에서 이혼 문제로 위기에 처하게 되었을 때 이혼의 책임은 모두 자신에게 있다는 것을 총장에게 밝힘으로써 그를 위기에서 구해주는 결정적인 역할을 한다. 그녀가 이렇게 지극한 사랑의 태도를 보인 것은 전남편에 대한 변함없는 사랑 때문일 수도 있지만, 보통 사람으로서는 갖기 어려운 기독교인의 신앙 깊은 삶의 태도에서 연유한 것임을 암시하는 대목에서 기독교인 작가의 인간관이 엿보인다.

이렇게 『나의 집을 떠나며』에 실려 있는 대부분의 작품들은 가족 간의 사랑을 주제로 삼고 있지만, 사랑의 양가감정이랄 수 있는 미움이나 증오의 모습이 극단적으로 나타난 소설은 없는 것 같다. 아마도 그 이유는 이 글의 서두에서 인용한 것처럼, "문학의 본질이 사랑과 화해를 추구"하는 데 있다는 현길언의 문학관과 "삶이 신앙 가운데 자리 잡아야 한다"는 기독교인의 믿음이 결합되었기 때문일 것이다. 물론 사랑의 문제를 다루는 데 있어서 착하고 양심적인 인물이 아닌 사악하고 비윤리적 인간형이 등장해야 한다는 법은 없다. 그러나 보통 사람의 상식을 넘어설 만큼 매우 착하고 선량한 사람들이 많이 등장하는 소설은 나쁜 사람들이 많이 살고 있는 우리의 혼탁한 현실과 일치되기보다 거리가 있음을 느끼게 한다.

현길언의 『열정시대』와 『나의 집을 떠나며』에 등장하는 대부분의 착한 인물들은, 우연히 비윤리적인 행동을 하게 되거나 세속적 욕망에 사로잡힌 처세를 했다 하더라도 그들의 근본적 심성이 타락하지 않았다는 것은 작가의 긍정적인 인간관의 반영으로 보인다. 이것은 어떤 열악한 환경 속에서도 선량한 인간성에는 변함이 없다는 인간에 대한 작가의 신뢰감으로 해석될 수 있다. 현실에서는 만나기 어렵더라도, 그러한 인간의 내면을 그리려는 현길언의 이러한 긍정적 인간관이 그의 후기 소설의 문학적 특징을 형성한 것은 분명하다.

〔2009〕

자아를 찾는 여행과 느림의 글쓰기
─윤후명의 『새의 말을 듣다』[1]

1

윤후명의 소설집 『새의 말을 듣다』(문학과지성사, 2007)에 실린 열편의 중·단편에서 화자이자 주인공은 대부분 집을 떠나 여행하기를 좋아한다. 작가를 닮은 동일한 모습의 주인공은 배를 타고 독도로 가거나(「새의 말을 듣다」), 헝가리 부다페스트행 열차를 타고 가기도 하고(「서울, 촛불 랩소디」), 청량리에서 열차로 한 시간쯤 걸리는 교외로 나가기도 한다(「나비의 소녀」). 때로는 친구와 함께 아무데나 발 닿는 대로 가자고 하여 강원도 탄광촌에서 충청북도 쪽으로 방향을 틀기도 하고(「의자에 관한 사랑 철학」), 티베트에서 미니버스를 타고 가거나(「구름의 향기」), 서해안 최북단의 섬을 찾아가기도 한다(「초원의 향기」). 또한 후배의 차를 타고 강원도 영월의 '김삿갓 축제'에 참가하러 가거나(「고원으로 가다」), 포장마차 주인과 그의 일을 도와주는 두 여자와 함께 소풍 가듯이 강화도에 놀러 가기도 하고(「태평양의

---

1) 윤후명, 『새의 말을 듣다』, 문학과지성사, 2007. 이하 인용은 본문에서 『새의 말』, 쪽수로 밝힘.

끝」), 절망적인 심리 상태에서 제주도 여행길에 오르기도 한다(「돌담 길」).

이러한 여행과 떠남의 장면은 소설의 도입부에서부터 펼쳐질 수도 있고, 이야기가 어느 정도 전개되는 과정의 중간이나 뒷부분에서 나타날 수도 있다. 그 어느 경우이건 소설의 중심적 이야기는 화자가 낯선 여행지에서 갖는 새로운 체험으로 구성되기보다 집을 떠난 여행지에서 자신의 현실과 과거를 돌아봄으로써 떠오른 기억과 회상의 부분들로 이루어진다. 다시 말해서 윤후명의 소설 속에 여행 장면은 많지만 여행지의 풍경과 여행에서의 색다른 체험을 그린 장면은 별로 많지 않은데, 그 이유는 작가가 여행의 주제보다 여행을 통해 떠오른 생각과 삶에 대한 반성을 글쓰기의 주제로 삼았기 때문으로 보인다.

윤후명의 소설에서 여행보다 여행 속에서 기억하고 생각하는 일에 비중을 둔 작품의 주제를 간단히 짚어보면 다음과 같다. 우선 「새의 말을 듣다」는 화자가 시인들과 함께 '독도 사랑'을 실천하기 위해 독도에서 펼치는 시 낭송 예술제에 참가하기 위해 배를 타고 독도로 향하는데 결국 기상조건이 나빠 섬에 오르지 못하고 돌아온다는 내용으로 구성된다. 그런데 이 소설의 중심적 이야기는 독도 여행의 실패가 아니라 화자가 배를 타고 가는 동안에 떠오른 기억, 즉 첫번째 독도행이 접안시설이 만족스럽지 않아 실패했던 일과 어린 시절 피난길의 기억, 알타이어를 연구하는 언어학자를 만나서 나눈 대화와 대화를 통해서 떠오른 생각의 전개이다. 이 소설집에서 가장 중요한 작품으로 보이는 「서울, 촛불 랩소디」의 첫 장면은 화자가 부다페스트에서 한국학 교수로 지내는 여자 친구를 만나러 헝가리로 향하는 것이지만, 이 소설의 주제와 의미는 그녀와의 이루지 못한 사랑의 우여곡절을 토대로 한 것이 아니라, 복원된 청계천 주변을 거닐면서 떠오른 과거의 개인사적이고 시대사적인 사건들을 서로 연결 지으면서 급격한 산업화의 변화와 삶의 변모를 문제시한 데서 생겨난다.

또한 「나비의 소녀」의 화자가 교외로 나간 것은 주민등록지의 면사무소에 볼 일이 있어서인데, 그의 주된 관심은 1년 전 그곳에서 수많은 나비들을 목격한 체험을 통해서 환상 속에서 과거의 아름다운 기억을 떠올리려는 데 있다. 아름다운 기억은 아니지만, 기억과 상념의 내용이 큰 부분을 차지하는 「의자에 관한 사랑 철학」의 화자는 여행을 통해서 친구의 과거와 나의 과거를 이야기하고 "자기 아내의 초상을 그리다가 마침내는 의자를 그리고 만 화가를 기억에서 되살"(『새의 말』, 129)리는 기회를 마련한다. 제목에 담긴 '의자'의 주제는 친구의 죽은 부인에 대한 사연과 관련된 것이다.

「구름의 향기」의 '나'는 소설의 도입부에서 티베트의 고원을 달리는 미니버스의 차창으로 소녀네 집을 확인하는데, 이것은 인사동의 한 골동품 가게에서 본 티베트 사원의 벽화라는 목판화의 그림 속에서 "초록색 바탕 색조에 둥둥 떠 있는 솜사탕 같은 구름송이들"(『새의 말』, 178)이 여행길에서 본 소녀네 집을 통해 되살아나 "어릴 적에 팔베개하고 누워 하늘을 쳐다보던 시절"(『새의 말』, 179)을 환기시켰기 때문이다. 그리고 「초원의 향기」에서 화자는 서해안 최북단의 섬에 통일을 염원하는 관음상의 점안식에 참석하러 갔다가 10년 전쯤에 인사동의 한 카페에서 우연히 어울린 적이 있는 여자를 만나 그 여자의 모습을 통해 중앙아시아에서 온 세르게이라는 사람의 기억을 떠올린다. 마찬가지로 「고원으로 가다」의 '나'는 영월에 가면서 김삿갓처럼 떠돌이로 살고 싶었던 지난날의 기억을 떠올리고 자기의 삶에 깊은 영향을 미쳤던 『삼국유사』의 이야기를 기억 속에서 이끌어내기도 한다. 끝으로 「태평양의 끝」에서 화자가 포장마차 주인과 두 여자와 함께 서울을 벗어나 바다를 향해 여행을 떠난 것은 일행 중에 바다를 보지 못한 사람에게 바다를 보여주기 위해서였으며, 「돌담길」의 화자가 제주도 여행을 가게 된 것은 "삶에 관해서 무엇인가 정리하지 않으면 안 된다는 강박관념"(『새의 말』, 295~96)에 사로잡혀 자신의 삶을 돌아보고 "과거의 나를 감추고 새로운 나를 만들"(『새의 말』, 293)기 위해서이다.

2

이렇게 『새의 말을 듣다』의 주인공들은 여행의 이유와 동기가 무엇이건 여행의 시간 속에서 자기의 삶을 돌아보거나 현실에서 잊고 있었던 자기를 만난다. 물론 그들은 직장일에 묶여 지내는 사람들도 아니고 안정된 가정의 울타리에서 자족하며 살아가는 생활인도 아니다. 그렇기 때문에 그들은 언제라도 여행을 가고 싶을 때, 떠날 수 있다. 사실 사람들이 현실을 떠나고 싶은 욕망을 갖는 것은 현실의 외형적인 속박 때문만이 아니라 그것과 상관없이 자아의 내면적인 욕구 때문일 경우도 많다. 여하간 이들의 여행이 낯선 세계의 관광을 목적으로 한 것이 아니듯이, 여행의 동기는 외면적인 생활과 무관한 내면적 상황에서 촉발된 것이 대부분이다. 이런 점에서 그들이 집이나 현실로부터 떠나는 것은 내면으로의 여행을 위해서이고 진정한 자아를 발견할 수 있는 만남의 시간을 위해서이며, 또한 과거와 현재의 경계가 모호해진 상태에서 자아의 지속을 경험할 수 있는 시간 속의 여행을 갖기 위해서라고 할 수 있다.

우선 「새의 말을 듣다」의 '나'는 독도에 가면서 7, 8년 전 쯤에 처음으로 독도에 갔을 때를 떠올리고 그때의 감회를 적은 글을 읽어본다. "옛 전쟁 때의 가까운 이의 죽음이 새로운 아픔으로"(『새의 말』, 10) 절절하게 느껴졌던 그 글에는 피난 갔던 때의 기억과 함께 "참파 위꽃이 피어 있는 향기로운 거리"(『새의 말』, 9)와 "절규하는 존재의 불가사의한 향내"(『새의 말』, 10)가 적혀 있다. 이것을 정리해서 말하면 주인공의 현재의 독도행은 과거의 독도행을 기억하게 하고, 과거의 독도행은 어린 시절에 고향을 떠나 배를 타고 피난지로 갔던 아픈 기억을 떠올리게 한 것이다. 물론 여행은 '나'에게 과거를 환기시킬 뿐 아니라 '나'와 비슷한 사람을 만나게도 한다. 배에서 만난 그와 비슷한 사람은 "독도의 갈매기와 대화를 나누는 마음으로 왔다고 강조"(『새의 말』, 34)하는, 알타이어를 연구한다는 언어학자인데, 그는 "모든 사물에 정령이 깃들어 있음을 믿으며, 그 정령들과 대화를 나누는 길은 결국 자기 언어"(『새의 말』, 33)를 통해서라고 주장하기도 한다. 이처럼 독특한 생각을 표현하는 그의 모습은 식물들과 대화를 나누는 꿈을 꾸고 식물들과 함께 있을 때 마음이 평화로워진다는 '나'의 분신처럼 보인다. 이 소설의 끝부분에서 '나'는 "그를 위대한 알타이 샤먼, 진정한 영매(靈媒)로 받들어, 나 자신을 숨김없이 깡그리 맡기고 싶었다"(『새의 말』, 35)는 것은 그와 '나'의 일체감을 더욱 확신하게 만드는 증거이다. 그의 존재는 그러므로 여행에서 화자가 자기 자신을 만난다는 의미를 우의적으로 표현한 것일 수 있다.

「서울, 촛불 랩소디」의 첫 문장은 "헝가리 부다페스트행(行) 열차를 탄다"(『새의 말』, 39)인데, 화자는 이렇게 쓰고 난 후 「헝가리 랩소디」와 「랩소디 인 블루」를 연상하고 같은 문맥에서 "오래전에 들었던 기억을 되살린다. 기억은 흐리고도, 또렷하다"는 언술을 통해 기억의 의미 있는 행위를 부각시킨다. 또한 그는 "지난가을 헝가리행 열차를 탔던 기억만 붙들고" 지낸 시간과 "기억에 기교를 부려서는 안 된다"는 기억에 대한 깊은 생각의 논리를 표명하기도 하고, "추억이 망가지면 모든 게 엉망이 된다"는 견해에서 "일단 추억을 완성해야 한다"(『새의 말』, 40)는 단호한 태도를 보이기도 한다. 소설의 도입 부분에서 이렇게 기억과 추억의 의미가 강조되어 있는 것은 이 소설이 과거의 '나'를 찾아 추억을 완성하기 위한 시간여행과 관련되었음을 짐작하게 한다. 그는 청계천을 주제로 리포트를 쓰면서 서울의 변모 속에서 자신의 변모를 돌아보고, 「소설과 구보씨의 하루」처럼 복원된 청계천 주변을 거닐면서 대학시절에 국문과 학생이었던 그녀와의 과거를 더듬으며 걸어가고, 헝가리에서 그녀를 만났던 기억을 자주 떠올린다. 이 과정에서 현재의 시점과 과거의 시점은 자주 교차되고 '나'의 과거와 현재의 시간적 경계가 불분명해지는 흐름에서, 가까운 과거와 먼 과거의 서술은 겹쳐지듯이 표현된다. 청계천 주변을 걷던 화자는 우연히 백남준의 부음을 듣고 그것이 계기가 되어 이 소설의 2부에서는 백남준이 죽은 지 49일째 되는 날, 사십구재의 풍경과 함께 백남준의 예술 세계가 언급되기도 한다. 이 소설의 끝부분에는 화자가 환시에 사로잡혀, 행사 때 사진을 찍던 여자의 얼굴, 딸의 얼굴, 헝가리에 가 있는 여자 친구의 얼굴, 어머니의 얼굴이 겹쳐 보이는 혼란을 겪는 상태에서 자아를 찾는 대목이 의미심장하게 서술되는데, 이것은 이 소설의 주제가 결국 '나'를 찾는 여행임을 보여주는 근거이다.

「나비의 소녀」에서 화자는 "막연한 자연 속에서 막연한 휴식과 막연한 평화를 꿈꾸"(『새의 말』, 89)고 살아왔음을 밝히고 꿈과 현실의 괴리, 자연을 떠난 삶의 각박함을 생각하기도 하는데, 결국 '나비'의 존재는 우리가 잃어버린 자연의 한 상징적 요소로 해석될 수 있다. 그가 그 지역 골짜기의 무수한 나비들을 보려 한 것은 그 나비가 "삶에 의미를 던지는 나비"(『새의 말』, 96)로 인식되었기 때문인데, 이런 점에서 그가 그 지역으로 다시 간 것은 무의미한 일상을 돌아보고 삶의 새로운 의미를 찾기 위한 것이라고 말할 수도 있다. 그는 1년 전의 기억을 되살리면서 나비를 생각하고, 나비 같은 소녀와 함께 그의 일생에 나타났던 모든 소녀들을 머리에 그려보기도 한다. 몽골의 초원에서 말을 타고 구름을 넘어가던 때 고삐를 끌어주던 소녀가 현재의 시점에서 눈앞에 보이는 음식점 소녀와 겹쳐서 떠오르는 착시가 느껴지기도 한다. 결국 그는 "어디로든 떠나야만 했"(『새의 말』, 101)을 만큼 어려웠던 지난 한 해의 시간들과, 몽골의 불상 모습을 보았을 때 그 "몇 해 전 시립 서울미술관에 전시되었을 때를 회상"(『새의 말』, 104)하는 글에 과거의 기억들은 연상작용에 의해서 떠오르고, 그러한 회상 속에서 삶에 대한 반성과 회한이 이어진다. 또한 「의자에 관한 사랑 철학」의 화자는 소설의 첫 장면에서 연등축제를 구경하다가 삶은 축제가 아니라 고해(苦海)일지 모른다는 잡념에 빠지기도 하는데, 그의 이런 생각은 자신이 경험했던 지난 삶을 돌아보면서 갖게 된 결론이자 삶에 대한 작가의 비극적 인식을 반영하는 것으로 해석된다.

「'소행성'의 '분노의 강'」은 여행의 이야기를 담고 있지는 않지만,

삶의 모든 것이 '어두운 기억의 저편'에 놓인다는 것에 대한 안타까운 생각에서 '어두운 기억의 저편'을 찾아나서는 내면으로의 여행이 단속적으로 펼쳐지는 듯하다. 화자는 『분노의 강』이라는 책의 첫 문장, 즉 "현재의 용산고등학교 정문 맞은편에 있었던 일본군 야포 26부대에서 편성된 늑대사단 산포 49연대 2대대가 남방으로 출발한 건 1944년 6월 18일 밤이었다"(『새의 말』, 148~49)를 읽으면서 자신이 3년 동안 다닌 그 고등학교 주변의 지리를 과거의 기억 속에서 재생해보고 회한에 젖는 느낌을 고백하며 한국전쟁이 일어나던 해 어머니의 손에 이끌려 피난길에 올라, 미군의 큰 배 밑창에서 "울다가 지쳐 잠들었"(『새의 말』, 152)던 기억을 되살리기도 한다. 이러한 회상이 끝난 후 현실로 돌아온 화자는 쌍절곤 협회를 찾아가려 했다가 그 협회가 길음동으로 옮겨갔음을 확인하고 다시 "대학시절 길음시장의 밥집에 식권을 얼마씩 끊어놓고 근처 친구들의 자취방을 전전하며 살았던 때"(『새의 말』, 157)의 서글픈 기억을 떠올리기도 한다. 그는 이렇게 피난길의 어린 시절과 가난했던 대학시절의 어두운 기억을 현재의 이야기와 병치시켜 서술한다.

「구름의 향기」의 화자는 티베트에 간 여행객들 틈에서 "혼자임을 느끼려고 그곳으로 혼자 떠난 것"(『새의 말』, 172)을 강조하고, 소설의 서두에서부터 느닷없이 소녀네 집을 보고 싶어 하다가 "소녀네 집이 아니라 소녀를 보고 싶은 것인지도 모른다는 생각"(『새의 말』, 172)이 들었음을 언급한다. 앞에서도 말한 것처럼 그가 소녀네 집에 관심을 갖게 된 것은 인사동에서 본 목판화 때문인데, 그는 이 그림을 설명하는 과정에서 인사동을 거닐던 때를 회상하고 그 그림을 보았던 순간을 되살리게 된다. 그가 그 그림에서 각별한 감동을 받은 것은 "어릴 적에 팔베개하고 누워 하늘을 쳐다"(『새의 말』, 179)보면 보였던 구름 때문이다. 화자는 그림 속의 구름이 동기가 되어 티베트의 풍경을 동경하다가 그곳에서 "드디어 돌아온 머나먼 고향"(『새의 말』, 197)을 확인한 것이므로, 그가 티베트로 여행한 것은 결국 어린 시절의 고향과 '잃어버린 시간'을 찾기 위해서라고 말할 수 있다.

「초원의 향기」는 "그 여자를 만난 것은 뜻밖이었다"(『새의 말』, 201)는 엉뚱한 문장으로 시작하면서 화자가 그 여자에 대한 몽롱한 기억을 더듬는 것을 첫 장면으로 보여준다. 그는 섬의 행사장에서 플루메리아의 꽃향기에 취한 듯 환취에 빠지는 경험을 하기도 하고, 우리 민족이 살아온 유랑민으로서의 삶을 생각하다가 초원의 풍경을 통해 중앙아시아의 초원과 몽골의 초원을 꿈꾸고 그리워한다. 이 소설의 제목이 '초원의 향기'인 것은 작가가 고향과 같은 근원의 세계에 대한 그리움을 나타내기 위해서이다. 이러한 주제와 비슷하게 「고원으로 가다」의 '나'는 영월의 '김삿갓' 축제에 가면서 예전에 삶이 가파르고 절박했던 시절에 "아무도 살지 않는 어디 먼 고원지대에 가서 '마가리'나 한 채 지어놓고 숨어 살고만 싶었"(『새의 말』, 233)던 심정을 고백하면서 현실에서의 좌절과 외로움을 표현한다. 그는 강원도의 산세를 보면서 "어디 먼 고원지대로 가고 있다는 착각"을 하고 "백두대간을 타고 개마고원을 지나 만주로, 드디어는 파미르고원까지"(『새의 말』, 240) 가는 환상에 사로잡히는 흐름 속에서 영월 출신의 B라는 여자와 함께 지냈던 시절을 쓸쓸하게 회상하기도 한다. 이 소설의 제목이 '고원으로 가다'인 것은 고향처럼 꿈꿀 수 있는 세계에 대한 희망을 담기 위해서이다.

『새의 말을 듣다』의 주인공들은 이렇게 어느 작품에서나 과거의 시간을 더듬어보고 추억과 회상에 잠기기를 좋아한다. 그러나 특이한 것은 이러한 주인공들이 닫혀 있는 구석진 공간에서 추억과 몽상을 즐기지 않고 여행의 시간과 열린 공간에서 기억과 상념에 빠진다는 내용이 대부분이라는 점이다. 그들은 걸으면서 생각하거나 차를 타고 가면서 생각에 잠긴다. 이것은 그들의 기억이 눈에 보이는 대상과 풍경에 의해 촉발되는 역동적 상상력의 소산임을 보여주면서 동시에 그들의 상념이 과거 지향적이 아니라는 것을 인식하게 만든다. 다시 말해서 그들의 회상은 현실과 유리된 무기력한 몽상이 아니라 현실과 적극적인 관계를 맺는 창조적 몽상으로 해석된다.

3

윤후명의 소설에서 여행의 시간은 이렇게 현실과 현재의 시간과 연관되는 역동적 상상력에 의해 기억과 회상의 전개, 상실된 자아의 회복과 만남, 삶에 대한 반성과 현실의 논리에 대한 성찰, 진정한 삶의 추구와 정신적 고향의 탐구 등의 의미들로 수렴된다. 주인공에게 과거의 기억은 대체로 사물과 기호 혹은 냄새를 통한 연상작용에 의해 무의지적으로 떠오른다. 무의지적인 기억은 순간적으로 촉발되지만 소설의 흐름 속에서 기억과 연상의 행위는 느리게 서술된다. 그것은 종종 환각과 환취, 환시와 환청의 상태를 동반하고, 이런 상태에서 현실과 비현실의 구별은 모호해진다. 윤후명의 주인공들이 이런 몽상의 상태를 자주 경험하는 것은 그들이 현실적 인간이 아니라 몽상적 인간이기 때문이다. 현실적 인간을 급격한 현실의 변화와 빠른 시간의 흐름 속에서 살아가는 현대인들로 본다면, 몽상적 인간은 현실의 기계적인 틀에서 벗어나 추억을 생각하고 꿈과 내면세계의 가치를 추구하는 사람들일 것이다. 이런 점에서 윤후명의 몽상적 인물들은 비현실적이고 비이성적인 존재가 아니라 진정한 삶의 가치를 생각하는 이성적인 존재에 가깝다. 「고원으로 가다」의 화자가 말했듯이 주인공은 "꿈은 삶이 될 수 있어도 삶이 꿈은 될 수 없"(『새의 말』, 249)다는 것을 인식하고 "환(幻)을 멸(滅)해야" "진정한 삶을 얻게"(『새의 말』, 251) 된다는 것을 아는 이성적 능력의 소유자인 것이다.

여기서 베르그손이 말하는 '지속la durée'의 개념을 환기시켜볼 필요가 있는데, 베르그손에 의하면, 우리의 자아는 근본적으로 '지속'의 흐름에서 연속성을 갖고, 또한 우리가 경험하는 모든 과거는 지속의 흐름 속에 존재하는 것이고, 지속 속에서 우리의 먼 과거는 현재와 접속됨으로써, 우리의 정신과 영혼은 변화할 수 있는 것이다. 기억의 본성은 기억의 주체에게 이러한 내면적 지속의 존재와 자아의 정체성을 확인시켜준다. 결국 몽상적 인간은 기억의 행위를 존중하고 파편화된 자아가 아니라 온전한 자아를 회복하려는 사람이다. 그는 삶의 중심을 잃고 "돌아갈 곳이 어디인지도 모르는 채 허둥지둥 살아오기에만 바빴"(『새의 말』, 196)던 자신의 삶을 반성하고 온전한 자아를 되찾으려는 사람이다. "서글픈 추억 속으로 걸어 들어"(『새의 말』, 157)가듯이 쓸쓸한 어조로 추억의 풍경을 서술하는 윤후명의 소설은 결국 그러한 자아 찾기와 고향 찾기라고 말할 수 있다.

그는 왜 이렇게 추억을 완성하는 형태의 소설을 쓰게 된 것일까? 그 이유를 알기 위해서는 두 가지 자료가 필요한데, 하나는 『알함브라 궁전의 추억』(나남문학선, 1994)의 작가 서문이고, 다른 하나는 앞에서도 인용한 바 있는 작품 「서울, 촛불 랩소디」이다. 이 두 편의 글은 모두 그가 소설을 쓰게 된 동기가 시대적 변화와 밀접한 관계가 있음을 알려준다.

그는 첫번째 글에서 "시인이 되어 꼬박 10년 동안 시만을 써서 시집 『명궁』을 냈고, 2년 공백 뒤에 소설가가 되어 꼬박 10년 동안 소설만을 써서 소설집 세 권을 냈고, 〔……〕 그러나 나는 아직 '무엇을 써야 하는가'에 대해서는 대답할 필요를 느끼지 않고 있다"고 말한다. 그는 1979년에 소설가로 등단한 후 비교적 많은 소설을 쓴 셈인데도 '무엇을 써야 하는가'에 대해서는 대답하고 싶지 않다고 말한 이유가 무엇일까? 그는 같은 문맥에서 "영원히 그 뒤를 볼 수 없는 우주 지평선과 같은 삶의 지평선에 문학을 놓고 현실을 그 속에 투영하는 일──다분히 형이상학적인 과제"를 소설의 주제로 삼는 일이 자기에게 부여된 작가적 역할로 받아들인다. 아마도 그는 철학과 출신의 작가로서 리얼리즘의 소설이 아니라 형이상학적인 소설을 쓰고 싶었을지 모른다. 그는 본래 '이야기꾼'으로서의 소설가를 경원하고 "시인이 되지 못하면 나는 살지 않을 것이다!"고 외칠 만큼 시인으로서 한평생 살아가기를 꿈꾸었던 사람이다. 그러던 그가 극도로 "삶이 철저하게 고립되고 망가져" 있는 절망감과 참담한 정신적 방황 끝에 새롭게 다시 태어나려는 의지에서 소설을 쓰게 되었다면, 이것은 시인에서 소설가로의 변신을 설명하는 한 이유가 되긴 하겠지만 '형이상학적 과제'의 소설을 쓰게 된 이유가 될 수는 없다. 그것에는 개인적 동기 외에 그가 의식하건 의식하지 않았건 간에 1970년대의 시대적 상황이 그로 하여금 소설을 쓰게 한 요인으로 작용했음을 추론해볼 수 있다.

그렇다면 1970년대의 시대 상황은 무엇이었을까? 권태준의 『한국의 세기 뛰어넘기』에 의하면, "1970년 이후 한 10년 동안 이 나라의 중화학공업화로의 전환"은 "20세기적 고도기술/대규모/대량생산 체제"[2]에 걸맞은 대자본의 동원을 필요로 했고 이 과정에서 산업화의 한계와 문제가 여러 가지 형태로 노정되어 사회적 불안이 야기되자 박 정권이 이러한 한계를 유신체제로 극복하려 했다는 것이다. 유신체제의 현실에서 "삶이 철저하게 고립되고 망가져 있는" 작가는 시가 아닌 소설을 통해 산업화의 그늘을 표현하려 한다. 그는 70년대의 급격한 산업화의 흐름에서 야기되는 사회적 문제들을 리얼리즘의 방식이 아니라 '형이상학적인 과제'의 방식으로 그리고 싶었을 것이고, 이야기 중심의 소설보다 내면세계의 탐구가 목적인 소설을 쓰려 했을 것이다. 이런 추측이 맞는다면, 그 당시 그가 '한국 소설'에 대해서 "절망이며 벽"이라고 말했던 것은 소설보다 시 쪽에 자기의 역할이 있었음을 강조한 것이겠지만, 또한 서사적 이야기 중심의 소설에 대한 자신의 절망과 무관심을 표명한 의미로 해석되기도 한다.

「서울, 촛불 랩소디」는 화자가 '추억을 완성'하기 위해 박태원이 쓴 『천변풍경』을 봉투에 넣어서, 마치 「소설가 구보씨의 일일」의 주인공처럼 복개된 청계천 주변을 거닐며 떠오른 과거의 회상과 현재의 상념을 자유로우면서도 논리적인 연결 관계 속에서 이야기한 소설이다.

청계천의 눈물겹게 찌든 모양을 보며 막을 연 서울 생활에서 나도 찌든 사춘기를 맞았으며, 그 찌듦은 내게 가난한 시를 쓰라고 부추겼다. 국민소득이라는 게 겨우 1백 달러도 안 되던 시절이었다. 〔……〕

---

2) 권태준, 『한국의 세기 뛰어넘기』, 나남출판, 2006, p. 363.

그런 가운데, 내가 시인이 된 것은 청계천에 고가도로가 건설되기 시작한 해였다. '새마을 운동'으로 새로 일어서는 조국의 번영을 대변하는 높고 당당한 도로이기도 했다. 〔……〕 그리고 그토록 지저분한 청계천은 감쪽같이 지하에 감추어졌다. 판잣집들도 사라졌다. 나는 박수를 쳤다. 아아, 드디어 서울은 번쩍거리는, 번듯한 메갈로폴리스가 된 것이었다. 〔……〕 우리의 서울은 '고도 성장'을 향해 앞으로 앞으로만 치닫고 있었다. 뒤를 돌아볼 틈도 없었다. 눈도 없었다. 빨리, 빨리, 빨리…… 나도 그랬다. (『새의 말』, 45~46)

이 인용문의 중요성은 청계천을 덮은 고가도로로 상징되는 근대화의 허구와 무리한 '고도 성장'의 폐해를 압축해서 보여준다는 점이다. 우리의 과거와 현재를 돌아보면 '고도 성장'의 기치 아래 대규모의 환경파괴와 대기오염은 극심해졌고, "뒤를 돌아볼 틈도" 없이 빠른 속도의 능률이 중시되는 현실에서 사람들의 인간성은 피폐해지고 폭력적이 되었다. 이 도시에서 사람들은 경쟁하고 살아남기 위해 누구나 이기적이거나 자기중심적이 될 수밖에 없었는데, 이런 군중들 속에 휩쓸려 사는 작가에게 삶의 의미를 반성하고 "뒤를 돌아"보는 문학적 작업이란 참으로 힘들고 고달픈 일이었을 것이다. 그러나 이런 어려운 현실의 삶 속에서 윤후명은 좌절하지 않고 꾸준히 자신의 소설적 개성을 추구하면서, 한결같이 윤후명다운 글쓰기에 몰두하며 살아온 것이다.

결국 윤후명다운 글쓰기란 시대적 변화 속에 황폐해진 내면적 공허를 증언하는 일로 요약될 수 있다. 그는 소설의 형식을 통해서 '고도 성장'의 산업화에 의해서 우리가 잃어버린 것을 돌아보는 기억과 반성의 행위로 우리의 삶이 어디에 있고 어디로 향해 가는 것인지를 끈질기게 질문한다. 그리하여 자연과의 소통을 상실한 불완전한 삶(「새의 말을 듣다」)이라거나, 덧없고 무의미한 삶(「나비의 소녀」)을 확인하고, 삶의 부조리와 비극성(「의자에 관한 사랑 철학」) 혹은 삶의 한계에 대한 회한(「'소행성'의 '분노의 강'」)을 인식하며, '뿌리 뽑힌 삶'의 현실에서 진정한 삶에 대한 그리움(「구름의 향기」「초원의 향기」「고원으로 가다」)을 절실하게 표현하기도 한다. 이런 주제들을 천착하는 흐름에서 작가는 「구름의 향기」에서 여러 번 언급된 것처럼, "뒷동산 풀밭에 팔베개를 하고 누우면 언제나 어김없이 흘러가던 그 구름들"(『새의 말』, 178)이 보이지 않게 된 현실을 아쉬워한다. 물론 그 구름들이 보이지 않게 된 것은 대기오염과 환경파괴 때문이겠지만, 그러한 자연현상과 함께 우리의 꿈꾸는 능력도 잊히게 되었다는 것을 작가는 더욱 우려한다. 우리는 구름을 바라보면서 존재의 근원을 돌아볼 수 있고 인간의 삶과 죽음을 생각할 수도 있으며 삶의 덧없음과 우주의 신비를 명상할 수도 있다. 그러나 오늘날의 도시는 생각과 명상에 잠길 수 있는 환경과 시간을 끊임없이 빼앗는 도시가 되었고, 이 도시의 학교들은 학생들에게 꿈을 가르쳐주기보다 지식을 주입하고, 경쟁에서 이기는 방법과 그것의 효율성만을 강조할 뿐이다. 윤후명의 소설은 이처럼 속도와 경쟁이 중시되는 현실에서 진정한 삶의 의미 혹은 느리게 살아가는 삶의 가치를 '느리게' 보여주는 학교라고 할 수 있다.

「서울, 촛불 랩소디」의 이야기로 돌아가서 말하자면, 작가는 청계천 주변을 느리게 걸으면서 청계천의 역사를 생각하고 과거의 시간을 추억하면서 때로는 전통적인 굿과 백남준의 전위예술을 연결 짓는 상넘에 빠져보기도 하는 등의, 모든 '느림'의 시간을 의미 있는 삶의 시간으로 부각시킨다. 느림의 시간이야말로 창조적이고 자유로운 시간이고, 자아를 잃어버리고 사는 공허한 삶과는 달리 충일된 자아를 발견하고 잃어버린 시간을 되찾은 시간일 것이다. 「서울, 촛불 랩소디」의 끝부분에 담긴 다음과 같은 문장, "나는 지금 아무도 몰래 숨겨둔 나의 다른 모습을 찾아가고 있다고 믿었다"(『새의 말』, 83)처럼, 우리는 그러한 시간 속에서 우리의 잃어버린 자아를 새롭게 발견할 수 있다. 윤후명의 소설은 그런 점에서 느림의 삶이 얼마나 의미 있는 삶인지를 가르쳐주는 지혜의 교실이다.

〔2007〕

남루한 삶에서 희망 찾기
──조영아의 『명왕성이 자일리톨에게』[1]

조영아의 첫번째 창작집 『명왕성이 자일리톨에게』에는 모두 열 편의 단편작품들이 수록되어 있는데, 우선 주목되는 것은 등장하는 작중인물들이 대체로 이름이 없다는 점이다. 그들은 그냥 여자이거나 노인이거나 엄마이다(「마네킹 24호」).

표제작인 「명왕성이 자일리톨에게」의 화자의 이름은 '우연'이라지만, 그 이름은 엄마의 소원을 말하는 대목에서 우연히 한 번 언급되었을 뿐이다. 또한 「굿 초이스」의 주인공은 이름 없이 여자로 불리고, 그 여자가 애완견 키우듯 상대하는 애인의 이름은 생략된 채, 간단히 '강'으로 명명되어 있다. 「역주행」의 화자는 남자인데 그 역시 이름이 없고, 병든 아내를 간호하는 「미끄러운 경사면에 대한 두려움」의 화자도 이름이 없으며, 그가 상대하는 아내도 그냥 아내일 뿐이다. 「우리는 진화하거나 소멸한다」에서 돋보기로 햇빛을 모아 개미를 죽

---

1) 조영아, 『명왕성이 자일리톨에게』, 문학과지성사, 2009. 이하 인용은 본문에서 『명왕성』, 쪽수로 밝힘.

이는 이상한 취미의 소유자인 화자, 그를 가둔 권력자, 그가 그리워하는 엄마, 그를 좋아하는 '계집애' 모두 이름이 언급되지 않는다. 전철역에서 노점상을 하는 「섬에는 비상구가 없다」의 화자도 마찬가지이다. 「움」에서의 '나' '이모' '아저씨', 「봄날」에서의 구두수선공인 '사내'와 그의 아내, 「서울, 펭귄, 비둘기」에서의 '나'와 '아내' 등 거의 모든 인물들은 한결같이 이름이 없다. 「움」에서 '호태 오빠'라는 인물에게서 이름이 잠깐 언급되지만, 그의 이름은 이름이라기보다 화자의 호칭일 뿐이다. 그렇다면 이렇게 인물들의 이름이 거의 언급되지 않는 까닭은 무엇일까? 작가가 익명성을 통해서 현대 사회의 개성과 주체성이 소멸된 인간을 표현하려 한 것일까? 또는 굳이 이름을 내세울 필요가 없을 만큼 초라한 삶을 사는 사람들의 모습을 나타내기 위해서일까? 아니면 이름이 암시하는 사회적 정체성보다 사람의 내면성에 비중을 두는 작가적 관점 때문일까?

그 이유를 뚜렷이 알 수는 없지만, 분명한 것은 조영아의 이름 없는 작중인물들은 비개성적이 아니라 개성적이며, 비현실적이 아니라 현실적이고, 무정형이 아니라 전형적이라는 점이다. 특히 전형적이라고 말하는 이유는 그들의 개성적인 언어와 사회적 신분의 특징이 잘 발현되어 있기 때문이기도 하지만, 다양한 직업을 통한 그들의 생각과 행동이 한국 사회에서 불거지고 있는 문제들과 첨예하게 맞닿아 있기 때문이기도 하다. 여기서 우리가 말하는 사회적 문제들은 화려한 도시화와 산업화 혹은 정보화 사회의 그늘 속에 가려진, 소외된 것처럼 보이지 않으면서 소외되어 있고, 현재의 삶과 미래에 대한 전망이 암울하며 사회적으로 성공할 가능성이 없는 '찌질이'들과 대중들의 내면적 황폐성에 관련된 것이다.

그들의 직업은 다양하지만 대체로 그들의 사회적 지위는 보잘것없다. 그들은 현재의 삶뿐 아니라 미래의 삶에 대해서도 밝은 전망을 갖지 않는다. 무엇보다 그들의 직업이 계층 상승을 기대할 수 있는 어떤 사무직이나 전문직과 관련된 일이 아니기 때문이다. 「마네킹 24호」의 주인공은 백화점 쇼윈도에서 인간 마네킹 역할을 하는 모델이고, 「명왕성이 자일리톨에게」의 화자는 학교에서 따돌림을 당해 학교에 다니지 않는 학생이다. 「굿 초이스」의 화자는 발 관리센터에서 일하는 마사지걸이고, 「역주행」의 '나'는 수십 개의 모니터를 쳐다보며 도로의 교통상황을 하염없이 모니터링하는, 단순노동에 종사한다. 「미끄러운 경사면에 대한 두려움」에서 뇌종양을 앓고 있는 아내를 간호하는 '나'는 직업이 없는 듯, '나'의 직업과 관련된 어떤 문구도 발견되지 않는다. 「우리는 진화하거나 소멸한다」의 '나'는 학교를 다니지 않는 고등학생 또래의 남자이고, '나'를 가둔 권력자는 음식점 주인이다. 「섬에는 비상구가 없다」의 화자는 전철역 안에서 신문을 비롯해 간단한 물건들을 판매하는 구내노점상이고, 그의 애인은 쇼핑몰 점원이며, 그가 전철역에서 자주 보고, '츄파춥스'라고 부르는 여자아이는 학교를 다니는 것 같지 않은 학생이다. 「움」에서의 화자는 이모부의 재활용품 매장에서 부엌일을 도와주는 여자이고, 「봄날」의 '사내'는 구두수선공이다. 그리고 「서울, 펭귄, 비둘기」의 '나'는 스웨터를 납품하는 공장이 문을 닫게 된 후 생활의 근거를 마련하기 위해 간신히 한강변 어느 공원 안내소에서 관리 일을 찾게 된 사람이다.

젊은 사람들이 대부분인 이들의 직업은 이처럼 다양하지만 이들의 직업이나 직장은 안정된 생활을 보장해주지 못하기 때문에 그들은 자신들의 일을 평생 직업으로 생각하지 않고, 자신들의 분야에서 성공할 것을 기대하지 않으며, 자신들이 하는 일에 대단한 자부심을 갖지도 않는다. 간혹 자기 일에 자부심을 갖거나 애착을 보이는 인물들도 있는데, 이들은 의외로 발마사지사와 구두수선공이다. 그러나 이들의 자부심이나 애착심은 사회적으로 인정된 것이 아니기 때문에 불안하고 공허해 보인다. 그들은 자신들이 좋아하는 일에 종사하면서도 지속적인 자신감을 갖고 있는 것 같지 않으며, 때로는 일을 하다가 비정상적인 환각상태에 사로잡혀 불행의 길로 빠져들어 비극적 삶을 자초하기도 한다. 「굿 초이스」와 「봄날」 두 작품을 예로 들어보자.

「굿 초이스」에서의 '여자'는 전화기 부품을 조립하는 공장에 다니다가 우연히 신문에서 발관리사에 대한 기사를 읽고 곧 학원에 등록해 발마사지사가 되었지만, 학원 원장으로부터 '직업의식'이 없다는 말을 듣는다. 그녀에게 '직업의식'은 없을지 몰라도, 그녀는 "거리를 오가는 수많은 발들"(『명왕성』, 72)에 관심이 많고, 자신의 못생긴 발에 대해서 콤플렉스를 갖고 있으며, 자기보다 다섯 살쯤 나이가 어린 애인 '강'의 발을 좋아한다. "앙상하니 신경질적으로 생긴 발가락은 마디마디 상상력이 풍부하다"(『명왕성』, 70)는 것도 그녀가 '강'의 발을 좋아하는 이유이다. 그녀는 이렇게 발을 통해서 사람을 보고, 발의 관점에서 세상을 이해한다. 타일공이었던 그녀의 아버지가 공사장에서 타일을 붙이는 일을 하다가 수평감각을 잃고 추락한 후 인생이 곤두박질치게 된 것도 아버지가 대지를 굳게 디디고 일을 하는 착실한 직업을 갖지 못했기 때문으로 생각한다는 점에서 그것 역시 '발'의 주제와 연결되어 있다. 마찬가지로 사람의 발을 주무르고 발을 통해서 사람을 보는 일을 자신의 직업으로 삼게 된 그녀의 삶은 "매사가 허공에 떠 있는 생활"(『명왕성』, 70)처럼, 대지 위에 굳건히 뿌리를 내리고 살아가지 못하는 현대인의 공허한 삶을 보여주는 상징적 의미로 해석된다.

또한 「봄날」에서의 구두수선공인 '사내'가 반평생 그 일을 하면서 터득한 진리는 "구두가 사람보다 훨씬 더 인간적이라는 것이"(『명왕성』, 172)어서 그는 사람을 보면 구두를 먼저 보는 습관을 갖게 된다. "구두를 보면 그 주인이 보이고 인생이 보이고 세상이 보이고 웬만한 게 다 보인다"(『명왕성』, 175)는 것이 그의 지론이다. 그는 "눈만 뜨면 하루 종일 구두와 씨름하고, 꿈속에서조차도 구두창을 꿰매"는 일을 할 만큼 착실하게 생활하고, "설거지를 하고 있는 아내의 뒷모습"을 그 어떤 구두보다도 아름답게 생각하면서 행복해한다. 그의 행복감은 "자신이 아내를 사랑한다는 사실을 알고부터"(『명왕성』, 176) 더 분명하게 깨달은 감정이다. 그러한 행복감은 그가 작업 중 손을 다치고, 구두수선 일을 잘 못하게 되면서부터 무너지기 시작한다. 그러나 어느 정도 손의 상처를 회복하고 일을 다시 시작해도 전과 같은 행복감을 느낄 수 없는 그는 조금씩 미쳐간다. 이것이 이 소설의 줄거리이다. 그는 구두 굽을 뜯었다 박았다 하는 일을 반복하거나 거리를 쏘다니며 버려진 구두들을 주워서 수선한 뒤 컨테이너에 잔뜩 쌓아두면서 '행복한 마음'을 가지려 하지만 한 번 사라진 행복은 돌아오지 않고, 그의 행위는 남들에게 비정상적으로 보일 뿐이다.

이 작품은 현대 사회에서의 행복이 개인의 주체적인 계획과 의지에 좌우되는 것이 아니라 타인들과의 관계와 우연적인 요소들에 더 많은 영향을 받는다는 메시지를 전해준다. 다시 말해서 행복은 상대적이고 불안정한 것이다. 주인공이 구두 굽의 생명은 밑창과의 단단한 결합에 좌우된다고 말한 것처럼, 행복의 구두가 계속 완전한 상태로 존재하기를 바라는 구두 주인의 의지와는 상관없이 구두 굽과 밑창 사이에는 균열이 오기 마련이다. "순간의 방심은 불순분자의 침입을 불러오고 그로 인해 둘 사이에 균열이 가기 시작하면 세상은 걷잡을 수 없이 흔들린다"(『명왕성』, 180)는 것이 조영아 식의 행복론이라고 말할 수 있을까? 물론 지속적인 행복을 유지하기 위해서는 누구나 '순간의 방심'을 잃지 않고 지속적으로 행복을 가꾸려는 노력이 필요할 것이다. 이런 여러 가지 점을 종합해보면, 작가의 의도는 행복을 향한 노력의 허망함을 보여주려는 것이기보다, 현대 사회에서 인간의 삶은 불안정할 수밖에 없기 때문에 이러한 삶의 토대 위에서 덧없이 흔들리는 행복의 취약한 구조와 성격을 탐구하려는 것이라고 말할 수 있다.

「봄날」의 구두수선공 가족이 비교적 정상적으로 보이는 것과는 달리, 대부분의 소설들은 결손가정이거나 비정상적인 가정에서 빚어진 이야기들이라는 것도 주의 깊게 검토해야 할 점이다. 「마네킹 24호」의 '여자'는 "언제나 밤늦게 들어"(『명왕성』, 16)오는 어머니의 부재로 인한 모성결핍증을 가지고 성장하여, 공허함을 채우기 위해 물을 마시는 습관을 갖게 된다. 인간이 사물화되는 현상과 비슷하게, 쇼윈도에서 마네킹 역할을 해야 하는 그녀는 "아침부터 줄곧 한자리에 서 있다 보면 머릿속이 점점 비워"지고, "몸속은 텅텅 비워져서 조금만 바람이 불어도 두둥실 공중으로 떠오를 것만 같"은 무중력감의 상태에서 "진짜 마네킹이 된 듯 기쁨도 슬픔도 그리고 고통마저도 느끼지"(『명왕성』, 25) 않게 되는데, 이것은 인간적 감정이 점점 퇴화하여 사물화 현상을 겪게 되는 비인간화 사회에 대한 경고로 해석된다.

「명왕성이 자일리톨에게」의 '나'는 주변의 사물들이 빙빙 돌아가는 어지럼증을 앓고 있으며, 어른들이 가르쳐주지 않는 모든 것들의 '뒷면'을 보고, "가위 하나만 있으면 무서울 게 없는 세상"(『명왕성』, 40)이라는 생각으로 가위질을 하는 아이이다.

엄마는 내가 모든 걸 툭툭 털고 세상으로 나가게 해달라고, 다른 애들처럼 학교에도 다니고 떡볶이도 사먹고 축구도 하게 해달라고 열심히 빌었다. 엄마는 교회에 나갔다. (『명왕성』, 42)

엄마가 출근했다. 식당에서 깍두기를 담그고 설거지를 하는 엄마는 밤늦게나 들어온다. (『명왕성』, 43)

이 두개의 예문을 보면 '나'와 '엄마' 사이에 대화와 소통이 단절되었음을 알게 된다. '엄마'는 교회에 나가서 열심히 기도하면 아들의 문제가 해결될 것으로 생각하지만, 아들은 자신을 "엄마가 사육하는 코끼리 한 마리에 지나지 않는"(『명왕성』, 44) 존재라고 생각할 뿐이다. '가위질'로 표현되는 '나'의 반항심이나 어른들이 감추려는 사물의 '뒷면'만을 보려는 '나'의 의식은 쉽게 사라질 것 같지 않다. 집 안에서건 집 밖에서건 '나'의 문제를 해결해줄 사람은 어디에도 보이지 않는다. 앞에서 언급한 '찌질이'의 전형으로 예시될 수 있는 '나'의 암담한 집안 분위기가 상당 부분 무능한 '아버지'의 존재 혹은 '아버지'의 부재 때문이라는 것은 매우 의미심장하다. 이것은 외환 위기 이후의 한국 사회에서 빈번해진 실직과 실업의 사회적 문제와 관련되어 있다. 아버지의 불안정한 사회적 신분은 바로 불안정한 가정과 문제아의 원인으로 볼 수 있기 때문이다.

「역주행」에서 도로교통상황을 모니터링하는 '나'의 부모는 재래시장에서 생선가게를 하다가 불행하게 된 사람들이다. 이들에게 불행이 닥쳐온 발단은 재래시장 건너편에 대형마트가 들어서면서부터라고 할 수 있는데, 그 이유는 장사가 잘되지 않아 무리를 하다가 아버지가 교통사고로 사망하고, 엄마는 우울증에 빠졌기 때문이다. '나'는 집에서는 심한 조울증 증세를 보이는 '엄마'를 돌봐야 하고, "눈을 어디로 돌려도 보이는 것은 차들뿐"(『명왕성』, 118)인 일터에서는 매 순간 긴장하며 일해야 한다. 이처럼 희망의 출구가 보이지 않는 상황에서는 모두가 인생의 길 위에서 역주행할 수밖에 없는 사람들일 것이다.

또한 「우리는 진화하거나 소멸한다」의 화자는 돋보기로 햇빛을 모아 개미들을 죽이는 사디스트적 쾌감을 느끼는 아이지만, 그를 비정상적인 존재로 만든 것은 엄마의 남편인 '그'의 비인간적 횡포이다. '그'는 억압적인 권력으로 '나'를 가두고, '나'에게 군림한다는 점에서 푸코의 '권력과 감옥'의 주제를 연상시킨다. '나'의 이러한 비참한 상황이 엄마가 세상을 떠난 다음부터 더 가혹해졌다는 이야기의 구성도 상징적으로 해석될 수 있는 요소이다. 모성의 부재로 인한 상실감과 폭력적 존재의 등장으로 어린 화자에게 가중되는 공포심은 더욱 견디기 힘든 중압감으로 작용하여, 그는 "삶의 목적은 오로지 힘을 기르는 일"(『명왕성』, 146~47)이라는 결심을 굳히고, 방구석에서 개미를 죽여 힘을 기르겠다는 터무니없는 생각을 하지만, 이것은 그만큼 약자의 절망적 심리를 반영하고 있다.

그가 가게에서 닭 모가지를 잘라 힘을 기르는 동안 나는 방구석에서 개미를 죽여 힘을 기른다. 개미는 내 힘의 원천이다. (『명왕성』, 154~

'나'는 '그'의 포악한 힘이 분절기로 닭 모가지를 절단하는 데서 생긴다고 추론하여 '그'에게 대항할 힘을 기르려면 '개미'를 죽여야 한다는 논리를 만들어낸다. 이것은 폭력에는 폭력으로 대항해야 한다는 것이 아니라, 사람은 억압적 폭력의 영향 속에서 자유로울 수 없고, 이런 상황에서는 무엇보다 폭력의 존재와 맞서 싸우려는 의지가 중요한 것임을 암시한 논리이다.

제목에서부터 암담한 절망감이 연상되는 「섬에는 비상구가 없다」의 '나'는 전철역에서 열차를 볼 때마다 징그러운 뱀을 연상할 만큼, 비인간적인 작업 환경에서 가판대를 지켜야 하는 자신의 일터를 떠나고 싶어 한다. 일터가 더럽고 시끄러운 것처럼, 그가 거처하는 방도 휴식을 취할 수 있는 곳이기는커녕 곰팡이 냄새가 나는 지하방이어서 그의 애인은 "무덤 속에 누워 있는" 느낌이 들어 "한밤중이라도 옷을 챙겨 입고 집으로 돌아"(『명왕성』, 242)가고 싶어 할 정도이다. 그에게 유일한 꿈은 '그녀'와 함께 스파게티 전문 음식점을 차리는 일이다. 이렇게 꿈을 갖는 화자의 모습에서, 세상을 긍정적으로 바라보려는 마음은 삶을 새롭게 시작할 수 있는 희망의 원천으로 보인다. 그 희망은 「움」에서도 마찬가지로 발견된다.

「움」에서 화자가 기거하는 이모의 집은 비정상적인 부부 사이에서, 비윤리적인 행위가 종종 벌어지는 곳인데, 이처럼 암담한 환경 속에 살고 있는 화자의 모습에서 독자는 어떻게 희망을 발견할 수 있는 것일까?

이모와 아저씨의 관계는 나와 이모의 관계처럼 묘하다. 두 사람은 엄연한 부부이면서도 그렇지 않아 보일 때가 더 많다. 이모는 이모대로 아저씨는 아저씨대로 산다. (『명왕성』, 263)

사랑과 대화가 없이 오직 돈에 대한 욕심과 동물적인 욕망밖에 없는 부부의 삶은 전혀 인간적으로 보이지 않는다. 더욱이 황량하고 암울한 느낌을 주는 이들의 생활공간이 따뜻한 가정과는 거리가 멀다. 내버려진 중고품 가구를 판매하는 곳이라는 것은 매우 상징적이다. 이 집에서 '나'의 일은 수거해온 물건들, "쓰레기 아닌 쓰레기를 매일 아침마다 닦는"(『명왕성』, 204) 일이거나 청소를 하고 부엌일을 도와주는 일이다. '나'는 "한 번도 이모를 친이모라고 생각해본 적이 없"는데, 그 이유는 "친이모임을 증명할 만한 물질적, 정신적 증거가 하나도 없"(『명왕성』, 263)기 때문이다. 부모가 없이 자란 '나'의 성장 환경이 이렇게 쓰레기더미 속처럼 비문화적이고 비교육적인 것에 비해 '나'의 생각과 마음이 순진한 것은 놀라울 정도이다. '나'의 머릿속에 엄마에 대한 기억이 없기 때문에 모성에 대한 강렬한 그리움도 없지만, 매장 안 침대에 누워 있을 때 떠오르는 "막연한 그리움"(『명왕성』, 251)이 어쩌면 독자가 그녀의 삶을 낙관적으로 전망하게 되는 요인일지 모른다. 무엇보다 '나'의 무의식 속에 엄마에 대한 모습, 라캉의 용어로 말하자면 '큰 타자L'autre'에 대한 갈망이 있다는 점에서 그것은 그녀의 어두운 삶에 등불이 될 것이다.

방바닥에 누워 벌써 두 시간째 여자를 그리고 있다. 하얀 회벽에 여자 얼굴을 그렸다 지웠다를 수없이 반복한다. 방은 고치 속 같다. 나는 고치 속에 갇힌 누에다. 흰 고치 속은 어둡고 음울하다. 비좁고 답답하다. 환한 바깥세상으로 나가고 싶다. 명주실을 풀고 바깥세상으로 나가고 싶은데 실의 실마리를 찾을 수 없다. (『명왕성』, 268)

이 인용문에서 화자가 "수없이 반복"하여 그리는 그림이 엄마의 얼굴이라는 것은 주목해야 할 대목이다. 무의식 속에서 엄마를 그리워하는 모성결핍증의 이 여자가 인생의 의미나 가치에 대한 판단력도 없고, 윤리의식도 갖고 있지 않더라도, "고치 속에 갇힌 누에"라는 자기 인식과 "환한 바깥세상으로 나가고 싶"은 욕망을 갖고 있는 점에서 독자가 '움'이 트는 것과 같은 희망을 발견하는 것은 당연하다. 물론, "환한 바깥세상으로" 나가기 위해서 '명주실'의 실마리를 찾는 데는 시간이 필요하겠지만, 이 소설의 끝에서 보이듯이 그녀가 누워 있던 침대의 매트리스를 뚫고 솟아오르는 '움'트는 소리와, 사라진 장롱의 문짝에서 초록색 줄기가 자라는 모양을 보게 된, 나무가 "반짝이는 잎사귀를 너울대며 하늘을 뒤덮는" 꿈속의 풍경에서 "엄마를 본 것도 같다"(『명왕성』, 282)는 느낌이야말로 희망의 실현을 예감할 수 있는 확실한 증거이다. 이처럼 조영아의 소설은 대체로 암담한 절망적 상황 속에서 희망의 빛을 보여주는데, 그것이 상투적이지 않은 것은 절망의 풍경에 담긴 현실성과 작중인물의 절실한 꿈이 절묘하게 결합된 소설적 구성 때문이다. 비현실적이면서도 현실적으로 보이는 꿈은 현실로부터 유리된 것이 아니라 현실에 철저히 기반해 있다는 것을 반영한다.

조영아의 소설에서 가족이나 가정은 이처럼 안식처나 보금자리도 아니고, 집은 식구들끼리 대화와 사랑을 나누는 공간으로 설정되지도 않는다. 문제는 이러한 비정상적인 가정이 생겨난 것이 가족들 때문이 아니라, 사회 현실 탓이라는 점이다. 앞에서 언급했듯이, 「명왕성이 자일리톨에게」와 「굿 초이스」의 가정의 문제는 아버지의 퇴직 혹은 사고에서 빚어진 것이지만, 그 일들은 사회적 관계에서 발생된 것이다. 「역주행」의 아버지가 교통사고로 사망하고, 그 여파로 어머니가 조울증에 걸리게 된 것도 급격한 사회적 변화에 원인이 있다. 또한 「미끄러운 경사면에 대한 두려움」에서 부부 사이의 소통이 어긋나고, 생각하는 방향이 달라진 것은 '아내'의 뇌종양 때문이지만, 현대사회에서 그러한 질병은 개인적인 차원에 머물기보다 사회적 현상과의 관련 속에서 고려해야 할 것이다. 이런 점들을 종합해보면, 우리가 아무리 평화로운 가정과 행복한 삶을 소유하더라도, 우리의 개인적 의지와 상관없이 우리의 삶을 지배하고 좌우하는 것은 사회와 권력의 요소들이며, 그것들은 도처에 산재해 있으면서 연쇄적인 형태로 작동하고 있는 것이다. 특히 변화가 빠르고, 가치관이 혼란스러워지는 사회에서 인간의 주체적 의지는 무력해지고 사람들의 자아정체성은 불확실해질 수밖에 없으며, 이런 사회에서 무엇이 행복한 삶인지, 행복을 어떻게 추구해야 하는 것인지의 문제는 모호해질 수밖에 없을 것이다. 이러한 위기의 상황에서 희망은 없는 것일까?

작가는 「움」에서 아무리 절망적인 상황이라도 나무의 '움'이 트는 것 같은 소생과 부활의 기운을 발견하고, 「우리는 진화하거나 소멸한다」의 결말에서 자기가 갇혀 있는 집에 불을 지르는 소년의 행위를 통해 독자에게 희망의 메시지를 보여주려고 한다. 이 두 소설뿐 아니라 다른 소설들에서도 작가는 독자가 희망을 발견할 수 있는 소설적 장치를 빈틈없이 은밀하게 마련해놓고 있다. 이것은 조영아의 소설이 보여주는 장점일 뿐 아니라, 자신의 소설을 통해 우리의 현실과 인간성의 내면을 탐구한 그의 관점에 대해서도 긍정적인 해석을 내릴 수 있는 점이다. 그리하여 조영아가 모든 공력을 집중하여 섬세한 현실 인식과 치밀한 구성으로 만들어낸 소설들이 우리의 삶에 내장된 불편한 진실을 이야기함으로써 독자를 편안하게 놓아두지는 않을지라도, 우리의 삶이 얼마나 불안한 바탕 위에 놓여 있는 것인지를 분명히 인식하게 만들고, 그러한 인식에서 희망의 가치를 일깨워준 점을 높이 평가해야 할 것이다.

〔2009〕

비정상인들의 진실과 대화주의

── 김도언의 『랑의 사태』[1]

1. 비정상인들

김도언의 소설집 『랑의 사태』에 등장하는 인물들은, 그의 두번째 창작집 『악취미들』(문학동네, 2006)에서처럼 극단적인 일탈과 기이한 파격의 모습을 보이지는 않지만, 그래도 여전히 상식과 관습의 울타리를 벗어나 있다. 그들은 현실의 가치와 세상의 질서를 따르지 않고, 자신들이 추구하는 삶과 자유를 고집함으로써 사회로부터 소외된 자가 아니라 소외의 삶을 스스로 선택한 자가 된다. 현실적인 행동가가 아니라 비현실적인 몽상가로 보이는 그들은 경쟁과 시장논리가 지배하는 이 도시에서, 마치 강 이편에서 저편을 바라보듯이 거리를 두면서, 「권태주의자」의 주인공처럼 "조금 따뜻하며 우울하고 느린 공상"(『랑』, 118)에 잠겨 "자기세계 안에서 홀로 그윽해지는 일"(『랑』,

---

1) 김도언, 『랑의 사태』, 문학과지성사, 2009. 이하 인용은 본문에서 『랑』, 쪽수로 밝힘.

127)을 즐기고 있다. 그들은 세상과 화해의 관계를 이루지 않고, 세상을 적대시하거나 현실을 부정하려 하기 때문에 어쩔 수 없이 불안과 절망, 우울과 권태에 사로잡히게 된다. 현실의 질서와 가치를 긍정하는 보통 사람들의 기준에서 보자면, 그들은 비정상인이고 이상한 사람일 것이다. 일상에 파묻힌 세속적인 사람들이라면 별로 관심과 흥미를 보이지 않을 그러한 인물들의 삶을 김도언은 왜 절실한 글쓰기의 욕망으로 끈질기게 이야기하려는 것일까?

이 소설집의 표제작인 「랑의 사태」의 화자이자 주인공인 소설가는 정상인이 아닌, 이상한 사람으로 분류될 수 있는 '랑'과 같은 여자에게 관심을 갖고 사랑하게 된 이유를 이렇게 설명한다.

> 랑은 아프고 어지럽다. 랑은 이를테면 왕국에서 온 소녀 같다. 지금은 공화정의 시대다. 그리고 민주주의가 어지간히 상식이 된 시대이다. 합리와 이성이라는 이름으로 참여와 공리가 요구되는 사회가 제도적으로 세팅되어가는 것이다. 하지만 근대 시민사회가 만들어놓은 여러 시스템은 수많은 이상한 개인들을 양산해냈다. 이상한 개인들은 시스템에 부합되는 삶에 모욕감을 느낀다. 그들은 자신을 최대한 은폐시킨 채로 결정적으로 반항할 수 있는 기회를 노린다. 나는 대체로 이런 기형적인 존재들에게 관심이 많은 편이다. (『랑』, 154~55)

화자의 이러한 말은 김도언의 작가적 관심을 그대로 반영한 것으로 해석되는데, 여기서 그가 관심을 많이 갖게 된 대상으로 지칭하는 '기형적인 존재들'은 푸코가 학문적 연구의 대상으로 삼은 '비정상인들'과 일치한다. 푸코는 『광기의 역사』에서 광인이 병자가 아니라 이성 중심의 사회에서 희생된 사람들이라는 것을 밝히고, 그들의 순진한 영혼과 억눌린 목소리를 대변하는 작가이자 지식인의 역할을 수행하려고 했다. 푸코가 『감시와 처벌』을 펴내기 직전에 콜레주 드 프랑스에서 했던 강의를 모은 책이 『비정상인들』인데, 여기에는 이성 중심의 사회가 배척한 광인들 외에, 괴물들, 순종하지 않는 사람들, 자위행위자들이 포함되어 있다. 비정상인들의 부류에서 괴물이란 외형적으로 확인되는 가시적 괴물이 아니라 대혁명 전후에 나타난 정신적 혹은 정치적 괴물이라고 할 수 있다. 예를 들자면 루이 16세와 마리 앙투아네트와 같은 왕족들이 자칼이나 하이에나처럼 피에 굶주린 괴물로 묘사된 경우가 그러한데, 이것은 그들이 당시의 권력을 가진 사람들에 의해 괴물로 낙인찍힌 대상이 되었음을 보여주는 것이다. 특히 마리 앙투아네트 같은 여자의 괴물적 특성이 근친상간과 동성애였다는 것, 그리고 자위행위를 금지한 17세기에 자위행위자가 비정상인들로 분류되었다는 것은 놀랍다. 이렇게 정상인과 비정상인의 분류 근거가 비합리적이었다는 것은, 어느 사회건 그 사회의 권력측이 정상성의 가치와 규범을 만들고 일반인들에게 그것을 지키게 함으로써 규범을 위반하는 사람들을 추방하거나 격리시키는 근거에 권력의 자의적 결정이 개입할 수 있음을 보여준다. 이렇게 현대 문명의 권력이 비이성적 근거로 비정상인들을 만들어냈다는 푸코의 가설을 받아들인다면, 비정상인들은 현대 문명의 피해자이고 희생자일 것이다.

김도언은 「랑의 사태」의 화자를 통해서 "합리와 이성이라는 이름으로 참여와 공리가 요구되는 사회"에서 "시스템에 부합되는 삶에 모욕감"을 느끼고 "반항할 수 있는 기회"를 노린다고 말하는데, 이것은 넓은 의미에서 푸코의 관심과 일치한다고 볼 수 있다. 그렇다면 그의 작중인물들은 왜 정상인들의 삶을 살지 못하고, 정상인들의 도덕과 가치관을 수용하지 못하는 것일까? 아니 그들은 어떤 점에서 비정상 인들인가?

「내 생애 최고의 연인」에서의 화자는 삼촌의 출판사에서 일하는 서른아홉 살의 편집장인데, 그녀는 퇴근길에 "기원을 알 수 없는 멜랑콜리"(『랑』, 16)를 느끼고 자기를 '우울한 감상주의자'라고 생각한다. 그녀의 우울증이 과거에 겪은 아픈 사랑의 상처 때문이건 아니면 근원적이건 간에, 도시의 일상인이라면 누구나 그 정도의 우울을 느끼며 살아가는 것이 정상적이라고 할 수 있다. 문제는, 비정상적으로 보이는 인물이 그녀가 '내 생애 최고의 연인'이라고 말하는, 그녀보다 나이가 훨씬 연하인 일러스트레이터로, 불구자 아내를 극진히 간호하는 '착한 남자'라는 것이다. 그가 그러한 자신의 비밀을 털어놓지 않은 채 연상의 애인 앞에서나 일 때문에 만나게 되는 어떤 사람들 앞에서도 당당할 수 있는 것은, 그를 '내 생애 최고의 연인'이라고 생각하는 애인의 관점에서 볼 때, '희생자가 갖는 정신의 힘' 때문이다. 화자의 말을 그대로 인용하면, "그는 아픈 사랑을 보듬으면서, 희생자가 갖는 정신의 힘으로 오만하고 힘센 세속의 사랑에 맞서온 것이다"(『랑』, 43). 이 내목에서 작가가 세속적이고 타락한 사랑이 지배하는 세계에 맞설 수 있는 것은 오직 순수하고 헌신적인 사랑의 힘임을 결론으로 제시하려 했음이 짐작된다.

「전무후무한 퍼스트베이스맨」은 휴머니즘과는 전혀 상관없는 프로 야구선수가 "휴머니즘을 발견하고 휴머니즘을 실천했던 전무후무한 퍼스트베이스맨"(『랑』, 71)의 역할을 하다가 은퇴 결심을 하게 된 동기와 과정을 독백체로 서술한 작품이다. 프로 야구선수가 개인 기록과 연봉에만 관심을 갖는 것이 아니라 휴머니즘을 실천하려고 했다면, 그는 당연히 '이상한 사람'이고 '비정상인'처럼 보인다. 또한 「어느 위대한 소설가의 자술연보」는 일제 강점기에 태어난 노작가가 자신이 태어나서부터 72세가 된 현재에 이르기까지 겪은 파란만장한 예술가의 삶과 편력을 연보 식으로 기록한 내용인데, 여기서 종종 이해할 수 없는 점이 발견된다. 이 소설에서 특히나 정상인의 생각으로 이해하기 어려운 대목은, 그 작가가 젊은 시절 교사로 근무할 때, 담임을 맡은 반의 학생에게 반해 사랑을 고백하는 편지를 쓰고, 응답이 온 그날 저녁 그 학생과 저녁을 먹고 여관에 가서 순결을 훔치고 "죽음으로 이끄는 수렁 같은 연애"(『랑』, 89)를 하기 시작한 사건을 서술한 부분이다. 그는 그 학생과의 연애 때문에 동료 교사들과 학생들로부터 지탄과 경멸의 대상이 되지만, 그 혼란과 파국의 상태에서 당연히 뒤따를 법한 주인공의 윤리적 고민과 내면의 파탄은 독자에게 잘 드러나지 않는다. 또한 이런 작가가 노벨상 수상을 거절했다는 것도 상식적으로 납득하기 어려운 점이다. 이런 점에서 이 작가도 이상한 사람으로 간주될 수 있다.

「권태주의자」는 "열세 살의 어느 여름, 담장 위의 고양이가 갑자기 내게 뛰어들어 내 뺨을 할퀴고 도망가는 일"(『랑』, 113)을 경험한 다음부터 권태를 생각하기 시작했다는 권태주의자의 삶을 이야기한다. 그는 대체로 무기력한 모습으로 "우울하고 느린 공상"(『랑』, 118)에 잠겨 지내는데, 흥미로운 것은 이러한 공상이 그에게는 도시 생활을 견디는 수단이자 저항의 방법이 된다는 점이다. 그렇기 때문에 그는 권태주의자의 삶을 권태롭게 생각해 그 삶을 포기하려고 하기는커녕 오히려 "권태주의자가 되기 위한 노력을 게을리하지 않았다"(『랑』,

117). 또한 그는 권태를 "삶의 전제 조건"(『랑』, 121)으로 생각하고 권태를 아는 사람만이 인생을 이해할 줄 아는 사람이라고 말한다. 이렇게 권태를 옹호하는 주인공이 자본주의 사회의 도덕이나 경쟁의 논리를 부정하면서 "경쟁하지 않는 절제" "겸양과 배려 같은 것"(『랑』, 126)을 존중하는 나눔의 정신을 역설하는 것 역시, 보통 사람의 관점에서는 이상한 사람의 논리로 보일 수 있다.

또한 「랑의 사태」는 화자가 서두에 밝힌 것처럼, "랑이라는 '불합리'를 바라보면서 내가 느낀 '불안'과 '권태'에 대한 이야기"(『랑』, 137)를 그리고 있는데, 여기서 특이한 것은 그가 자신이 사랑하는 여자를 어떤 성격과 외모로 묘사하지 않고 '불합리'와 같은 현상과 "일종의 사태"와 같은 사건으로 지칭한다는 점이다. 이렇게 사람으로서보다 사건으로서의 특징이 더 크게 부각되는 '랑'은 사마리아 모텔의 맨 꼭대기 층에 살면서 "상승과 하강을 매일 반복하며 이상한 삶을 완성"(『랑』, 152)하고 시인 이름의 가나다순으로 시집을 읽는, "이상한 사람"(『랑』, 144)이다. 물론 이 소설에서 이상한 사람은 '랑'만이 아니라 그녀를 사랑하는 작가이기도 하다. 그는 "여자애가 열아홉번째로 읽은 삼촌의 시집이 그 여자애가 살아 있는 동안 마지막으로 읽은 시집이 되"기를 열망하여 "여자애를 유인해서 죽여야만"(『랑』, 150) 한다는 충동적인 생각에 사로잡혀 있기도 하다. 그는 '랑'의 방에 있는 세상에서 가장 큰 냉장고의 문을 묘사하면서, "그 문은 사람 두세 명이 한꺼번에 통과할 수 있을 만큼 크"고, "냉장고 안을 돌아다니는 데는 한 시간 정도의 시간이 소요"된다는 것, "랑이 가장 많이 하는 생각은 어떻게 하면 부패하거나 썩어나가는 것들에 저항할 수 있을까 하는"(『랑』, 158~59) 것임을 사실처럼 진술한다. 물론 이러한 진술은 꿈속의 이야기 혹은 환상의 풍경을 통해서 작가가 변화하는 외부세계에 강하게 맞서려는 인물의 방어 의지를 상징적으로 서술한 것으로 볼 수 있다.

「다큐멘터리 가족극장」은 책임감과 독립심, 도덕성이 강한 아버지와 신앙심이 깊었던 어머니, 뮤지션이 되고 싶어 했지만 결국 평범한 직장인이 되어버린 큰형, 화자와 이란성 쌍생아이자 모범생이었던 둘째 형, 이 모든 가족의 이야기를 화자의 관점에서 차례대로 서술한 작품이다. 이러한 가족의 이야기는 작가의 자아와 성장에 큰 영향을 미친 가까운 타자들의 모습을 객관적으로 거리를 두고 바라보면서, 결국 작가 자신의 내면과 정신을 객관화해 자기의 주관을 벗어나려는 의도의 소산으로 보인다. 또한 「안으로 나가고 밖으로 들어가는 방법에 대한 고찰」은 소설가인 화자에게 "사람이 살아 있는 동안에는 하나의 질문을 가지고 살아야 한다"(『랑』, 204)는 것을 가르쳐준 아버지의 삶을 돌아보고, "하나의 질문을 갖는다는 것"은 결국 "삶을 진지하게 살겠다는 의지의 각별한 표현이라는 것"(『랑』, 206)을 깨닫게 한 과정을 이야기한다. 이 깨달음의 과정에서 중요한 것은 상식과 통념을 뒤집어서 바라보는 눈을 가져야 한다는 것인데, 이런 관점에서 독자는 정상과 비정상의 기준은 무엇이고 정상인과 비정상인을 구분하는 근거는 무엇인지를 돌아볼 시간을 갖게 된다. 이 작품에 내장된 '안과 밖의 개념을 뒤집어보기'라는 작가의 메시지를 확대해볼 때, 독자는 자신의 삶에서 이러한 문제와 쉽게 마주칠 수 있다는 것을 인정하게 된다.

「다크 블루, 시간의 풍경」은 낡고 오래된 기억의 풍경 속에서 '나'의 초상을 형성하는 데 중요한 사건들로 기억되는 것들을 뚜렷한 인과관계 없이 떠올린 이야기들로 구성된다. 이 이야기에서 첫번째는, 섹스에 대한 개인적 환상이고, 두번째는, 박정희 시해사건에서 비롯된 놀이이며, 세번째는, 어머니를 따라 교회에 다니면서 '나쁜' 교회에 반항하는 방법으로 꾀를 써서 상을 받게 된 일화이고, 네번째는, 열한 살 때 밤 아홉 시에 친구가 같이 놀자고 집으로 찾아온 일이다. 이 네 가지 에피소드는 기억의 세계가 그렇듯이 유기적인 관계로 연결되어 있지 않고, 그것들의 가치와 중요성도 보편성을 갖는 것으로 보이지는 않는다. 그러나 이 사소한 기억들이 사실상 개인의 삶과 정신의 형성 과정에서 "세계의 비밀을 엿보았다는 감상에 사로잡"(『랑』, 251)히게 할 만큼 중요한 작용과 역할을 수행한다는 점은 부정하기 어렵다. 또한 네 가지의 체험들이 모두 독특한 진실성과 핍진성을 갖는 것으로 서술된다는 점도 주목해야 할 것이다.

이 소설집의 마지막 작품인 「백하동 가는 길」은 절망을 가슴에 안고 있는 세 친구의 이야기인데, 그들은 5년 전 박사학위를 취득하고서도 교수임용에 계속 탈락하는 인물과 글이 안 써지는 소설가, 학생에게 체벌을 가했다는 이유로 징계를 받은 교사이다. 자신들이 자유롭게 선택한 직업과 분야에서 능력을 인정받고 있으면서도, 세상과 불화의 관계 속에 놓여 있는 이들은, 징상적인 삶을 살면서도 세상의 질서와 어긋나거나 충돌하는 생활을 할 수밖에 없는 사람들이다.

2. 독백의 언어와 대화주의

이처럼 비정상적이고 이상한 사람들의 이야기를 보여주는 김도언의 소설은 모두 일인칭으로 서술되어 있다. 그 일인칭 소설들은 소설 속의 독자 혹은 청자를 설정한 것과 소설 밖의 독자를 의식한 것으로 나뉠 수 있는데, 여기서 특징적인 것은 「내 생애 최고의 연인」과 「전무후무한 퍼스트베이스맨」을 제외하고는 대체로 소설가가 화자라는 사실이다. 「백하동 가는 길」의 화자는 소설가가 아닌 교사이지만, 소설가인 친구의 이야기가 함께 전개됨으로써 소설가의 간접적인 시각을 배제하기는 어렵다.

소설가가 화자이건 아니건 간에, 김도언의 일인칭 소설의 특징은 우울하고 절망적인 목소리가 간절한 대화의 욕구를 담고 있다는 것이다. 「전무후무한 퍼스트베이스맨」의 화자는 "1루에 진출한 상대팀 선수와 대화를 나"(『랑』, 65)눌 수 있기 때문에 1루수에 강한 애착을 갖는 선수이다. 그는 1루수의 수비를 하는 동안 상대 팀 선수와 대화를 나누고, 그 대화를 통해 상대 팀 선수의 어려움을 알게 되어 그 선수를 도와주는 방법을 찾아 휴머니즘을 실천한다. 또한 「권태주의자」의 화자는 벤자민 나무에게 말을 걸고 싶어 하거나, 다리 하나가 없는 불구의 개를 보고 "개와 맹렬하게 대화를 나누고"(『랑』, 123) 싶은 욕구를 토로한다. 이들은 모두 정상적인 보통 사람들이 소통할 수 없는 대상으로 여기는 타자적 존재를 향해 대화를 시도하거나 대화의 의지를 강하게 표명한다. 이것은 결국 타자와의 소통을 적극적으로 갈망하는 화자의 진정성과 무관하지 않다. 이처럼 타자적 존재들과 대화를 나누고 싶어 하는 인물들의 이야기 외에, 소설가가 화자인 일인칭 소설에서도 화자가 독자와의 소통을 전제로 자신의 내면적 삶을 자아탐구의 형식을 취해 이야기하는 방식으로 구성된다는 점이 주목된다. 독자와의 소통을 원하는 화자가 자신의 어린 시절이나 성장 과정을 이야기하는 목소리에서 어떤 자기 연민이나 나르시시즘도 드러나지 않는다는 것도 함께 지적할 수 있는 점이다.

「랑의 사태」의 '랑'이 글을 쓰는 작가의 삶을 동경하면서 "내 글을 읽을 수 없는 사람들을 위한 글을 쓰고 싶어요"(『랑』, 152)라고 말한 것은, 자신의 글과 생각에 쉽게 공감할 수 있는 자신과 비슷한 사람들을 독자로 생각하지 않겠다는 의사의 표현일 것이다. 이와 마찬가지로 「랑의 사태」의 일인칭 화자가 자신의 이야기에 대해 "당신들이 이 이야기에 귀 기울여야 할 이유"가 없으며, "이 이야기로부터 당신들이 바라는 걸 얻을 가능성은 거의 없다"(『랑』, 137)는 것을 확신하듯이 말하는데, 이는 그의 독자가 그를 이해하지 못하는 타자적 독자임을 암시하는 것이다. 그의 이러한 진술 속에서 독자인 '당신들이 바라는 것'이란 무엇일까? 그것은 독자의 자기만족이나 허위의식을 자극하지 않는, 오락거리를 제공해주거나 의식을 편안하게 만들어주는 이야기가 아닐까? 이런 점에서 김도언의 불안하고 우울한 삶의 이야기들이 독자의 그런 기대감과 충돌하거나 어긋나게 될 것은 너무나 당연해 보인다.

작가는 보이지 않는 타자들과 끊임없이 대화를 하는 열린 정신을 가진 사람이다. 바흐친이 말한 것처럼, 소설은 대화주의의 탁월한 형식이기 때문이다. 바흐친은 도스토예프스키의 소설을 근거로 삼아 대화주의 이론의 기본개념이 대화를 통해서 형성되고 변화한다는 것, 다양한 의식의 작중인물들이 등장하는 소설에서 그들의 목소리가 작가의 주제나 이념과는 상관없이 독립된 실체로 존재할 수 있어야 한다는 것을 깊이 있게 논의한 문학이론가이다. 그의 이론에 따르면 도스토예프스키의 소설과 같은 다성적 문학에서는 작중인물의 객관적인 모습, 즉 사회적 신분이나 외형적 특성은 별로 중요하지 않고, 그의 의식이나 자의식의 내용이 중요한 것이 된다. 도스토예프스키의 소설에서 몽상가나 비현실적인 인물들이 많이 등장하고 그들의 의식 세계가 길게 펼쳐지는 것도 그런 이유일 것이다. 그들은 세계를 어떻게 보고 어떻게 의식하는가, 그들은 자신을 어떻게 보고 어떻게 의식하는가, 이런 문제들에 관심을 갖는 도스토예프스키 같은 작가는 결국 대화주의의 문학을 지향한다고 말할 수 있다. 물론 이러한 작가에게서 대화주의의 '대화'는 '나'와 '타자' 사이에만 형성되는 것이 아니라, '나'와 '나' 속에 존재하는 무수한 타자들과의 관계에서도 존재할 수 있다는 점이 전제되어야 할 것이다. 많은 인물들의 대화가 등장하는 삼인칭 소설에서 그들의 목소리나 의식이 작가의 의도에 따라 통제되거나 표면적인 차원에만 머물 때, 그 소설은 대화주의 소설이 될 수 없을 것이다. 마찬가지로 독백의 언어로 만들어진 일인칭 소설이라도 주인공의 목소리에서 단성적 언어와는 다른 타자의 다성적 의식을 느낄 때, 그것은 대화주의 소설이 된다. 이런 점에서 김도언의 일인칭 소설은 무엇보다 대화주의의 가능성을 많이 보여준다고 할 수 있다. 그의 불안한 몽상가적 주인공들이 절제된 자의식을 갖고, 아니 과잉의 자의식을 갖더라도, 타인과 세계와의 불화관계 속에서 끊임없이 타자적인 요소들의 중요성을 의식하고, 타자적인 존재들과 소통하려는 끈질긴 시도를 보이는 한, 그러한 가능성은 더욱 긍정적으로 해석된다.

결론적으로 말하면, 김도언의 일인칭 소설은 단성적인 독백의 언어로 닫혀 있지 않고 타자적인 요소들을 포함한 다성적 대화주의로 열려 있다. 이러한 대화주의의 가능성은 그의 이전 작품집 『악취미들』

에 실려 있는 「고통의 관리」에서 더욱 뚜렷하게 확인된다. 밤 열한 시 육 분부터 다음 날 새벽 세 시 십일 분까지 모두 스무 번의 전화 내용을 독자의 음성메시지까지 포함하여 빠짐없이 녹음한 것처럼 서술된 이 소설은 화자의 절박한 심리와 대화의 절실한 욕망을 긴장되게 표현한다. 이 소설에서 화자는 전화를 통해 대화하지만, 통화하는 상대편의 말을 알 수 없는 독자의 입장에서는 화자의 말을 독백처럼 읽게 된다. 물론 작가는 화자의 언어만으로 상대편이 어떻게 말했을지를 독자가 충분히 이해하도록 이야기하는 화법을 구사한다. 그럼으로써 그의 내면세계의 혼란스러운 모습은, 점층적으로 격앙되고 허탈해지는 화자의 감정 표현과 함께 긴장감 있고 밀도 있게 전달되는 것이다.

대화주의를 지향하는 김도언의 소설은 대화의 가능성으로 열려 있는 소설이지, 하나의 주제나 문제가 정리되고 완결되는 소설이 아니다. 그의 소설은 해답을 추구하는 소설이 아니라 끊임없이 새로운 문제를 제기하는 소설이기 때문이다. 이런 점에서 「어느 위대한 소설가의 자술연보」의 끝부분에서 질문하는 사람이자 깨어 있는 사람으로서의 작가가 72세가 된 시점에서 "여전히 살아 있고 날마다 질문을 하"(『랑』, 103)는 삶에서 경이로운 기쁨을 느낀다고 말한 것은 김도언의 소설다운 결말이라고 할 수 있다. 그 소설가가 연속적으로 제시하는 많은 질문들 중에서 가장 중요한 질문이라고 생각되는 것은 "나는 타인의 삶을 이해하려고 노력했는가? 나는 한순간이라도 나로부터 벗어났는가?"(『랑』, 104)인데, 이 문제는 김도언의 문학에서뿐만 아니라, 모든 작가들에게도 가장 중요시해야 할 문제일 것이다. 현대 사회에서 '나'를 벗어나 '타인'을 향해 열린 태도를 갖고, 타인을 이해하는 과정을 통해 진정한 인간적 변화와 인간다운 삶을 실현하는 일이야말로 현대 문학의 중요한 한 과제일 것이다. 이러한 삶의 변화를 실천하기 위한 문학적 노력을 보다 깊이 있게 계속한다면, 김도언의 문학 세계는 더욱 풍성해질 것이다.

〔2009〕

4부

정명환의·이성주의적 비평과 학문 세계

1

정명환은 『문학을 생각하다』[1]의 「책머리에」에서, 자신의 연구 대상이 프랑스 문학이건 한국 문학이건, 변함없는 관심의 초점은 "학문적 연구의 대상으로서의 문학이 아니라" "자신의 삶과 맺을 수 있는 실존적 관계"(『생각하다』, 6)로서의 문학이었음을 밝힌 바 있다. 정명환의 문학관을 이해하는 데 중요한 열쇠가 될 수 있는 이 발언은, 젊은 날 그에게 실존주의 문학의 영향이 얼마나 지대한 것이었는지를 압축해서 보여준다. 그는 학문의 상아탑에서 문학을 객관적으로 연구하는 아카데미즘에 관심을 갖지 않고, 구체적인 삶과 현실에서 문학이 어떤 역할을 하는지의 문제에만 관심을 갖게 된 이유를 이렇게 설명하기도 한다. "문학이란 첫째로 주어진 삶의 여건에 대한 냉철한 성찰이며, 둘째로 그 여건에 대한 끝없는 이의제기이며" "셋째로 그것은 언어의 특수한 사용으로 이루어지는 것이기는 하지만 결코 우리

---

1) 정명환, 『문학을 생각하다』, 문학과지성사, 2003. 이하 인용은 본문에서 『생각하다』, 쪽수로 밝힘.

의 구체적인 삶의 현실과 분리될 수 있는 자족적인 실체가 아니"[2]기 때문이다. 문학과 삶을 분리시킬 수 없다는 이러한 논리에서 주목되는 것은 "삶의 여건에 대한 냉철한 성찰"과 "그 여건에 대한 끝없는 이의제기"라는 표현이다. 이 표현들은 그가 문학의 의미와 역할을 정의하는 데 있어서 감성적이거나 서정적인 표현 수단으로서의 문학을 고려하지 않고 이성과 정신의 활동으로서의 문학적 역할을 무엇보다 중시하고 있음을 증명해준다.

또한 그는 문학을 삶의 여건에 따라서 끊임없이 변화하는 대상으로 이해하는데, 그 이유는 주체와 대상이 끊임없이 교류하고 충돌하는 방식의 표현이 바로 문학이라고 생각하기 때문이다. 사르트르의 실존적 철학과 관련지을 수 있는 정명환의 이러한 문학관은 그의 첫번째 비평인 「이상─부정과 생성」에서도 명확히 드러나는 견해이다.

1) 모든 문학이 표명하는 것은 주체와 대상이 충돌하는 어떤 방식이다. 그리고 한 작품이나 작가의 외향성과 내향성은 대상에 대한 주체의 반응의 양식에 의해서도 결정되는데, 주체가 대상에 작용을 가하느냐 혹은 반대로 대상의 작용을 겪느냐에 따라 대체로 이런 차이가 생길 것이다. 그러나 이와 같은 대상에 대한 능동성과 수동성은 기계적으로 구별될 수 있는 성질의 것이 아니라, 그 양자 사이에 부단한 교류가 이루어지고 또 일자가 타자에 의존하는 듯이 보인다. 적어도 그런 경우에 위대한 문학이 태어날 것이다.[3]

---

2) 정명환 외, 『아름다운 시간의 나무』, 한울, 2000, p. 32. 이하 인용은 본문에서 『나무』, 쪽수로 밝힘.

2) 부정이란 주체가 대상과 갈라지는 최초의 양상이며 생성은 주체에 의해서 대상에 가해지는 적극적인 작용이기 때문이다. 이런 견지에서 볼 때, 우리가 이상을 통해서 찾아보려고 한 것, 그러나 슬프게도 찾아내지 못한 것은 우리의 문학의 장래에 한 뜻 깊은 암시를 던지는 것이다. [……] 서양에서 습득해야 할 정신의 방법론은 우리의 과거가 외국 문학 그 자체를 하나의 대립물로, 회의와 부정의 대상으로서 지녀 나갈 것을 가르쳐 준다. 우리가 바라는 한국 문학의 전통과 주체성은 이미 있는 것의 발견을 통해서 마련되는 것이 아니라 가장 강렬한 상황 의식의 소유자들에 의해서 괴롭게 어렵게 만들어져 나갈 것이다.

(『한국 작가』, 161)

1)의 인용문은 주체와 대상 간의 부단한 교류를 통해서 '위대한 문학'이 태어난다는 저자의 문학관을 주제로 쓴 것인데, 이러한 문학관을 보완한 것이 2)의 인용문 앞부분에서 설명한 부정과 생성에 관련된 부분이다. 사르트르의 존재론을 연상시키는 이러한 견해를 통해 정명환은 이상(李箱)의 작품 속에 나타난 근대적 자아가 얼마나 존재의 진정성에 가까운 것인지를 규명하려는 의지를 표현한다. 훗날 그는 사르트르의 존재론을 원용해서 이상의 사의식적 표현을 분석하려 했던 이유를 이렇게 설명한다. "인간이라는 존재는 항상 자신의 현재를 부정하고 비존재를 향해서 투기해 나갈 때야 비로소 진정한 삶을 영위하는 것인데, 흔히들 그 괴로운 과업을 면하기 위해서 여러 가지 양태로 자기기만을 하고(고정관념에 매달리는 것으로부터 의식 절멸을

---

3) 정명환, 『한국 작가와 지성』, 문학과지성사, 1978, p. 117. 이하 인용은 본문에서 『한국 작가』, 쪽수로 밝힘.

시도하는 것에 이르기까지), 이른바 '태도의 희극'을 꾸민다는 사르트르의 견해는 이상을 이해하고 비판하는 원리로서 안성맞춤인 것처럼 보였다"(『나무』, 34~35』). 이처럼 사르트르의 존재론을 통해서 이상을 이해하려는 시도는, 이상이 주체와 객체의 대립을 긴장되게 견지하는 지성의 분석적 반성 작업을 포기하고 센티멘털리즘에 빠져들었다는 결론으로 정리된다. 우리는 정명환의 이러한 비판적 해석이 이상에 한정되지 않고 한국 근대 문학의 주역으로 볼 수 있는 대부분의 작가와 평론가들에게도 해당되는 지적으로 볼 수 있다. 그의 비판적 시각에서 자주 문제시되는 센티멘털리즘은 평론가라고 해서 예외가 아니다. 이런 의미에서 2)의 인용문에 나타난 "우리의 과거와 외국 문학 그 자체를 하나의 대립물로 회의와 부정의 대상으로서" 받아들여야 한다는 것은, 작가를 대상으로 한 말이라기보다 문학평론가를 겨냥한 발언임이 분명하다. 그가 문학평론가의 역할을 중시하는 것은 문학평론가야말로 우리의 과거와 외국 문학을 "회의와 부정의 대상"으로 바라보면서 "한국 문학의 전통과 주체성"을 수립해 나가야 할 임무를 수행하는 사람으로 보기 때문이다.

정명환은 이상에 대한 비평 이후, 이광수, 염상섭, 이효석 등 한국 근대 문학의 주요 작가들에 대한 날카롭고 엄정한 비평 작업을 계속한다. 그는 이상에 대한 비평에서 그랬듯이, 사르트르의 존재론과 실존적 비평의 방법을 염두에 두면서 대상 작가의 성실뿐 아니라 '자기 기만'이나 '태도의 희극'이 작품들과 어떻게 관련되는지를 규명하려 한다. 가령 「이광수와 계몽사상」은 이광수가 신사상에 대한 대결과 비평의 태도를 갖지 못했고, 독자를 대상으로 해서도 주체와 대상 사이에서 올바른 이성적 관계를 정립하지 못했다는 결론을 도출한 글인데, 여기서 저자는 이광수가 "민족의 사고방식과 생활관습을 합리적으로 바로잡고 미래를 내다보는 사회를 건설함에 있어서 유교적 전통이 가져오는 장해를 깨닫고"(『한국 작가』, 25) 계몽사상을 채택한 것이 실존적 선택으로서 불가피했음을 인정한다. 그러나 문제는 작가가 그러한 사상을 대결과 비평 의식 없이 받아들이고, 독자를 비이성적인 방식으로 계몽의 대상으로만 생각했기 때문에 문학적 한계와 결함에 빠지게 되었다는 것이다.

「염상섭과 에밀 졸라─성에 대한 견해를 중심으로」는 염상섭의 작품들이 세태 묘사의 차원에서 벗어나지 못한 점을 비판한 글인데, 여기서 주목되는 것은 정명환의 비평이 졸라의 소설을 가치의 전범으로 삼아 염상섭의 자연주의 소설을 폄하하는 식으로 전개되지는 않는다는 것이다. 그는 외국 문학을 대상으로 하면서도 주체와 대상 사이의 올바른 이성적 관계를 중시해야 한다는 원칙을 따르듯이, 졸라의 자연주의 문학관과 소설의 불일치를 지적함으로써 졸라의 문제점과 문학적 특징을 아울러 검토한다. 그러나 그가 염상섭과 졸라를 비교하는 듯한 제목의 글을 쓴 것은 어디까지나 "염상섭의 문학사상의 본질과 한계를 밝히기 위한 하나의 참고점으로써 졸라를 이용하려는"(『한국 작가』, 43) 의도에서였다. 실제로 이 글에서 졸라는 염상섭을 논의하기 위한 참고점의 역할을 하는 작가로 제시되어 있고, 이 글의 결론은 염상섭이 전통적 가치관을 벗어나지 못하고 보수적 성관(性觀)을 그대로 받아들임으로써 "그의 소설은 결국 정숙성과 가정의 가치를 옹호하기 위한 멜로드라마의 성격"(『한국 작가』, 59)을 갖게 되었다는 뜻으로 정리된다.

정명환의 실존적 정신분석 비평이 예리하게 적용된 글은 이효석론이다. 「위장된 순응주의」라는 이 비평에서 정명환은, 결국 이효석이 자연이건 성이건 그러한 주제들을 정직하고 깊이 있는 탐구의 태도로 대상화하지 않았고, 보수적이고 순응주의적인 삶의 태도 때문에 깊이 있는 문학적 성과를 거두지 못했다는 것을 명쾌히 설명한다.

효석의 인물들 중에서 자연을 위해서나 성을 위해서나 생명을 내걸고 새로운 모험으로 떠나는 인물을 찾아보기 어려운 것은, 한국 사회가 그런 것을 허락하지 않는다는 객관적 여건 때문만이 아니다. 그것은 효석이 매우 보수적이며 관례적인 생활관을 가지고 있고, 구질구질하지만 안정된 생활의 가치를 섬기고 있기 때문이다. 따라서 그 모든 도피의 시도처럼 보이던 것은 사실은 인사이더로서 사회에 뿌리를 박고 있으면서 연출한 아웃사이더의 제스처에 불과하다. 그는 가면을 쓴 순응주의자였던 것이다. (『한국 작가』, 98)

한국 근대 문학의 작가들에 대한 그의 비평들 중에서 가장 신랄한 비평의 어조가 느껴지는 이 글은 이효석을 '위장된 순응주의자'로 부를 수 있는 근거와 이유를 설득력 있게 보여주는 한편, 일반적으로 삶의 태도와 문학적 성과가 얼마나 밀접하게 관련되는 것인지 성찰해 볼 수 있게 한다. '위장된 순응주의자'의 존재양식은 사르트르가 말하는 '자기기만'의 한 모습이나 다름없다. 이효석의 문학이 현실을 깊이 있게 탐구하거나 철저히 파헤치는 작업이 되기는커녕, 현실을 호도하고 은폐하는 문학으로 평가되는 것은 도전과 모험의 세계로 뛰어들지 못한 보수적인 작가정신의 결과일 뿐이다.

『한국 작가와 지성』 이후 20여 년 만에 나온 그의 두번째 평론집 『문학을 생각하다』의 「책머리에」에는 다음과 같은 글이 적혀 있다.

프루스트를 본떠서 말하자면 문학은 내 속에서 그리고 내 주위에서 두껍게 쌓여가는 관습적인 것의 껍질을 뚫고 벗기려는 고투이며, 문학 비평이란 다름 아니라 작가와 함께 이 고투를 나누는 작업이라는 신념 이 오늘날까지 나를 지탱해주었다. (『생각하다』, 6)

이 인용문은 우리가 앞에서 언급한 정명환의 문학관, 즉 문학을 학 문적 연구의 대상으로 생각하기보다 삶과 맺을 수 있는 실존적 관계 로서 생각하게 된 이유를 설명한 다음에 나오는 구절인데, 이것은 실 존적 관계로서의 문학이 결국 "관습적인 것의 껍질을 뚫고 벗기려는 고투"이며 관습적인 통념에 대한 '이의제기'임을 거듭 확인시켜준다. 또한 작가나 문학평론가가 '고투'를 함께 나누는 동반자들이라는 표 현은 소설이나 문학비평이 장르의 차이에도 불구하고 기본적인 입장 은 같은 것임을 천명한 주장으로 해석된다. 이런 점에서 작가들에 대 한 그의 비판은 평론가들을 대상으로 할 때도 그 논조를 달리하지 않 는다.

한국 문학의 평론계에 대한 비판의 글로 유명한 「평론가는 이방인 인가」는 1960년대 초의 비평에 대해서 "당치 않은 비유, 부정확한 개념, 정실적인 언사, 선의 없는 독단"(『생각하다』, 16)의 남용을 경고하거나, "누구보다도 비평적이어야 할 평론가 자신이 자기가 모른다는 것을 모를 뿐 아니라, 모르는 것을 의식적으로 알은체하려 한다는 폐풍"(『생각하다』, 17)을 신랄하게 지적한다. 또한 「비평의 저변」(1967)에서는 우리나라 평론가들의 약점으로 "외국 사람들이 작품 비평에 있어서 정신분석학적 방법이나 사회학적 방법을 원용했다는 소개의 말을 뻔질나게 하면서도 스스로 그런 저변을 획득하기 위한 노력을 기울이지 않은 점"(『생각하다』, 72)을 들기도 한다. 그는 이런 문제점에 덧붙여서, 대부분의 평론가들이 어떤 문제나 주제에 대해서 깊이 생각하고 공부하지 않으면서 모든 것을 알은체하고 모든 분야에 관여하는 것을 문제시한다.

정명환은 이렇게 작가의 올바른 존재론적 태도를 비판하는 것 못지 않게 평론가의 자기기만이나 겸손하지 못한 태도의 반성을 촉구한다. 그가 이렇게 평론가에 대한 비판적 고언을 서슴지 않는 것은 한국 작가들의 문제점을 개선하고 한국 문학이 발전하는 데 평론가의 역할을 중요시했기 때문이다. 이런 점에서 그는 작가와 작품에 대한 객관적 평가나 거리 두기의 입장을 포기한 해설적 비평을 올바른 비평으로 인정하지 않는다. 또한 작품 속에 나타난 사회적 의미를 편협한 이념적 시각에서 논의하는 비평에 대해서도 호의적이지 않다. 「문학과 사회」는 루카치의 리얼리즘론과 그 근거가 되고 있는 역사관을 검토하면서 우리나라의 많은 평론가들이 작품의 문학적 가치를 평가의 기준으로 삼기보다 작품의 주제와 사회적 의미를 비평적 논의의 대상으로 삼는 이유를 깊이 있게 천착한 글이다. 정명환은 그 이유를 세 가지로 추론해본다.

첫째로는 우리의 문학이, 적어도 우리의 소설이, 구한말에서 일제시대를 거쳐 오늘날에 이르기까지 사회적 문제에 대한 직접적 관심을 다른 모든 관심보다 짙게 보여 왔다는 점이다. 둘째로는 그럼에도 불구하고 루카치적인 의미에서의 전형적 상황이나 전형적 인물을 창조하는 데 성공한 작품이 그렇게 많지 않으며 그런 작품의 출현에 대한 기대는 여전히 존속한다는 점을 들 수 있다. 마지막으로 1980년의 한국이 사회적으로 매우 큰 문제를 안고 있고, 이 문제를 고찰하고 또 가능하다면 그 해결을 위해서 문학도 제 몫을 해야 한다는 일종의 책무감이 작가와 평론가에게 무겁게 의식되고 있다는 사실이다.

(『생각하다』, 108)

그는 이렇게 문학 작품과 사회적 의미를 연관시키는 비평의 존재를 긍정적으로 이해하면서도 이러한 비평의 한계와 문제점을 설득력 있는 논리로 제시한다. 대부분 이런 관점의 비평이 드러내는 문제는 작품을 객관적이고 분석적으로 읽지 않고, 자신의 논의에 필요한 이데올로기의 요소만을 보려고 하는 점이다. 결국 이러한 비평은 타자를 변증법적으로 수용하는 열린 태도를 갖지 못하면서 획일주의와 환원주의에 빠져들 수 있다는 것이다.

정명환이 이전에 쓴 문학비평과는 다른 어조로 최근에 펴낸 『젊은이를 위한 문학이야기』(현대문학, 2005)는 기존의 문학개론과는 완전히 다르게 씌어진 책으로, 저자의 문학적 체험을 곁들여서 문학이 의미 있는 삶에 어떻게 기여할 수 있는지를 깊이 있게 성찰한 에세이이다. 저자는 철학이나 종교, 미술이나 음악과 다른 문학의 가치를 문학의 본질적인 문학성에서 찾지 않고 삶에 유익한 실용성에서 찾으려 한다. 이런 시각에서 그는 "'문학은 실용성과는 아무런 관련이 없다'라든가 '문학은 오로지 문학 그 자체를 위해서 있다'는 따위의 주장"[4]을 냉정히 비판한다. 오히려 그는 문학이 실용성이나 효용성을 떠나서 존재할 수 없다는 주장과 함께 문학의 장점이란 문학적인 특별한 언어 사용을 통해 관습적인 현실의 삶을 떠난 다른 세계를 보여주면서, 동시에 다른 세계의 경험을 통해 현실의 삶을 돌아보고 반성하게 해준다는 것을 역설한다. 그가 강조하는 문학의 이러한 반성적 기능은, 완전하지 못한 인간이 완전의 경지를 지향하려는 욕망과 그 욕망이 성취될 수 없는 현실 사이의 간극과 모순 사이에서 필연적인 것으로 이해될 수 있다. 그는 문학의 역할을 독자로 하여금 상상의 여행을 가능하게 만든다는 것에 비유하면서, 문학적 여행의 효과는 첫째로, "자신의 것과는 다른 환경과 사람들과 문명에 대한 너그러운 생각을 갖게 해준다"는 것, 둘째로, "이질적인 것과의 접촉은 자신이 지녀온 생각에 대한 반성의 계기를 베풀어준다"(『이야기』, 36)는 논리로 타자에 대한 열린 마음과 타자를 통한 자기반성의 의미를 일깨운다.

저자는 문학적 여행을 인간의 네 가지 정신적 욕망, 즉 "무엇을 만들려는 욕망, 앎을 향한 욕망, 놀이의 욕망 그리고 구원을 향한 욕망"(『이야기』, 38)과 관련시켜 논의를 전개한다. 그러나 이 책에서 논의의 초점이 일관되게 맞춰져 있는 주제는 앞에서 말한 것처럼 문학이 삶과 현실에 어떤 기여를 하는가에 대한 집요한 성찰과 연결되어 있다. 그리하여 「창작으로서의 문학」에서의 요점은 문학적 창작이 현

---

4) 정명환, 『젊은이를 위한 문학이야기』, 현대문학, 2005, p. 34. 이하 인용은 본문에서 『이야기』, 쪽수로 밝힘.

실에 대한 불만을 넘어서려는 욕망에서 비롯된 것이고, "리얼리즘의 문학은 상식적인 현실 인식의 미흡함을 자각하고 현실을 더 깊고 넓게 이해하려는 욕망의 소산이며" "서정시를 비롯한 모든 시적 노력 역시 단순한 감정의 토로가 아니라, 일상생활의 언어로서는 접근할 수 없는 진실과 실존에 더 가깝게 다가서고 그것을 남들과 나누려는 시도"(『이야기』, 75~76)로 정리된다. 또한 「문학을 통한 앎」에서는 "리얼리즘이란 다름 아니라 우리의 관습이나 부주의나 편견 때문에 가려져 있는 참된 현실을 드러내고 제시하려는 모든 문학적 작업" (『이야기』, 97)이라고 포괄적인 정의를 내림으로써 문학의 현실 탐구 기능이 그만큼 중요시된다는 것을 부각시킨다. 또한 「문학과 놀이」에서는 놀이로서의 문학이 "개인적 존재로서의 삶에 기쁨을 베풀고 일상성으로부터의 해방을 가져다 줄 수 있"(『이야기』, 129)다는 점에서 문학의 의미가 논의되기도 한다. 끝으로 「문학과 구원」의 장에서는 "문학은 우리들 각자의 개인적 경험을 넘어서는 그런 추구의 집대성" (『이야기』, 227)과 같은 것이기에 문학이야말로 인생에서 가장 중요한 구원의 문제와 결부된다는 견해가 강조된다. 정명환은 이렇게 네 가지 욕망과 문학의 관계를 주제로 삼아 문학 작품이 우리의 삶을 얼마나 더 깊이 이해하게 만들고 풍요롭게 해줄 수 있는 것인지를 지혜롭게 설명한다.

3

정명환의 학문 세계를 조망하는 데 중요한 문학 연구서들은 『졸라와 자연주의』『문학을 찾아서』『현대의 위기와 인간』 등이다. 먼저 『졸라와 자연주의』[5]에는, 졸라의 이원성과 『루공 마카르』의 애매성의 문제를 주제로 한 논문을 비롯하여 졸라의 소설에 나타난 자연, 성, 자연주의, 정치의 문제를 미시적으로 탐구한 논문들과 비교문학적 연구인 「염상섭과 졸라」 「졸라의 자연주의와 일본의 자연주의」 등의 논문들이 실려 있다. 이 논문들 중에서 거시적 시각을 유지하면서도 치밀하게 씌어진 「『루공 마카르』의 애매성」의 결론에는 "유전과 환경의 지배를 받는 것으로 생각된 인간의 모습을 그림에 있어서, 졸라가 객관적 검증의 언어관을 사용하는 대신에 방대한 상상력을 구사하고 시적 이미지를 개입시켰"(『졸라』, 148)다는 점을 지적하면서, 그러한 본질적 애매성이 결국 졸라의 모순인 동시에 그의 작품들을 풍요성의 세계로 이끈 근거임을 주장한 논리가 돋보인다. 또한 졸라의 소설에 나타난 자연이 루소나 보들레르의 자연과는 본질적으로 다르게 "생의 힘의 발현을 위한 촉매의 기능을 한다"(『졸라』, 174)는 논지의 「초기 소설 속의 자연」을 비롯하여 '성행위=수태'라는 개념이 졸라의 핵심적인 개념임을 논증한 「성과 자연」, 『실험소설론』이 과학에 대한 졸라의 피상적 이해를 보여주는 텍스트가 아니라 "현실과 상상, 주관성과 객관성, 결정론과 자유 사이의 모순을 그 나름대로 해결하려는 한 고투의 표현"(『졸라』, 233)이라는 「자연주의와 결정론」 등의 논문들은 모두 독자의 정신을 긴장시키는 밀도 있는 글이다.

『문학을 찾아서』(민음사, 1994)는 '제1부 사르트르의 문학참여론에 대한 비판적 고찰' '제2부 졸라의 소설' '제3부 문학의 이해를 위

---

5) 정명환, 『졸라와 자연주의』, 민음사, 1981. 이하 인용은 본문에서 『졸라』, 쪽수로 밝힘.

한 네 편의 글'·'제4부 현대 사회에 관한 세 편의 글'로 구성되어 있는데, 저자의 학문적 열정과 논증적 의지, 비판적 시각이 가장 비중 있게 담겨 있는 부분은 제1부로 생각된다. 저자는 여기서 사르트르의 문학참여론의 출발점을 이루는 논리인 시와 산문의 구별을 문제 삼아, 섬세하고 심층적인 분석을 통해 그것의 논리적 모순을 규명한다. 그는 우선 이러한 모순의 전거로, 사르트르가 시와 산문을 구별하여 시를 비언어예술과 동질시한 것은 결국 시를 배제하고 산문만을 대상으로 삼아 산문의 효용성을 생각함으로써 그 효용성은 정치적·사회적 참여의 방향에서 찾을 수밖에 없다는 의도적인 주장을 하기 위해서였음을 밝히려 한다. 또한 사르트르는 시가 본래적으로 참여할 수 없는 장르라고 주장했는데, 이런 논리에 갇혀 있다면, 왜 나중에 말라르메 같은 순수 시인의 '문학적 참여'를 높이 평가하고, 에메 세제르와 같은 흑인 시인의 시를 혁명과 해방의 수단이 될 수 있는 시라고 극찬했는지의 문제가 해명될 수 없다는 것이 저자의 주장이다. 그는 사르트르의 논리 중 받아들일 부분과 비판해야 할 부분을 명확히 구분 짓는다. 이런 바탕에서 저자는 사르트르의『문학이란 무엇인가』에서 핵심적으로 추출해낼 수 있는 시와 산문의 구별에 따른 문제와 함께 논리적 일관성이 결여되어 있는 점들을 검토하면서, 문학참여론 같은 편협한 문학관에서 빚어지는 문제들을 예로 들고 "부분적인 것을 전체적인 것으로 전환시키고, 제한된 지식을 부당하게 확대 적용하는" 사르트르의 결함을 지적한다. 그러한 결함 속에는『문학이란 무엇인가』의 제3장「누구를 위하여 쓸 것인가」에서 "바나나는 그것을 막 땄을 때 가장 맛있듯이, 정신의 산물도 당장 그 자리에서 소비되어야 한다"는 문학관의 비논리성은 물론, 발자크나 스탕달과 같은 작가들을 언급하면서 그들이 예술 속에 자폐함으로써 결과적으로 부르주아 계급의 지배를 용인했다는 식의 경직된 논리를 주장한 부분들이 모두 포함된다. 저자는 사르트르의 이런 논리적 결함을 지적하면서도 사르트르 문학관의 본질은 "문학의 자율성과 절대성"(『졸라』, 40)에 근거해 있다는 것을 환기시킨다.

『문학을 찾아서』의 2부에 실린 졸라의 소설『목로주점』『제르미날』『대지』에 대한 연구는 저자가『졸라와 자연주의』안에서 다루지 못했던 개별 작품 분석의 범례를 보여주는 논문들로서, 작가가 작품을 계획했을 때의 의도와 결과적으로 만들어진 작품의 차이는 무엇이며, 그러한 차이를 통해서 생각할 수 있는 점이 무엇이고 어떤 해석의 가능성이 열려 있는지를 문학의 특성과 관련시켜 논의한 글들이다. 결국 훌륭한 문학은 작품이 얼마나 그 시대와 사회를 넘어서는 보편성의 문학적 가치를 담고 있는가에 달려 있는 것이다. 이런 관점에서 볼 때, 도시의 하층민 노동자들의 삶을 그린『목로주점』은 리얼리즘의 언어로 만들어져 있으면서도 그것을 넘어서는 초시대적 신화의 의미를 함축한 소설로 해석되고, 광산촌 광부들의 현실과 파업의 전말을 그린『제르미날』은 '풍요한 애매성'으로 다원적 해석의 여지를 많이 보여주는 문학성이 풍부한 작품으로 평가될 수 있다.

저자는 이전의「문학과 사회」에서 이데올로기적 비평의 문제점을 지적했듯이, 졸라의 작품 속에 내장된 문학적 가치를 외면하고 현실주의적 반영이나 결정론의 논리로만 작품을 평가하는 독서 방법의 위험성을 비판한다. 이런 점에서 졸라의『대지』를 중심으로 한 루카치의 해석에 대하여, 발자크의『농민』과 관련시켜 비판적 검증을 시도한 논문에는 그러한 문학관이 그대로 반영되어 있다.「문학과 사회」

에서는 발자크의 리얼리즘 문학을 높이 평가하고 졸라의 자연주의 문학을 미흡하다고 비판한 루카치의 문학관과 역사관을 문제시하면서도, 루카치의 주장에 대한 본격적인 비판을 전개하지는 않았는데, 『문학을 찾아서』에 실린 앞의 논문에서 루카치가 비판적으로 다시 논의되는 것은 주목할 만한 점이다. 저자는 루카치의 이러한 견해가 정당하지 않다는 것을 입증하기 위해 무엇보다 졸라의 작품을 꼼꼼히 읽고 분석하면서 인물들의 성격과 역할을 통해 부각된 농민들의 문제와 작가의 농촌 현실에 대한 사회적 인식의 관계를 연결 짓는다. 그리하여 졸라가 농촌 현실을 통해 사회주의적 관점의 낙관적 전망을 제시하지 못했던 것은 작가의 현실인식이 미흡해서가 아니라 "끝없는 소유욕, 가족의 파괴, 도덕적 타락, 보호주의와 자유무역의 대립"[6] 등 심각한 농촌 현실의 실상을 파악했기 때문이며, 농촌의 미래에 대해 어두운 전망을 갖게 됨으로써 결국 사회주의적 유토피아를 회의하게 되었기 때문이라는 결론을 저자는 이끌어낸다. 결국 농촌의 사회적 현실을 사실적으로 파헤치면서 인간과 토지의 실존적 이해관계를 적나라하게 보여준 작가의 노력은 당연히 긍정적으로 평가되어야 한다는 것이 이 논문의 요지이다.

저자는 이렇게 문학 텍스트의 풍부한 해석의 가능성에 초점을 맞추면서 졸라의 소설을 분석하는 한편, 그러한 해석의 가능성을 열어두지 않고 작가의 세계관을 내용 중심으로 결정짓는 독서방법의 한계를 비판한다. 이 책의 제8장인 「계책으로서의 리얼리즘」은 그와 같은 비판의 논조로 리얼리즘의 언어를 현실의 재현으로만 보거나 그것의 재

---

6) 정명환, 『문학을 찾아서』, 민음사, 1994. p. 293. 이하 인용은 본문에서 『찾아서』, 쪽수로 밝힘.

현성과 반영성을 작품을 평가하는 판단의 기준으로 삼는 비평의 과오를 지적한 글이다. 또한 「작가의 죽음과 텍스트의 열림」 「읽기에 관한 한 비이론적 고찰」 등의 글은 문학 텍스트로부터 이끌어낼 수 있는 복합적이고 다양한 텍스트 읽기의 즐거움과, 문학 텍스트가 발휘하는 다채로운 마술적 효과를 즐겁게 수용하는 방법을 비교적 경쾌한 논리로 제안한 논문들이다. 이런 논리에 따라 "문학의 텍스트는 확산적이며 과장하자면 아나키스트적"(『찾아서』, 398)인 것으로 정의되기도 한다.

『문학을 찾아서』 이후 12년 만에 발간된 『현대의 위기와 인간』[7]에는 저자가 서문에서 밝힌 것처럼 대부분 '에코 에티카' 국제 심포지엄에서 발표한 논문들이 수록되어 있다. 저자의 설명에 의하면 '에코 에티카'는 '테크놀로지에 의해서 근본적으로 달라진 물질적, 정신적 생권(生圈) 속에서 새로 수립되어야 할 윤리학'이라는 뜻이다. 그러니까 이 모임에서 발표된 저자의 논문들이 테크놀로지와 경제 논리가 지배하는 현대 사회의 인간에 대해서나 인문학의 문제에 대한 성찰을 주제로 한 것은 당연한 것으로 볼 수 있다. 물론 이러한 주제는 이 책뿐 아니라 『문학을 찾아서』에서 헉슬리의 『멋진 신세계』를 중심으로 논의한 글에서도 발견된다. 바로 이 글에서 저자는 테크놀로지의 위기에 대한 비판적 시각과 다른 테크놀로지에 대한 자신의 의존을 돌아보면서 "자유로운 주체의 윤리와 우리의 의도적인 혹은 비의도적인 예속을 요구하는 테크놀로지 사이의 모순"(『찾아서』, 445)을 고백하고, 동시에 철학과 문학 혹은 인문학이 무엇을 할 수 있을까라는 질

---

7) 정명환, 『현대의 위기와 인간』, 민음사, 2006. 이하 인용은 본문에서 『인간』, 쪽수로 밝힘.

문을 제기해본다. 이런 질문과 논의의 발전으로 볼 수 있는 논문들이 주류를 이루는 『현대의 위기와 인간』은 사르트르 외에도 바타유, 로티, 하버마스, 바티모 등의 철학자와 사상가들을 대상으로 한, 현대 사회의 위기와 인문학의 역할이란 주제에 논의의 초점이 맞춰져 있는 글들의 모음집이라 할 수 있다.

여기서 저자가 현대 사회를 위기의 사회로 파악하는 근거는 이성의 힘과 가치가 몰락하고 역사의 발전에 대한 믿음이 무너졌으며 정신적 가치는 물질적 가치에 의해 전복되는 상황이 되었다고 보는 데 있다. 물론 이런 현상은 테크놀로지 사회의 발전 과정에서 필연적으로 초래되는 결과일 것이다. 저자도 이런 점을 의식하여 "테크놀로지의 사회에서는 생산의 모든 과정과 그 결과에 의해서 우리의 삶과 대지의 조화가 인위적으로 파괴되어가고"(『인간』, 220) 있다는 것에 깊은 우려를 표명한다. 삶과 대지의 조화가 파괴되면 이성의 힘과 정신적 가치도 함께 몰락해갈 수밖에 없는 이런 위기의 현상 앞에서 저자는 과장된 주관주의나 안이한 낙관주의적 관점에 서지 않고 신중하면서도 적극적인 논리로 이성적 사유를 전개하고 현실적인 대안을 제시하려 한다. 가령 현재의 테크놀로지 사회에서 대중의 위력이 확산되고 예술의 존재가치는 무시되거나 무력해지는 현상에 대하여, 저자는 그러한 현실과 대중에 절망하기보다 오히려 대중의 존재를 인식하고 대중을 적극적인 방법으로 계몽해볼 수 있는 인문학의 방법을 제안하는 것이다. 그가 이런 제안을 하는 근거는 대중과 격리된 인문학의 '아카데미즘'에 안주해서는 안 된다는 생각에서이다. 그리하여 세계화 시대의 주류를 이루는 문화산업의 지배 속에서 인문학자는 의기소침해지거나 위축되지 말아야 하고, 오히려 대중을 인간으로 끌어올리고 반

인간 세력에 대항하는 이론과 실천의 방법을 모색해야 한다고 주장한다.

저자의 이러한 주장은, 사르트르의 『변증법적 이성비판』에서 중요한 개념인 '실천적 타성태', 즉 "내가 이 세상에 출현하기 전에 다른 사람들에 의해서 만들어지고, 비유기적인 타성에 의해서 지탱되고 있는 모든 것, 내가 사회적 존재로서 잔존하기 위해서는 반드시 그 속으로 편입되어야 하는 모든 것"(『인간』, 43)과 관련된 논의를 보여준 「사르트르 또는 실천적 타성태의 감옥」에 명확히 나타나 있다. 저자는 사르트르의 예를 통해 실천적 타성태를 초극하려던 그의 시도가 좌절로 끝났지만 그러한 실패와 좌절을 의미 있고 값진 것으로 받아들여야 한다고 결론을 내리는 것이다. 이러한 결론처럼 반인간 세력에 대항하는 인문학적 연구와 방법은 성공해야 의미를 갖는 것이 아니라 좌절을 통해서도 가치 있는 작업이 될 수 있다. 그렇다면 모든 인문학과 예술의 창조적 행위는 진실을 추구하고 주체의 진정한 자유와 해방을 촉구하기 위해 연대할 수도 있을 것이라는 희망도 가능하다. 이러한 희망을 모색하고 있는 이 책에는 이처럼 반인간적인 테크놀로지 사회에서 인간적 삶이 변질되고 인문학이 위기에 놓인 현실을 진단하면서 인문학의 적극적인 방법을 모색하는 여러 논문들 외에도 문학과 철학의 경계와 소통의 문제를 깊이 있게 다룬 논문들이 여러 편 실려 있다. 이 중에서 가장 중요한 논문들은 「사르트르의 낮의 철학과 바타유의 밤의 사상」 「철학과 문학과 진실」 「문학적 근대성에 관한 고찰」 등이다.

우선 「사르트르의 낮의 철학과 바타유의 밤의 사상」에서 저자는 두 사람의 논쟁을 상기시키면서 어느 한쪽을 옹호하고 다른 한쪽을 비판하는 관점을 취하지 않고 객관적인 시각에서 두 사람을 비교하는 입장을 보인다. 사르트르의 합리주의적 입장에서 바타유의 언어와 행위가 부조리하게 보였을 것이라면, 합리주의적 사고를 전복시키려던 바타유의 입장에서는 사르트르의 이성적 철학이 답답하게 보였을 것이라는 점이 저자의 명쾌한 추론이다. 합리주의적 사고를 전복시키려던 바타유가 사회적·정치적 측면에서는 누구보다도 보수적인 생각을 가지고 있는 반면에, "전통적인 합리주의 철학을 대표했다고 볼 수 있는 사르트르는 가장 급진적인 사회주의 혁명의 기수로서 서구사회의 구조에 대해서 근본적인 이의제기를 한"(『인간』, 112) 사람이라는 것도 뚜렷하게 대비되는 점이다. 또한 「철학과 문학과 진실」은 철학과 문학의 관계에 대한 포괄적인 성찰을 출발점으로 삼으면서 "진실은 오직 논리적인 명제로만 표현"(『인간』, 286)된다는 하버마스와 같은 철학자의 발언에 대하여 상상의 언어로 진실을 탐구하는 문학의 논리를 옹호한 글로서, 「문학적 근대성에 관한 고찰」은 하버마스의 미학적 편견과 그것에서 유래되는 문학적 근대성의 문제점을 매우 날카롭게 비판한 독창적인 관점에서 각각 주목되는 논문들이다. 이 모든 글들에서 확인할 수 있는 저자의 문제 제기나 비판적 시각은 서양의 어떤 대가 철학자를 대상으로 하더라도 한결같이 꼬장꼬장한 논리로 엄정한 태도를 취하는 학자의 단호한 모습을 보여준다.

4

김현은 정명환의 학문과 비평의 특징을 이렇게 설명한 바 있다.

정명환의 학문의 본질은 합리주의이다. 그가 비합리주의적인 모든 것에 날카로운 비난을 퍼붓는 것은 그것 때문이다.[8)]

  김현은 정명환의 학문적 본질을 합리주의로 설명하지만, 사실 정명환에게는 '합리주의자'보다는 '이성주의자'라는 명명이 더 적합할 것으로 생각된다. 정명환은 『이성의 언어를 위하여』라는 산문집 「책머리에」에서 "평생을 두고 문학을 공부하면서도 감정의 유로(流露)보다는 이성의 통제를 중시"[9)]해왔다고 말한 바 있는데, 이것은 우리의 '이성주의자'라는 명칭이 별로 틀린 것이 아님을 보여주는 증거이다. 그는 자신을 "마음이 약한 사람"(『이성』, 61)이라고 말하면서도, 삶을 통해서나 글을 통해서 줄곧 이성적 사고를 존중하고 이성에 의한 감정의 극복을 중시해야 한다는 논리에 충실한 모습을 보였기 때문이다.

  지금까지 우리가 살펴본 정명환의 비평과 학문 세계의 본질을 정리해본다면, 그것은 대상에 대한 철저한 이성적 이의제기의 분석방법이었다고 할 수 있다. 그의 이성적 사고는 무엇을 대상으로 하건 간에 한결같이 회의와 부정, 질문과 언어로 전개되었다. 이것은 "모든 훌륭한 문학작품은 감정에 대한 지적 반성의 과정을 밟아나가는 것"(『이성』, 67)이란 그의 문학관에서도 확인되는 점이고, 『아름다운 시간의 나무』에 실린 그의 자전적 에세이에서 조연현을 비판한 과거의 자기 모습을 반성하는 대목에서도 알 수 있는 점이다. 그는 그 당시

8) 김현, 『행복한 책읽기』, 문학과지성사, 1992, p. 86.
9) 정명환, 「책머리에」, 『이성의 언어를 위하여』, 현대문학, 2003. 이하 인용은 본문에서 『이성』, 쪽수로 밝힘.

자신의 '교만한' 말투가 문단에 나서기 위한 '전술적'인 방법으로 "선배를 치고 들어가"(『나무』, 30)기 위한 것이었다는 식의 과장된 표현을 사용하면서 자기를 객관화하는 자기비판의 모습을 보인 것이다. 또한 무엇보다 그의 두번째 비평집 제목인 '문학을 생각하다'를 통해서 그의 이성주의적 비평의 입장을 검토해볼 수 있다. 물론 이 제목은 어떤 수사적 표현보다 단순하고 명료하게 저자가 문학 작품을 생각한 글을 모았다는 의미로 이해되지만, 문학이 무엇보다 이성적인 사유의 대상임을 어떤 수식어 없이 그대로 보여주려 했던 것이 아닐까 하는 생각도 든다.

정명환은 『젊은이를 위한 문학이야기』에서 "문학은 다른 어떤 분야보다도 더 다양하게 그리고 더 깊이 참을 향해 가려는 정신적 활동이다"(『이야기』, 80)라고 정의내린 바 있다. 그는 문학에 대한 이러한 명제에서 "진실" 대신에 "참"이라는 표현을 사용했다. 많은 평론가들이 이런 명제에서 '진실'이라는 말을 쉽게 사용하는데 그가 굳이 '참'이란 말을 고집한 까닭이 무엇일까? 그는 그 이유를, 영어의 truth가 우리말로 진실과 진리의 두 가지 뜻을 모두 갖고 있다면서, "진실은 일상생활이나 우리 자신의 사고, 감정, 체험 등의 모든 분야에 있어서 허위가 없는 것을 뜻하고, 진리는 더 고차적으로 우리의 일상적 경험을 넘어서고 또 그 원리가 되어야 하는 근본적인 이치를 가리키는 말"(『이야기』, 80)로 구분되기 때문에, 그렇게 구분되지 않고 두 가지 의미를 모두 함축할 수 있는 우리말을 찾다가 '참'이라는 말을 생각해냈다는 것으로 설명한다. 그는 '참'이라는 말을 통해서 문학이 삶의 차원에서 진실을 밝히는 작업이면서도 동시에 철학처럼 초월적 진실을 뜻하는 진리에 접근하려는 노력임을 표현하고자 했던 것이다.

이것은 그가 정확한 언어를 사용하는 평론가임을 보여주는 동시에 말에 대해 얼마나 민감한 사람인가를 반영하는 예이다. 우리는 그를 이성주의자 혹은 이성적 언어의 평론가로 부를 수 있다고 했는데, 이것은 그의 글이 논리적이고 이성적이라는 것을 가리키면서 동시에 그가 말과 언어에 대해 각별히 예민한 감각의 소유자이면서 섬세하고 정확한 언어를 사용하는 지식인임을 말하기 위해서이다. 「감정의 습지」라는 산문에서 그는 "문학에 대한 성찰을 직업으로 삼고 있는 사람들조차 반성되거나 규정되지 않은 감정적 구호를 자명한 것처럼 사용하기를 서슴지 않는다"(『이성』, 69)는 것을 개탄하면서 이성의 언어에는 무감각하고 감정의 언어에만 예민한 문학인의 언어 사용법을 문제시하는데, 이것은 무엇보다 언어에 대한 그의 민감한 의식을 예증한다.

정명환이 누구보다 언어에 민감한 평론가라는 말과 함께 언급해볼 수 있는 것은 그의 많은 산문들이 대체로 상투적이고 관습적인 언어에 대한 문제 제기의 의식으로 씌어졌다는 것이다. 가령 「언어의 인플레이숀」은 "전차 속에서는 원칙적으로 현금을 받지 않기로 되어 있습니다"라는 전차 속에서 본 광고문을 읽고 '원칙적으로'라는 말을 문제 삼아 씌어진 글이고, 「오리무중」은 한자를 모르는 젊은 세대의 기발한 한자 표현을 보고 씌어졌으며, 「현실적이란 무엇인가?」는 현실이라는 낱말의 의미를 생각하면서 씌어진 글이라는 것을 예로 들 수 있겠다. 또한 「분수라는 말의 함정」에서 분수라는 말의 의미와 복잡한 뉘앙스에 대해 질문을 던지고, 「내국인 출입 금지」에서는 서울 시내 중심가의 유명한 호텔 쇼핑센터의 '외국인 전용 상점'이라는 문구 밑에 '내국인 출입 금지'라고 적힌 문구를 통해서, 「비비올로지」에서는 젊은 세대의 풍자적인 언어 사용의 예를 통해 말을 문제시했다는 것은, 모두 언어에 예민한 그의 의식을 반영한다.

이렇게 정명환은, 언어 사용에 각별히 민감한 반응을 보이는 작가처럼, 상투적인 언어 사용을 극도로 배제하고 늘 언어를 새롭고 명증하게 사용하려는 의지를 보인다. 문학에 대한 그의 논리가 상식적이거나 관습적인 차원을 훌쩍 뛰어넘어 깊이 있게 전개되는 것도 그의 그러한 언어 사용법에 근거하기 때문이다. 결국 정명환의 글은 이상적 언어 감각을 바탕으로 삼으면서도 합당하고 논리적인 언어 사용의 제한된 차원을 넘어서서, '현실을 부정하고 초월하는' 문학의 기능과 맞물려 긴장되고 풍부한 사유의 장을 마련한다. 그의 이성은 한국 문학에서 처음 이상에 대해 쓴 글 제목처럼 '부정과 생성'의 계속적인 작업으로 넓고 깊어진, 살아 있는 이성이기 때문이다.

〔2007〕

역사적 시각과 맥락의 비평

── 홍정선의 『카프와 북한문학』[1], 『프로메테우스의 세월』[2], 『인문학으로서의 문학』[3]을 중심으로

1

중견 문학평론가 홍정선이 『역사적 삶과 비평』(문학과지성사, 1986) 이후의 오랜 침묵을 깨고 최근에 문학 연구서 『카프와 북한문학』과 두 권의 비평집 『프로메테우스의 세월』, 『인문학으로서의 문학』을 거의 동시에 펴냈다. 물론 '오랜 침묵을 깨고'란 말은 그가 비평 활동을 중단하고 있었다는 뜻에서가 아니라, 중단 없이 발표한 글을 다만 책으로 묶지 않았다는 의미에서이다.

그는 첫번째 비평집 『역사적 삶과 비평』에서, 문학을 역사적이고 통시적으로 바라보는 넓은 시각을 갖고 있으면서도 작가와 시인의 언어적 특성과 문체적 개성을 섬세하게 포착하는 개성을 보였다. 일반적으로 거시적 성찰에 익숙한 비평가는 작품의 미시적 분석을 소홀히

---

1) 홍정선, 『카프와 북한문학』, 역락, 2008. 이하 인용은 본문에서 『카프』, 쪽수로 밝힘.
2) 홍정선, 『프로메테우스의 세월』, 역락, 2008. 이하 인용은 본문에서 『세월』, 쪽수로 밝힘.
3) 홍정선, 『인문학으로서의 문학』, 문학과지성사, 2008. 이하 인용은 본문에서 『문학』, 쪽수로 밝힘.

하기 쉬운 법인데, 그는 대립되는 것처럼 보이는 그 두 가지 작업을 첫번째 비평집에서부터 성숙하게 종합했을 뿐 아니라 균형감각을 갖춘 비평의 전범성을 보여주었다.

『역사적 삶과 비평』에서 홍정선은 개별적인 작가론에 비중을 두기보다 통시적이건 공시적이건 여러 작가들의 작품을 전체적인 흐름 속에서 정리하는 작업에 더 공을 들였다. 그러므로 해방 후 세대의 문학에서부터 4·19 세대의 문학에 이르기까지 순수·참여론의 대립 양상이나 한국 리얼리즘론의 역사, 70년대 비평과 80년대 비평의 차이, 한국 대중소설의 전개 과정 들을 논의하는 글이 대종을 이루게 되었다. 물론 이런 주제의 글 속에서도, 그는 한결같이 문학이 언어로 만들어진 장르이며, 작가는 언어를 구사하는 사람이라는 것을 문학적 평가의 원칙으로 삼았다. 이런 원칙에서 손창섭과 황순원의 소설을 작중인물이나 주제의 차이로 비교하기보다, 작가의 소설 언어에 반영된 삶에 대한 태도의 차이를 중심으로 비교하였으며, 4·19 세대의 대표적인 비평가인 김현의 정확하고 명료한 문장의 특성을 지적하거나, 이청준의 소설에서 삼인칭의 서술 방식 혹은 격자소설의 서술 방식을 설명하기도 했다. 마찬가지로 그와 동세대 작가인 이인성의 카메라 렌즈와 같은 언어 사용의 의도를 분석하거나, 황지우의 나무와 김춘수의 나무가 어떤 관점에서 차이를 갖는지를 언어와 시적 이미지의 관점에서 비교하기도 했다.

이처럼 홍정선은 『역사적 삶과 비평』을 통해 통시적 시각을 갖고 있으면서도 작품에 대한 정밀한 이해와 분석으로 작가와 시인들에게서 언어 사용방식이 어떻게 다른지의 문제를 중요시하는 비평가의 모습을 각인시켰다. 그로부터 20여 년이 지난 후에 발간된 세 권의 책에서 그의 비평 세계는 어떻게 변화했을까?

2

먼저 『카프와 북한문학』부터 검토해보자. 이 책은 「카프 연구의 올바른 자리를 찾아서」를 비롯하여 납·월북 작가들을 문학사에서 어떻게 수용할 것인지의 문제를 다룬 논문들과 팔봉 김기진의 삶과 문학에 대한 평전 형식의 긴 글, 북한 문학과 북한 문학사, 북한의 리얼리즘을 주제로 한 글들로 구성되어 있다. 홍정선은 「머리말」에서 대학원 석사과정 시절에 "신경향파 문학이론에 대한 학위논문을 준비하면서 관심이 자연스럽게 카프문학으로 확대되었"고, "카프에 대한 관심은 납·월북 작가로, 납·월북 작가에 대한 관심은 다시 북한 문학으로 옮기"게 된 과정을 설명하면서, "대부분의 글은 비평과 논문의 중간지대에 속해 있"는 글이라고 말한다. 이 책에 실린 글들의 이러한 성격 때문에 이 책의 가독성이 높아졌을 것으로 보이는데, 사실 이 책을 읽기 전만 해도 무겁고 답답한 제목 때문에 읽고 싶은 마음보다 읽어야 할 의무감이 앞섰지만, 막상 책을 읽으면서 독서의 속도감이 붙게 된 것은 저자의 새로운 문제의식과 비평적 문체의 힘 때문이었던 것으로 생각된다.

이 책에서 가장 흥미롭게 읽은 논문들은 「카프 연구의 올바른 자리를 찾아서」와 「북한문학의 이해를 위하여」이다. 먼저 「카프 연구의 올바른 자리를 찾아서」에서 저자는 1980년대 후반으로부터 90년대 초에 이르는 프로문학 연구의 공통점을, 첫째, "문학을 설명하기 위한 언어라기보다는 사회현실을 설명하는 언어들"(『카프』, 19)을 구사한다는 점, 둘째, 작품이 독자에게 관심을 두지 않고 작가가 그리고 있는 인물과 투쟁의 내용에만 관심을 갖는다는 점, 셋째, "일정한 선험적 명제를 가지고 작품 평가를 한다는"(『카프』, 20) 점으로 명쾌히 정리했다. 홍정선이 이렇게 프로문학 연구의 공통점을 지적한 것은 연구자들이 한결같이 작품의 문학적 가치를 소홀히 취급하는 것에 대한 불만이 있었기 때문이다. 그는 공시적이건 묵시적이건 간에 문학 비평가라면 기본적으로 작품의 가치를 중심으로 평가하는 자세를 가져야 한다는 것을 강조한다. 만일 작품 중심의 평가를 우선시하지 않고 어떤 이념이나 목적의식을 앞세워 작품의 문학성을 도외시하고 작품들을 비평가의 주장에 맞추어 수단으로 이용한다면, 그의 관점이 문학을 떠나서 사회 현실을 설명하려는 사회학자의 관점과 다른 점이 하나도 없을 것이다. 이런 점에서 홍정선이 "자신의 과장된 진보성과 혁명성을 과시하는 방편으로 실제의 자기 본질과는 상관없는 프로문학 연구를 아무렇게나 생산하고 있는 현재의 풍토에 문제가 있"(『카프』, 25)음을 지적한 것에서 우리는 역으로 그가 주장하는 프로문학 연구의 올바른 방향이 무엇인지를 알 수 있다.

또한 「북한문학의 이해를 위하여」에서 저자는 "북한사회에서 작가와 작품의 존재방식이 경제적으로는 사회주의에 의해, 정치적으로는 주체사상에 의해 규정되고" 있는 까닭에 "무엇을 어떻게 쓸 것인가 하는 문학적 형상화의 문제"(『카프』, 158)는 원천적으로 배제된다는 것을 논의의 출발점으로 삼고 있다. 그렇다면 사회주의 건설과 '혁명투쟁'의 이념에 봉사하고 주체사상의 통제를 받는 문학은 과연 문학이라고 할 수 있을까? 북한 문학이 문학이 아니라면 북한 문학을 왜 논의해야 하는 것일까? 저자는 이런 질문들을 의식한 듯, 북한의 문학이 '북한식 사회주의'가 만들어낸 특수한 문학임을 역설하고, 북한의 주체문예이론을 세밀하게 분석한다. 이 논문에서 가장 흥미롭게 읽을 수 있었던 부분은 주체사상 이전의 문학과 이후의 문학이 어떤 차이가 있는지를 예시적으로 설명한 대목이다. 홍정선은 주체사상 이전의 문학에서는 "사회주의 사회건설에 대한 이상적인 꿈과 낙관적 전망으로 충만해 있었"(『카프』, 166~67)기 때문에 등장하는 주인공들이나 공산당 간부들의 선량한 모습이 비현실적으로 보일 만큼 과장되게 그려져 있으면서도 "근래에 쏟아져 나온 주체사상 시기의 소설들에서는 느낄 수 없는 찡한 감동"(『카프』, 168)을 느끼게 되었다고 진술한다. 다시 말해서 주체사상 이전의 문학에서는 감동적인 요소가 있지만, 이후의 문학에서는 그런 요소를 발견하기 어려웠다는 것이다. 이것은 특정한 사상노선의 통제와 지배를 받게 되는 상황에서 필연적으로 문학의 위기가 도래한다는 것을 보여주는 증거이다.

「카프 이전의 팔봉 김기진」은 김기진의 생애와 문학을 이야기하는 평전의 문체로 쓰인 글로서, 그가 왜 문학 지상주의의 길을 포기하고 사회주의 문학을 선택했는지의 문제에 초점을 맞추고 있다. 여기서 김기진과 박영희와의 우정은 이렇게 설명된다.

배재고보 시절 열심히 『젊은 베르테르의 슬픔』, 『살로메』 등에 심취하던 시기로부터 일본의 상징주의, 유미주의 시에 심취하던 유학생활 초기를 거쳐 아쿠다가와 류노스케(芥川龍之介)의 소설에 빠지기까지 두 사람은 거의 동일한 정신의 궤적을 그려왔다. 그러던 것이 21년 겨울 이후 김기진이 사회주의 문학 쪽으로 점점 빠져들면서부터는 박영희를 설득시키는 단계로 옮아가며, 23년 가을 박영희가 사회주의 문학에 공감한 이후에는 사실상 팔봉이 한 수 가르쳐 주는 시기가 얼마 동안 계속된다는 점이다. (『카프』, 95)

이 글에서 보면 김기진이 사회주의 문학 쪽으로 기운 시기는 1921년 겨울부터이다. 저자는 이 무렵에 김기진이 갖고 있었던 생각을 분명히 밝히기 위해, 그가 1922년 12월 26일에 박영희에게 쓴 편지에서 몇 가지 사실을 유추해낸다. 그의 설명에 의하면, 이 시기에 김기진은 그때까지 박영희와 동행했던 문학 지상주의의 길을 반성하고 사회주의 문학의 길로 나아가야 한다는 생각과 식민지 조선의 비참한 상황에 대한 휴머니즘의 감정, 억압받고 있는 조선 민족을 프롤레타리아트와 동일시하는 감정을 갖기 시작했다는 것이다. 홍정선은 사회주의 문학으로 기운 김기진의 이와 같은 변화가 일본 프로문학과의 관계에서 이루어진 것으로 판단하여, 나카니시 이노스케와 아소 히사시 같은 프로문학 작가들의 소설이 김기진에게 어떤 영향을 끼쳤는지를 자세히 분석한다. 이러한 분석에 이어서 김기진이 사회주의 문학에 빠지면서 '문학은 어떻게 즐거움을 주는가'의 문제보다 '문학이 무엇을 할 수 있는가'라는 문제를 더 절실히 생각했고, 조선의 사회와 조선 문학을 새롭게 변화시켜야 한다는 사명감을 갖게 되는 과정을 설명한다.

저자는 팔봉의 사회주의 문학에 대한 실존적 선택에 주목하여 그의 사상적 전환과 『백조』, 신경향파와의 관계를 면밀히 고찰하는 한편, 그의 수필체 평론의 특징을 이렇게 말한다. 팔봉 김기진의 평론은 "외국의 문학이론을 어설프게 소개하거나 적당히 번안해 놓은 글 몇 편과 감정적으로 남의 작품을 헐뜯는 인상비평적인 글 몇 편밖에 없었던"(『카프』, 142) 당시 평론계의 실정에서 "단순하고 명쾌하게, 다분히 감정이 배인 목소리로 현실을 격렬히 비판"(『카프』, 141)하는 문체로 호소력이 강한 비평의 성과를 거둘 수 있게 되었다는 것이다.

3

『프로메테우스의 세월』은 저자가 민족·민중문학에 대해 1980년대 초반부터 90년대 초반 사이에 써온 글들을 모은 비평집이다. 그가 제목을 '프로메테우스의 세월'이라고 붙인 것은 그 시대의 민족·민중문학이 "우리나라를 인간답게 살 수 있는 근대국가로 만들기 위"(「책머리에」)한 민주화를 위한 투쟁에서 프로메테우스의 수난을 겪은 것으로 이해했기 때문이다. 이러한 제목이 암시하듯, 홍정선은 이 책에서 대체로 민족·민중문학의 역사와 논리를 비판적 동반자의 입장에서 긍정적으로 이해하면서 민족문학 개념의 역사적 변화, 민중문학과 노동문학의 개념 정립 등을 객관성의 시각으로 바라보려 한다. 이 책을 관류하는 이런 전체적 줄기 속에서 "민족문학 개념의 역사적 변천에 대한 객관적 이해를 일차적인 목표로 삼"(『세월』, 26)아 쓰인 「민족문학개념에 대한 역사적 검토」는 민족문학이 국민문학, 민족주의 문학 등의 개념과 어떤 차이를 보이고 어떤 유사성을 갖는지를 역사적으로 검토한 글이다. 또한 "한국 민중문학의 흐름을 개괄적으로 정리·고찰"(『세월』, 49)한 「민중문학의 흐름과 발전적 전개」는 70년대 이전의 민중문학과 70, 80년대 민중문학을 구분 지어서 해방 후의 순수·

참여 논쟁, 민중문학에서 창작 주체의 문제, 노동문학의 가능성 등의 주제를 통시적으로 파악한다. 이 글에서 부분적으로 언급된 노동문학의 문제는 「노동문학과 생산주체」라는 글에서 다시 본격적으로 논의되기도 한다. 저자는 이 글에서 "진정한 의미에서의 노동자의 세계관이란 고양된 정치의식에 못지않게 자신의 일과 자신이 만든 물건에 대해 사랑의 윤리를 확보하는 데에서 찾아져야 한다"(『세월』, 93)는 논리를 부각시키면서 "노동문학에서 거론되는 노동자의 세계관 문제는 노동의 윤리문제까지를 고려하는, 충분히 민주적인 것이었으면 하는"(『세월』, 94) 완곡한 주장을 표명하기도 한다. 이런 희망의 주장과 함께 "노동문학을 지나치게 계급적 편향성에 입각하여 이야기하려는 시도에 반대한다"(『세월』, 96)는 그의 입장은 매우 단호하다.

「현 단계 민중문학의 반성」은 민중문학의 논의에서 긍정적 측면보다 비판적 측면에 더 초점을 맞춘 글인데, 이것 외에 70년대 민중문학의 비평가 염무웅에 대해서 쓴 「삶의 무게와 비평의 논리」 역시 앞의 논지와 같은 맥락에서 읽을 수 있는 글이다. 「현 단계 민중문학의 반성」에서 저자는 70년대 이후의 민중문학 논의에서 문학에 대한 사회과학적 인식의 도입에 따른 문제점을 지적한다. 여기서 비판적 검증의 자료로 쓰인 평론들은, 이재현의 「민중문학 운동의 과제」, 백진기의 「노동문학, 그 실천적 민주화에의 뜨거운 열정」 등인데, 홍정선은 이들의 글에 나타난 사회과학적 개념의 오용과 잘못된 인식의 예문들을 통해 그의 비판적 시각을 분명히 보여준다.

민중문학에 있어서 사회과학적 인식의 도입은 작가의 속성과 정체를 폭로하고 가식적 예술성에 얽매어 있는 작가들을 비판하는 데에는 비

교적 유용했지만 작품을 정확하게 읽도록 만드는 데에는 상당한 무리가 있었다. (『세월』, 140~41)

이 글에서 짐작할 수 있듯이, 홍정선이 생각하는 비평가의 가장 중요한 덕목은 스스로 작품을 정확하게 읽고, 독자에게 작품을 정확하게 읽도록 하는 일이다. 작품을 정확하게 읽는 비평가는 결국 좋은 작품인가 나쁜 작품인가를 판별하는 감식력을 갖춰야 하고 왜 좋은 작품이고 왜 나쁜 작품인지를 설득력 있게 설명할 수 있어야 할 것이다. 이런 관점에서 「삶의 무게와 비평의 논리」는 염무웅의 비평이 갖는 장점을 인정하면서도, 그의 글에서 드러난 결정론의 시각, 즉 작가의 삶과 문학을 관련지어서 '위대한 삶'이 '위대한 작품'을 만든다는 결정론적 논리를 비판한 글이다. 이처럼 홍정선의 한결같은 입장은 작품을 평가하는 가치판단의 본질적 조건은 어디까지나 작품이 되어야지 작품을 떠난 작가의 삶이 될 수가 없다는 생각이다. 홍정선이 이 책에서 예시한 것처럼, 사실 한국 문학사뿐 아니라 서양 문학사에서도 '위대한 삶'과 '위대한 작품'이 일치하는 경우보다 일치하지 않는 경우가 더 많을 것이다. 그러니까 한용운의 시에 대한 염무웅의 해석이 보여주는 문제점은, 시를 정확히 읽기보다 시인의 위대한 삶에 비중을 둠으로써 결국 작품에 대한 올바른 이해를 소홀히 하는 결과를 초래하게 되었다는 것이다. 또한 염무웅은 민중문학의 이론가답게 문학에서 민중적 삶과 민중적 실천을 강조하지만, "민중적 삶의 전형적인 모습을 읽기보다는 민중적 투쟁의 위대함을 읽으려 했고, 현실적인 민중의 모습을 드러내려 하기보다는 이상적인 민중의 모습을 드러내려 했"(『세월』, 115)기 때문에, 그의 민중관은 추상적이고 비과학적이라는 비판을 받을 수밖에 없다는 것이다. 염무웅의 비평에 대한 홍정선의 이처럼 단호한 비판은 논리의 허술한 점이 전혀 없다.

홍정선은『창작과비평』의 백낙청, 염무웅 등의 비평가들이 거둔 문학적 성과와 영향력을 긍정적으로 받아들이면서도 그들이 의도했건, 의도하지 않았건 간에 문학의 논리에서 많은 문제점을 만들어냈다는 것을 용기 있게 지적한다. 그러한 문제점의 대표적인 예는 "『창작과비평』의 절대적 영향 아래 문학공부를 시작한 많은 사람들이 80년대에 사회과학 지상주의자로 변모해 문학을 메마르고 삭막한 이론 투쟁의 장으로 만들어버린"(『세월』, 178) 결과이다. 그러한 영향 때문에 작품의 문학성을 발견하고 작품에서 풍부한 의미를 이끌어내는 일보다 문학의 외적인 요소를 중시하여 문학을 사회과학 논리나 이념에 종속시키는 현상이 초래되었다면, 이러한 비논리성이야말로 당연히 극복되어야 할 과제일 것이다.

4

가장 최근에 출간된 비평집『인문학으로서의 문학』은 책의 형식과 내용에서 모두 성숙한 비평적 시각에 바탕을 둔 안정성과 균형감이 돋보이는 책이다.『카프와 북한문학』은 진지하고 깊이 있는 내용에도 불구하고 팔봉 김기진에 대한 평전 형식의 글이 책의 중심부에 자리 잡고 있어서 다른 글들과의 관계에서 문체와 접근 방법의 이질성이 두드러져 있음을 부인하기 어렵다. 또한 「설정식에 대한 추억」이란 제목으로 홍정선이 번역한 헝가리 출신의 소설가이자 신문기자인 티보 메레이의 글이 삽입되어 있는 것도 완벽하게 통일성을 갖추었다는 느낌을 주지 못한다. 그리고 『프로메테우스의 세월』은 저자가 「책머리에」에 쓴 것처럼 "민족·민중문학이 어떤 역사적 맥락을 가지고 있으며, 어떤 모습을 보여주었고, 어떤 의미와 한계를 가진 것인지를 나름으로 검토해보기 위해 쓴 글"을 모은 것이기 때문에 논의가 중복되는 부분도 있고, 비평의 논리와 무게가 균질적으로 보이지 않는 부분도 있다. 가령 윤정모의 소설을 논의한 「정직한 개인과 난폭한 사회」는 "단순한 사회는 단순한 개인을 낳는다"(『세월』, 251)는 명제를 첫 문장으로 이끌어들여 1980년대 한국 사회가 단순한 혹은 난폭한 사회이기 때문에 이 사회에 대항하는 개인은 단순한 혹은 정직한 사람이 된다는 논지로 소설의 의미를 설명한다.

> 필자는 앞에서 단순한 사회는 단순한 인간을 낳는다고 말했다. 우리가 이러한 사회에 살고 있는 동안은 윤정모 식의 소설쓰기가 이 사회의 구조에 힘입어 계속적인 의미를 지닐 것이다. (『세월』, 254)

이 인용문은 홍정선이 쓴 글이라고 믿어지지 않을 만큼 논리의 허점을 드러낸다. 아무리 군사정권이 지배하는 80년대 사회라도 그 사회를 단순한 사회로 규정하고, 거기서 단순한 인간이 만들어진다는 생각에 동의할 사람은 많지 않을 것이다. 물론 폭력적인 사회에 저항하는 개인의 행동방식이 단순해질 수는 있다. 그러나 아무리 폭력적인 사회라도 단순한 인간이 존재할 수도 있고, 복잡한 인간이 존재할 수도 있는 법이다. 그러나 홍정선은 윤정모의 소설을 비평하는 자리에서 소설의 의미가 시대에 따라서 변화한다는 견해를 피력하는데,

이것이 과연 그의 변함없는 문학관이라고 할 수 있을까 하는 의문이 든다. 물론 이런 점은 어디까지나 『인문학으로서의 문학』이 갖는 균형 잡힌 통일성을 강조하기 위해 이 책보다 통일성이 부족한 비평집을 예로 들어서 아주 작은 부분을 문제시한 것에 지나지 않는다.

『인문학으로서의 문학』 1부는 「맥락의 독서와 비평」 「공허한 언어와 의미 있는 언어」 등의 비평론과 「한국 문학 속에 나타난 '가장상(家長像)'의 변화」처럼 문학사적 맥락에서 어떤 주제를 검토한 글들로 이루어져 있고, 2부는 김원일의 『노을』을 비롯한 소설론으로, 3부는 김광규의 시 세계, 김명인의 『따뜻한 적막』 등의 시론으로 각각 구성되어 있다. 이 책에 실린 열여덟 편의 글이 1부와 2부, 3부에 균등하게 여섯 편씩 나뉜 것도 특기할 만한 점이다. 이러한 균형 잡힌 구성은 일정한 높이를 유지하고 있는 모든 글의 균질적인 특성과 어우러져 있다.

우선 홍정선의 비평적 시각과 방법을 잘 드러내주는 「맥락의 독서와 비평」과 「공허한 언어와 의미 있는 언어」를 검토해보자. 「맥락의 독서와 비평」에서 홍정선은 비평가의 기본적인 자세를 맥락의 독서로 제시하고 그 이유를 "한 작가 안에서 혹은 한 작가와 다른 작가들 사이에서 작가와 작품의 관계, 작품과 작품의 관계, 작품과 사회의 관계를 부단히 떠올리고 관계 지으면서 비평행위"(『문학』, 14)가 이루어져야 하기 때문이라고 설명한다. 맥락의 독서와 비평은 대상이 되는 작가의 진짜와 가짜, 모방과 창조를 구별할 수 있게 한다는 것이 그의 주장이다. 그는 자신의 경험을 예로 들어서 정지용의 「향수」를 읽으면서 이상화의 「빼앗긴 들에도 봄은 오는가」와 임화의 「현해탄」을 함께 떠올리고, 그 시인들이 동일한 대상에 대해 어떤 유사한 생각을 하고 어떤 차이로 표현하는지를 생각해보는 일이 흥미로운 것임을 설명한다. 또한 그는 김현을 비롯한 선배 비평가들이 나름대로 맥락의 비평을 실천했다고 말하면서, 우리 비평이 맥락의 비평으로 돌아가야만 독자적인 문체와 작품 분석으로 읽을 만한 비평이 된다는 것을 역설한다. 비평가가 이러한 맥락의 비평을 하기 위해서는, 홍정선이 다른 책에서 자주 강조한 것처럼 무엇보다 작품을 정확하게 읽는 습관이 전제되어야 할 것이다. 작품을 정확하게 읽는 비평가는 작품에 담긴 풍요로운 의미를 다각적으로 해석할 수 있는 사람이지, 하나의 의미로 단정적인 결론을 내리는 사람이 아니다. 홍정선은 「공허한 언어와 의미 있는 언어」에서 비평가에 우선적으로 필요한 것은 "작품을 치밀하게 읽는 습관"이고, 그다음으로 필요한 것은 "상식과 교양의 힘"(『문학』, 32)이라고 규정짓고, 이런 점에서 문제점을 노출하고 있는 비평가들의 글을 비판적으로 검토한다. 그가 단정적으로 언명한 것은 아니지만, 아마도 그들의 비평에서 '맥락의 비평'을 찾을 수 없었기 때문에 그것이 비판의 대상이 된 것은 아닐까?

사실 『인문학으로서의 문학』에 실린 대부분의 글은 '맥락의 비평'에 해당되는 비평이다. 이런 점에서 홍정선은 맥락의 비평을 주장하고, 그것을 다각적으로 실천하는 비평가라고 할 수 있다. 「한국 문학 속에 나타난 '가장상(家長像)'의 변화」에서 저자는 "전통적인 가족제도가 어떤 이유로 해서 어떤 방식으로 해체되고 붕괴되어왔으며 그러한 과정 속에서 가장의 모습이 어떻게 바뀌어왔는지에 대해서"(『문학』, 60) 알기 위해 염상섭의 『삼대』, 이상의 「문벌」과 「가정」, 김원우의 「추도」, 김향숙의 「비어 있는 방」, 이순원의 「익명, 혹은 그런 이름의 사회학을 가진 여섯 개의 단상」 등을 순차적으로 검토한다.

이러한 맥락의 독서는 홍정선이 김원일의 『노을』을 읽는 자리에서 『구운몽』을 이끌어들이고, 김영현의 『깊은 강은 멀리 흐른다』와 임철우의 소설을 비교하고, 이순원의 『은비령』을 분석하는 자리에서 무협소설을 연상하며, 이러한 연상의 원인을 규명하는 논지의 비평으로 자연스럽게 연결된다. 그의 시론에서 맥락의 비평이 가장 잘 나타나 있는 부분은 김혜순의 『어느 별의 지옥』을 대상화하면서 김혜순과 강은교를 죽음의 이미지 중심으로 비교한 글이다. 맥락의 비평이 한 작가와 다른 작가를 비교하는 것만이 아니라, 홍정선의 말처럼, "한 작가 안에서 〔……〕 작품과 작품의 관계, 작품과 사회의 관계를 부단히 떠올리고 관계" 짓는 작업이라면, 이문열의 소설에 대해서 쓴 「소설로 가는 기억의 길」, 양귀자의 『원미동 사람들』을 분석한 비평, 김명인의 시를 전체적 맥락에서 살펴본 글, 김광규의 평범하면서도 평범하지 않은 시적 표현 방법의 차이를 추적한 글, 모두를 맥락의 비평속에 포함시킬 수 있을 것이다.

홍정선의 비평을 전체적으로 읽으면서 새롭게 알게 된 것은 그가 역사적인 시각과 논리적인 분석력이 강한 비평가라는 점 외에, 글 속에서 자신의 인간적인 모습을 솔직히 드러낼 줄 아는 비평가로서의 그의 면모이다. 그는 「기억의 굴레를 벗는 통과제의」에서 김원일의 『노을』을 "인간과 이념의 관계를 다룬 소설들 중 가장 뛰어난 소설의 하나"로 평가하면서 자신의 뒤늦은 평가에 대한 부끄러움을 이렇게 말한다.

이 소설은 적어도 나에게는 지난 시절 내가 한 사람의 평론가로서 얼마나 무책임하게 살아왔는가를 뼈저리게 환기시키는 가장 아픈 상처

중 하나이다.

나는 80년대 내내 나와 가까웠던 상당수 진보적 평론가들이 이 작품에 대해 악평하는 것을 말없이 방치해왔다. 그들이 『노을』을 지나치게 반공주의적인 시각을 드러낸 작품이라고 일언지하에 평가절하해버리거나 술자리의 가벼운 안주거리로 삼아 무책임한 난도질을 일삼을 때 나는 그 같은 행위를 침묵으로 승인했다. 〔……〕 그런 태도는 분명히 나의 비겁함 혹은 무책임함의 표현이었다. 그러므로 나는 뒤늦게나마 이 글을 내 과오에 대한 한 줄 참회록으로 만들 필요성을 통감하고 있다. (『문학』, 111~12)

그는 여느 비평가라면 결코 공개하지 않았을 자신의 과오를 솔직히 인정하면서, 그것을 '비겁함 혹은 무책임함'이라고 표현하고 있다. 그러나 그가 이렇게 자신의 무책임함을 참담하게 고백할 만큼 그의 과오가 그렇게 큰 것이었을까? 사람은 누구나 과오를 범할 수 있는 것이라면, 과오가 크건 작건 간에 중요한 것은 자신의 과오를 어떻게 반성하는가의 문제일 것이다. 필자는 홍정선의 반성하는 태도에서 비평가로서의 강한 책임의식을 볼 수 있을 뿐 아니라 문학에 대한 그의 인간적인 모습을 발견하게 된다. 왜냐하면 그는 객관적인 입장에서 문학의 논리를 설명하고 좋은 작품과 나쁜 작품을 분별하고 평가하는 비평가이면서도, 주관적인 입장에서 좋은 작품을 읽었을 때 거리낌 없이 감동하고, 동시에 문학에 의존하여 자신의 삶을 돌아보고 반성할 줄 아는 독자의 모습을 보이기 때문이다.

문학에 대한 그의 비평가적 시각과, 비평가 이전의 개인적인 생각과 반성적 시각이 절묘하게 어우러진 글로 생각되는 것은 이순원의

『은비령』에 관한 「삶을 넘어서는 말의 아름다움」이다. 그는 『은비령』을 읽으면서 무협지를 생각하게 된 자신의 모습을 객관화하면서 자신의 무미건조한 일상적 삶에서 일탈하고 싶은 욕망을 표현한다. 이 글에서 보인 것처럼 그는 비평가이기 전에, 현실의 굴레 속에서 '약속과 시간' '의무와 책임' '돈과 일'에 얽매어 따분한 삶을 살 수밖에 없는 개인의 모습을 드러낸다. 그러나 문학을 통해서 일탈의 꿈을 꾸고, 자신의 메마른 삶을 반성할 수 있다면, 그의 삶이 행복한 삶이라고 말할 수는 없어도, 그것이 의미 있는 삶이라고 말할 수는 있을 것이다. 홍정선이 문학을 통해서 혹은 자신의 비평을 통해서 말하고 싶은 핵심적인 주제는 바로 문학의 의미가 삶을 반성하게 한다는 것이다. 이런 점에서 그의 비평이 문학과 삶에서 모두 의미 있는 작업이 되는 것은 당연하다.

〔2008〕

대학문학상[1] 수상 작품론
──시와 소설

1. 젊은 시인들의 시적 모험과 상상 세계

'대학문학상'에 당선된 대학생 시인들을 시인이라고 부를 수 있을까? 오래전에 읽었기 때문에 정확한 근거를 말할 수는 없지만, "좋은 시 한 편을 만드는 것은 쉬운 일이었으나, 그런 이유로 시인이 될 수는 없었다"라고 말한 사람은 철학자 가다머였다. 그의 이 말은 누구나 어느 한때 자기 나름의 기준에서 좋은 시를 쓸 수는 있겠지만 그렇게 시를 쓴다고 해서 모두 시인은 아니라는 것인데, 여기서 시인이란 현상의 본질을 꿰뚫어보고 새로운 언어를 창조하는 예시자voyant를 뜻하는 것이 아니었을까?

'대학문학상' 수상작들을 한자리에 모아놓고 읽다 보니 이 작품들의 저자를 시인이라고 부를 수 있겠다는 생각이 들었다. 그 이유는

---

1) 서울대학교의 학보는 『대학신문』이고, 『대학신문』이 주관하는 문학상은 '대학문학상'이다. '대학문학상'의 명칭은 11회(1969)부터 사용되었다.

이들이 예시자와 같은 면모를 보여서도 아니고, 기성 시인들의 수준을 넘어서는 완결성이나 성숙도를 갖추어서도 아니다. 다만 그들의 시를 통해 나타난 아름다운 젊음의 모습과 좋은 시의 순수한 정신이 일치되어 있었기 때문이다.

본래 시는 소설보다 젊은이의 마음과 정신에 훨씬 가까운 장르이다. 흔히 소설을 쓰기 위해서는 작가의 삶이건 타인의 삶이건 삶을 객관화해 볼 수 있는 능력이 있어야 하고 그런 시각을 위해서 많은 체험이 필요하다는 말을 한다. 그런 능력과 체험이 소설을 쓰는 데 반드시 전제조건이 되는 것은 아니지만, 장편소설을 기준 삼아 본다면 그 말에는 어느 정도 타당성이 있다. 그렇다면 좋은 소설을 쓰는 데는 어느 정도 성숙한 나이와 연륜이 필요할 것이다. 그러나 시는 문학적 완성의 능력이 모자라더라도 혹은 체험이 부족하더라도 젊은이의 순수하고 서정적인 감각과 상상력만으로 좋은 작품을 쓸 수 있는 장르이다. 다시 말해서 젊은이의 거칠고 미완성적인 시는 얼마든지 새로운 형태의 진실성을 내장한 좋은 시로 평가될 수 있는 것이다.

젊은이는 열정이 많은 만큼 좌절의 고통도 크고, 그의 이상주의가 현실과의 갈등에서 빚게 만든 상처도 그만큼 깊어지기 쉬운 법이다. 젊은이에게 시는 그러한 고통과 상처를 치유하는 한 방법이 된다. 물론 상처의 치유를 위해서만이 아니라 고독의 장벽을 넘기 위한 소통의 방법으로 시를 쓸 수도 있고, 현실을 변화시키려는 욕망과 새로운 세계를 꿈꾸기 위해서 시를 쓸 수도 있다. 시는 세계를 모방하는 것이 아니라 세계를 창조하는 것이기 때문이다. 시를 쓰는 동기가 무엇이건, 젊은 시인들이 문학사에서 중요한 위치를 차지하는 것은 개인적인 재능보다 젊음의 열정과 반항정신이 뒷받침되어 있기 때문이다.

낭만주의나 초현실주의의 시적 정신을 문학적으로나 현실적으로 가장 잘 구현했던 사람들이 바로 그 운동을 주도했던 젊은 시인들이었다는 것을 상기해보면, 시와 젊음의 정신이 얼마나 일치하는지 잘 알 수 있다.

필자는 1975년부터 2005년까지의 '대학문학상' 시 부문 수상작들을 모두 읽으면서 젊은이다운 순수성과 새로운 언어감각의 참신성을 발견할 수 있었고, 이러한 계기를 통해 시의 본질과 젊음의 정신을 연관 지어 생각할 수 있었다. 젊은 시인들의 상상 세계를 구체적으로 분석해볼 수 있는 이 자리에서 필자가 주관적인 기준으로 뽑은 작품들의 '시 읽기'를 통해 '대학 문학'의 성과를 진단해보려는 것이 이 글의 목적이다.

이상하다
70년대의 술집에 앉은
사나이들은
목없는 머리를 가슴에 파묻고
혹은 오열(嗚咽)하고
노랑위의 빨강꽃
노랑위의 빨강꽃
을 사랑하는 폐병환자처럼
썩어가는 노을을 아름다워 하고
늦은 가을비에 진흙에 빠져
썩어가는 이파리를.
[······]

희망은 70년대의 미아.
밤마다 깊어가는 술의 양(量)은
수많은 불의(不義)를 살해하나
다시 맑아오는 잔인한 새벽
행방불명된 자들의
힘찬 단조(短調)의 가락만이
텅 빈 새벽의 하늘을 날아 오른다
[……]

그들 속에 묻혀
웃고 울고 욕설하는 나 또한
그들을 깊이 사랑한다.
아직 돌려지지 않은
테이프 속에,
사나이들의 비극은 있고
70년대의 미아 또한
어느 찬란한 날을 기다리며
슬픔만을 익혀간다.
오늘 밤
술로 무뎌진 눈망울에
바람은 부드럽고
불빛 또한 따사하여
거칠 것 없어 보이니
우리의 미아를 찾아

이 술자리를 박차야겠다.

아! 아아!
별이 없는 밤하늘의 깊이
바람은 아직 차다.　　　　　　　—나성린, 「칠십년대(七十年代)」(1975)

　　1970년대 젊은이의 어두운 내면을 통해서 억압적인 정치 현실에 대
한 비판과 한국 사회에 대한 사랑을 동시에 노래한 이 시는 윤동주나
박인환의 우울하고 낭만적인 시적 분위기를 연상시킨다. 시인의 상상
력은 시대의식을 반영하는 토대 위에서, "70년대의 술집에 앉은/사나
이들"의 병적이고 기형적인 모습에 공감하고 "그들 속에 묻혀/웃고
울고 욕설하는 나"를 반성한다. 다시 말해서 이 시의 화자는 자유가
박탈된 암울한 시대에서 정의를 부르짖지 못하고 소심한 자괴감에 빠
져 있는 자신의 모습을 인식하면서 "우리의 미아를 찾아/이 술자리를
박차야겠다"는 새로운 삶의 의지를 드러낸다. 물론 이러한 희망의 의
지를 갖기는 쉬우나 실천하기는 어려울 수 있다. 그런 점을 의식해서
인 듯, 시의 결말 부분이 "별이 없는 밤하늘의 깊이/바람은 아직 차
다"로 끝맺음된 것은 개인의 실존적 결단과 상관없이 사회적 상황이
그만큼 암담하다는 현실인식을 드러낸다. 이 시에서 돋보이는 것은
성급한 주관적 결의보다 더욱 중요한 객관적 시각을 그런 식으로 표
현한 점이다.

　　I
　　갈비뼈만 보이는 풍경, 빈혈의 태양. 길에는 얼음창(槍), 바람은 누

302

더기에 매달린다. 어디로 가야 하나. 발을 밀어내는 땅, 넘어지는 엉덩이에 모난 돌. 〔……〕

언덕들이 어머니 젖처럼 정답고, 대문마다 맹견 대신 반가움 세워 놓고 맞는 집들이 어디 있을까. 미소가 말이 되는 마을 있을까. 〔……〕

II

……바늘처럼 스며오는 추위, 허기는 창자를 씹는다. 검은 콧수염 검은 가죽 잠바를 걸치고 문득 다가서는 밤. 적막은 벽(壁)을 이루고 소주 냄새 풍기는 외로움의 긴 유리병 속에 가두고 정신을 톱질하기 시작한다.

〔……〕

나의 터 있으리라. 걷자, 걷자. 빠진 발톱 닳은 발바닥에 편자를 박고, 고독을 밟으며. 신념은 흔들리지 않는 이정표 인내는 식량이다. 걷자, 걷자, 내 사랑이 사는 터로. 거기 내 뿌리로 꼿꼿이 무성하리라!

III

널 사랑한다 사랑한다. 아느냐 이토록 잔뜩 충전된 사랑. 그만큼 난 살아 있고 불어나는 거다. 나 이제 캄캄한 방황 멈춰 죽음보다도 강한 뿌리를 내린다. 온몸 푸른 멍마다 떠오르는 신음도 즐겁고 찢긴 상처 짜깁지 않아도 아프지 않다. 구멍 뚫린 목 틀어막고 신생(新生)의 기쁨을 노래하리라. 이 땅에 가장 아름답고 빛나는 너의 얼굴, 싱싱한 너는 내 온 신경을 팽팽하게 잡아당겨라. 공포탄이 울리는 내일 불면(不眠)으로 부딪치며 마지막 시간까지 너 하나만 징그럽게 사랑하마. 보람이 아람보다 알찬 나날이 되기를 아아 내 사랑 나의 자유!

이 시는 군데 군데 어색한 인위적 표현들이 담겨 있지만, 전체적으로는 열정이 절제된 시적 긴장을 유지하고 있다. 첫째 연에서 화자는 냉혹하고 적대적인 현실에서 고통스럽게 방황할 수밖에 없는 주체의 상황을 그리고, 둘째 연에서는 외로움이 깊어지는 만큼, '아름다운 것들'에 대한 사랑의 열정을 강하게 드러낸다. 여기서 "나의 터"를 찾는 마음과 "내 사랑이 사는 터"를 찾아 뿌리를 내리려는 욕망은 독자의 공감을 촉발할 만큼 절실히 부각된다. 또한 셋째 연에서 사랑의 대상은 '너'로 구체화되고, "내 이제 캄캄한 방황 멈춰 죽음보다도 강한 뿌리를 내린다"와 같은 구체적 이미지는 정착의 의지를 강렬한 형태로 표현한다. 또한 모든 고통과 죽음을 극복하려는 욕구는 새로운 삶을 창조하려는 열망 혹은 "신생(新生)의 기쁨"과 연결된다. 화자는 이 시의 끝에서 비유의 중복성을 무릅쓰고 "보람이 아람보다 알찬 나날이 되기를" 바라는 희원을 표현하는데, 그것은 "아아 내 사랑 나의 자유!"라는 자신의 인식을 같은 맥락에 놓으려 했기 때문이다. 오랜 방황과 고통 끝에 찾은 사랑이 결코 구속이 아니라 자유라는 생각은 충분히 그렇게 외칠 만한 깨달음일 수 있다. 이처럼 암울한 절망적 상황의 도입부로부터 사랑이 자유로 인식되는 결말 부분에 이르기까지에는 어떤 비약이나 무리가 발견되지 않는다. 결국 낯설고 거친 듯한 여러 표현들은 이 시의 전체적인 골격과 일관된 논리의 전개 속에서 자연스럽게 자리 잡은 것으로 볼 수 있다.

불같은 그리움 일어

챙기지도 못하고 길 나서는 날
수인선 그 어디쯤
외줄기 철로를 따라 흔들리다 보면
흔들림에 취해 졸다가 보면
투정어린 간이역 몇은 놓치고
갯바람에 소금기 절인
꺼먹한 소래뻘밭에 이른다

〔……〕

근처 횟집에서
칼 끝에서 피조개가 열리듯
늘 예감하며 꿈꿔 오던 그대의 사랑도
그렇게 열리기를 바라지만
절벽이다
진실은 어느 순간에
이렇게 절망적으로 드러나는 것일까
눈을 돌리면
사람들은 또 저렇게 붐비는 걸음으로
제각기 돌아갈 곳으로 왁자하게 가고 있는데

사랑한다는 것이 무엇일까
그렇게 산다는 것이 무엇일까
어둠 속에서도 끝끝내 포기하지 못하는

이 그리움의 치밀함에 대하여
다족류적인 그 끈적함에 대하여
나는 얼마나 더 아파해야 하는 것일까
물에 잠기듯 어둠 속에 잠기는
따스한 불빛을 바라보면서
그러나 지켜야 할 소중한 것처럼 나는
끝내 눈물 주기를 거부했다.　　　　──문태현, 「소래에서」(1985)

　　이 시의 화자는 어느 날 "불같은 그리움"을 주체하지 못해 무작정
수인선 열차를 타고 소래포구 바닷가에 서서 저무는 해와 노을 진 풍
경을 바라보며 자신의 '저문' 사랑에 대한 쓸쓸한 상념에 젖는다. 화
자의 착잡한 마음은 '불같은 그리움'을 절제하고 추스르려는 의지와
갈등의 움직임으로 나타난다. 갈등의 한편에는 하염없이 사랑을 기다
리는 감정이 있고, 다른 한편에는 기다려도 소용없다는 이성적 깨달
음이 있다. 그런 상반된 감정의 교차가 확연히 표현되는 부분은 "근
처 횟집에서/칼 끝에서 피조개가 열리듯/늘 예감하며 꿈꿔오던 그대
의 사랑도/그렇게 열리기를 바라지만/절벽이다"라는 대목이다. 피조
개의 열림과 절벽의 추락이라는 대립적 이미지가 간절함과 두려움의
상반된 감정을 유도하면서 자연스럽게 결합되어 있는 것이다. 이런
흐름에서 돋보이는 점은 화자가 감정을 억제하고 자기의 모습을 객관
화해 보려는 태도이다. 그것은 "사람들은 또 저렇게 붐비는 걸음으로
/제각기 돌아갈 곳으로 왁자하게 가고 있는데"에서 알 수 있듯이, 익
명의 타인들과 자기 자신을 대비시켜 보는 시구에서도 느낄 수 있는
점이고, "이 그리움의 치밀함에 대하여/다족류적인 그 끈적함에 대하

여/나는 얼마나 더 아파해야 하는 것일까"에서 알 수 있는 냉정한 자기인식에서도 발견되는 점이다. 눈물을 참고 감정을 절제하는 마지막 부분에서 "따스한 불빛을 바라보"는 화자의 모습이 감동적인 것은 그것이 사랑의 그리움을 넘어선 진정한 희망을 암시하기 때문이다.

눈 내려 고요해진 산(山), 겨울만 앙상하게 드러난 나무들이 잠들어 있다. 손이 따스한 사람들의 발자국은 길 끝으로 모이고 바람 없는 산(山) 위에 허리 꺾인 억새풀 몇 우리가 서로의 입김을 맞바꾸어 시린 등뼈를 녹일 수 있다면 저 나무들의 잠을 깨울 수 있을까. 허리 꺾인 억새풀들을 일으킬 수 있을까.

지는 노을 속, 아침에 날려 보낸 새가 돌아오고 빈 가지에 걸린 방패연에 환하게 불이 붙는다. 인간을 떠나 보내고 새를 품어 비로소 깨어나는 산. 우리가 서로의 산이 되려면 얼마나 많은 인간을 떠나 보내야 하나.

얼레를 품고 잠드는 밤, 꿈 속에서 아이가 풀어 놓은 연실 같은 산길을 빈 발자국들이 밤새도록 뛰어다닌다. 겨울산 방패연에 별 하나 찍힌다.
　　　　　　　　　　　　　　　　　　　──정철용, 「겨울산」(1986)

황량한 겨울산의 풍경을 따뜻하고 풍요로운 세계로 변화시킨 이 아름다운 시에서 가장 인상적인 대목은 "우리가 서로의 산이 되려면 얼마나 많은 인간을 떠나 보내야 하나"이다. 물론 이 문장의 의미를 잘 이해하려면, 바로 앞에 있는 구절, "인간을 떠나 보내고 새를 품어 비로소 깨어나는 산"을 알아야 한다. 잠들어 있는 겨울산이 새로운 탄생의 움직임으로 깨어나는 것처럼, 자연은 시간의 흐름 속에서 영원히 되풀이되는 듯하지만, 늘 새롭게 변모하는 존재이다. 산이 산다울 수 있는 것은 계절의 변화에 순응하는 듯하면서도 끊임없는 변모의 의지로 자기 갱신을 하는 생성의 모습을 통해서이다. 그것처럼 사람도 산 같은 사람이 되려면 수많은 사랑과 이별의 고통 속에서 혹은 자기만의 철저한 고독의 수난 속에서 힘든 자기 수련을 겪어야 하는 것인지 모른다. '겨울산'은 결국 맑게 정제된, 혹은 그렇게 순화시켜야 할 '우리의 내면'이다.

1
울지 않는 법을 배워야 했다.
등 굽은 지하실 방에서
제 뼈를 깎아 세우며
홀로 일어서는 법을 배워야 했다.

벽에 슬은 곰팡이 냄새와
고립의 두려움과 싸우며
짐승처럼
어둠 속에 웅크리고 있어야 했다.

아직 우리의 희망을 이야기한다는 것은
위험한 일이다.
꿈을 바라보는 아이들의 눈

울에 갇힌 짐승의 눈.

눈이 매운 어느 날
사랑이 무엇이냐고 묻던 친구의 학적이 지워지고
짐승처럼 어둠 속에 웅크린 우리는
책 속에 얼굴을 묻고
아무도 모르게 우는 법을 배워야 했다.

2
가을을 눈치 챈 코스모스가 피어 있었다.

작은 들길에
나는 혼자 남게 될 내 발자국들을 생각하며 걸었다.

빽빽한 열망의 공간을 이루던
여름 숲에서
이제야 모든 것을 버리고 참으로 돌아서 갈 때
아아, 비로소 열리는 이 아름다운 변화는 무엇인가.

무수한 잎들이
저마다 다른 모양으로 살아 반짝이고
아무도 찾지 않는 곳에서
깜찍한 들꽃이 피어난다.
그래,

어쩌면 산다는 것도
이처럼 아무도 찾지 않는 곳에서
홀로 꽃피우는 일인지도 몰라.

작은 들길에
홀로 길을 간 사람의 발자국이 남아 있었고
아무에게도 소중하지 않은 꽃들이
소중하게 피어 있었다.　　　　　　—박희진, 「성장기」(1988)

이 시는 소박하면서도 진정성이 담긴 목소리로 '성장기'의 고통과
삶의 의지를 보여준다. 1부에서는 "곰팡이 냄새"가 나는 "등 굽은 지
하실 방"의 닫힌 공간이 외부와 단절된 자아의 상황을 암시하고, 2부
에서는 코스모스가 피어 있는 들길의 열린 공간에서 산책하는 화자의
상념이 그려진다. 1부와 2부는 대칭적인 의미와 구조로 분리되어 있
으면서도, 1부에서 2부로 전환되는 과정에는 필연성의 논리가 뒷받
침되어 있다. 가령 1부에서 "울지 않는 법을 배워야 했다" "홀로 일
어서는 법을 배워야 했다" "어둠 속에 웅크리고 있어야 했다" "아무
도 모르게 우는 법을 배워야 했다" 등은 혹독한 시련을 통해 절망하
지 않으면서 그렇다고 안일한 희망을 갖지도 않는 꿋꿋한 인내심을
반영한다. 이러한 의지와 결단의 내면적 체험을 표현하는 흐름에서,
최루탄이 터지는 시위의 현장과 운동권 친구의 모습은 "눈이 매운 어
느 날/사랑이 무엇이냐고 묻던 친구의 학적이 지워지고"라는 시구로
압축된다. 여기서 '사랑'은 그 어떤 저항과 투쟁의 구호보다 더 큰 의
미를 함축하고 있는 어휘이다. 2부의 화자는 코스모스가 피어 있는

가을의 들길을 걸으며 들꽃이 피어나는 모습을 보고 삶의 의미를 연결 짓는다. 이 대목에서 눈여겨볼 수 있는 것은 가을의 변화를 묘사할 때 상투적으로 등장하는 '단풍'과 '낙엽'을 배제하고 "무수한 잎들이/저마다 다른 모양으로 살아 반짝이고/아무도 찾지 않는 곳에서/깜찍한 들꽃이 피어"나는 모양을 그렸다는 점이다. 그렇게 피는 들꽃을 보고 화자가 "산다는 것도/이처럼 아무도 찾지 않는 곳에서/홀로 꽃피우는 일인지도 몰라"라고 말할 수 있는 것은 예사로운 표현으로 보이지 않는다. 이 시의 흐름 속에서 그것은 결코 상투적인 발상의 진술이 아니기 때문이다.

쑥덕쑥덕 자라나는 주위 소나무들 좀 봐
시체의 단맛 무기질 맛을 잘도 빨아들였나
뾰족한 잎들 위에서 풍성하게 엉덩이 걸쳐 타오르는 인광
좀 봐 땅속 인간의 실핏줄 사이로 수액의 빨판을 심어놓았을
저 자랑스런 동작들일랑
아아, 저 오랫동안 비어 있는 허묘에 들어가
잔뜩 웅크리고 들어앉아
나 돌이킬 수 없는 잠을 청하고 싶어
마침내 들어가고 싶다 들어가서
손뻗치는 수액의 살결에 화들짝 놀래기도 하다가
손가락끼리 서로 맞대어보다가
그냥 시키는 대로 누우리라
누워서 뒤척뒤척 거리다가
몸 한 귀퉁이로 부드럽게 뚫고 들어오는

나무의 몸뚱이를 느껴보고 싶다
내 몸 막힌 혈관을 툭툭 치며 관통하는 수액의 물줄기 맞으러
기어코 허묘에 나 들어가 누우리라
저 나무와 평소 은밀한 관계라도 있었더라면
울퉁불퉁한 나무의 옷 속으로 손 밀어 넣어서
환하게 흐르는 뿌리들 만져볼 텐데
근질근질한 뿌리들이
오고 있어 저기, 부채 펴고

           —임후성, 「허묘(虛墓)에 들어가 누우리라·3」(1992)

　매우 독특한 상상력으로 만들어진 이 시는 삶과 죽음, 혹은 탄생과 소멸의 관계를 생성과 지속의 흐름 속에서 깊이 있게 숙성시킨 사색의 결과를 보여준다. 이 시인의 탁월한 언어감각과 언어구사의 솜씨는 "손뻗치는 수액의 살결에 화들짝 놀래기도 하다가" "울퉁불퉁한 나무의 옷 속으로 손 밀어 넣어서/환하게 흐르는 뿌리들 만져볼 텐데" 등에서 확인된다. 이 시의 화자는 왜 허묘에 들어가 눕고 싶다는 생각을 했을까? 삶에 절망했기 때문에? 아니다. 시의 전편에 흐르는 주조음은 죽음의 동경이 아니라 삶의 예찬이기 때문이다. 화자는 허묘 속에서 죽음처럼 의식을 잠재우고 싶다는 생각을 하기보다 식물의 역동적 움직임에 동화하고 싶다는 욕망을 노출한다. 식물과 동화하려는 의지는 "몸 한 귀퉁이로 부드럽게 뚫고 들어오는/나무의 몸뚱이를 느껴보고 싶다"처럼 관능적인 감각의 형태로 표현된다. 또한 시인은 적당한 자리에서 부사를 적절히 사용하고 있는데, 가령 "쑥덕쑥덕 자라나는" "잔뜩 웅크리고" "화들짝 놀래기도" "뒤척뒤척 거리다가"

"환하게 흐르는 뿌리들" 등에서 볼 수 있는 부사들이 그러한 예들이다. 특히 "환하게 흐르는 뿌리들 만져"보고 싶다는 은밀한 감각적 욕망의 표현과 이 시의 마지막 두 행에서처럼 "근질근질한 뿌리들"이부채 펴듯이 오고 있는 모양의 시각적 묘사는 절묘한 결합으로 시적효과를 극대화하고 있다.

머릿속에 흐르는 고압전류로는 말하고 싶지 않다.
침이 튀듯이 불똥이 튀는 것이 싫어.
짜릿한 생각에 귀 기울이던 사람들도 있었지만
고무껍질로 감싼 내 마음에 손대자마자
모두들 죽어버렸다.
[⋯⋯]
아! 나를 이해한다는 것은 그런 거다.
생명이 있던 자리를 전기(電氣)에게 내어주는 거다.
[⋯⋯]
불행하게도
생명으로 가는 길은 온통 죽음뿐이어서
흐느낌과 무너짐의 발자국을 쌓아가야 하지만,
나는 골목어귀에 뿌리도 없이 붙박여
백열로 터져 나오는 눈부신 심장으로 걷는다.
짐 진 사람들이 흘리고 지나간
한숨과 처진 어깨를 다독다독 주워가며,
아무도 모르게 어둠에 풀리고 녹아서
멀어질수록 더욱 또렷한

한 점 빛으로 걷는다.

전봇대는

외롭지 않다.　　　　　　　　　　　　──김홍중, 「전봇대」(1994)

시종일관 기발하고 속도감 있는 상상력의 표현으로 가득 찬 이 시의 화자는 '전봇대'의 이미지를 통해서 자신의 사랑과 삶의 방식을 이야기한다. 화자가 사랑을 이야기한다고 했지만, 정확히 말하면 그것은 사랑이 아니라 사랑의 실패이거나 소통의 좌절일 것이다. 화자의 머릿속에는 "고압전류"가 흐르고, 마음은 "고무껍질"로 감싸였고, 심장은 터질 듯한 백열로 눈부시다. 그런 화자를 사랑하거나 이해한다는 것은 화자 스스로 생각하기에도 "생명이 있던 자리를 전기(電氣)에게 내어주는" 것처럼 위험한 일일 수 있다. 그러니까 사랑의 소통은 좌절할 수밖에 없다. 화자는 "생명으로 가는 길은 온통 죽음뿐"이라고 말하는데, 이 말은 사랑으로 가는 길 역시 죽음뿐이라는 말처럼 들린다. 그렇기 때문에 사랑은 그에게 희망이 아니다. 그는 덧없고 부질없는 희망에 연연해하기보다 '전봇대'의 "눈부신 심장"으로 혹은 "한 점 빛으로" 외로움을 감내하면서 삶의 길을 걸어가려 한다. 이처럼 외롭고 꿋꿋하게 걷는 삶의 길에서 희망을 잃은 동시대의 사람들이 떨어뜨린 "한숨과 처진 어깨"를 보면 그는 그것을 줍는다고 말하는데, 이러한 행위는 동시대인들의 고통과 절망을 함께 나누려는 화자의 연대의식을 반영한다. 그렇기 때문에 시의 끝에서 "전봇대는/외롭지 않다"는 단정적인 언술은 짧고 힘찬 울림의 여운을 남긴다.

산은 아래부터 물들어 간다.

아래에 있음으로 더욱 풍성했던 나무들은 일찍 자신을 버려야 했다.
높은 곳에 있기에 칼날 같은 잎이 돼버린
나무들은 일찍 다가온 추위에 아랑곳 않는다.

그들은 좀 더 오래 버티는 능력일 뿐이다.

낮은 곳에 정착한 친구들이
일찍 아팠고 일찍 저물어 갈 때마다
다행히도 높은 곳에 올랐던 나는
추위를 견디는 갑옷 같은 딱딱함을
배웠던 것이다. [……]

그러나 한 철이 또 저물어
저 먼 남쪽에서 바람이 불어오면
내내 여위고 앙상했던 나무들은
일찍부터 피어나기 시작할 것이다.
스스로 감당할 수 없이 잎을 길러내
무게에 꺾이어도 누군가의 그늘이 되어
바람이 불면, 바람 소리가
되어 바람조차도 위로하는 존재로
다시 태어난다.

[……]
바람이 불어도 울지 못하는 그는

안으로 안으로 단단해지고 싶어, 어쩌면

잃어버린 겨울을 그리워할지도 모른다.

　　　　　　　　　　　　　　—안계원, 「엄동을 앞두고」(2001)

　이 시는 심사평에서 언급한 것처럼 "언어의 압축미와 긴장미에서 미흡하다는 점"이 보이지만, 계절의 변화에 따른 산과 나무의 풍경을 삶의 태도와 연결 지은 발상법은 매우 신선하게 보인다. 낮은 곳에 있는 나무와 높은 곳에 있는 나무의 차이는, 쉽고 편하게 "낮은 곳에 정착한 친구들"과 어렵고 힘들게 "높은 곳에 올랐던 나"의 차이와 비슷한 의미의 맥락 속에서 서술된다. 그러나 화자가 어떤 과정을 거쳐서 "높은 곳에 올랐던" 것인지를 밝히지 않은 채 "나의 껍질은 두꺼워지고 단단해진다"고 말하면 이러한 진술이 불러일으킬 공감의 밀도는 크지 않을 수 있다. 왜냐하면 화자의 자기인식이 우월한 자기만족으로 오해될 위험이 있기 때문이다. 그러나 이 시의 끝부분에서 "바람이 불어도 울지 못하는 그는/안으로 안으로 단단해지고 싶어, 어쩌면/잃어버린 겨울을 그리워할지도 모른다"는 아름다운 시구는 화자의 자기인식이 내면적 인간의 솔직한 표현임을 공감하게 만든다.

　유리창 너머로 축축한 거리 위의 시체들이 보인다

　비극의 서막이 자랑스레 열리고 슬픔은

　전선을 타고 내려와 내 마음을 감전시킨다

　시계바늘은 이미 서녘으로 기운 지 오래, 어느덧

　도시의 불빛 사이로 검은 비가 한창이다

　탁자 위의 촛불은 민망함을 깜빡임으로 대신하고

날은 점점 무더워져 의식조차 호물거린다
부끄러움의 윤곽을 찾아보려 해도
칠흑 같은 의식 속에선 그림자조차 무색하다
나에게는 곳이 없다, 쉼 없는 추락만이 있을 뿐이다
기억을 찾아 한없이 표류하는 숱한 설렘들은
이 공간 속에선 한숨뿐이다
색채를 더해봐도 그리움은 무채색이다
문득 카페 종업원이 내 슬픔의 종막을 재촉하며
회상의 무대 위로 커튼을 드리운다
문득 밖을 보니 거리 위 시체들도 점차 그 숫자가
쉬워진다, 이미 난 지칠 만큼 지쳤다
성급히 탁자 한 켠에 기억을 쓸어 뱉는다
그리고 오늘을 내 오랜 치부마냥 품에 안고 나가
고의적으로 퍼붓는 빗속에 분실할 것이다
그리고 얇고 공손한 혼잣말로 떨림을 대신한다

그 해 여름, 당신을 만났던 적이 있던가요?

───이동규, 「그 해 여름 안에서의 이별」(2005)

  이 시의 화자는 카페 안에서 이별의 슬픔을 객관화하면서 허물어지기 쉬운 자신의 감정을 극도로 절제하고 있다. 그는 유리창 너머로 보이는 도시의 시민들을 죽음의 모습으로 그리고, 거리에 내리는 비를 "검은 비"로 묘사한다. 그의 암울한 내면은 호물거리는 의식, "칠흑 같은 의식"으로 표현되거나 "쉼 없는 추락"을 예감하기도 한다. 그런 흐름에서 떠나간 사랑에 대한 "그리움은 무채색"처럼 떠오르는 것을 화자는 군이 부정하려 들지 않지만 온갖 설렘과 부끄러운 기억들이 떠오르면 그것들을 "고의적으로" 잊어버리고 싶어 한다. 이 시의 마지막 행에서 "그 해 여름, 당신을 만났던 적이 있던가요?"는 '당신'에 대한 모든 기억을 단호하게 부정하려는 의지를 반영한다.

이렇게 시를 통해서 이별의 아픔을 승화시킬 수 있다면, 시를 쓰고 싶은 욕망과 시적 표현의 의지야말로 정신의 상처와 고통에 대한 가장 훌륭한 치유법일 것이다. 성장의 고통이 따르지 않는 젊음은 존재하지 않는다. 젊음의 고뇌가 어떤 계기에 의해서 어떤 양상을 보일지라도, 시적 표현의 출구를 찾는다면 그것은 무엇보다 진실하고 아름다우며 감동적인 시의 얼굴이 될 것이다.

2. 문학의 위기와 소설의 희망

인문학의 위기라는 말과 함께 문학의 위기라는 말이 자주 들려온다. 인문주의적 정신이 무시되거나 소홀히 취급되는 현실에서 문학의 위기가 도래된 현상은 당연한 일일 것이다. 컴퓨터와 인터넷이 일상을 지배하고 영상문화가 문자문화의 존재를 압도할 만큼 번창하는 현상 속에서 문학의 존재가 위기의 상황에 처해 있다는 것은 사실이다. 그렇다면 이제 문학의 영광은 끝난 것일까? 아니 문학이 언제 진정한 의미에서 영광스러웠던 시대가 있었던가? 이런 문제와 관련하여 여러 논의가 이어질 수 있지만, 분명한 것은 지난날 문학의 위엄이 존재하던 시대가 있었고, 문학의 위상과 병행하여 작가의 발언이 지식인의 앞자리에서 존중받던 때가 있었다는 점이다. 그런 때에 비하면, 분명히 현재의 문학은, 대중사회의 대중문화와는 차원을 달리하더라도 과거와는 다른 위상에 놓여 있다. 물론 우리 사회와 문학의 외적 여건이 어떻게 변화하더라도 문학의 내부에서 역량 있는 작가들이 계속 등장하고 수준 높은 작품들을 많이 생산할 수 있다면 문학은 더 이상 위기가 아니라고 말할 수 있을 것이다. 그렇다면 우리 시대 문학의 실상은 어떤 것일까? 위기의 현상 속에서도 좋은 작품들이 계속 나오는 것일까?

우리 시대의 문학적 성과에 대한 논의는 일단 접어두고, 1975년부터 2005년까지 30년간의 '대학문학상' 소설 부문 수상작들을 한자리에 모아놓고 연대순으로 읽다 보니 필자는 의외로 문학의 위기가 아닌 문학의 희망을 가질 수 있었다. 또한 대학에서 문학은 무슨 소용이 있는가라는 회의적인 입장에서 문학의 의미가 참으로 중요하다고 깨닫는 계기를 갖게 되기도 했다. 그 이유는 무엇보다도 문학의 위기가 논의되는 현재에 가까울수록 좋은 문학의 범례가 되는 소설을 많이 발견할 수 있었고 또한 소설을 통한 문제의식과 해답의 방식에서 새로운 관점의 작품들을 만날 수 있었기 때문이다. 이것은 '대학문학상' 심사평을 통해서도 확인되는 점이다.

1. 이른바 'IMF한파'라는 것이 대학문화마저도 침체케 만들고 있는 것일까?

안타깝게도, 많은 투고작들은 조급한 감정 배설의 수준에 머물고 있었다. 어떤 조급함…… 그랬다. 뭔가를 쓰긴 쓰는데 그 쓰는 과정을 버티지 못한 채 빨리 끝내버리고 싶어 서두르는 듯한 글의 호흡이, 금년의 경우, 유난히 심하게 느껴졌다. 그러나 어쨌든, 제 안의 심연을 질기게 파들어가며 그것을 자기 언어의 항아리로 빚어내기 위해 잘못 구워진 것들을 깨고 또 깨는 인내 없이, 의미 있는 문학은 없다.

「권영민, 이인성 심사평」(1998)

2. 아무래도 새로운 세기에 펼쳐질 문학 마을의 풍경은 꽤 오랫동안 쓸쓸해 보일 것만 같다. 20세기의 막바지를 살고 있는 젊은 대학인들의 문학에 대한 열기가 이처럼 시들한 것을 보면 말이다.

금년도 대학문학상 소설 부문 응모작들은 예년에 비해 그 편수도 줄었을 뿐만 아니라, 전반적인 수준도 기대치에서 상당히 떨어졌다. 새로운 시대의 새로운 매체가 불러올 문화에 모두가 혹해 있는 것일까, 요컨대 대학생다운 언어의 상상을 통해 치열한 주제의식이나 과감한 실험정신을 드러내는 작품을 찾아보기가 어려웠다. 그래서 심사를 맡은 우리의 마음도 어두웠다.　　　「조남현, 이인성 심사평」(1999)

3. 문학의 위기라는 문제가 제기된 지는 이미 오래되었지만, 우리로서는 이번 심사처럼 그 위기를 생생하게 실감한 경우도 드물었다. 단 10편에 불과한 응모작 수가 먼저 우리를 아연하게 만들었고, 그럼에도 오히려 소수인 만큼 질적 깊이는 심화되어 있을지 모른다는 기대 역시 작품들을 읽어갈수록 암담함에 젖어갔다.

「권영민, 이인성 심사평」(2000)

4. 응모작은 26편이었다. 작년에 비해 응모 편수도 많이 늘었지만, 전반적으로 수준의 향상이 눈에 띈다. 고무적인 일이다.

「이인성, 전형준 심사평」(2001)

비교적 일관성 있는 관점에서 쓰인 4년간의 심사평은 문학의 위기
와 관련된 외적 요인과 내적 요소들을 구체적으로 지적하고 있다. 그
런데 위의 심사평을 연대기적으로 읽어보면 문학의 위기를 초래하는
문학 외적 요인이 문학의 질적인 저하와 위축을 결정짓는 것이 아니
라는 생각을 갖게 된다. 왜냐하면 1990년대 말에 문학의 위기가 대학
문학의 현장에서 확인될 수 있었다는 진단이 나온 후, 그 위기는 계
속 심화되어가는 것이 아니라 오히려 2001년에는 '대학문학상' 응모
편수도 현저히 증가했을 뿐 아니라 질적인 수준도 전반적으로 높아졌
다는 평가가 보이기 때문이다. 2000년부터 지금까지 우리 사회에서
문학의 위기에 대한 논의는 계속되어왔고, 위기로 볼 수 있는 현상도
그만큼 증가한 반면 '대학문학상' 수상작의 수준은 사회와 문단에서
우려하는 것과는 달리 위기의 현실에서 의외로 높아졌다고 볼 수 있
다. 그 한 예로 필자는 2005년 대학문학상 수상작「옛 일을 돌아보고
쓰다」를 일반적인 어느 수상작들보다 훌륭한 작품으로 평가한다. 이
러한 작품의 등장은 결국 문학의 위기를 가져오는 외적 요소들이 훌
륭한 문학에 대한 젊은이들의 동경과 문학적 열정을 가로막는 원인이
될 수 없다는 것을 입증해주는 것이 아닐까?

심사평에서도 언급된 것이지만 '대학 문학'의 소설에서 중요한 것
은 '치열한 주제의식'과 '과감한 실험정신'이다. 한 편의 소설을 쓰기
위해서는 무엇을 쓸 것인가와 어떻게 쓸 것인가의 문제를 동시에 치
열하게 고민하는 인내심의 자세가 요구된다. 젊은이의 내면에서 그러
한 문제와의 싸움은 삶을 진지하고 자유롭게 생각하는 훈련의 방법이

될 것이다. 그런 이유 때문에 필자는 이러한 '대학 문학' 전통은 문자문화의 시대뿐 아니라 영상문화의 시대 혹은 디지털문화의 시대에서도 계승되어야 한다고 생각한다. 한 소설 부문 수상자(2003)가 "'있어야 할 것'과 실제로 내 앞에 '있는 것'의 간극을 직시할 수밖에 없을 때, 글을 쓰고 싶어지고 공부가 하고 싶어졌다"고 소감을 말한 바 있는데, 글쓰기에 대한 젊은이의 이러한 동기와 욕망이야말로 소설의 존재이유를 핵심적으로 보여주는 근거이다. 현실과 당위의 갈등에서 방황하는 젊은이는 '있어야 할 것'과 '있는 것' 사이의 거리가 왜 그렇게 크고 왜 그렇게 갈등을 빚어야 하는지 소설 쓰기를 통해서 고민해볼 수 있다. 소설 쓰기야말로 그러한 문제를 객관적이면서 합리적으로 그리고 현실적이면서 상상적으로 해결책을 모색해보는 방법이 될 수 있기 때문이다. 필자는 대체로 이런 관점에서 '대학문학상' 수상작들의 과거와 현재를 돌아보는 '소설 읽기'를 시도해볼 것이다.

먼저 1977년 수상작인 「제대병(除隊兵)과 함께」(오병수)는 아주 낯선 소설이라고 말할 수 있다. 이 소설의 제목이 무엇을 의미하는지는 소설을 읽고 난 후에도 알 수가 없다. 일인칭 화자인 주인공이 제대병이라는 것은 알겠지만, 그와 함께 누가 무엇을 한다는 것인지는 분명치가 않다. 이런 점에서 목적이나 주제의식이 결여된 것처럼 보이는 이 소설이 의외로 흥미로운 것은 전통소설의 기법과 소설의 상투적인 논리에서 벗어난 자유로움을 보여주기 때문이다. 그의 소설은 문학수업을 받은 문학청년의 전통적 글쓰기와는 완전히 다른 비문학적 방법의 글쓰기처럼 보인다. 이 소설에서는 '나'뿐 아니라 여러 인물들이 등장하는데 그들은 한결같이 고유명사의 이름이 없다. 여자,

아이, 사내, 사내의 어머니, 사내의 아내, 아버지, 어머니 등. 이렇게 등장인물들이 모호하게 처리되어 있는 것은 그들의 개별적인 역할과 존재의 의미보다도 '나'의 절망적인 방황과 고통의 내면을 회화적으로 부각시키려는 작가적 의도 때문일 것이다. 모든 인물들의 감정표현이 명확하지 않고 소설의 리얼리티가 애매하게 보이는 점도 그런 맥락에서 이해될 수 있다. 가령 힘든 군대 생활을 끝내고 기쁜 마음으로 집을 향해 달려갔는데, 집이 철거된 것을 보고 황당해했을 주인공의 당황한 심리는 어디에도 묘사되어 있지 않은 것이다.

나는 날벌레가 된 듯이 걸어가서 물었다. 여기 살던 사람 죄다 얼루 간지 모르십니까? 라고. 조금 있다가, 그거야 떠난 사람이나 알지 우리가 어떻게 알겠수, 안 그렇수? 하는 소리가 들렸다.
— 오병수, 「제대병(除隊兵)과 함께」(1977)

집이 없어진 것에 대한 주인공의 반응이 언급되어 있지 않아 오히려 독자의 입장에서 잘못 읽은 것이 아닐까 하는 생각을 갖게 되는데, 이처럼 모호한 서술과 전개는 독자의 예상이나 고정관념을 끊임없이 배반해간다. 주인공이 이런 상황에서는 이런 심리에 빠져 이렇게 표현될 것이라는 독자의 짐작은 매번 어긋난다. 이런 점에서 이 소설의 중요한 특징은 우연의 논리가 지배한다는 점이다. 주인공이 다른 사람들을 만나는 것도 우연이고, 공간을 이동하는 것도 우연의 논리가 작용한다. 이처럼 주인공의 의식이 과거와 현재를 왕복하는 장면에서 산만함이나 비논리성을 지적할 수도 있겠지만 이 소설의 전편에서 일관되게 나타나는 비체계성이나 우연성, 혹은 모호성의 특징과 관련 짓는다면 큰 무리가 없어 보인다. 그 흐름에서 '나'의 어린 시절의 고통스러운 기억과 아버지에 대한 증오감의 서술은 이 소설에서 매우 중요한 부분으로서 독자의 관심을 끄는 대목이다.

이 소설은 전통적인 소설과는 다른 반소설적인 형태의 성장소설로 이해될 수 있다. 누구나 철저한 외로움 속에서 고통의 체험과 방황의 시간을 보내기 마련이다. 그런 주인공들과 비슷한 제대병이 '집'이 없어진 것을 알게 되고 거리를 방황하다가 우여곡절 끝에 어떤 집을 찾아 문을 두드리는 것으로 종결되는 이 소설의 상징적 의미는 분명하다.

> 나는 어떤 생각에 사로잡혀 문을 두드렸다. 대답이 없었다.
>
> ──오병수, 「제대병과 함께」(1977)

이 소설의 끝부분이 모호한 만큼 상징적 해석의 여지는 그만큼 크다고 말할 수 있다.

이렇게 집을 잃고 새로운 집을 찾는 방황의 이야기로 성장의 의미를 그린 「제대병과 함께」와는 다른 방법으로 김이구의 「낯선 땅」(1981)은 집짓는 이야기를 주제로 삼아 시골 출신의 대학생 주인공이 서울에서 겪는 소외와 극복의 의지를 보여준다. 이 소설은 심사평에서도 잘 언급되어 있듯이 "학교와 시골집, 학교 강당 짓기와 시골형의 집 짓기, '나'의 애인 남희와 형의 애인 등의 대립구성이 전에 없던 새로운 버릇인 '침 뱉기'에서 통합된 형태"로 만들어져 있다. 그러나 '학교 강당 짓기'와 '시골형의 집 짓기'의 대립은 다소 인위적인 구성처럼 보이고 '나'의 애인 남희와 형의 애인 사이의 관계는 전자

쪽에 비중이 큰 반면 후자 쪽의 비중은 약화되어 있어 전체적으로 균형 잡힌 짜임새 있는 구성으로 보기는 어렵다. 그러나 형의 집 짓는 일을 옆에서 보고 도와주는 일을 하다가 주인공이 인생의 의미를 깨닫는 과정은 삶의 집 짓기와 소설의 집 짓기를 연결시켜 생각해볼 수 있다는 점에서 공감을 준다.

대부분의 대학생들이 그렇듯이, 집 짓는 일에 전혀 관심이 없고 삶을 추상적으로 생각하던 주인공이 형을 도우면서 집이 만들어지는 과정에 조금씩 흥미를 갖게 되었다거나 '거대한 극장 같은 대강당'의 공사에 무관심한 태도를 지녔다는 이야기는 모두 설득력 있게 서술되어 있다. 또한 서울에서 "집을 지니고 사는 사람은 행복"할 것이라는 생각을 은연중에 토로한 것은 대도시에서 느끼는 그의 소외감을 간접적으로 표현한 대목이다. 이런 감정이 소설의 끝에서 "거대한 극장 같은 대강당"의 성대한 준공식 자리에서 주인공의 침 뱉는 행위로 연결된 것은 도시에서의 소외감과 사회현상에 대한 반항의식을 나타낸 것이다.

1980년대 말의 '대학문학상' 응모작들은 대체로 운동권 학생이 주인공이거나 운동권 학생을 친구로 둔 주인공의 소설들이 대종을 이룬다. 그 결과로 강상희의 「그 겨울의 조가(弔歌)」(1987), 권기태의 「그 날 내린 비」(1988), 박진형의 「불꽃」(1989), 윤호우의 「추락과 비상」(1990) 등, 그러한 주제의 당선작들이 나오게 된다. 「그 겨울의 조가」는 그 당시의 우울한 시대상황을 배경으로 절망과 무력감 때문에 강물에 투신한 여학생과 화자의 내면적 갈등이 섬세하고 아름다운 문체로 서술된 소설이고, 「그 날 내린 비」는 주인공의 개인적 고민과 사회의식의 여러 문제들이 젊은이답게 거칠면서도 열정적인 호흡으로 표현된 작품이다. 또한 「불꽃」은 앞의 작품과 비슷한 주제를 훨씬 안정되고 균형 잡힌 시각으로 형상화했고, 「추락과 비상」은 운동권 학생의 용기 있는 행동에 비해 자신의 나약하고 용기 없는 모습을 반성하는 주인공의 이야기를 보여준다. 「추락과 비상」이 비슷한 주제의 다른 소설들과 구별되는 점은, 소설 제목이 암시하는 추락에 대한 두려움과 비상에의 꿈이 마치 죽음의 충동과 삶의 충동처럼 공존해 있는 상태에서 주인공이 소설 쓰기에 대한 욕망을 갖게 되었다는 점이다. 그러나 어떤 소설을 써야 하는지의 문제가 명확하지 않아 미완성이라는 느낌이 남는다.

운동권 학생의 시각에서 대학과 사회의 문제를 고민하거나 그러한 문제와 관련 지어 자신의 삶을 반성하는 모습이 1980년대 후반기 수상작들의 주된 이야기였다면 90년대 수상작들은 그런 주제와는 완전히 다른, 다양한 이야기를 보여준다. 90년대의 새로운 흐름을 보여주는 첫번째 소설은 김수진의 「소리찾기」(1992)이다. 이 소설은 처음부터 끝까지 가상의 독자를 앞에 두고 이야기하듯이 일인칭 화자의 독백의 언어로 서술된다. 첫 문장이 "원주를 아시는지요"인데, 화자는 도시의 어느 한 곳에 시점을 고정시키지 않고, 여러 곳을 이동하면서 사물과 공간의 특징을 서술한다. 그는 대체로 존댓말을 사용하지만, 가끔은 잠재적 독자의 주의를 환기시키려는 듯 예삿말을 사용하여 어조의 변화를 시도하면서 자기 자신과 대화하는 말투를 보이기도 한다.

화자는 산책자의 시각으로 도시의 공간과 풍경을 바라보고 묘사하는데, 특이한 점은 인간을 주체적인 모습으로 그리지 않고 신체의 각 기관을 인간화시켜서 표현한다는 것이다. 가령, "닫혀진 어깨가 대문을 삐끔 나와 "발들이 빠져 나가면 뒤따라 걷는 신발이 있는" "자리를 계단으로 잡은 엉덩이" "입이 침을 뱉을 것" 등이 그런 예들이다. 또한 한 쌍의 남녀가 걸어가는 모습은 "코가 뾰족한 붉은 구두와 코가 뭉툭한 검은 구두가 걸어갔다"로 서술되기도 한다. 화자가 이런 식으로 신체의 부분과 사물 혹은 도시 공간과의 관계를 표현하려 한 것은, 도시에서 사람들이 온전하게 주체적 삶을 살지 못하고 단지 신체의 부분들이 기계적으로 반응할 뿐인 삶을 이어가는 사물화 현상을 나타내려 한 것이다.

이 소설은 사소한 것에 집착하는 측면을 보인 점도 있지만, 우리의 습관적인 일상을 놀랍도록 꼼꼼히 관찰하고 기록하면서 도시의 현실이 초래한 비인간화 혹은 의식의 사물화를 때로는 서정적이고 때로는 객관적인 문체의 혼합으로 잘 형상화한 작품이라고 말할 수 있다.

서정일의 「용을 찾아서」(1995)는 90년대에 나타난 새로운 시도의 작품으로써 포악한 힘과 사악한 정신으로 인간 세상을 지배하는 용과 그것에 대항하기 위해 용기 있게 용을 찾아 나선 사람의 이야기를 보여준다. 이 소설에 등장하는 인물들은 용과 용을 찾아 나선 사람뿐 아니라 그의 아내, '위대한 자' '노인' 등이다. '위대한 자'는 족속들의 '전쟁과 기아'의 문제를 해결한 지도자이고, '노인'은 용을 찾아 나선 길에서 주인공이 만난 인물인데, '노인'은 그에게 이렇게 말한다.

"얼마나 많은 젊음이 길의 부름에 눈멀었던가. 이런 변명 또는 저런 핑계로 길떠남을 자초했건만 그 떠돎이 안겨 준 것은 무엇이더란 말인가. 다함없는 세상의 앎인가. 깊이 모를 생각의 깨침인가…… 길 떠난 자, 돌아가지 못하리. 그저 출발의 갈증만 더한 채, 그저 출발의 핑

계만 부풀린 채, 길에서 그 끝을 맞으리……"

—서정일, 「용을 찾아서」(1995)

노인의 말에는 이 소설의 핵심적 주제가 담겨 있다. 그것은 인간이란 누구나 자기의 용을 찾아 길을 떠나는 인생을 산다는 것이다. 사실 모든 소설은 어떤 의미에서 길 떠난 사람이 길 위에서 겪는 이야기라고 말할 수 있다. 길을 떠나게 된 이유야 사람마다 다르겠지만, 중요한 것은 길 위에서 부닥친 온갖 장애와 고난을 통해서 사람이 세상을 넓고 깊게 알게 되고 많은 깨달음을 통해서 성장하고 변모한다는 것이다. 노인의 말 중에서 "길 떠난 자, 돌아가지 못하리"라는 것은 인간은 출발지로 돌아갈 수 없다는 의미가 아니라 떠났을 때와 같은 모습이 될 수 없다는 의미일 것이다.

이 소설은 주인공이 아내를 구출하기 위해 용을 제거한 후 고향에 돌아가게 될 날을 꿈꾸는 장면으로 끝난다. 이런 점에서 이 소설은 결국 어떤 목적에 의해서건 길 떠난 사람에게 중요한 것은 목적의 성취보다도 목적에 대한 꿈과 의지임을 보여주려 한 것 같다. 그러나 심사평에서 언급되어 있듯이 "야심찬 서두의 문제 제기가 후반으로 가면서 문제의 중량감을 이겨내지 못하고 사변으로 이어지고 있다는 점"을 지적할 수도 있겠지만, 이런 비판적 시각보다 일종의 실험적 소설로서 인생과 문학의 의미를 연결 지으려 한 노력을 높이 평가할 수 있다.

차미령의 「미트로프」(1998)는 화자가 현재와 과거의 이야기를 긴장된 흐름으로 연결 지으면서 섬세하고 복잡한 내면 의식을 예리하게 보여준다. 화자의 현재는, 도시가스를 점검하러 온 남자에 대한 불안감으로 의식의 끝이 극도로 날카로워진 상태이고, 화자의 과거는 아버지가 임종하기 전까지 아버지를 극진히 돌봐준 H와의 애증관계로 고통스럽게 기억되는 시간이다. "현실에서 H는 극진한 희생정신으로 무장된 간병인이었지만, 네 상상 속에서 그녀는 지능적인 살인자"라는 문장은 화자의 어두운 기억과 상상을 지배하는 애증의 이중심리를 반영해준다. 화자는 이러한 이중심리의 원인을 명확히 설명하지 않고 암시적으로만 표현하는데, 그 결과로 독자는 무엇 때문에 주인공이 그런 갈등과 고통에 시달려야 하는지 석연치 않은 생각을 품게 된다. 또한 도시가스 검침원에 대한 주인공의 의구심이 두려움으로 증폭되어가는 과정을 추리소설의 긴장된 호흡으로 표현하는 솜씨는 놀랍지만, 그 검침원과 같이 식사를 하게 된 결말 부분은 작위적인 설정으로 보인다.

김진규의 「좋은 하루 되세요」(2003)는 "우리의 구체적 현실 속에서 무엇이 어떻게 소설화될 수 있는가를 재치 있게 보여주는 작품"이라는 심사평의 언급처럼, 소설의 소재가 특이하지 않으면서도 이야기의 흐름은 자연스럽게 연결되어 있다. 화자는 버스기사의 이야기를 통해서 현대 사회의 경쟁체제로부터 그 누구도 자유로울 수 없다는 주제를 소설화하면서도 자칫 재미없고 건조해질 수 있는 함정에는 빠지지 않고 있다. 이런 점은 대상에 대한 화자의 시각이 감상에 기울이지 않는 객관적인 균형감각과 따뜻한 유머감각으로 뒷받침되어 있기 때문일 것이다. 이 작품은 결국 평범한 것처럼 보이는 소재에서 현대 사회의 보편적인 경쟁구조와 현대인의 심리적 메커니즘을 자연스럽게 부각시킨 점에서 높이 평가할 만하다.

박혜미의 「옛 일을 돌아보고 쓰다」(2005)는 한마디로 아주 잘 쓴 소설이다. 이 소설은 주제에 적합한 문체와 치밀한 구성으로 '어떻게 살아가야 하는가'의 문제를 흥미롭게 형상화하는 데 성공한 작품이다. 대부분의 '대학문학상' 수상작들이 대학생이나 젊은이를 주인공으로 설정하는 것에 반해서, 이 소설은 조선 숙종 때를 배경으로 지천명의 나이에 접어든 주인공을 등장시킨다. 주인공은 스물한 살 때 낙마하여 신체적 장애로 인한 좌절감으로 살아가야 했기 때문에 이 소설에서 이십대 젊은이의 고통과 절망은 무엇보다도 강한 호소력으로 서술되어 있다. 젊은 시절에 낙마한 사건은 주인공의 성장을 정지시켰을 뿐 아니라 그의 정신과 내면을 병적인 상태로 왜곡시켰을 것이고, 그 이후의 삶은 좌절감 속에서 보람 없는 시간의 연속일 뿐이다. 절망의 허송세월을 보내던 어느 날, 그의 아버지가 갑작스러운 병환으로 운명했는데, 운명하기 전 아버지가 남긴 다음의 편지 내용은 그가 자신의 삶을 깊이 반성하는 계기로 이끈다.

[……] 앞으로는 누구도 원망치 말고 네 학문에 힘쓰거라. 젊은 나이에 그리 된 네 심정은 짐작하고도 남느니라. 그러나 어찌하겠느냐. [……] 가슴에 울분이 쌓이면 더욱 병이 깊어지니 부디 인내할지어다. 오죽하면 사람의 한평생 삶을 생애(生涯)라고 하겠느냐. 애(涯)가 뜻하는 것이 무엇이더냐. 물(水)변에 깎아지른 듯한 벼랑이 합쳐진 것이니 뉘라서 위태롭지 않겠느냐. 모두가 그렇게 넘어지지 않으려고 안간힘을 쓰며 살아가는 것이다. 사람으로 태어난 이상 누구나 떨쳐낼 수 없는 짐 하나는 메고 있는 것이니 스스로를 가볍게 여기지 말고 자중할지어다. 산목숨은 어떻게든 살아지는 것이 생명이더라. [……] 애비가 거듭 당부하건대 항상 정신을 맑게 하고 지나간 일을 되새기지 말

거라.　　　　　　　　　　　　　—박혜미, 「옛 일을 돌아보고 쓰다」(2005)

　이 글에서 보이는 삶의 통찰은 대학생 작가의 상상력으로 만들어진 것이라고 보기 어려울 만큼 성숙하고 깊이 있는 인식을 담고 있다. 특히 "사람으로 태어난 이상 누구나 떨쳐낼 수 없는 짐 하나는 메고 있는 것"이라는 구절은 보들레르의 산문시 「누구나 자신의 키메라를 갖고 사는 법Chacun sa chimère」을 떠오르게 한다. 보들레르의 산문시에서 키메라는 사막처럼 황량한 땅을 걸어가는 사람들의 어깨를 무겁게 짓누르는 괴물로 등장하는데, 그들 중 그 누구도 그 괴물의 존재를 고통스럽게 인식하지 못하고 걸어간다는 것이 주목해야 할 점이다. 이것은 인간 누구에게나 운명의 짐이 부과되어 있지만, 아무도 그것을 깨닫지 못한다는 의미일 것이다. 이런 점에서 사람들의 차이는 자신의 짐을 깨닫는 자와 깨닫지 못하는 자의 차이라는 해석이 가능하다. 물론 자신의 짐을 깨닫는 자에게 깨달음이란 축복일 것이다. 그러한 깨달음의 계기가 인생의 행복한 순간들보다 고통스러운 시간들을 통해서 온다는 것은 진리이다. 그러나 이 소설의 주인공은 하늘에 대한 울분과 원망을 표현하면서도 자신의 불행한 삶에서 그러한 깨달음을 이끌어내지 못했다. 사실 그런 일을 당하면 누구라도 그럴 수밖에 없겠지만, 아버지의 편지가 계기가 되어 깨달음을 얻게 되는데 이 과정에서 중요한 것이 학문의 역할과 의미라는 점이다. 주인공의 아버지는 그 편지에서 "앞으로는 누구든 원망치 말고" 학문에 힘쓸 것을 당부했는데, 이것은 율곡이 "사람이 세상에 태어나서 학문이 아니면 사람다운 사람이 될 수 없다"고 말한 부분에서 학문의 중요성이 강조된 것과 일치되는 언급이다. 주인공은 결국 학문에 정진함으로써 노년에 마음의 평정을 얻게 된 것을 이렇게 말한다.

〔……〕집착과 구속됨으로부터 자유로워졌고, 슬픔과 기쁨이 단지 순간임을, 곧 지나가는 것임을 알았다. 그리고 전에는 이해하지 못했던 것들을 더 많이 이해하게 되었다. 우주만물의 변함이 변하지 않음과 같은 것을 깨닫는 것이 노년의 지혜인 것이다.

—박혜미, 「옛 일을 돌아보고 쓰다」(2005)

주인공의 이러한 성찰은 이 소설의 주제가 삶과 깨달음의 문제였음을 다시 한 번 일깨워준다. 깨달음과 동시에 삶에 대한 긍정적 시각을 갖게 된 그는 삶의 모든 순간을 소중히 생각하고 시시각각 변화하는 자연의 풍경을 즐기면서 행복감에 젖기도 한다. 이러한 행복감은 소설의 끝 부분에서 언급된 것처럼, "한때는 어떻게 살아야 하는가를 고민했고, 또 한때는 이렇게라도 살아야 하는가"를 자문했던 사람이 학문을 통해서 고민과 고통의 시간을 극복한 뒤에 얻은 평정한 마음 상태를 표현한다.

「옛 일을 돌아보고 쓰다」는 어떻게 살아야 하는가에 대한 젊은이다운 문제의식을 뛰어난 솜씨로 소설화한 작품일 뿐 아니라 오랜 역사로 축적된 '대학 문학'의 성과와 앞으로의 가능성을 가리켜주는 지표가 될 수 있는 작품이기도 하다. 이 작품을 통해서 문학은 위기가 아니라 인문학적 정신의 중요한 글쓰기로서 새로운 희망의 출구가 될 수 있음을 결론적으로 말할 수 있다.

〔2006〕